차마 그 고향이 꿈엔들 잊힐리야

차마 그 고향이 꿈엔들 잊힐리야

차마 그 고향이
꿈엔들 잊힐리야

이 청 준
전 상 국
이 문 구
김 원 일
이 문 열

문이당

이 청 준

눈길
仙鶴洞 나그네
여름의 抽象

1939년 전남 장흥 출생
광주일고를 거쳐 서울대 독문과 졸업
1965년 〈사상계〉 신인문학상 단편 「退院」 당선
1967년 단편 「병신과 머저리」로 동인문학상 수상
1978년 중편 「잔인한 도시」로 이상문학상 수상
1980년 「살아 있는 늪」으로 중앙문예대상 수상
단편집 「별을 보여 드립니다」 「가면의 꿈」
「살아 있는 늪」 「비화밀교」
장편 「당신들의 천국」 「따뜻한 강」
「춤추는 사제」 「자유의 문」 등

고향과 나의 문학

마음같아선 나는 늘 고향에 살고 싶다.
그러나 고향은 못난 자식 사람 만들기 위해 사랑을
숨긴 어머니처럼 나를 바깥 세상으로 내몬다. 그래 나는 어릴 적부터
이날까지 늘 부끄럽게 고향을 떠나가곤 한다.
그리고 얼마 동안 바깥 사람들과 섞여살다 지치고 피곤해지면
다시 부끄럽게 고향으로 돌아간다.
고향은 나를 밖으로 내쫓고 나서 다시 또 언제나 그렇게
기다리고 안아 맞아 주는 곳이기 때문이다.
끊임없이 고향을 떠나고 다시 돌아옴의 순환,
그 속에서 나는 나의 소설들을 써왔다. 그러면서 매번
새로운 모습과 의미로 읽혀지는 그 무한정한 사랑의 祕意에
나는 차라리 진저리를 치곤했다.
내 소설은 내가 창작해냄이 아니라,
그 고향과 어머니의 비의에 조금씩 눈이 뜨여간 과정에
다름아니었을 뿐이거니——.
「南道 사람」 연작(「仙鶴洞 나그네」는 「남도 사람」 연작의 셋째번 작품)과
「눈길」, 「여름의 抽象」들은 그 떠남과 돌아옴의
되풀이 속에 내가 읽어낸 그 비의의 작은 조각들이다.
언젠가는 내가 마지막으로 돌아가 내 삶과 문학
모두를 의지해야 할 歸依地, 내 영혼의 성지로의 길닦음과
작으나마 소중한 이정표들로서의.

눈 길

1

「내일 아침 올라가야겠어요.」

점심상을 물러나 앉으면서 나는 마침내 입 속에서 별러 오던 소리를 내뱉아 버렸다.

노인과 아내가 동시에 밥숟가락을 멈추며 나의 얼굴을 멀거니 건너다본다.

「내일 아침 올라가다니. 이참에도 또 그렇게 쉽게?」

노인은 결국 숟가락을 상 위로 내려놓으며 믿기지 않는다는 듯 되묻고 있었다.

나는 이제 내친 걸음이었다. 어차피 일이 그렇게 될 바엔 말이 나온 김에 매듭을 분명히 지어두지 않으면 안되었다.

「예, 내일 아침에 올라가겠어요. 방학을 얻어 온 학생 팔자도 아닌데 남들 일할 때 저라고 이렇게 한가할 수가 있나요. 급하게 맡아놓은 일도 한두 가지가 아니고요.」

「그래도 한 며칠 쉬어 가지 않고……. 난 해필 이런 더운 때를 골라 왔길래 이참에는 며칠 좀 쉬어 갈 줄 알았더니…….」

「제가 무슨 더운 때 추운 때를 가려 살 여유나 있습니까.」

「그래도 그 먼 길을 이렇게 단걸음에 되돌아가기야 하겠냐. 넌

항상 한동자로만 왔다가 선걸음에 새벽길을 나서곤 하더라마는
……. 이번에는 너 혼자도 아니고……. 하룻밤이나 차분히 좀
쉬어 가도록 하거라.」

「오늘 하루는 쉬었지 않아요. 하루를 쉬어도 제 일은 사흘을 버
리는걸요. 찻길이 훨씬 나아졌다곤 하지만 여기선 아직도 서울
이 천리 길이라 오는 데 하루, 가는 데 하루…….」

「급한 일은 우선 좀 마무리를 지어놓고 오지 않구선…….」

노인 대신 이번에는 아내 쪽에서 나를 원망스럽게 건너다보았
다. 그건 물론 나의 주변머리를 탓하고 있는 게 아니었다. 내게 그
처럼 급한 일이 없다는 걸 그녀는 알고 있었다.

서울을 떠나올 때 급한 일들은 미리 다 처리해 둔 것을 그녀에게
는 내가 말을 해줬으니까. 그리고 이번에는 좀 홀가분한 기분으로
여름 여행을 겸해 며칠 동안이라도 노인을 찾아보자고 내편에서 먼
저 제의를 했었으니까. 그녀는 나의 참을성 없는 심경의 변화를 나
무라고 있는 것이었다.

그리고 그 매정스런 결단을 원망하고 있는 것이었다. 까닭없는
연민과 애원기 같은 것이 서려 있는 그녀의 눈길이 그것을 더욱 분
명히 하고 있었다.

「그래, 일이 그리 바쁘다면 가 봐야 하기는 하겠구나. 바쁜 일을
받아놓고 온 사람을 붙잡는다고 들을 일이겠나.」

한동안 입을 다물고 앉아 있던 노인이 마침내 체념을 한 듯 다시
입을 열어 왔다.

「항상 그렇게 바쁜 사람인 줄은 안다마는, 에미라고 이렇게 먼
길을 찾아와도 편한 잠자리 하나 못 마련해 주는 내 맘이 아쉬워
그랬던 것 같구나.」

말을 끝내고 나서는 무연스런 표정으로 장죽 끝에 풍년초를 꾹꾹
눌러 담기 시작한다.

너무도 간단한 체념이었다.

담배통에 풍년초를 눌러 담고 있는 그 노인의 얼굴에는 아내에게서와 같은 어떤 원망기 같은 것도 찾아볼 수가 없었다. 당신 곁을 조급히 떠나고 싶어하는 그 매정스런 아들에 대한 아쉬움 같은 것도 엿볼 수가 없었다.

성냥불도 붙이려 하지 않고 언제까지나 그 풍년초 담배만 꾹꾹 눌러 채우고 앉아 있는 노인의 눈길은 차라리 무표정에 가까운 것이었다.

나는 너무도 간단한 노인의 그 체념에 오히려 불쑥 짜증이 치솟았다.

나는 마침내 자리에서 일어섰다. 그리고는 그 노인의 무표정에 밀려나기라도 하듯 방문을 나왔다.

장지문 밖 마당가에 작은 치자나무 한 그루가 한낮의 땡볕을 견디고 서 있었다.

2

지열이 후끈거리는 뒤꼍 콩밭 한가운데에 오리나무 무성한 묘지가 하나 있었다. 그 오리나무 그늘에 숨어 앉아 콩밭 아래로 내려다보니 집이라고 생긴 게 꼭 습지에 돋아오른 여름 버섯 형상을 닮아 있었다.

나는 금세 어디서 묵은 빚문서라도 불쑥 불거져 나올 것 같은 조마조마한 기분이었다.

애초의 허물은 그 빌어먹게 비좁고 음습한 단칸 오두막 때문이었다. 묵은 빚이 불거져 나올 것 같은 불편스런 기분이 들게 해 오는 것도 그랬고, 처음 예정을 뒤바꿔 하루 만에 다시 길을 되돌아갈 작정을 내리게 한 것 역시 그러했다. 하지만 내게 빚은 없었다. 노인에 대해선 처음부터 빚이 있을 수 없는 떳떳한 처지였다.

노인도 물론 그 점에 대해선 나를 완전히 신용하고 있었다.

「내 나이 일흔이 다 됐는데, 이제 또 남은 세상이 있으면 얼마나 길라더냐.」

이가 완전히 삭아 없어져서 음식 섭생이 몹시 불편스러워진 노인을 보고 언젠가 내가 지나가는 말처럼 권해 본 일이 있었다. 싸구려 가치라도 해 끼우는 게 어떻겠느냐는 나의 말선심에 애초부터 그래줄 가망이 없어 보여 그랬던지 노인은 단자리에서 사양을 해 버리는 것이었다.

「이럭저럭 지내다 이대로 가면 그만일 육신, 이제 와 늘그막에 웬 딴 세상을 보겠다고…….」

한번은 또 치질기가 몹시 심해져서 배변이 무척 힘들어하시는 걸 보고 수술 같은 걸 권해 본 일도 있었다.

노인은 그 때도 역시 비슷한 대답이었다.

「나이를 먹어도 아녀자는 아녀자다. 어떻게 남의 눈에 궂은 데를 보이겠더냐. 그냥저냥 참다 갈란다.」

남은 세상이 얼마 길지 못하리라는 체념 때문에도 그랬겠지만, 그보다 노인은 아무것도 아들에겐 주장하거나 돌려받을 것이 없는 당신의 처지를 감득하고 있는 탓에도 그리 된 것이었다.

고등학교 1학년 때 형의 주벽으로 가계가 파산을 겪은 뒤부터, 그리고 마침내 그 형이 세 조카아이와 그 아이들의 홀어머니까지를 포함한 모든 장남의 책임을 내게 떠맡기고 세상을 떠난 뒤부터 일은 줄곧 그렇게만 되어 온 셈이었다.

고등학교와 대학교와 군영 3년을 치러 내는 동안 노인은 내게 아무것도 낳아 기르는 사람의 몫을 못 했고, 나는 또 나대로 그 고등학교와 대학과 군영의 의무를 치르고 나와서도 자식놈의 도리는 엄두를 못 냈다. 노인이 내게 베푼 바가 없어서가 아니라 그럴 처지가 못 되었기 때문이다. 나는 나대로 형이 내게 떠맡기고 간 장남의 책임을 감당하기를 사양치 않을 수가 없었기 때문이었다.

노인과 나는 결국 그런 식으로 서로 주고받을 것이 없는 처지였다. 노인은 누구보다 그것을 잘 알고 있었다. 그렇기 때문에 내게 대해선 소망도 원망도 있을 수가 없었다.

그런 노인이었다. 한데 이번에는 웬일인지 노인의 눈치가 이상했다. 글쎄 그 가치나 수술마저 한사코 사양을 해 온 노인이, 나이 여든에서 겨우 두 해가 모자란 늘그막에 와서야 새삼스레 다시 딴 세상 희망이 생긴 것일까.

노인은 아무래도 엉뚱한 꿈을 꾸고 있는 것 같았다. 그것은 너무나 엄청난 꿈이었다.

지붕개량사업이 애초의 허물이었다.

「집집마다 모두 도단 아니면 기와들을 얹는단다.」

노인은 처음 남의 말을 하듯이 집 이야기를 꺼냈었다. 어제 저녁 때 노인과 셋이서 잠자리를 들기 전이었다. 밤이 이슥해서 형수는 뒤늦게 조카들을 데리고 이웃집으로 잠자리를 얻어 나가버리고, 우리는 노인과 셋이서 그 비좁은 오두막 단칸방에다 잠자리를 함께 폈다.

어기영차! 어기영……. 그 때 어디선가 밤일을 하는 남정들의 합창소리가 왁자하게 부풀어올랐다. 귀를 기울이고 듣고 있다가 무슨 소리냐니까 노인이 문득 생각난 듯이 귀띔을 해 왔다.

「동네가 너도나도 집들을 고쳐 짓느라 밤잠들을 안 자고 저 야단들이구나.」

농어촌 지붕개량사업이라는 것이었다. 통일벼가 보급된 후로는 집집마다 그 초가지붕 개초가 어렵게 되었단다. 초봄부터 시작된 지붕개량사업은 그래저래 제격이었다. 지붕을 개량하면 정부 보조금 5만 원을 얻는다는 것이었다. 모심기가 시작되기 전 봄철 한때

18

하고 모심기가 끝난 초여름께부터 지금까지 마을 집들 거의가 일을
끝냈단다.

　나는 처음 그런 노인의 이야기를 들었을 때 무턱대고 가슴부터
덜렁 내려앉고 있었다. 노인에 대한 빚 생각이 처음으로 머릿속에
떠오른 순간이었다. 이 노인이 쓸데없는 소망을 지니면 어쩌나.
하지만 나는 곧 마음을 가라앉혔다. 무엇보다도 나는 노인에 대해
서 빚이란 게 없었다. 노인이 그걸 잊었을 리 없었다. 그리고 그런
아들에게 섣부른 주문을 내색할 리 없었다. 전부터도 그 점만은 안
심을 할 만한 노인의 성깔이었다. 한데다가 그 노인이 설령 어떤
어울리잖을 소망을 지닌다 해도 이번에는 그 집 꼴이 문제 밖이었
다. 도대체가 기와고 도단이고 지붕을 가꿀 만한 집 꼴이 못 되었
다. 그래저래 노인도 소망을 지녀 볼 엄두를 못 낸 모양이었다. 이
야기하는 말투가 영락없는 남의 일이었다.

　하지만 사실은 그게 오해였다. 노인의 속마음은 그게 아니었다.

「관에서 하는 일이라면 이 집에도 몇 번 이야기가 있었겠군요?」

　사태를 너무 낙관한 나머지 위로 겸해 한마디 실없는 소리를 내
놓은 것이 나의 실수였다.

　노인이 다시 자리를 일어나 앉았다. 그리고 머리맡에 놓아둔 장
죽 끝에다 풍년초 한 줌을 쏘아박기 시작했다.

「왜 우리 집이라 말썽이 없었더라냐.」

　노인이 여전히 남의 말을 옮기듯 덤덤히 말했다.

「이장이 쫓아와 뜸을 들이고, 면에서 나와서 으름짱을 놓고 가고
……. 그런 일이 한두 번뿐이었으면야……. 나중엔 숫제 자기들
쪽에서 사정조로 나오더라.」

「그래 어머닌 뭐라고 우겼어요?」

　나는 아직도 노인의 진심을 모르고 있었다.

「우길 것도 뭣도 없는 일 아니겠냐. 지놈들도 눈깔이 제대로 박

힌 인간들일 것인디……. 사정을 해 오면 나도 똑같이 사정을 했더니라. 늙은이도 사람인디 나라고 어디 좋은 집 살고 싶은 맘이 없겠소. 맘으로야 천번 만번 우리도 남들같이 기와도 입히고 기둥도 갈아 내고 하고는 싶지만 이 집 꼴을 좀 들여다보시오들, 이 오막살이 흙집 꼴에다 어디 기와를 얹고 말 것이 있었소…….」

「그랬더니요?」

「그랬더니 몇 번 더 발길을 스쳐가더니 그 담엔 흐지부지 말이 없더라. 지놈들도 이 집 꼴을 보면 사정을 모를 청맹과니들이라더냐?」

노인은 그 거칠고 굵은 엄지손가락 끝으로 뜨거운 장죽 끝을 눌러대고 있었다.

「그 친구들 아마 이 동네를 백 퍼센트 지붕개량으로 모범 마을을 만들고 싶어 그랬던 모양이군요.」

나는 웬지 기분이 씁쓸하여 그런 식으로 그만 이야기를 얼버무려 넘기려고 하였다. 그런데 그게 오히려 결정적인 실수였다.

「하기사 그 사람들도 그런 소리들을 하더라. 오늘 밤일을 하고 있는 저 집 일을 끝내고 나면 이제 이 동네에서 지붕개량을 안 한 집은 우리하고 저 아랫동네 순심이네 두 집밖에 안 남는다니까 말이다.」

「그래도 동네 듣기 좋은 모범 마을 만들자고 이런 집에까지 꼭 기와를 얹으라 하겠어요.」

「글쎄 말이다. 차라리 지붕에 기와나 도단만 얹으랬으면 우리도 두 눈 딱 감고 한 번 저질러 보고 싶기도 하더라마는, 이런 집은 아예 터부터 성주를 다시 할 집이라 그렇제…….」

모범 마을이 꼬투리가 되어서 이야기가 다시 엉뚱한 곳으로 번지고 있었다. 나는 비로소 다시 가슴이 섬찟해 왔다. 하지만 이미 때가 너무 늦고 말았다.

「하기사 말이 쉬운 지붕개량이제 알속은 실상 새 성주를 하는 집
  도 여러 집 된단다.」

한번 이야기를 꺼낸 노인이 거기서부터는 새삼 마을 사정을 소상
하게 털어놓기 시작했다.

그 지붕개량사업이라는 것은 알고 보니 사실 융통성이 꽤나 많은
일이었다. 원칙은 그저 초가지붕을 벗기고 기와나 도단을 얹는 것
이었지만, 기와의 하중을 견뎌내기 위해선 기둥을 몇 개쯤 성한 것
으로 갈아넣어야 할 집들이 허다했다. 그걸 구실로 대부분의 사람
들은 성주를 새로 하듯 집들을 터부터 고쳐 지어 버렸다. 노인에게
도 물론 그런 권유가 여러 번 들어왔다. 기둥이 허술해서 기와를
못 얹는다는 건 구실일 뿐이었다. 허술한 기둥을 구실로 끝끝내 기
와얹기를 미뤄온 집이 세 가구가 있었는데 이 날 밤에 또 한 집이
새 성주를 위해서 밤일을 벌이고 있다는 것이었다. 노인이 기와얹
기를 단념한 것은 집 기둥이 너무 허해서가 아니었다. 노인은 새
성주가 겁이 나 일을 단념할 수밖에 없었던 것이다.

허술한 기둥만 믿을 수는 없었다.

일은 아직도 낙관할 수 없었다. 나는 불시에 다시 그 노인에 대
한 나의 빚만을 생각하고 있었다.

노인도 거기서 한동안은 그저 꺼져가는 불에만 신경을 쏟고 있는
것 같았다. 하더니 이윽고는 더이상 소망을 숨기기가 어려운 듯 가
는 한숨을 삼키는 것이었다. 그러고는 그 한숨 끝에다 무심결인 듯
덧붙이고 있었다.

「이참에 웬만하면 우리도 여기다 방 한 칸쯤이나 더 늘여내고 지
  붕도 도단으로 얹어버리면 싶긴 하더라만⋯⋯.」

마침내 노인이 당신의 소망을 내비친 것이었다.

「오늘 당할지 낼 당할지 모를 일이기는 하다만, 날짐승만도 못한

목숨이 이리 모질기만 하다 보니 별의별 생각이 다 드는구나. 저런 옷궤 하나도 간수할 곳이 없어 이리 밀치고 저리 밀치다 보면 어떤 땐 그저 일을 저질러버리고 싶은 생각이 꿀떡 같아지기도 하고…….」

노인은 결국 그런 식으로 당신의 소망을 분명히 해버리고 만 셈이었다. 지금은 아니더라도 적어도 그런 소망을 지녔던 것만은 분명한 것이었다.

나는 이제 할 말이 없었다. 눈을 감은 채 듣고만 있었다. 노인에 대해선 빚이 없음을 골백번 속으로 다짐하고 있었다.

「이번에는 면에서도 그냥 흐지부지 지나가 주더라만 내년엔 또 이번처럼 어떻게 잠잠해 주기나 할는지. 하기사 면 사람들 무서워 집을 고친다고 할 수도 없지마는, 늙은이 냄새가 싫어 그런지 그래도 한데서 등짝 붙이고 누울 만한 방 놔두고 밤마다 남의 집으로 잠자릴 얻어 다니는 저것들 에미 꼴도 모른 체하지는 못할 일이니라.」

내가 아예 대꾸를 않으니까 노인은 이제 혼잣말 비슷이 푸념을 계속했다. 듣다 보니 그 노인의 머릿속엔 상당히 구체적인 계획표까지 이미 마련되어 있었던 것 같았다.

「나라에서 보조금을 5만 원이나 내주었다. 일을 일단 저지르고 들었더라면 큰 돈이야 얼마나 더 들 일이 있었을라더냐……. 남정네가 없어 남들처럼 일손을 구하기가 쉽진 않았겠지만 네 형수가 여름 한철만 밭을 매 주기로 했으면 건너집 용석이 아배라도 그냥 모른 체하지는 않았을 것이다…….」

흙일을 돌볼 사람은 그 용석이 아버지에게 부탁을 하고 기둥을 갈아낼 나무 가대는 이장네 산에서 헐값으로 몇 개를 부탁해 볼 수가 있었다는 것이었다.

노인의 장죽 끝에는 이제 불기가 꺼져 식어 있었다.

노인은 연신 그 불이 꺼진 장죽을 빨아대면서, 한사코 그 보조금 5만 원과 이웃의 도움이 아까워서라도 일을 단념하기가 아쉬웠다는 투였다.

하지만 노인은 그러면서도 끝끝내 내게 대한 주장이나 원망의 빛을 보이진 않았다. 이야기의 형식은 어디까지나 과거의 일로서 그런 생각을 해 봤을 뿐이고, 그럴 뻔했다는 말일 뿐이었다. 그리고 그런 식으로 나에 대해선 어떤 형식으로도 직접적인 부담감을 느끼게 하지 않으려는 식이었다. 말하는 목소리도 끝끝내 그 체념기가 짙은 특유의 침착성을 잃지 않은 채였다.

「하지만 다 소용없는 일이다. 세상 일이 그렇게 맘같이만 된다면야 나이먹고 늙은 걸 설워 안 할 사람이 있을라더냐. 나이를 먹으면 애기가 된다더니 이게 다 나이먹고 늙어가는 노망기 한가지제.」

종당에는 그 당신의 은밀스런 소망조차도 당신 자신의 실없는 노망기 탓으로 돌려버리고 있었다.

하지만 나는 이제 노인의 내심을 못알아볼 리 없었다. 한마디 말참견도 없이 눈을 감고 잠이 든 체 잠잠히 누워만 있던 아내까지도 그것을 분명히 눈치채고 있었다.

「당신, 어젯밤 어머니 말씀에 그렇게밖에 응대해 드릴 방법이 없었어요?」

오늘 아침 아내는 마당가로 세숫물을 떠 들고 나왔다가 낮은 소리로 추궁을 해 왔다. 그 때 나는 아내에게 그저 쓸데없는 참견말라는 듯 눈매를 잔뜩 깎아 떠보였었다. 하니까 아내는 그러는 나를 차라리 경멸조로 나무라고 있었다.

「당신은 참 엉뚱한 데서 독해요. 늙은 노인네가 가엾지도 않으세요. 말씀이라도 좀더 따뜻하게 위로를 드릴 수 있었을텐데 말예요.」

아내도 분명 노인의 말뜻을 알아듣고 있었다. 그리고 나보다도 노인의 일을 걱정하고 있었다. 노인에 대한 나의 속마음도 속속들이 모두 읽고 있을 게 당연했다. 내일 아침으로 서둘러 서울로 되돌아가겠노라는 나의 결정에 아내가 은근히 분개하고 나선 것도 그런 사연을 모두 알고 있었기 때문이었다. 한다고 그년들 무슨 뾰족한 수가 있을 수가 있는가.

어쨌든 노인이 이제라도 그 집을 새로 짓고 싶어하고 있는 건 분명했다. 아무래도 알 수가 없는 일이었다. 아닌게아니라 나이를 먹으면 노인들은 모두 어린애가 되어가는 것일까. 노인은 정말로 내게 빚이 없다는 사실을 잊어버리고 만 것일까. 노인의 말처럼 그건 일테면 노망기가 분명했다. 그런 염치도 못 가릴 정도로 노인은 그렇게 늙어버린 것이었다. 하지만 나는 굳이 노인의 그런 노망기를 원망할 필요도 없었다. 문제는 서로간의 빚의 문제였다. 노인에 대해 빚이 없다는 사실만이 내게는 중요했다. 염치가 없어져서건 노망을 해서건 노인에 대해 내가 갚아야 할 빚만 없으면 그만인 것이었다.

——빚이 있을 리 없지. 절대로! 글쎄 노인도 그걸 알고 있으니까 정면으로는 말을 꺼내지 못하질 않던가 말이다.

어디선가 무덥고 게으른 매미 울음소리가 들리고 있었다.

나는 비로소 자신을 굳힌 듯 오리나무 그늘에서 몸을 힘차게 일으켜 세웠다. 콩밭 아래로 흘러 뻗은 마을이 눈앞으로 멀리 펼쳐져 나갔다. 거기 과연 아직 초가지붕을 이고 있는 건 노인네의 그 버섯모양의 오두막과 아랫동네의 다른 한 채가 전부였다.

——빌어먹을! 그 지붕개량사업인지 뭔지 하필 이런 때 법석들이지?

아무래도 심기가 편할 수는 없었다. 나는 공연히 그 지붕개량사업 쪽에다 애꿎은 저주를 보내고 있었다.

3

해가 훨씬 기운 다음에야 콩밭을 가로질러 노인의 집 뒤꼍으로 뜰을 들어서려다 보니, 아내는 결국 반갑지 않은 화제를 벌여놓고 있었다.

「이 나이에 내가 살면 얼마나 더 좋은 세상을 살겠다고 속없이 새 방 들이고 기와지붕을 덮자겠냐……. 집 욕심 때문이 아니라 나 간 뒷일이 안놓여 그런다…….」

뒤꼍에서 안뜰로 발길을 돌아나서려는데, 장지문을 반쯤 열어젖힌 안방에서 노인의 말소리가 도란도란 흘러나오고 있었다.

「날씨가 선선한 봄가을철이나, 하다못해 마당에 채일(차일)이라도 치고들 지내는 여름철만 되더라도 걱정이 덜하겠다마는, 한겨울 추위 속에서나 운 사납게 숨이 딸깍 끊어져 봐라. 단칸방 아랫목에다 내 시신 하나 가득 늘여놓으면 그 일을 어찌할 것이냐.」

이번에도 또 그 집에 관한 이야기였다. 노인을 어떻게 위로한다는 것일까. 아니면 아내는 노인의 소망을 더이상 어떻게 외면할 수가 없도록 노골화시켜 버리고 싶었던 것일까.

답답하게 눈치만 보고 도는 그 나에 대한 아내의 원망은 그토록 뿌리가 깊고 지혜로웠더란 말인가. 노인의 이야기는 아내가 거기까지 유도해 내고 있었던 게 분명했다. 노인은 이제 그 아내 앞에 당신의 집에 대한 소망을 분명한 목소리로 털어놓고 있었다.

그리고 이젠 당신의 소망에 대한 솔직한 사연을 말하고 있었다. 노인의 그 오랜 체념의 습관과 염치를 방패삼아 어물어물 고비를 지나가려던 내 앞에 노인의 소망이 마침내 노골적인 모습을 드러내 온 것이었다. 노인의 소망은 이미 짐작하고 있었지만, 설마하니 그렇게 분명한 대목까지는 만나게 될 줄을 몰랐던 일이었다. 나는 마치 마지막 희망이 무너진 느낌이었다. 하지만 그 노인의 설명에는 나에게도 마침내 분명해진 것이 있었다. 노인이 갑자기 그 집에 대한 엉뚱한 소망을 지니게 된 당신의 내력이었다. 노인은 아직도 당신의 삶을 위해서는 새삼스런 소망을 지니지 않고 있었다. 노인의 소망은 당신의 사후에 내력이 있었다.

「떠돌아들어 살아오긴 했어도, 난 이 동네 사람들한테 못할 일은 한 번도 안 해 보고 살아온 늙은이다. 궂은 밥 먹고 궂은 옷 입고 궂은 잠자리 속에 말년을 보냈어도 난 이웃이나 이 동네 사람들한테 궂은 소리는 안 듣고 늙어왔다. 이 소리가 무슨 소린고 하니 나 죽고 나면 그래도 이 동네 사람들, 이 늙은이 주검 위에 흙 한 삽, 뗏장 한 장씩은 덮어주러 올 거란 말이다. 늙거나 젊거나 그렇게 날 들여다봐 주러 오는 사람들을 어찌할 것이냐. 사람은 죽어서 고단해지는 것보다 더 고단한 것도 없는 법인디, 오는 사람 마다할 수 없고 가난하게 간 늙은이가 죽어서라도 날 들여다봐 주러 오는 사람들한테 쓴 소주 한잔을 대접해 보내고 싶은 게 죄가 될 거나. 그래서 그저 혼자서 궁리해 본 일이란다. 숨 끊어지는 날 바로 못 내다 묻으면 주검하고 산 사람들이 방 하나뿐 아니냐. 먼 데서 온 느그들도 그렇고……. 그래서 꼭 찬 바람이나 막고 궁둥이 붙여 앉을 방 한 칸만 어떻게 늘여봤으면 했더니라마는……. 그게 어디 맘 같은 일이더냐. 이도저도 다 늙고 속없는 늙은이의 노망길 테이제…….」

노인의 소망은 바로 그 당시의 죽음에 대한 대비에서 비롯된 것이었다.

알 만한 노릇이었다. 살림이 망하고 옛 살던 동네를 나와 떠돌기 시작하면서부터 언제나 당신의 죽음에 대한 대비를 게을리해 오지 않던 노인이었다. 동네 뒷산 양지바른 언덕 아래다 마을 영감 한 분에게 당신의 집터(노인은 당신의 무덤 자리를 늘 그렇게 말했다)를 미리 얻어놓고 겨울철에도 날씨가 좋으면 그 곳을 찾아가 햇볕바라기를 하다가 내려온다던 노인이었다. 노인은 이제 당신의 죽음에 마지막 준비를 서두르고 있는 것이었다. 나는 아무래도 노인의 이야기를 더 엿듣고 있을 수가 없었다. 발길을 움직여 소리없이 자리를 피해버리고 싶었다.

한데 그 때였다. 쓸데없는 일에 공연히 감동을 잘하는 아내가 아무래도 견딜 수가 없어진 모양이었다.

「전에 사시던 집은 터도 넓고 칸 수도 많았다면서요?」

아내가 느닷없이 화제를 바꾸고 나섰다. 별달리 노인을 달랠 말이 없으니까, 지나간 일이나마 그렇게 넓게 살던 옛집의 기억을 상기시켜서라도 노인을 위로하고 싶어진 것이리라. 그것은 노인도 한때 번듯한 집 살림을 해 온 기억을 되돌이키게 해서 기분을 바꿔드리고 싶어서이기도 했겠지만, 그 외에도 그것은 또 언제나 가난한 살림만을 보고 가게 하는 부끄러운 며느리 앞에 당신의 자존심을 얼마간이나마 되살려 내게 할 가외의 효과도 있을 수 있었다. 어쨌거나 나는 당분간 다시 자리를 피할 필요가 없어지고 있었다.

「옛날 살던 집이야, 크고 넓었제. 다섯 칸 겹집에다 앞뒤 터가 운동장이었더니라……. 하지만 이제 와서 그게 다 무슨 소용이냐. 남의 집 된 지가 20년이 다 된 것을…….」

「그래도 어머님은 한때 그런 좋은 집도 살아 보셨으니 추억은 즐거운 편이 아니시겠어요? 이 집이 답답하고 짜증나실 땐 그런 기억이라도 되살려 보세요.」

「기억이나 되살려서 어디다 쓰게야. 새록새록 옛날 생각이 되살아나다 보면 그렇지 않아도 심사가 어지러운 것을.」

「하긴 그것도 그러실 거예요. 그렇게 넓은 집에 사셨던 생각을 하시면 지금 사시는 형편이 더 짜증스러워지기도 하시겠죠. 뭐니뭐니 해도 지금 형편이 이렇게 비좁은 단칸방 신세가 되고 마셨으니 말씀예요.」

　노인과 아내는 잠시 그렇게 위론지 넋두린지 분간이 가지 않는 소리들을 주고받고 있었다. 한동안 그렇게 오가는 이야기를 듣다 보니, 나는 그 아내의 동기가 다시 조금씩 의심스러워지고 있었다. 아내의 말투는 그저 노인을 위로하기 위해서가 아니었다. 노인을 위로해 드리기는커녕 심기만 점점 더 불편스럽게 하고 있었다. 노인에게 옛집을 상기시켜 드리는 것은 당신의 불편스런 심기를 주저앉히기보다 오늘을 더욱더 비참스럽게 느끼게 만들고 있었다. 집을 고쳐 짓고 싶은 그 은밀스런 소망을 자꾸만 밖으로 후벼대고 있었다. 아내의 목적은 차라리 그쪽에 있었던 것 같았다.

　아내에 대한 나의 판단은 과연 크게 빗나가지 않고 있었다.

　「방이 이렇게 비좁은데 그럼 어머니, 이 옷장이라도 어디 다른 데로 좀 내놓을 순 없으세요? 이 옷장을 들여놓으니까 좁은 방이 더 비좁지 않아요.」

　아내는 마침내 내가 가장 거북스럽게 시선을 피해 오고 있는 곳으로 화제를 끌어들이고 있었다.

　바로 그 옷궤 이야기였다. 17, 8년 전, 고등학교 일학년 때였다. 술버릇이 점점 사나워져 가던 형이 전답을 팔고 선산을 팔고, 마침내는 그 아버지때부터 살아온 집까지 마지막으로 팔아넘겼다는 소식이 들려왔다. K시에서 겨울방학을 보내고 있던 나는 도대체 일이 어떻게 되어가는지 알아보고 싶어 옛 살던 마을을 찾아가 보았다. 집을 팔아버렸으니 식구들을 만나게 될 기대는 없었지만, 그래도 달리 소식을 알아볼 곳이 없었기 때문이었다. 어스름을 기다려 살던 집 골목을 들어서니 사정은 역시 K시에서 듣고 온 대로였다. 집은 텅텅 비어진 채였고 식구들은 어디론지 간곳이 없었다. 나는 다시 골목 앞에 살고 있던 먼 친척간 누님을 찾아갔다. 그런데 그 누님의 말을 들으니, 노인이 뜻밖에 아직 나를 기다리고 있다는 것이었다.

「여기가 어디냐. 네가 누군데 내 집 앞 골목을 이렇게 서성대고 있어야 하더란 말이냐.」

한참 뒤에 어디신가 누님의 소식을 듣고 달려온 노인이 문간 앞에서 어정어정 망설이고 있는 나를 보고 다짜고짜 나무랐다. 행여나 싶은 마음으로 노인을 따라 문간을 들어섰으나 집이 팔린 것은 분명해 보였다.

그 날 밤 노인은 옛날과 똑같이 저녁을 지어 내왔고, 그 날 밤을 거기서 함께 지냈다. 그리고 이튿날 새벽 일찍 K시로 나를 다시 되돌려 보냈다. 나중에야 안 일이었지만 노인은 그렇게 나에게 저녁 밥 한 끼를 지어 먹이고 마지막 밤을 지내게 해 주고 싶어, 새 주인의 양해를 얻어 그렇게 혼자서 나를 기다리고 있었다는 것이었다. 언젠가 내가 다녀갈 때까지는 하룻밤만이라도 내게 옛집의 모습과 옛날의 분위기 속에 자고 가게 해 주고 싶어서였는지 모른다. 하지만 문간을 들어설 때부터 집안 분위기는 이사를 나간 빈 집이 분명했었다.

한데도 노인은 그 때까지 매일같이 그 빈 집을 드나들며 먼지를 털고 걸레질을 해 온 것이었다. 그리고 그 때 노인은 아직 집을 지켜온 흔적으로 안방 한쪽에다 이불 한 채와 옷궤 하나를 예대로 그냥 남겨두고 있었다.

이튿날 새벽 K시로 다시 길을 나설 때서야 비로소 집이 팔린 사실을 분명히 해 온 노인의 심정으로는 그 날 밤 그 옷궤 한 가지로나마 옛집의 분위기를 되살려 나의 괴로운 잠자리를 위로하고 싶었음이 분명한 것이었다.

그러한 내력이 숨겨져 온 옷궤였다.

떠돌이 살림에 다른 가재도구가 없어서도 그랬겠지만, 이 20년 가까이를 노인이 한사코 함께 간직해 온 옷궤였다. 그만큼 또 나를 언제나 불편스럽게 만들어 온 물건이었다. 노인에게 빚이 없음을 몇번씩 스스로 다짐하고 있다가도 그 옷궤만 보면 무슨 액면가 없는 빚문서를 만난 듯 몹시 기분이 꺼림칙스러워지곤 하던 물건이었다.

이번에도 물론 마찬가지였다. 노인의 방을 들어선 순간에 벌써 기분을 불편스럽게 해 오던 옷궤였다. 그리고 끝내는 이틀밤을 못 넘기고 길을 다시 되돌아갈 작정을 내리게 한 것도 알고 보면 바로 그 옷궤의 허물이 컸을지 모른다.

아내도 물론 그 옷궤에 관한 내력을 내게서 들을 만큼 듣고 있었다.

아내가 옷궤의 내력을 알고 있는 여자라면, 그 옷궤에 관한 나의 기분도 짐작을 못할 그녀가 아니었다. 더욱이 내가 바깥에서 두 사람의 이야기를 엿듣고 있는 걸 알고서 그랬을 수도 있었다.

나는 어느새 그 콧속을 후비는 못된 버릇이 되살아날 만큼 긴장을 하고 있었다. 생각지도 않았던 곳에서 갑자기 묵은 빚문서가 튀어나올 것 같은 조마조마한 기분이었다. 노인이 치사하게 그 묵은 빚문서로 나를 궁지에 몰아넣으려 덤빌 수도 있었다.

——그래 보라지. 누가 뭐래도 내겐 절대로 빚진 게 없으니까. 그래 본들 없는 빚이 생길 리가 있을라구.

나는 거의 기구를 드리듯 눈을 감고 기다렸다.

하지만 다행스러운 것은 아직도 그 무심스러워 보이기만 한 노인의 대꾸였다.

「옷궤를 내놓으면 몸에 걸칠 옷가지는 다 어디다 간수하고야? 어디다 따로 내놓을 데가 있는 것도 아니지만, 그걸 어디다 내놓을 데가 생긴다고 해도 그것 말고는 옷가지 나부랑일 간수해 둘 데는 있어얄 것 아니냐.」

알고 그러는지 모르고 그러는지 노인은 그리 그 옷궤 쪽에는 신경을 쓰고 있지 않은 것 같았다.

「옷이야 어떻게 못을 박아 걸더라도, 사람이 우선 좀 발이라도 뻗고 누울 자리가 있어야잖아요. 이건 뭐 사람보다도 옷장을 모시는 꼴이지 뭐예요.」

아내는 거의 억지를 부리고 있었다.

옷궤에 대한 노인의 집착심을 시험해 보기 위한 수작임이 분명했다.

하지만 노인의 반응은 여전히 의연했다.

「그건 네가 모르는 소리다. 그 옷궤라도 하나 없으면 이 집을 누가 사람 사는 집이라 할 수 있겠나. 사람 사는 집 흔적으로 해서라도 그건 집안에 지녀야 할 물건이다.」

「어머님은 아마 저 옷장에 그럴 만한 사연이 있으신가 보군요. 시집오실 때 해 오신 건가요?」

노인의 나이가 너무 높다 보니 아내는 때로 그 노인 앞에 손주딸처럼 버릇이 없어지기도 했지만, 이번에는 숫제 장난기 한가지였다.

「내력은 무슨…….」

노인은 이제 그것으로 그만 입을 다물어버리고 말았다. 옷궤 이야기는 더이상 들추고 싶지가 않은 모양이었다.

하지만 아내도 이젠 그쯤에서 호락호락 물러설 여자가 아니었다. 노인이 입을 다물어버리자 아내도 그만 거기서 할 말을 잃은 듯 잠시 침묵을 지키고 있더니 이윽고는 다시 공세를 펴기 시작했다.

「하긴 어쨌거나 어머님 마음이 편하진 못하시겠어요. 뭐니뭐니해도 옛날에 사시던 집을 지켜 오시는 게 최선이었는데 말씀예요. 도대체 그 집은 어떻게 해서 팔리게 되었어요?」

이번엔 또 그 집 얘기였다. 그 역시 모르고 묻는 소리가 아니었다. 아내는 그 옷궤의 내력과 함께 집이 팔리게 된 사정에 대해서도 모두 알고 있었다. 하면서도 그녀는 다시 노인에게 그것을 되풀이시키려 하고 있는 것이었다. 옷궤를 구실로 그 노인의 소망을 유인해 내려는 그녀 나름의 노력의 연장이었다.

하지만 노인의 태도도 아직은 그 아내에 못지않게 끈질긴 데가 있었다.

「집이 어떻게 팔리기는……. 안 팔아도 좋을 집을 장난삼아서 팔았을라더냐. 내 집 지니고 살 팔자가 못 돼 그리 된 거제…….」

알고도 묻는 소릴 노인은 또 노인대로 내력을 얼버무려 넘기려고 하였다.

「그래도 사정은 있었을 게 아녜요? 그 집을 지을 때 돌아가신 아버님이 몹시 고생을 하셨다고 하던데요.」

「집이야 참 어렵게 장만한 집이었지야. 남같이 한 번에 지어올린 집이 아니고 몇 해에 걸쳐서 한 칸씩 두 칸씩 살림 형편 좋아서 늘여간 집이었더니라. 그렇게 마련한 집이 결국은 내 집이 못 되고……. 그런다고 이제 그런 소린 해서 다 뭣을 하겠냐. 어차피 내 집이 못 될 운수라 그리 된 일을 이런 소리 곱씹는다고 팔려 간 집 다시 내 집이 되어 돌아올 것도 아니고…….」

「하지만 그리 어렵게 장만한 집이라 애석한 생각이 더할 게 아녜요. 지금 형편도 그럴 수밖에 없고요. 어떻게 되어 그리 되고 말았는지 그 때 사정이라도 좀 말씀해 보세요.」

「그만둬라, 다 소용없는 일이다. 이제는 그럭저럭 세월이 흘러서 기억도 많이 희미해진 일이고…….」

한사코 이야기를 피하려는 노인에게 아내는 마침내 마지막 수단을 동원하고 있었다.

「좋아요. 어머님께선 아마 지난 일로 저까지 공연히 속을 상하게 할까 봐 그러시는 모양인데요, 그래도 별로 소용이 없으세요.

저도 사실은 이야기를 대강 다 들어 알고 있단 말씀예요.」

「이야기를 들어? 누구한테서?」

노인이 비로소 조금 놀라는 기미였다.

「그야 물론 저 사람한테지요.」

노인의 물음에 아내가 대답했다. 눈에는 보이지 않았지만, 밖에서 엿듣고 있는 나를 지목한 말투가 분명했다. 짐작대로 그녀는 벌써부터 내가 밖에서 엿듣고 있는 낌새를 알아차리고 있었음이 분명했다.

「제가 알고 있는 건 그 집을 팔게 된 사정뿐만도 아니에요. 어머님께서 저 사람한테 그 팔려간 집에서 마지막 밤을 지내게 해 주신 일도 모두 알고 있단 말씀예요. 모른 척하고 있기는 했지만 저 옷장 말씀예요, 그 날 밤에도 어머님은 저 헌 옷장 하나를 집안에다 아직 남겨두고 계셨더라면서요. 아직도 저 사람한텐 어머님이 거기서 살고 계신 것처럼 보이시려고 말씀이에요.」

아내는 차츰 목소리가 떨려 나오고 있었다.

「그렇담 어머님, 이제 좀 속시원히 말씀해 보세요. 혼자서 참아 넘기시려고만 하지 마시고 말씀이라도 하셔서 속을 후련히 털어놔 보시란 말씀이에요. 저흰 어머님 자식들 아닙니까. 자식들한테까지 어머님은 어째서 그렇게 말씀을 참아 넘기시려고만 하세요.」

아내의 어조는 이제 거의 울먹임에 가까웠다.

노인도 이젠 어찌할 수가 없는지, 한동안 묵묵히 대꾸가 없었다.

나는 온통 입안의 침이 다 마르고 있었다. 노인의 대꾸가 어떻게 나올지 숨도 못 쉰 채 당신의 다음 말만 기다리고 있었다.

하지만 그 아내나 나의 조바심하고는 아랑곳없이 노인은 끝내 심기를 흐트리지 않았다.

「그래 그 아그(아이)도 어떻게 아직 그 날 밤 일을 잊지 않고 있
더냐?」

「그래요. 그리고 그 날 밤 어머님은 저 사람이 집엘 못 들어가고
서성대고 있으니까 아직도 그 집이 안 팔린 것처럼 저 사람을 안
으로 데려다가 저녁까지 한 끼 지어 먹이셨다면서요.」

「그럼 됐구나. 그렇게 죄다 알고 있는 일을 뭣하러 한사코 나한
테 되뇌게 하려느냐.」

「저 사람은 벌써 잊어가고 있거든요. 저 사람한테선 진짜 얘기를
들을 수도 없고요. 사람이 독해서 저 사람은 그런 일 일부러 잊
어요. 그래 이번엔 어머님한테서 진짜 이야길 듣고 싶은 거예
요. 저 사람 얘기말고 어머님의 그 날 밤 진짜 심경을 말씀이에
요.」

「심경이나마나 저하고 별다른 대목이 있었을라더냐. 사세 부득
해서 팔았다곤 하지만, 아직은 그래도 내 발길이 끊이지 않은 집
인데, 그 집을 놔두고 그 아그가 그래 발길을 주춤주춤 어정대고
서 있더구나…….」

아내의 성화를 견디다 못해 노인은 결국 마지못한 어조로 그 날
밤 일을 돌이키고 있었다. 어조에는 아직도 그 날 밤의 심사가 조
금도 실려 있질 않은 채였다.

「그래 저를 나무래서 냉큼 집 안으로 데리고 들어갔더니라. 그리
고 더운 밥 지어 먹여서 그 집에서 하룻밤을 재워 가지고 동도
트기 전에 길을 되돌려 떠나 보냈더니라…….」

「그래 그 때 어머님 마음이 어떠셨어요?」

「마음이 어떻기는야. 팔린 집이나마 거기서 하룻밤 저 아그를 재
워 보내고 싶어 싫은 골목 드나들며 마당도 쓸고 걸레질도 훔치
며 기다려온 에미였는디, 더운 밥 해 먹이고 하룻밤을 재우고 나
니 그만만 해도 한 소원은 우선 풀린 것 같더구나.」

「그래 어머님은 흡족한 기분으로 아들을 떠나 보내셨다는 그런 말씀이시겠군요. 하지만 정말로 그게 그렇게 될 수가 있었을까요? 어머님은 정말로 그렇게 흡족한 마음으로 아들을 떠나 보내실 수 있으셨을까 말씀이에요. 아들은 다시 학교로 돌아가는 길이었다 하더라도 어머님 자신은 그 때 변변한 거처 하나 마련해 두시질 못하셨을 처지에 말씀이에요.」

「나더러 또 무슨 이야길 더 하라는 것이냐.」

「그 때 아들을 떠나 보내실 때 어머님 심경을 듣고 싶어요. 객지 공부가는 어린 아들을 그런 식으로 떠나 보내시면서 어머님 자신도 거처가 없이 떠도셔야 했던 그 때 처지에서 어머님이 겪으신 심경을 말씀예요.」

「그만두거라. 다 쓸데없는 노릇이니라. 이야기를 한들 그 때 마음이야 네가 어찌 다 알아들을 수가 있겠냐.」

노인이 다시 이야기를 사양했다.

그러나 그 체념기가 완연한 노인의 어조에는 아직도 혼자 당신의 맘 속으로만 지녀온 어떤 이야기가 남아 있을 것 같았다.

나는 이제 더이상 기다리고 있을 수가 없었다. 아내는 그런 나의 기미를 눈치채고 있었다 하더라도 노인만은 아직 그걸 알지 못하고 있었다. 노인의 말을 그쯤에서 그만 중단시켜야 했다. 아내가 어떻게 나온다 하더라도 내게까지 그것을 알게 하고 싶지는 않을 노인이었다. 내 앞에선 더이상 노인의 이야기가 계속될 수 없었다.

나는 이윽고 헛기침을 한 번 하고서 그 노인의 눈길이 닿고 있는 장짓문 앞으로 모습을 불쑥 드러내고 나섰다.

4

위험한 고비는 그럭저럭 모두 지나가고 있었다.

　저녁상을 들일 때 노인은 또 언제나처럼 막걸리 한 되를 가져오게 하였다. 형이 술버릇 때문에 집안 꼴이 그 지경이 되었는데도 노인은 웬일로 내게 술 걱정을 그리 하지 않았다. 집에만 가면 당신이 손수 막걸리 한두 되씩을 꼭꼭 미리 마련해다 주곤 하였다.

　——한잔 마시고 잠이나 자거라.

　그러면서 언제나 잠을 자기를 권하는 것이었다.

　이 날 저녁도 마찬가지였다.

　「그래, 정 내일 아침으로 길을 나설라냐?」

　저녁상이 들어왔을 때 노인은 그렇게 조심스런 목소리로 나의 내심을 한 번 더 떠 왔을 뿐이었다.

　「가야 할 일이 있으니까 가겠다는 거 아니겠어요.」

　나는 노인에게 공연히 화가 치민 목소리로 퉁명스럽게 대꾸했다.

　하니까 노인은 그것으로 그만이었다.

　「그래 알았다. 저녁하고 술이나 한잔 하고 일찍 쉬거라.」

　아침부터 먼 길을 나서려면 잠이라도 일찍 자 두라는 것이었다. 나는 말없이 노인을 따랐다. 저녁 겸해서 술 한 되를 비웠다. 그리고 술기를 못 견디는 사람처럼 일찌감치 잠자리를 펴고 누웠다.

　형수님이 조카들을 데리고 잠자리를 찾아 나가자 이 날 밤도 우리는 세 사람 합숙이었다.

　어쨌거나 이제 위태로운 고비는 그럭저럭 거의 다 넘겨가고 있는 셈이었다. 눈을 붙였다. 깨고 나면 그것으로 모든 건 끝나는 것이었다. 지붕이고 옷궤고 더이상 신경을 쓸 일이 없어진다. 노인에게 숨겨진 빚문서가 있을까. 하지만 이 날 밤만 무사히 넘기고 나면 노인의 빚문서도 그것으로 영영 휴지가 되는 것이다.

　——잠이나 자자. 빚이고 뭐고 잠들면 그만이다. 노인에게 빚은 내가 무슨 빚이 있단 말인가…….

　나는 제법 홀가분한 기분으로 눈을 감고 잠을 청했다. 술기 탓인지 알알한 잠 기운이 이내 눈꺼풀을 덮어 왔다.

　한데 얼마쯤 그렇게 아늑한 졸음기 속을 헤매고 났을 때였을까. 나는 웬일인지 문득 다시 잠기가 서서히 엷어져 가고 있었다. 그리고 아직도 그 어렴풋한 선잠기 속에 도란도란 조심스런 노인의 말소리가 들려오고 있었다.

　「그 날 밤사말로 갑자기 웬 눈이 그리도 많이 내렸던지 잠을 잤으면 얼마나 잤겠느냐마는 그래도 잠시 눈을 붙였다가 새벽녘에 일어나 보니 바깥이 왼통 환한 눈 천지로구나……. 눈이 왔더라도 어쩔 수가 있더냐. 서둘러 밥 한술씩을 끓여다가 속을 덥히고 그 눈길을 서둘러 나섰더니라…….」

　나는 다시 정신이 번쩍 들고 말았다. 어찌된 일인지 노인이 마침내 그 날 밤 이야기를 아내에게 가닥가닥 털어놓고 있는 중이었다.

　「처지가 떳떳했으면 날이라도 좀 밝은 다음에 길을 나설 수도 있었으련만, 그 땐 아직도 그리 처지가 부끄럽고 저주스럽기만 했던지……. 그래 할 수 없이 새벽 눈길을 둘이서 나섰지만, 시오리나 되는 장터 차부까지 산길이 멀기는 또 얼마나 멀더라냐.」

　기억을 차근차근 더듬어 나가고 있는 노인의 몽롱한 목소리는 마치 어린 손주아이에게 옛얘기라도 들려 주고 있는 할머니의 그것처럼 아늑한 느낌마저 깃들고 있었다.

　아내가 결국은 노인을 거기까지 유도해 냈음이 분명하였다.

　――이야기를 한들 네가 어찌 다 알아들을 수가 있겠냐…….

　낮결에 노인이 말꼬리를 한 가닥 깔고 넘은 기미를 아내가 무심히 들어 넘겼을 리 없었다.

　그 날 밤――아니 그 날 새벽――아내에겐 한 번도 들려 준 일이 없는 그 날 새벽의 서글픈 동행을, 나 자신도 한사코 기억의 피안으로 사라져 가 주기를 바라 오던 그 새벽의 눈길의 기억을 노인

은 이제 받아낼 길이 없는 묵은 빚문서를 들추듯 허무한 목소리로
되씹고 있었다.

「날은 아직 어둡고 산길은 험하고, 미끄러지고 넘어지면서도 차
부까지는 그래도 어떻게 시간을 대어 갈 수가 있었구나…….」

이야기를 듣고 있는 나의 머릿속에도 마침내 그 날의 정경이 손
에 닿을 듯 역력히 떠올랐다. 어린 자식놈의 처지가 너무도 딱해서
였을까. 아니 어쩌면 노인 자신의 처지까지도 그밖엔 달리 도리가
없었을 노릇이었는지도 모른다. 동구밖까지만 바래다 주겠다던 노
인은 다시 마을 뒷산의 잿길까지만 나를 좀더 바래 주마 우겼고,
그 잿길을 올라선 다음에는 새 신작로가 나설 때까지만 산길을 함
께 넘어가자 우겼다. 그럴 때마다 한차례씩 가벼운 실랑이를 치르
고 나면 노인과 나는 더이상 할 말이 있을 수가 없었다. 아닌게아
니라 날이라도 좀 밝은 다음이었으면 좋았겠는데 날이 밝기를 기다
려 동네를 나서는 건 노인이나 나나 생각을 않았다. 그나마 그 어
둠을 타고 마을을 나서는 것이 노인이나 나나 마음이 편했다. 노인
의 말마따나 미끄러지고 넘어지면서, 내가 미끄러지면 노인이 나
를 부축해 일으키고, 노인이 넘어지면 내가 당신을 부축해 가면
서, 그렇게 말없이 신작로까지 나섰다. 그러고도 아직 그 면소 차
부까지는 길이 한참이나 남아 있었다. 나는 결국 그 면소 차부까지
도 노인과 함께 신작로를 걸었다.

아직도 날이 밝기 전이었다.

하지만 그러고 우리는 어찌 되었던가.

나는 차를 타고 떠나가버렸고, 노인은 다시 그 어둠 속의 눈길을
되돌아선 것이다.

내가 알고 있는 건 거기까지뿐이었다.

노인이 그 후 어떻게 길을 되돌아갔는지는 나로서도 아직 들은
바가 없었다. 노인을 길가에 혼자 남겨두고 차로 올라서버린 그 순

간부터 나는 차마 그 노인을 생각하기가 싫었고, 노인도 오늘까지 그 날의 뒷얘기는 들려 준 일이 없었다. 한데 노인은 웬일로 오늘사 그 날의 기억을 끝까지 돌이키고 있었다.

「어떻게 어떻게 장터 거리로 들어서서 차부가 저만큼 보일 만한 데까지 가니까 그 때 마침 차가 미리 불을 켜고 차부를 나오는구나. 급한 김에 내가 손을 휘저어 그 차를 세웠더니, 그래 그 운전사란 사람들은 어찌 그리 길이 급하고 매정하기만 한 사람들이더냐, 차를 미처 세우지도 덜하고 덜크렁덜크렁 눈 깜짝할 사이에 저 아그를 훌쩍 실어 담고 가버리는구나.」

「그래서 어머님은 그 때 어떻게 하셨어요?」

잠잠히 입을 다문 채 듣고만 있던 아내가 모처럼 한마디를 끼여들고 있었다.

나는 갑자기 다시 노인의 이야기가 두려워지고 있었다. 자리를 차고 일어나 다음 이야기를 가로막고 싶었다. 하지만 나는 이미 그럴 수가 없었다. 사지가 말을 들어 주지 않았다. 온몸이 마치 물을 먹은 솜처럼 무겁게 가라앉아 있었다. 몸을 어떻게 움직여 볼 수가 없었다. 형언하기 어려운 어떤 달콤한 슬픔, 달콤한 피곤기 같은 것이 나를 아늑히 감싸 오고 있었다.

「어떻게 하기는야. 넋이 나간 사람마냥 어둠 속에 한참이나 찻길만 바라보고 서 있을 수밖에야……. 그 허망한 마음을 어떻게 다 말할 수가 있을 거나…….」

노인은 여전히 옛얘기를 하듯 하는 그 차분하고 아득한 음성으로 그 날의 기억을 더듬어 나갔다.

「한참 그러고 서 있다 보니 찬바람에 정신이 좀 되돌아오더구나. 정신이 들어 보니 갈 길이 새삼 허망스럽지 않았겠냐. 지금까진 그래도 저하고 나하고 둘이서 함께 헤쳐온 길인데 이참에는 그 길을 늙은 것 혼자서 되돌아서려니……. 거기다 아직도 날은 어둡지야……. 그대로는 암만해도 길을 되돌아설 수가 없어 차부를 찾아 들어갔더니라. 한식경이나 차부 안 나무 걸상에 웅크리고 앉아 있으려니 그제사 동녘 하늘이 훤해져 오더구나……. 그래서 또 혼자 서두를 것도 없는 길을 서둘러 나섰는데, 그 때 일만은 언제까지도 잊혀질 수가 없을 것 같구나.」

「길을 혼자 돌아가시던 그 때 일을 말씀이세요?」

「눈길을 혼자 돌아가다 보니 그 길엔 아직도 우리 둘 말고는 아무도 지나간 사람이 없지 않았겠냐. 눈발이 그친 그 신작로 눈 위에 저하고 나하고 둘이 걸어온 발자국만 나란히 이어져 있구나.」

「그래서 어머님은 그 발자국 때문에 아들 생각이 더 간절하셨겠네요.」

「간절하다뿐이었겠냐. 신작로를 지나고 산길을 들어서도 굽이굽이 돌아온 그 몹쓸 발자국들에 아직도 도란도란 저 아그의 목소리나 따뜻한 온기가 남아 있는 듯만 싶었제. 산비둘기만 푸르륵 날아가도 저 아그 넋이 새가 되어 다시 되돌아오는 듯 놀라지고, 나무들이 눈을 쓰고 서 있는 것만 보아도 뒤에서 금세 저 아그 모습이 뛰어나올 것만 싶었지야. 하다 보니 나는 굽이굽이 외지기만 한 그 산길을 저 아그 발자국만 따라 밟고 왔더니라. 내 자석아, 내 자석아, 너하고 나하고 둘이 온 길을 이제는 이 몹쓸 늙은 것 혼자서 너를 보내고 돌아가고 있구나!」

「어머님 그 때 우시지 않았어요?」

「울기만 했겠냐. 오목오목 디뎌논 그 아그 발자국마다 한도 없는 눈물을 뿌리며 돌아왔제. 내 자석아, 내 자석아, 어디를 떠돌든 부디 몸이나 성하게 지내거라. 부디부디 너라도 좋은 운 타서 복 받고 살거라……. 눈앞이 가리도록 눈물을 떨구면서 눈물로 저 아그 앞길을 빌고 왔제…….」

노인의 이야기는 이제 거의 끝이 나 가고 있는 것 같았다. 아내는 이제 할 말을 잊은 듯 입을 조용히 다물고 있었다.

「그런디 그 서두를 것도 없는 길이라 그렁저렁 시름없이 걸어온 발걸음이 그래도 어느 참에 동네 뒷산을 당도해 있었구나. 하지만 나는 그 길로는 차마 동네를 바로 들어설 수가 없어 잿등 위에 눈을 쓸고 아직도 한참이나 시간을 기다리고 앉아 있었더니라 …….」

「어머님도 이젠 돌아가실 거처가 없으셨던 거지요.」

한동안 조용히 입을 다물고 있던 아내가 이제 더이상 참을 수가 없어진 듯 갑자기 노인을 추궁하고 나섰다. 그녀의 목소리는 이제 울먹임 때문에 떨리고 있었다.

나 역시도 이젠 더이상 노인을 참을 수가 없었다. 이제나마 노인을 가로막고 싶었다. 아내의 추궁에 대한 그 노인의 대꾸가 너무도 두려웠다. 노인의 대답을 들을 수가 없었다. 하지만 그 역시도 불가능한 일이었다.

나는 아직도 눈을 뜰 수가 없었다. 불빛 아래 눈을 뜨고 일어날 수가 없었다. 사지가 마비된 듯 가라앉아 있는 때문만이 아니었다. 졸음기가 아직 아쉬워서도 아니었다. 눈꺼풀 밑으로 뜨겁게 차오르는 것을 아내와 노인 앞에 보일 수가 없었다. 그것이 너무도 부끄러웠기 때문이었다. 아내는 이번에도 그러는 나를 알고 있었던 것 같았다.

「여보, 이젠 좀 일어나 보세요. 일어나서 당신도 말을 좀 해 보세요.」

그녀가 느닷없이 나를 세차게 흔들어 깨웠다. 그녀의 음성은 이제 거의 울부짖음에 가까웠다. 그래도 나는 일어날 수가 없었다. 뜨거운 것을 숨기기 위해 눈꺼풀을 꾹꾹 눌러 참으면서 내처 잠이 든 척 버틸 수밖에 없었다.

음성이 아직 흐트러지지 않고 있는 건 오히려 그 노인뿐이었다.

「가만두거라. 아침길 나서기도 피곤할 것인디 곤하게 자고 있는 사람 뭣하러 그러냐.」

노인은 일단 아내의 행동을 말려 두고 나서 아직도 그 옛얘기를 하는 듯한 아득하고 차분한 음성으로 당신의 남은 이야기를 끝맺어 가고 있었다.

「그런디 이것만은 네가 잘못 안 것 같구나. 그 때 내가 뒷산 잿등에서 동네를 바로 들어가지 못하고 있었던 일 말이다. 그건 내가 갈 데가 없어 그랬던 건 아니란다. 산 사람 목숨인데 설마 그 때라고 누구네 문간방 한 칸에라도 산 몸뚱이 깃들일 데 마련이 안됐겠냐. 갈 데가 없어서가 아니라 아침 햇살이 너무 눈에 시리더구나, 그 때는 벌써 동네 아래까지 햇살이 활짝 퍼져 들어 있는디, 눈에 덮인 그 우리 집 지붕까지도 햇살 때문에 볼 수가 없더구나. 더구나 동네에선 아침 짓는 연기가 한참인디 그렇게 시린 눈을 해갖고는 그 햇살이 부끄러워 차마 어떻게 동네 골목을 들어설 수가 있더냐. 그놈의 말간 햇살이 부끄러워져서 그럴 엄두가 안 생겨나더구나. 시린 눈이라도 좀 가라앉히자고 그래 그러고 앉아 있었더니라…….」

仙鶴洞 나그네

남도 땅 장흥(長興)에서도 버스는 다시 비좁은 해안 도로를 한 시간 남짓 달린 끝에, 늦가을 해가 설핏해진 저녁 무렵이 다 되어서야 종점지인 회진(會鎭)으로 들어섰다.

차가 정류소에 멎어서자 막판까지 넓은 차칸을 지키고 앉아 있던 칠팔 명의 손님이 서둘러 자리를 일어섰다. 젊은 운전사 녀석은 그새 운전석 옆 비상구로 차를 빠져나가 머리와 옷자락에 뒤집어쓴 흙먼지를 길가에서 훌훌 털어대고 있었다.

사내는 맨 마지막으로 차를 내려섰다. 차를 내린 다른 손님들은 방금 완도 연락을 대기하고 있는 여객선의 뱃고동 소리에 발걸음들이 갑자기 바빠지고 있었다.

사내는 발길을 서두르지 않았다.

그는 배를 탈 일이 없었다.

발길을 서두르는 대신 그는 이제 전혀 할 일이 없는 사람처럼 한 동안 밀물이 차오르는 선창 쪽 바다만 바라보고 있었다. 하다가 그는 뒤늦게 무슨 할 일이 떠오른 듯 눈에 들어오는 근처 약방으로 발길을 황급히 재촉해 들어갔다.

약방에서 사내는 이마에 저녁 별조각을 받고 앉아 있는 젊은 아

낙네에게 박카스 한 병을 샀다. 그리고 거스름돈을 내주는 여자에
게 그가 물었다.

「아주머니, 요즘 물때가 저녁 만조겠지요?」

「그러겠지라우. 보름을 지낸 지가 엊그제니께요. 지금도 하마
물이 거의 차올랐을텐디요?」

거스름돈을 내주며 묘하게 게으르고 건성스러워 들리는 사투리
의 여자에게 사내가 다시 재우쳐 물었다.

「선학동 쪽에 하룻밤 묵어갈 만한 곳이 있을까요? 옛날엔 그쪽
길목에 술도 팔고 밥도 먹여 주는 조그만 주막이 하나 있었던 걸
로 알고 있습니다만……」

여자는 그제서야 쉰길은 다 들어서고 있는 듯한 사내의 행적을
새삼 눈여겨보는 듯했다. 하지만 그녀는 어딘가 짙은 피곤기 같은
것이 어려 있는 사내의 표정과 허름한 몰골에 금세 흥미가 떨어지
는 어조였다.

「손님도 아마 선학동이 첫 길은 아니신가 본디, 그야 사람 사는
동네에 하룻밤 길손 묵어갈 곳이 없을랍디요. 동네로 건너가는
길목엔 아직 주막도 하나 남아 있고요……」

사내는 박카스 병을 열어 안엣것을 마시고 나서 곧 약국을 나왔
다. 그리고는 이내 선창거리를 빠져나와 선학동 쪽으로 늦은 발길
을 재촉해 나섰다.

서쪽 산마루 위로 낙조가 아직 한 뼘쯤 남아 있었다.

「서둘러 가면 늦지 않겠군.」

사내는 혼자 중얼거리며 걸음걸이에 한층 속도를 주었다.

……이 곳을 지난 것이 30년쯤 저쪽 일이던가. 그 때 기억에 따
르면 선학동까지는 이 회진포에서도 아직 십리 길은 족히 되고 남
는 거리였다. 해안으로 그 십리 길을 모두 걸어 닿아야 할 필요는
없었다. 이쪽 길목에 아직 주막이 남아 있다면 그 선학동을 물 건

너로 바라볼 수 있는 주막까지만 닿으면 되었다. 하다못해 선학동 포구를 내려다볼 수 있는 돌고래 고빗길만 돌아서게 되어도 그만이었다.

하지만 해 안으로 어떻게든 선학동을 보아야 했다. 선학동과 선학동을 감싸안고 뻗어내린 물 건너 산자락을, 그리고 그 선학동 산자락을 거울처럼 비춰 올릴 선학동 포구의 만조(滿潮)를 놓치지 말아야 했다.

사내는 갈수록 발길을 서둘러댔다.

한동안 물길을 따라 돌던 해변길이 이윽고 산길로 변하였다. 선학동으로 넘어가는 돌고개 산길이 시작되고 있었다. 왼쪽으로 파란 회진포의 물길을 내려다보며 산길은 소나무 숲 무성한 산굽이를 한참이나 구불구불 돌아가고 있었다.

쏴──쏴──

솔바람소리가 제법 시원스럽게 어우러져 들렸으나 갈 길이 조급한 사내의 이마에선 땀방울이 송글송글 돋아나고 있었다.

왼쪽 눈 아래로 때마침 포구를 빠져나가는 완도행 여객선의 바쁜 뱃길이 그림처럼 내려다보였는데, 사내는 그 여객선의 긴 뱃고동 소리에조차 공연히 마음이 쫓겨대는 심사였다. 그는 여객선과 시합이라도 벌이듯 허겁지겁 산길을 돌아들고 있었다.

하지만 여객선의 속력과 사내의 걸음걸이는 처음부터 상대가 될 수 없었다. 배는 순식간에 포구를 빠져나가 넓은 남해 바다를 향해 까맣게 섬 기슭을 돌아서고 있었다.

사내도 이젠 거의 마지막 산굽이를 돌아들고 있었다. 선학동 쪽으로 길을 넘어설 돌고개 모롱이가 눈앞에 있었다.

사내는 새삼 표정이 긴장되기 시작했다. 산길이 제법 높아 그런지 저녁해는 회진 쪽에서보다 아직 한 뼘 길이나 남아 있었다. 이제 마지막 산모롱이를 하나 올라서고 나면, 거기서 다시 오른쪽으로 길게 뻗어들어간 선학동 포구의 긴 물길이 눈앞을 시원히 막아 설 것이다. 그리고 거기서 그는 보게 될 것이었다. 장삼자락을 길 게 벌려 선학동을 싸안은 도승 형국의 관음봉(觀音峯)과 만조에 실려 완연히 모습지어 오를 그 신비스런 선학(仙鶴)의 자태를. 그 리고 또 재수가 좋으면 그는 어쩌면 듣게 될 것이었다. 그 도승의 품속 어디선가로부터 둥둥둥둥 포구를 울리면서 물을 건너오는 산 령(山靈)의 북소리를. 그리고 그 종적 모를 여인의 한스런 후일담 을……

사내는 억누를 수 없는 기대감 때문에 발걸음마저 차츰 더디어져 가고 있었다.

하지만 사내에겐 오래 망설일 여유가 없었다. 그는 긴장한 자신 을 달래기 위해 심호흡을 한 번 크게 내뱉고 나서는 이내 성큼성큼 마지막 산모롱이를 올라서 버렸다.

순간, 사내의 얼굴 표정이 크게 흔들렸다.

눈앞에 펼쳐진 풍정이 너무도 의외였다.

돌고개 너머론 또 한줄기 바다가 선학동 앞까지 길게 뻗어들어가 있어야 하였다. 물이 있어야 할 곳에 물이 없었다. 바닷물은 언제 부턴가 돌고개 기슭에서부터 출입이 끊겨 있었다. 돌고개 기슭과 관음봉의 오른쪽 산자락 끝을 건너 이은 제방이 포구의 물길을 끊 어버리고 있었다. 포구는 바닷물 대신 추수가 끝난 빈 들판으로 변 해져 있었다.

들판 건너편으로 옹기종기 집들이 모여앉은 선학동의 모습이 아 득히 떠올랐다. 비상학(飛翔鶴)의 모습은 자취를 찾을 수가 없었 다. 포구에 물이 없으니 선학(仙鶴)은 처음부터 날아오를 수가 없 었다. 둥둥……. 관음봉 지심(地心)에서부터 물을 건너 들려온다 던 그 산령의 북소리도 들려올 리 없었다.

변하지 않은 것은 다만 장삼자락을 좌우로 길게 펼쳐 앉은 법승 형국의 관음봉뿐이었다. 그 기이한 관음봉의 자태도 포구에 물이 차올라 있을 때의 얘기였다. 마른 들판을 싸안은 관음봉은 전날과 같이 아늑하고 인자스런 지덕(地德)과 그 풍광을 깡그리 잃어버리고 있었다. 그것은 다만 들판을 둘러싸고 내려앉은 평범한 산줄기에 불과할 뿐이었다.

사내는 모든 기대가 한꺼번에 무너져내린 듯 그 자리에 털썩 몸을 주저앉히고 말았다. 그러고는 이제 잃어버린 선학동의 옛 풍정을 되새기듯 아쉬운 상념 속을 헤매들기 시작했다.

선학동(仙鶴洞) —— 그 곳엔 옛날부터 기이한 이야기 한 가지가 전해오고 있었다. 이야기는 포구 안쪽에 자리잡은 선학동의 뒷산 모습으로부터 연유된 것이다. 그 산세가 영락없는 법승의 자태를 닮고 있었기 때문이었다. 마을 뒤쪽으로 주봉을 이루고 있는 관음봉은 고깔처럼 뾰족하게 하늘로 치솟아오른 모습이 영락없는 법승의 머리통을 방불케 하였고, 그 정봉을 한참 내려와 좌우로 길게 펼쳐 내려간 양쪽 산줄기는 앉아 있는 스님의 장삼자락을 형상 짓고 있었다. 선학동 마을은 이를테면 그 법승의 장삼자락에 안겨든 형국이었는데, 게다가 마을 앞 포구에 밀물이 차오르면 관음봉 쪽 산심의 어디선가로부터 둥둥둥둥 법승 북을 울려대는 듯한 신기한 지령음(地靈音)이 물 건너 돌고개 일대까지 들려오곤 한다는 것이었다.

마을터가 상서롭게 일컬어져 온 것은 말할 나위가 없었다.

그러나 마을 사람들에게 보다 더 관심이 가는 일은 선대들의 묘자리를 위해 관음봉 산자락 가운데서도 진짜 지령음이 솟아오르는 명당(明堂) 줄기를 찾는 일이었다. 마을엔 예로부터 그 지령음이 울려나오는 곳에 진짜 명당이 숨어 있다는 말이 전해져 오고 있는데다, 사람들은 그 명당을 찾아 조상의 뼈를 묻음으로써 관음봉의 음덕(陰德)을 대대손손 누리고 싶어들 하였기 때문이다.

　뿐더러 관음봉 산록에 명당이 있다 함은 이 마을을 선학동이라 부르게 된 데에도 또 하나 깊은 내력이 있었다. 산의 이름이 관음봉이라 한다면 마을 이름도 마땅히 관음리 정도가 되는 게 상례였다. 그러나 마을은 예로부터 이름이 선학동이라 하였다. 까닭인즉, 마을 앞 포구에 밀물이 차오르면 관음봉이 문득 한 마리 학으로 그 물 위를 날아오르기 때문이었다. 포구에 물이 들면 관음봉의 산 그림자가 거기에 떠올랐다. 그런데 그 물 위로 떠오르는 관음봉의 그림자가 영락없는 비상학의 형국을 지어냈다. 하늘로 치솟아오른 고깔모양의 주봉은 힘찬 비상을 시작하고 있는 학의 머리요, 길게 굽이쳐내린 양쪽 산줄기는 그 날개의 형상이 완연했다.

　포구에 물이 차오르면 관음봉은 한 마리 학으로 물 위를 떠돌았다. 선학동은 그 날아오르는 학의 품안에 안겨진 마을인 셈이었다.

　동네 이름이 선학동이라 불리게 된 연유였다. 그리고 그런 연유로 관음봉의 명당은 더욱 굳게 믿어지고 있었다. 명당을 얻기 위해 관음봉 일대에 묻힌 유골은 헤아려낼 수도 없을 정도였다.

　그러나 이제는 그 포구에 물길이 막혀버리고 있었다. 관음봉의 그림자가 내려비칠 곳이 없었다. 포구의 물이 말라버림으로 하여 이제는 더이상 그 관음봉이 한 마리 선학으로 물 위를 날아오를 수가 없게 된 것이었다.

　관음봉은 이제 날개를 꺾이고 주저앉은 새였다. 그것은 이제 꿈을 잃은 산이었다.

　사방은 어느새 저녁 어스름이 짙게 젖어들어오고 있었다. 어스름이 내려깔린 들판 건너로 관음봉의 무심스런 자태가 더욱더 황량스럽게 멀어져 가고 있었다.

　쏴——쏴——

　솔바람소리가 시시각각으로 짙은 어둠을 몰아왔다.

사내는 그제서야 자리를 일어섰다. 그리고 비로소 생각이 난 듯 발아래로 뻗어내려간 들판과 어둠 속으로 눈길을 천천히 훑어내리기 시작했다.

이제 여인의 소식을 만날 희망 따윈 머리에서 깡그리 사라지고 없었다. 고을 모습이 너무도 많이 달라져 있었다. 선학동엔 이제 선학이 날지 않았다. 학이 없는 선학동을 여자가 일부러 지나쳤을 리 없었다.

하지만 이젠 날이 너무 어두워지고 있었다. 그리고 기왕 날을 잡아서 나서 온 길이었다. 주막에서 하룻밤을 묵어갈 수밖에 없었다.

약국 여자가 일러준 대로 주막은 금세 찾아낼 수 있었다. 산길이 들판으로 뻗어내려간 솔밭 기슭에 십여 가호 정도의 작은 마을이 하나 새로 생겨나 있었다. 포구를 막아 들판이 되면서 길목따라 생겨난 마을인 듯싶었다.

사내는 휘청휘청 힘없는 걸음걸이로 산길을 내려갔다. 주막은 마을초입께에 마른 버섯처럼 낮게 쪼그려붙어 앉아 있었다. 초가 지붕을 인 옛 그대로의 모습이 어슴푸레 기억 속에서 되살아났다. 사내는 그 음습하고 쇠락해진 주막집 사립문 안으로 들어섰다.

「주인장 계십니까.」

사내의 인기척소리에 어두운 부엌 쪽에서 이내 한 중년 연배의 아낙이 치맛자락에 물 묻은 손을 훔치며 나타났다.

얼핏 보아하니 기억이 전혀 떠오르지 않는 얼굴이었다. 주막 주인이 바뀐 모양이었다. 하기야 그 무렵에 이미 쉰 고개를 훨씬 넘어서고 있던 주막집 노인이었다. 30년이면 강산이 변해도 세 번은 변했을 세월이었다. 그 때의 노인이 아직 주막을 지키고 남아 있을 리 없었다.

「목 좀 축일 수 있겠소?」

그는 별 요량도 없이 아낙에게 말했다.

「약주를 드실라고요?」

아낙은 웬지 그리 달갑지 않은 어조로 그에게 되물어왔다.

「그럽시다.」

사내는 거의 건성으로 대꾸하고 나서 마루 위로 털썩 몸을 주저앉혔다.

「갖다놓은 지가 며칠 돼서 술이 좀 안 좋을 것인디, 그래도 괜찮겠소?」

아낙은 마치 술을 팔기 싫은 사람처럼 한 번 더 다짐을 주고 나서야 부엌 쪽으로 몸을 비켜나갔다.

알고 보니 아낙은 웬일인지 이날 밤 태도가 늘상 그런 식이었다.

잠시 후, 아낙이 초라한 목판 위에다 김치보시기 하나와 술주전자를 얹어 내왔을 때 사내가 다시 아낙에게 말했다.

「어떻게 저녁 요기도 좀 함께 부탁드릴 수 있겠소?」

아낙은 이 때도 주막집 여편네답지 않게 심드렁한 소리로 되물어오는 것이었다.

「왜, 이 골이 초행길이신 게라우?」

「예, 초행길이나 다름없습니다. 그래 오늘 하룻밤을 여기서 아주 묵어갔으면 싶소만…….」

내친 김에 사내가 다시 밤까지 묵어갈 뜻을 말했으나, 아낙은 역시 마음이 금방 내켜오지 않는 표정으로 사내의 눈치만 살피고 있었다.

「왜 묵고 가기가 어렵겠소?」

사내가 재차 묻고 드니까 아낙은 그제서야 마지못한 듯 반허락을 해왔다.

「글쎄……. 요샌 밤을 묵어가신 손님이 통 없어놔서요. 상 차림

새도 마땅찮고 잠자리도 험할 것인디, 그래도 손님이 좋으시다면 할 수 없지라우.」

사내는 그래도 상관이 없노라고 했다. 그리고 그게 돈 받고 남의 시중 들어주는 남도 사람들의 소박한 자존심이나 결벽성 때문이거니 여기며 그 역시 마음 속에 크게 괘념을 않으려 하였다.

「선학동 포구가 그새 모두 들판이 되었는데도 형편들은 그리 크게 나아지질 못한 것 같군요.」

사내는 기둥 하나 너머로 부엌일을 서둘러대고 있는 아낙에게 망연스런 어조로 말하며 혼자 술잔을 비워내기 시작했다. 그런데 그 소리가 인연이 되어 사내와 아낙 사이에 오간 몇 마디가 뜻밖의 인물을 불러내고 있었다.

「글씨, 우리 같은 길갓집 살림이야 고을 인심에 기대 사는 처진디, 들농사가 는다고 그런 인심까지 함께 따라 늘지는 않는갑습디다.」

주막집 아낙은 사내가 말한 뒤 한 식경이나 지나서 솔불 연기 사이로 구정물을 버리러 나와서야 새삼 사내의 푸념을 알은 척을 해왔다. 그리고는 빈 구정물 통을 한 손에 들고 서서 잠시 지난날의 주막 일을 푸념 섞어 들춰냈다

「그야, 한 십여 년 전엔 포구 일 땜시 공사판 사람들이 줄을 서가며 찾아들 때도 있긴 했지만, 그것도 그저 그 한때뿐 공사가 끝나고는 그만 아니었겠소.」

「선학동에 학이 날지를 못하게 됐으니 그런가 보군요.」

아낙의 푸념에 사내는 문득 들판 건너 어둠 속에 싸여들고 있는 관음봉 쪽을 건너다보며 아직도 반혼잣말처럼 무심스레 말했다.

「선학동은 이제 이름뿐 아닙니까? 관음봉이 그림자를 드리울 물을 잃었으니 학이 이제는 날아오를 수가 없지요. 그래 학마을에서 학이 날지를 못하게 됐으니 인심이 그렇게 말라든 거 아니겠

소⋯⋯.」

그런데 그 때였다.

「포구물이 말랐다고 학이 아주 못 나는 것은 아니라오.」

덜컹 하고 안방 문이 열리며 느닷없는 목소리가 밖으로 튀어나왔다. 말꼬리를 잇고 나서는 품이 여태까지 문 뒤에서 바깥 얘기를 귀담아들어오고 있었음이 분명했다. 주인 사내쯤 되는 것 같았다.

그는 어느새 등불까지 켜들고 인사말도 없이 불쑥 손에게로 다가왔다. 그리고는 다시 심상찮은 소리를 덧붙여오는 것이었다.

「하기야 이 포구의 물길이 막힌 뒤로는 우리도 한동안 그리 생각을 했지요. 물이 마른 포구에 진짜로 관음봉이 그림자를 드리울 수는 없었으니께요. 하지만 요샌 사정이 다시 달라졌어요⋯⋯. 노형은 보실 수가 없을지 모르지만 이 물도 없는 포구에 학이 다시 날기 시작했거든요.」

주인 사내는 말을 하면서 웬지 이쪽 표정을 무척이나 세심하게 살피고 있는 기미가 역력했다. 하더니 그는 마침내 어떤 확신이 서오는 듯, 어느 구석인가는 오히려 시치밀 떼고 있는 듯한 어조로 손의 호기심을 돋구고 들었다.

「연전에 한 여자가 이 동넬 찾아들었소. 그리고 그 여자가 지나간 다음부터 이 고을에 다시 학이 날기 시작했어요⋯⋯. 헌디 손님도 아마 오래 전부터 이 선학동의 비상학 얘길 알고 기셨던 모양이지요?」

⋯⋯죽었던 학이 다시 날기를 시작했다? 한 여자가 이 고을을 찾아들고 나서부터?

사내에게 비로소 어떤 질긴 예감이 움직여오기 시작했다. 사내의 말투는 어딘지 이미 이쪽 맘 속을 환히 꿰뚫고 있는 것 같았다. 그리고 일부러 그의 궁금증을 충동질해 오고 있는 것 같았다. 하지만 그보다 사내가 긴장을 한 것은 그가 켜들고 온 희미한 불빛 아래로 주인 사내의 얼굴을 보았을 때였다. 불빛에 드러난 사내의 얼굴엔 이미 초로의 피곤기 같은 것이 짙게 어려들고 있었다. 하지만 그는 금세 그 사내의 불거진 광대뼈와 짙은 두 눈썹 모습에서 까맣게 잊고 있던 한 소년의 모습을 떠올리고 있었다.

그는 긴장감 때문에 가슴이 새삼 두근거려 오기 시작했다. 그리고 그럴 때 늘상 그래 왔듯이 목소리를 잔뜩 낮추고 있었다.

「그거 참 듣던 중 희한한 얘기로군요. 아닌게아니라 나도 이 선학동 비상학 얘기는 오래 전에 한 번 들은 일이 있었소마는, 그래 어떤 여자가 이 골을 다녀갔길래 가라앉아 버린 학을 다시 날아오르게 했단 말이요.」

사내는 선학동을 찾은 것이 허사가 되지 않은 것 같았다.

주인은 손에게 너무도 많은 기대를 갖게 하였다. 손은 주인에게 은근히 여자의 이야기를 졸라댔다. 그는 여자가 선학동의 학을 다시 날아오르게 한 사연을 몹시도 듣고 싶어하였다. 주인은 그러나 거기서부터는 웬지 이야기를 쉽게 털어놓으려 하질 않았다. 그는 손 앞에서 새삼 이야기의 서두를 망설이고 있었다.

「그거 뭐 노형한테는 상관이 되는 일도 아닐텐디요⋯⋯. 이따 저녁 요기나 끝내고 나시거든 심심풀이로나 들려드릴까⋯⋯.」

이야기를 잠시 피해 두고 싶은 듯 자리까지 훌쩍 비켜버리는 것이었다.

하지만 손 쪽도 이제는 짐작이 있었다. 주인 사내는 손이 그토록 이야기를 듣고 싶어하는 연유조차도 물어오질 않았다. 그러나 그 주인 역시도 어딘지 이제는 손 앞에서 여자의 이야기를 털어놓고 싶은 기미가 역력했다. 작자는 짐짓 손의 조바심을 돋우려는 게 분명했다.

사내의 짐작은 과연 옳았다.

　주인 사내는 그새 어디 마을이라도 나간 듯 손이 그럭저럭 저녁 상을 물린 다음까지도 모습을 통 나타내지 않았다. 그래 혼자 술청 뒷방에서 막막한 예감에 부대끼던 사내가 참다못해 다시 앞마루로 나가 보니 작자가 또 어느새 소리도 없이 그 곳에 돌아와 있었다. 뿐더러 그는 벌써 술상까지 마루로 내받고 있었는데, 그것도 여태 손이 나오기를 기다리고 있었던 듯 빈 술잔 한 개를 남겨놓고 있었 다. 그리고 비로소 손이 나타나자 그는 이번에도 말이 없이 남은 술잔을 다짜고짜 손 앞으로 채워 건넸다.

　손도 말없이 주인 건너편 상 앞으로 자리를 잡고 걸터앉았다.

　보름 지난 달빛이 들판을 가득 내리비추고 있었다. 등잔불도 없 는 술자리가 달빛으로 밝기가 그만저만하였다.

　손이 이윽고 술잔을 비워내어 주인에게 건넸다. 그러나 주인도 자기 앞의 술잔을 손에게로 비워 건네며 제물에 먼저 입을 열어오 기 시작했다.

「그러니께 지금서부터 한 삼십 년 전 내가 이 집에서 술 심부름 을 하고 지내던 시절이었소…….」

　주인은 이제 앞뒤 사정을 젖혀놓고 단도직입적으로 어렸을 적 이 야기를 꺼내고 있었다. 손으로선 다소 갑작스런 이야기가 아닐 수 없었다. 하지만 주인이 거두절미하고 어렸을 적 얘기를 꺼내고 있 는 것처럼 손 쪽도 뭔가 이미 예상을 하고 있었던 듯 표정이 그리 설어 보이질 않았다.

「어느 해 가을이던가. 이 집에 참 빼어난 남도 소리꾼 부녀가 찾 아든 일이 있었소. 머리가 반백이 다 되어가는 늙은 아비하고 이 제 열 살이 넘었을까말까 한 어린 계집아이 부녀였는디, 철모를 적에 들은 기억이지만 양쪽이 모두 명창으로다 소리가 좋았지 요…….」

　주인은 제법 소중스레 간직해 온 이야기를 털어놓듯 목소리가 차츰 낮게 가라앉아 가고 있었다. 주인의 이야기에 말없이 귀를 기울이고 있는 손의 표정도 그럴수록 조급하게 쫓겨대고 있었다. 주인은 그 손이 뭔가 자신의 예감에 부대끼고 있는 기미는 아랑곳을 않은 채 혼자서 이야기를 이어가고 있었다.

「소리는 주로 아비되는 노인 쪽이 많이 하고 딸아이에겐 아직 소리를 가르치기 겸해 어쩌다 한 번씩밖에 시키는 일이 없었지만서도, 우리가 듣기엔 그 딸아이의 목청도 노인에 진배없이 깊고 도도했소. 그 부녀가 온 뒤로 주막은 날마다 소리 즐기는 사람들 발길이 끊일 날이 없었어요. 헌디 노인은 선학동 사람들이 소리를 들으러 이 주막으로 물을 건너오게 했을 뿐 당신이 소리를 하러 주막을 떠나는 일은 한 번도 없었어요. 언제고 이 주막에 앉아서 소리를 했지요. 연고를 알고 보니 노인은 그 때 이 주막에 앉아 소리를 하면서 선학동 비상학을 즐기셨던 거드구만요. 포구에 물이 차오르고 선학동 뒷산 관음봉이 물을 타고 한 마리 비상학으로 모습을 떠올리기 시작할 때면 노인은 들어 주는 사람이 있거나 없거나 그 비상학을 벗삼아 혼자 소리를 시작하곤 했어요. 해질녘 포구에 물이 차오르고 부녀가 그 비상학과 더불어 소리를 시작하면 선학이 소리를 불러낸 것인지 소리가 선학을 날게 한 것인지 분간을 짓기가 어려운 지경이었소. 헌디 그렇게 한 서너 달쯤 지났을까요. 노인넨 그 동안 맘 속으로 깊이 목적한 일이 따로 있었던 거드구만요. 무어라 할까……. 노인넨 그냥 비상학을 상대로 소리만 즐긴 게 아니라 어린 딸아이의 소리에 선학이 떠오르는 이 포구의 풍정을 심어 주려고 했다고나 할까……. 하여튼지 한 서너 달 그렇게 소리를 하고 나니 노인네 뜻이 그새 어느 만큼은 채워졌던가 봅디다. 계집아이의 소리가 처음 주막을 찾아들었을 때보다도 훨씬 더 도도하고 장중스러워지는구나 싶었을 때였어요. 부녀가 홀연 주막을 떠나가고 말았소.

그리곤 영 소식이 없었지요…….」

주인은 거기서 목이 맺히는 듯 다시 술잔을 비워 손에게로 건넸다. 손은 말없이 그 술잔을 받아놓음으로써 주인의 이야기를 재촉하고 있었다.

주인이 다시 이야기를 계속했다.

「그 뒤로 이 선학동엔 부녀의 소리를 잊지 못해 하는 사람들이 꽤나 많았지요. 기약도 없이 떠나가 버린 부녀가 다시 한 번 이 고을을 찾아 주길 기다리는 사람도 많았고요. 하여간에 그 부녀의 소리는 두고두고 이 고을 사람들 입에 오르내리는 이야깃거리로 남게 되었소. 하지만 부녀는 다시 마을을 찾아온 일이 없었고 그럭저럭 하다 보니 이 선학동 사람들도 종당에는 그 부녀의 일을 차츰 잊어가기 시작했어요. 그리고 이 산 밑 포구가 마른 들판으로 변해가고 관음봉이 다시 학이 되어 물 위를 날 수가 없게 된 담부터선 부녀의 이야기도 영영 사람들 머리에서 잊혀지고 말았지요. 헌디 아마 이태 전 봄이었을 거외다……. 그러니께 그 때만 해도 벌써 포구가 맥힌 지 칠팔 년이 지난 뒤라 소리꾼 부녀는 물론 비상학의 기억까지도 까맣게들 잊고 지내던 참이었는디, 어느 날 느닷없이 여자가 여길 다시 왔어요…….」

주인은 거기서 다시 한 번 말을 멈추고 손 쪽을 이윽히 건너다보았다.

이야기는 바야흐로 이제 제 줄기로 접어들어 가고 있었다. 손 쪽에서도 이젠 더이상 조용히 예감을 견디고만 있기가 어려워진 것 같았다.

「여자라니요? 그 때 그 소리를 하던 노인의 딸아이가 말이오?」

손이 자기 앞에 밀린 술잔을 하나 재빨리 비워내어 주인 쪽으로 건네며 물었다.

「그 여자가 아니라면 누구겠소.」

주인은 손의 참견을 가볍게 나무라고 나서 다시 이야기를 계속해
나갔다.

「그새 많이 장성을 하였드구만요. 아니 장성을 했다기보담은 소
리에 세월이 많이 배어들었어요. 소리를 배워 준 옛날 노인네도
오래 전에 벌써 여읜 뒤였고. 허지만 난 금방 여잘 알아봤소. 여
자 쪽도 물론 이 쪽을 쉬 알아봐 줬고요…….」

「무슨 일로 여자가 다시 이 고을을 찾아들었소?」

손이 다시 참을성 없이 끼여들고 있었다. 하지만 주인은 이제 사
내를 굳이 허물하고 싶은 기색이 아니었다.

「그야 우선은 옛날 선학동의 비상학을 한 번 더 찾아보고 싶어서
였겠지요. 허지만 여자에겐 이 선학동 학이나 소리하는 것말고
도 진짜 치러야 할 일거리를 한 가지 지니고 왔었소…….」

주인은 간단히 손의 궁금증을 무지르듯 말하고 다음 이야기를 이
으려 하였다.

그런데 그 때 손이 또 한번 주인의 말줄기를 끊고 들었다.

「치러야 할 일거리라뇨? 그 여자가 무슨 일거릴 가지고 왔었
소?」

자기 예감에 부대껴대다 못한 참견이었다.

그러나 주인은 이제 손의 참견은 아예 무시를 해버리려는 눈치였
다. 그는 이제 손 쪽에서 무얼 물어 오고 무얼 조급해하든 짐짓 아
랑곳을 않으려는 어조로, 또는 누구에겐가 그걸 전하기 위해 오랜
세월을 기다려 온 사람처럼 다소간은 무겁고 조급한 어조로 혼자
이야기를 계속해 나갔다.

여자에 관한 그 주인의 이야기는 대강 이런 것이었다.

여자는 옛날의 아비 대신 웬 초로(初老)의 남정 한 사람과 늦은
저녁길로 주막을 찾아왔다. 그 때 그 초로의 남정은 여자의 소리
장단통 하나와 매동거지가 제법 얌전한 나무궤짝 하나를 등에 지고

왔는데, 그 나무궤짝은 다름아닌 여자의 옛날 아비의 유골을 모신 관구였었다.

여자는 옛날 소리를 하고 떠돌다가 보성 고을 어디선가 숨이 걷혀 묻힌 아비의 유골을 20여 년 만에 다시 선학동으로 수습해 온 것이었다. 그것은 물론 이 선학동 산하에 당신의 유골을 묻어드리기 위해서였는데, 그게 당신의 유언인 듯 싶었고, 여자로서도 그게 오랜 소망이 되어 왔다는 것이었다.

그러나 선학동은 원래부터 명당이 숨어 있는 곳으로 소문이 나 있는 곳이었다.

선학동 산지엔 이미 다른 유골을 묻을 곳이 없었다. 묘자리를 잡을만한 곳은 이미 모두 자리가 잡혀졌고, 설사 아직 그런 곳이 남아 있다 하여도 임자 없는 땅이 있을 리 없었다.

암장이나 도장이 아니고는 여자는 이내 일을 치를 수가 없었다. 마을엔 아직 여자의 소리와 비상학의 기억을 지니고 있는 사람이 많았다. 여자의 소문을 들은 마을 사람들은 은근히 자기네 산 단속들을 서두르고 나섰다. 암장이나 도장조차도 섣불리 엄두를 낼 수 없었다.

하지만 여자는 서두르지 않았다. 일을 서두르거나 초조해 하는 빛이 조금도 없었다. 여자는 그저 소리만 하면서 날을 보냈다. 해가 설핏해지면 여자의 소리가 주막 일대의 어둠을 흔들었다.

함평천지 늙은 몸이……

여자가 소리를 하고 초로의 남정이 장단을 잡았다. 나이 든 여자의 도도한 목청은 차츰 선학동 사람들을 주막까지 건너오게 하였고, 그 소리는 또 날이 갈수록 듣는 사람의 애간장을 온통 들끓어오르게 만들곤 하였다.

여자의 소리가 며칠 그렇게 계속되어 나가자 선학동 사람들에게 이상스런 일이 일어나기 시작했다. 선학동 사람들 중엔 누구도 아직 여자의 아비에게 땅을 내주려는 사람이 없었다. 하지만 여자의 소리를 들은 사람들은 그녀의 아비가 언젠가는 그 곳에 땅을 얻어 묻히게 되리라는 것을 알았다. 그리고 그게 지극히도 당연한 일처럼 생각했다. 그게 누구네 산이 될지도 몰랐고 어떤 식으로 그렇게 일이 되어갈지도 몰랐지만 어쨌거나 사람들은 여자의 소리를 듣고 막연히 그런 생각들을 하고 있었다.

주막집 사내는 더더구나 그랬다. 그는 누구보다도 여자의 소리에서 깊은 암시를 겪어내고 있었다. 그리고 그것이 무엇인지를 스스로 분명히 느끼고 있었다. 그는 다만 때가 오기를 기다리고 있었다. 그리고 어느 날 마침내 그 때가 다가왔다.

쑥대머리 귀신형용
적막옥방 홀로 앉아

어느 날 밤──그날사말고 여자는 유난히 힘을 들여 소리를 하였다. 그리고 자정이 넘어서야 여자는 간신히 소리를 그쳤고, 선학동 사람들도 들판을 건너갔다.

마을 사람들이 모두 잠자리를 찾아 들판을 건너간 다음 여자가 마침내 주막을 나섰다. 초로의 남정에게 아비의 유골을 지워 밤길을 앞세우고서였다. 그리고 그것으로 여자는 그만 다시는 주막으로 돌아오지 않았다.

어디엔가 아비의 유골을 암장해 버리고 그 길로 선학동을 떠나가 버린 것이었다.

「헌디 괴이한 것은 여자가 떠나간 뒤의 이 선학동 사람들이었소.」

주인은 이제 그쯤해서 이야기를 거의 끝내가고 있었다. 그는 이제 마을 사람들의 괴이한 태도로 이야기의 마무리를 지어 나가고 있었다.

「하룻밤 사이에 여자가 갑자기 동넬 떠나가 버렸는데도 그 여자의 일에 대해선 아무것도 서로 묻는 법이 없었거든요. 언젠가는 여자가 으레 그런 식으로 떠나갈 줄을 알고 있었던 듯이 말이외다. 일테면 사람들은 여자가 어떻게 마을을 떠나간 건지 사연을 모두 짐작한 거지요. 그리고 그 편이 외려 다행스런 일이란 듯이 일부러 입들을 다물어 준 거라요. 하니까 여자가 그날 밤 그런 식으로 아비의 유골을 숨겨 묻고 간 지가 이삼 년이 넘은 지금까지도 아무에게도 그 곳이 알려지질 않았지요. 글쎄 어떤 사람들은 혹 그것을 알고 있는지도 모를 일이기는 하지만 알고 있거나 모르고 있거나 도대체가 그 일에 대해선 말들이 없어요…….」

주인은 그쯤 이야기를 끝내고 나서 손의 기색을 살피기 시작했다.

손은 이제 입을 굳게 다물어버리고 있었다.

주인도, 손도 거기서 한동안 서로 말이 없었다. 뒷산 솔밭을 스쳐가는 바람소리마저 어느새 고즈넉이 잦아들어 가고 있었다. 술주전자도 이미 바닥이 나 있었다. 한데도 주인에겐 아직 해야 할 이야기가 남아 있었던 것일까. 그는 빈 주전자를 들고 말없이 자리를 일어서서 부엌으로 나가 새로 술을 하나 가득 담아 왔다. 그리고는 손과 자신의 술잔을 채우고 나서 가만히 손 쪽의 표정을 살피고 있었다. 이번에는 뭔가 손 쪽에서 입을 열어 올 차례라는 듯 그를 기다리는 기미가 역력했다.

손의 침묵은 의외로 완강했다.

그는 여전히 혼자 생각에만 골몰하고 있었다. 이제는 어떻게 피해나갈 수가 없는 자신의 예감에 입술이 오히려 굳어붙고 있었다.

하지만 그는 결국 주인의 침묵을 이겨낼 수가 없었다.

「그 여자 아마 앞을 못 보는 장님이 아니었소?」

말없는 주인의 강요에 견디다 못해 손이 마침내 한숨을 토하듯 주인에게 물었다. 어딘지 이미 분명한 짐작을 지니고 있는 투였다. 아니 그는 으레 사실이 그러리라 스스로 확신을 해버리고 있는 듯 주인의 대답조차도 기다리는 표정이 아니었다.

그러나 주인은 여태까지 손에게서 그 한 마디를 듣기 위해 그토록 긴 이야기를 해왔던 듯 조급한 어조로 시인을 해왔다.

「아, 그랬지요. 내가 여태 그걸 말하지 않고 있었던가. 그 여잔 앞 못 보는 장님이었소. 그래 그 노인이 여자의 앞을 인도하고 다니면서 손발 노릇을 대신해 줬지요.」

그러나 그 주인의 어조에는 아직도 어딘지 시치밀 떼고 있는 구석이 있는 것이었다. 그는 손이 말도 듣기 전에 어떻게 여자가 장님인 줄을 알고 있었는지를 묻지 않았다. 그것은 주인 쪽도 손이 그러리라는 걸 미리 알고 있었거나 아니면 짐짓 그렇게 모르는 척해 넘기고 있음이 분명했다.

손 쪽도 주인의 그런 태도엔 새삼 이상스러워하는 기미가 없었다.

말이 오가는 게 오히려 부질없는 노릇 같았다. 두 사람은 다시 내밀한 침묵으로 할 말을 모두 대신하고 있었다. 그러다 이윽고 손 쪽이 먼저 자탄을 해왔다.

「부질없는 일이오. 부질없는 일이에요. 선학동엔 이제 학이 날지를 못하는데, 그 학 없는 선학동에 여자가 아비의 유골을 묻고 간 것이 무슨 소용이 닿는 일이겠소.」

손은 그저 그 몇 마디뿐 자탄의 소리가 안으로 잦아지듯 다시 입을 다물고 말았다.

하지만 주인은 이제 그것으로 모든 게 족해진 모양이었다.

손은 아직도 여자와 자신과의 인연에 대해서는 분명한 말이 한 마디도 없었다. 하지만 그는 이제 학이 날지 못하는 선학동에 아비의 유골을 묻고 간 여자의 일을 제 일처럼 못내 안타까워하고 있었다. 주인은 그것으로 모든 일이 분명해지고 있었다. 그리고 그것으로 만족한 것 같았다.

그가 다시 입을 열어 오기 시작했다.

「아니, 노형은 아까 내 얘길 잊었구만요. 여자가 한 일은 부질없는 것이 아니었다오. 여자가 간 뒤로 이 선학동엔 다시 학이 날기를 시작했으니께요. 여자가 이 선학동에 다시 학을 날게 했어요. 포구 물이 막혀버린 이 선학동에 아직도 학이 날고 있는 것을 본 사람이 그 눈이 먼 여자였으니 말이외다.」

주인은 이번에야말로 선학동에 다시 학이 날게 된 사연을 이야기하기 시작했다.

눈이 먼 여자가 누구보다 먼저 선학동의 학을 다시 보기 시작했다.

그것은 어딘지 좀 허황하고 기이한 이야기가 아닐 수 없었다. 하지만 그에게 그런 믿음이 있었기 때문이었을까. 그는 한 번 이야기를 시작하자 이번에는 손 쪽의 기미를 아랑곳을 전혀 않으려는 식이었다. 손님 쪽이 어떻게 이야기를 듣고 있든 그는 필시 자기가 지녀온 이야기들을 모두 털어놓고 말 결심을 한 사람처럼 혼자서 열심히 이야기를 이어나갔다.

손은 다시 입을 다문 채 주인의 이야기에 귀를 기울였다.

주인의 이야기는 한마디로 그 여자가 자신의 노랫가락 속에 한 마리 학이 되어간 이야기였다.

가지 마오 가지 마오

심낭자 가지 마오

여자는 날마다 소리만 하고 지내고 있었다.

한 며칠을 그렇게 지내다 보니, 여자는 그저 아무 때고 하고 싶은 때에 소리를 하는 게 아니었다. 여자의 소리는 언제나 포구 밖 바다에 밀물이 들어오는 때를 맞추고 있었다. 그것도 마치 성한 눈을 지닌 사람이 바닷물이 차오르는 포구를 내려다보듯한 눈길로 반드시 마루께로 자리를 나앉아 잡고서였다.

어느 날 해질녘의 일이었다. 사내가 잠시 마을을 건너갔다 돌아와보니 이 날도 또 여자와 노인이 소리 채비를 하고 앞마루께로 나앉아 있었다.

주인 사내는 눈 먼 여자의 주의를 흐트리지 않으려고 무심결에 발소리를 죽이며 사립 밖에서 잠시 두 사람의 동정을 기다리고 있었다.

그런데 사내는 거기서 차츰 괴이한 생각이 들기 시작했다.

여자에게선 이내 소리가 시작되어 나오질 않았다. 여자와 노인 사이에선 한동안 사내가 알아들을 수 없는 기이한 문답만 오가고 있었다. 문답은 주로 여자가 묻는 쪽이었고, 노인은 그걸 듣고 따르는 쪽이었다.

「오늘이 음력 초이틀 물이지요?」

여자가 무엇엔가 열심히 귀를 기울이며 노인에게 물었다.

「아마, 그렇제.」

노인이 여자의 얼굴을 들여다보며 무연스레 대답했다. 여자가 가만히 고개를 끄덕이며 혼잣말처럼 말했다.

「그새 벌써 물이 많이 차올랐어요. 물이 차오르는 소리가 귀에 들려요.」

그러고 나서 여자는 반 마장이나 떨어진 방둑 너머 바닷물소리가 정말로 귀에 들려오고 있는 듯 한동안 더 주의를 모으고 있었다.

사내가 따져 보니 아닌게아니라 물때가 거진 만조 무렵에 가까워 오고 있었다. 옛날 같으면 포구 안으로 밀물이 가득 차올라 올 때였다. 하지만 포구는 사라지고 없었다. 바닷물은 오래 전에 이미 방둑 너머에서 출입이 막혀버린 터였다. 한데도 여자의 귀는 그 밀물 올라오는 소리를 듣고 있었다. 그리고 이젠 여자에게서처럼 자신의 귀에도 그 물소리가 들려오고 있는 듯 지그시 눈을 내리감고 있는 노인에게까지 그걸 자꾸만 일깨워 주고 있었다.

「어르신 귀에도 이제 소리가 들리시오? 물이 밀려드는 저 소리가 말씀이오.」

「그래 내게도 들리는 듯싶네.」

여자를 달래는 듯한 노인의 대꾸. 하지만 주인 사내가 정작 놀라게 된 것은 여자의 다음 물음이었다.

「물소리가 들리시면 어르신도 그럼 그 물 위를 나는 학을 보실 수가 있으시오?」

여자는 노인에게 묻고 나서 자신은 방금 눈앞으로 날개를 펴고 떠오르는 학을 굽어보고 있기라도 한 듯 머릿속 정경을 그려 보이고 있었다.

「포구에 물이 가득 차오르면 건너편 관음봉이 물 위로 내려와서 한 마리 학으로 날아오르질 않겠소. 어르신도 그걸 볼 수가 있으시오?」

「그래 인제는 나도 보이는 듯싶네. 이 포구에 물이 차오르고 건너편 산이 그 물 속에서 완연한 학으로 떠오르는 듯싶으네.」

노인은 한사코 여자의 뜻을 따라 자신의 눈과 귀를 순종시키고 싶어하는 대답이었다.

그러나 여자는 정작으로 그 비상학을 좇듯이 보이지도 않는 눈길로 벌판 쪽을 한참이나 더듬어대고 있었다. 그러다 그녀는 비로소 채비가 완전히 끝난 노인 쪽을 돌아보며 비탄조로 말했다.

「아베의 소리는 그러니께 그 시절에 늘 물 위를 날아오른 학과
함께 노닐었답니다.」

주인 사내로선 갈수록 예사롭지 않은 소리들이었다. 눈 아래 들
판엔 이제 물도 없고 산그림지도 없었다. 게다가 여자는 어렸을 적
그녀가 그 아비와 함께 이 곳을 왔을 때라 하더라도 그녀가 정작으
로 물이나 산그림자를 보았을 리 없었다. 하지만 앞을 못 보기 때
문에 오히려 성한 사람이 볼 수 없는 물과 산그림자를 보고 있는지
도 몰랐다. 두 눈이 성해 있는 사람이면 그 말라붙은 들판에서 있
지도 않은 물과 산그림자를 볼 리가 없었다. 있지도 않은 물과 산
그림자를 본 것은 그녀가 오히려 앞을 못 보는 맹인이기 때문이
었다.

사내의 그런 상상은 차츰 어떤 불가사의한 믿음으로 변해가고 있
었다.

망망창해에 탕탕(蕩蕩)한 물결이라
백빈주 갈매기는 홍요안에 날아들고…….

여자가 마침내 소리를 시작하고 있었다.

한데 사내는 그 여자의 오장이 끓어오르는 듯한 목소리 속에서
자신도 문득 그것을 본 것이다. 사립에 기대어 눈을 감고 가만히
여자의 소리를 듣고 있자니 사내의 머릿속에서 오랫동안 잊혀져 온
옛날의 그 비상학이 서서히 날개를 펴고 날아오르기 시작한 것이었
다. 그리고 여자의 소리가 길게 이어져 나갈수록 선학동은 다시 옛
날의 포구로 바닷물이 차오르고 한 마리 선학이 그 곳을 끝없이 노
닐기 시작했다.

그런 일이 있은 후 사내는 여자의 학을 믿지 않을 수가 없었다.

여자는 날마다 밀물때를 잡아 소리를 하였다. 그 소리는 언제나

이 선학동을 옛날의 포구 마을로 변하게 하였고, 그 포구에 다시 선학이 유유히 날아오르게 하였다.

그리고 그러다 여자는 어느 날 밤 문득 선학동을 떠나갔다.

하지만 사내는 여자가 그렇게 선학동을 떠나고 나서도 그녀의 소리가 여전히 귓전을 맴돌고 있었다. 소리가 귓전에 울려 올 때마다 선학동은 다시 포구가 되었고, 그녀의 소리는 한 마리 선학과 물 위를 노닐었다. 아니 이제는 그 소리가 아니라 여자 자신이 한 마리 학이 되어 선학동 포구 물 위를 끝없이 노닐었다.

그래 사내는 이따금 말했다.

「여자는 어디로 떠나간 것이 아니어. 그 여자는 이 선학동의 학이 되어버린 거여. 학이 되어서 언제까지나 이 고을 하늘을 떠돈단 말이여.」

여자가 그토록 갑자기 마을을 떠나가 버린 데 대한 아쉬움 때문이었을까. 주막집 이웃들이나 벌판 건너 선학동 사람들마저 사내의 그런 소리엔 그리 허물을 해오는 눈치가 없었다. 선학동 사람들은 여자가 모셔온 아비의 유골을 모른 체 해 주듯 여자가 그렇게 주막을 떠나가고 나서도 그녀의 사연이나 간 곳을 굳이 묻고 드는 일이 없었다. 뿐더러 주막집 사내가 이따금 그렇게 앞도 뒤도 없는 소리를 지껄여대어도 그러는 사내를 탓하려 들기는커녕 오히려 그와 어떤 믿음을 같이 하고 싶은 진중한 얼굴들이 되곤 하였다.

손은 이제 완전히 녹초가 되어버린 표정이었다. 이따금 손을 가져가던 술잔마저 이제는 전혀 마음이 없는 모양이었다.

이야기를 끝내고 난 주인 쪽 역시 마찬가지였다. 가슴 속에 지녀온 이야기들을 손 앞에 모두 털어놓은 것만으로 주인은 이제 자기 할 일을 다해 버린 사람 같았다. 손이 뭐라고 대꾸를 해오든 안 해오든 그로서는 전혀 괘념을 할 일이 아니라는 태도였다.

　주인은 완전히 손의 반응을 무시하고 있었다. 뒷산 고개를 넘어 오는 솔바람소리가 아직도 이따금 두 사람의 귓전을 멀리 스쳐가고 있었다. 그 솔바람소리에 멀리 둑 너머 바닷물소리가 섞이는 듯하였다.

　침묵을 견디지 못한 건 이번에도 결국 손 쪽이 먼저였다.

「노형 이야긴 고맙게 들었소.」

　이윽고 손이 먼저 주인에게 말하기 시작했다. 그의 어조는 이제 아무것도 숨길 것이 없다는 듯 낮고 차분했다.

「하지만 아까 이야기 가운데서 노형은 일부러 사람을 하나 빠뜨려 놓고 있었지요.」

　주인이 달빛 속으로 손을 이윽히 건너다보았다.

　손이 다시 말을 이었다.

「노형이 어렸을 적에 이 마을을 찾아들었다는 그 소리꾼 부녀의 이야기 말이오. 그 때 그 어린 계집아이에겐 소리 장단을 잡아 주던 오라비가 하나 있었을 겝니다. 그런데 노형은 일부러 그 오라비의 이야길 빼놓고 있었지요.」

　추궁하듯 손이 주인의 얼굴을 마주 바라보았다. 주인도 이젠 더 이상 사실을 숨길 것이 없다는 듯 고개를 두어 번 깊이 끄덕여 보였다.

「그렇소. 난 그 오라비가 뒷날 늙은 아비와 앞 못 보는 누이를 버리고 혼자 도망을 쳤다는 이야기까지도 여자에게 다 듣고 있었다오.」

「그렇담 노형은 그 오누이가 서로 아비의 피를 나누지 않은 남남과 한가지란 것도 알고 있었겠구만요. 그리고 그 어린 오라비가 부녀를 버리고 떠난 것은 차마 그 원망스런 의붓아비를 죽여없앨 수가 없어서였다는 것도 말이오.」

　주인이 다시 고개를 무겁게 끄덕여 보였다. 그러자 손이 다시 물었다.

「한데 노형은 아까 무엇 때문에 부러 그 오라비의 얘기를 빼고 있었소?」

「그야 노형도 그 오라빌 알 만한 사람이구나 싶었으니께요.」

주인은 간단히 본심을 말했다. 그리고는 다시 한 마디 덧붙이고 있었다.

「노형이 처음 비상학 애길 꺼내고 있을 때 난 벌써 눈치를 챘다오.」

「그렇다면 노형은 끝끝내 그 오라빌 모른 척하고 속일 참이었소?」

「아니 그럴 생각은 아니었소. 난 외려 이 이삼 년 동안 늘 그 여자의 오라비란 사람을 기다려온 걸요. 언젠가는 결국 그 오라빌 만나서 이야기를 모두 전해 주리라……. 그래야 무언지 내 도리를 다할 듯싶었고요.」

「그 오라비가 이 곳을 찾아올 줄을 미리 알고 있었단 말이오?」

「여자가 그렇게 말을 했었소. 혹 오라비되는 사람이 여길 찾아와 소식을 물을지 모른다고요……. 그 여잔 분명히 그걸 믿고 있는 것 같았소.」

「왜 처음부터 그 얘길 안 했지요? 노형은 벌써 이런저런 사정을 속속들이 모두 알고 있었으면서도 말이오.」

「그건 그 여자의 부탁이 있었기 때문이랍니다. 그 여잔 오라비가 혹 이 곳을 찾아오더라도 그 오라비가 자기 이야기를 먼저 물어 오기 전에는 절대로 이쪽에서 입을 떼어 말을 하지 말라는 부탁이었소. 오라비가 정 마음이 괴로워 원망을 못 이긴 듯싶어 보이기 전에는 말이외다……. 그래 난 그저 그 오라비되는 사람의 실토를 기다려 본 거외다.」

주인은 거기서 잠시 말을 끊고 손의 기색을 살피고 있었다.

　손은 이제 다시 입을 굳게 다물고 있었다. 말없이 뜨락의 달빛만 내려다보고 앉아 있는 손의 얼굴에 새삼스런 회한의 기미가 사무쳐 들고 있었다.

　주인은 그 손의 정한을 부추겨올리듯 느린 목소리로 덧붙이고 있었다.

　「허지만 이야기를 먼저 내놓지 말라던 것은 실상 여자가 남기고 싶었던 부탁이 아니었을 거외다. 여자는 그네의 오라비가 여길 찾아올 줄도 알고 있었고 이야기가 나올 줄도 알고 있었으니께요. 여자는 진짜 다른 부탁을 한 가지 남기고 갔다오……. 오라버니에게 더이상 자기 종적을 알려고 하질 말아 달라고요. 아깟번에 내가 그 여자는 학이 되어 지금도 이 포구 위를 떠돌고 있다고 말한 적이 있지요. 그건 실상 내가 생각해내서 한 말이 아니라오. 그것도 그 여자가 처음 한 말이었지요. 오라비에게 나를 찾게 하지 마시오, 전 이제 이 선학동 하늘을 떠도는 한 마리 학으로 여기 그냥 남겠다 하시오……. 그게 그 여자가 내게 남긴 마지막 부탁이었소. 그리고 그 여잔 아닌게아니라 한 마리 학으로 하늘을 날아올라간 듯 그날 밤 홀연 종적을 깨끗이 감춰 가고 말았소…….」

　이튿날 아침 손은 조반상을 물리자 곧 길을 나설 채비를 하였다.
　「그 어른의 묘소라도 한 번 찾아가 보지 않고 바로 떠나시겠소?」
　주인이 그 손에게 무심결인 듯 넌지시 물었다.
　주인 아낙에게 인사를 고하며 신발을 꿰신으려다 말고 그 소리에 손이 주인을 돌아다보았다. 뭔가 은근히 추궁을 해오는 듯한 눈길에 주인은 그제서야 좀 서두르는 듯한 어조로 변명처럼 말했다.
　「아, 그야 내가 아는 체하고 나설 일은 아니오만. 노형이 원한다면 그 어른의 묘소는 내가 가리켜드릴 수 있어서 말이외다…….」
그러자 손은 이미 짐작을 하고 있었다는 듯 주인을 보고 뜻있는 웃음을 머금어 보였다.
「나도 알고 있었소. 간밤부터 나도 그걸 알고 있었어요. 눈이 먼 여자하고 노인네 둘이서는 워낙 힘이 들 일이었으니까요…….」
손은 그러나 곧 고개를 천천히 가로저어 버리며 쓸쓸한 얼굴로 말하고 있었다.
「하지만 그 뭐 다 부질없는 일이지요. 당신 생전에 지어 묻힌 한인데 이제 와서 그런들 무슨 소용이 있겠어요. 이대로 그냥 떠나고 말겠소…….」
말을 끝내고 나서 손은 이내 몸을 돌이켜 깨끗하게 쓸린 주막 마당을 걸어나갔다. 주인도 더이상 그것을 손에게 권하지 않았다. 그는 말없이 손을 뒤따라 사립 앞까지 나왔다. 그러나 그는 아직도 뭔가 미진한 것이 남아 있는 사람처럼 거기서도 쉽사리 손을 보내지 못했다.
「그래, 그 오라비는 그 땔 마지막으로 누이를 다시 만날 수가 없었소?」
그가 새삼 손에게 물었다.
「아니랍니다. 그 뒤로도 딱 한 번 제 누이를 만난 적이 있었답니다. 한 3년 저쪽 일이었지요. 장흥읍 저쪽 어느 주막에서였답니다…….」
손은 걸으면서 남의 말을 전하듯 느릿느릿 말했다.
「하지만 그 때도 그 오라빈 끝내 자기가 오라비란 말을 못 하고 말았답니다. 그 누이가 워낙 눈이 먼 여자였으니까요. 그리고 다시 그 곳을 찾았을 땐 종적을 알 수가 없게 됐어요.」
주인 사내는 별 할 일도 없이 아직도 어정어정 손의 발길을 뒤따르고 있었다.

손도 굳이 주인의 그 은근한 배웅의 발길을 막지 않았다.

늦가을 아침 햇살이 유난히도 맑았다. 고개를 넘어오는 솔바람 소리도 이날따라 유난히 가지런하였다.

두 사람은 이윽고 솔밭길을 들어서고 있었다. 들판과 관음봉이 한눈에 들어왔다.

손은 그제서야 걸음을 멈춰섰다. 그러고는 뭔가 고개를 넘어서기 전에 주인의 마지막 말을 재촉하듯 말없이 그를 기다리고 있었다. 그러자 주인도 이윽고 그 손의 뜻을 알아차린 듯 마지막으로 물어왔다.

「그래 노형은 아직도 그 누이의 종적을 찾아다닐 참이오?」

하지만 손은 이제 오히려 그런 주인을 안심이라도 시키듯 가만히 고개를 가로저어 보였다.

「아니오, 그도 뭐 이제는 다 부질없는 노릇 아니겠소. 하기야 이번 길도 꼭 그 여자 소식을 만나리라는 생각에서 나선 건 아니지만 말이오. 글쎄 어쩌다 마음에 기리는 일이 생기면 여기나 한 번 더 찾아오게 될는지……. 여기 선학동이라도 찾아와서 학의 넋이 되어 떠도는 그 여자 소리나 듣고 가고 싶소마는…….」

그러고는 지금도 그 선학동 어디선가 여자의 노랫가락 소리가 들려오고 있는 듯, 그리고 그 노랫가락 속에 한 마리 학이 되어 물 위를 떠도는 여인의 모습을 보고 있기라도 하듯이 눈길이 새삼 아득해지고 있었다.

솔바람소리가 다시 한차례 산봉우리를 멀리 넘어가고 있었다.

주인은 거기서 길을 돌아섰다.

그리고 손은 다시 솔밭 사이의 고갯길을 오르기 시작했다.

잠시 후 주인 사내가 사립을 들어섰을 때 손도 방금 돌고래 모롱이를 올라서고 있었다.

하지만 손은 이내 고개를 넘어가지 않았다. 주인은 손이 고개를 넘어가기를 사립 앞에서 기다리고 있었다. 모롱이를 올라선 손의 모습은 한 식경이 지나도록 사라질 줄을 몰랐다.

기다리다 못한 주인이 마침내 모롱이 쪽에서 먼저 눈길을 비켜 돌아서 버렸으나 고개 위의 사내는 한나절이 지나도록 그 모습 그대로 주저앉아 있었다.

사내가 고개를 넘어간 것은 저녁나절 해도 거의 다 기울어들 때쯤해서였다.

손이 고개를 넘기를 기다리며 저녁나절 내내 사립 손질을 하고 있던 주인 사내가 어느 순간 아직도 작자의 모습이 그대로려니 싶은 생각으로 고개 쪽을 바라보니, 그가 문득 모습을 거두고 없었던 것이다.

손의 모습이 사라진 빈 고갯마루 위론 푸른 하늘만 무심히 비껴 흐르고 있었다.

그러자 사내는 문득 가슴이 저리도록 허망스런 느낌이 들었다.

그는 고개 위에 손이 모습을 남기고 있는 동안 하루 종일 그 고개 쪽으로부터 어떤 소리가 귀에 쟁쟁하게 들려오고 있었던 것만 같았다. 그것은 옛날에 들은 그 여인의 노랫가락 소리 같기도 하였고 어쩌면 사내 그자가 한나절 내내 그렇게 목청을 뽑아내리고 있었던 것 같기도 하였다. 그런데 그 고개 위의 사내의 모습이 사라져버리자 그의 귓가에서도 이제 소리가 문득 그쳐버린 것이었다.

그는 마치 자신이 꿈을 꾸고 있는 것 같았다. 그가 정말로 하루 종일 그 소리를 듣고 있었는지 어쨌는지 분명한 분간을 해낼 수가 없었다.

그러나 그는 굳이 그런 건 따지려 하지 않았다. 정말로 소릴 들었던지 말았던지 그런 건 굳이 상관을 하기도 싫었고 또 상관을 해야 할 필요도 없었다.

그리고 사내는 그 때 그런 몽롱한 심기 속에서 또 한 가지 기이

한 광경을 보았다. 사내가 다시 눈을 들어 보았을 때, 길손의 모습
이 사라지고 푸르름만 무심히 비껴 흐르고 있는 고갯마루 위로는
언제부턴가 백학 한 마리가 문득 날개를 펴고 솟아올라 빈 하늘을
하염없이 떠돌고 있었다.

여름의 抽象
——잃어버린 日記帳을 완성하기 위하여

장흥의 갯나들에서 　　월 　일

「집에만 죽치고 들앉아 있지 말고 콧구멍에 바람도 좀 쐴 겸 울력이나 나가세.」

재웅이 아침에 삽을 메고 와서 나가잔다. 이번 비로 마을 앞 간척 농장의 재방둑이 한 곳 무너져 바닷물이 온통 농장을 뒤덮고 올라왔다. 그래 오늘은 윗동네까지 마을 사람들이 총동원되어 방둑 보수 울력이 붙여진 것이다. 하여 우리 집에서도 어차피 한 사람은 울력을 나가야 한단다.

나는 곧 삽자루를 찾아 메고 울력판을 향해 재웅을 뒤따른다.

내겐 어려서부터 그 울력판에 대한 기묘한 환상 한 가지가 있었다. 울력판은 내게 살인과 생매장의 깊은 환상이 심어진 곳이었다.

국민학교도 입학하기 전의 어린 시절, 내가 아직 윗동네에 살고 있을 때였다. 아래쪽 산비탈을 헐어다가 계곡을 막는 저수지 공사가 시작되었다. 아버지는 날마다 울력을 나다녔다. 나는 날마다 울력을 나가시는 당신을 따라가려 발버둥을 하였다. 그러자 어느 날 아버지가 말리다 못해 말씀하셨다.

——너는 거기만 가면 잡혀 죽는다. 방둑을 쌓을 땐 흙구덩이 속에다 산 사람을 던져 묻는 법이란다. 방둑이 오래오래 무너지지 말라고 말이다.

——그래 사람들은 늘 누굴 구덩이로 던져 넣을까 기다리는 중이란다. 어린아이를 잡아 넣으면 더 좋다니까 눈에만 뜨이면 너 같은 아이를 잡아 넣을지 모른다. 아마 사람들은 거기로 놀러 오는 너 같은 아이를 기다리고 있을 게다.

무섭고 끔찍스러웠다. 나는 다시는 아버지를 따라가려고 하지 않았다. 무섭고 끔찍스러운 만큼 그 어른들과 울력판에 대한 호기심은 더해갔다. 어느 날 나는 울력판이 멀리 내려다보이는 산으로 올라가서 멀찌감치서 그 울력판의 정경을 지켜보게 되었다.

어럴럴 상사뒤여! 어럴럴 상사뒤여!

공사판에는 사람들이 가물가물 하얗게 뒤덮여 있었다. 그 사람들이 둑을 다지는 들메를 들고 소리 맞춰 몸들을 움직이고 있었다. 어럴럴 상사뒤여! 일제히 소리를 합창하면서 그 소리에 맞춰 똑같이 들메를 들어올리고 내려 다지는 방아질 비슷한 동작이었다. 합창소리는 마치 상두꾼의 그것처럼 낮고 구슬프게 이어져 나갔다. 그 합창소리 사이사이로 다급하게 외쳐대는 목소리가 섞이기도 하였다. 아닌게아니라 사람들은 둑구덩이 속에 생사람을 던져 넣고 파묻는 장사 행사를 치르고 있는 것 같았다. 그 가지런한 동작들도 그랬고 합창소리도 그렇게만 들렸다.

나는 몸이 떨리고 숨이 차올라서 더이상 참고 있을 수가 없었다. 정신없이 산을 달려 내려오고 만 다음부턴 아예 울력판을 따라 나설 생각이 안 났다. 아버지는 아직도 몇날 몇달이나 그 장사놀이 같은 울력판을 계속해 나다니고 있었지만, 나는 다시 그 산을 올라가 그것을 엿볼 생각조차 없었다. 마침내 긴긴 공사가 끝나고 이듬해 봄부터 저수지에 물이 가득 실리기 시작했을 때도 나는 그 방둑 곁을 지나는 것조차 한사코 싫었다. 게다가 공사가 끝난 이듬해부터 저수지 방둑의 한가운데쯤에선 푸른 아카시아 나무가 몇 그루 무성하게 자라 오르기 시작했는데, 나는 그게 어쩌면 생사람이 묻힌 장사터의 표시인 듯만 싶어져 기분이 늘상 섬찟거려지곤 하였다.

하지만 그 모든 것은 물론 어렸을 적의 잘못된 환상이었다. 그리고 나는 국민학교를 들어가고 철이 들면서부터 그런 일은 있을 수가 없다는 것을 알았다. 하지만 이상스러운 것은 그런 사실의 이해에도 불구하고 나는 그 후로도 여전히 그 울력터에 대한 이상한 공포가 남아 있는 것이었다. 그리고 그 가슴 떨리는 울력터의 얼굴 없는 사람들의 환상이 지금까지도 머리에서 지워지질 않고 있는 것이다.

생각해 보면 그것은 아마 저 무서운 6·25의 경험이 겹쳐서인지도 모른다. 그 6·25때 나의 이웃 마을 사람들은 밤마다 몽둥이를 메고 마을 회관으로 몰려나갔다. 그리고 어디론가 수런수런 사라져 갔다가 산 사람들을 흙구덩이에다 파묻고 돌아왔다. 나는 며칠 동안 그 이웃 마을 외가에서 지내면서 그럴 수 없는 일이 실제로 일어날 수도 있다는 엄청난 사실을 경험한 것이다. 옛날의 그 울력판에서도 산 사람을 정말 던져 넣을 수가 있었으리라는 끔찍스런 생각이 거꾸로 살아났다. 울력판의 환각이 공포 속에 다시 되살아난 것이다.

재웅을 뒤따르고 있는 나는 공연히 가슴이 두근거린다. 무언가 나의 오랜 환상과 정면대결이라도 벌이러 가고 있는 듯싶어진다. 하지만 울력판은 막상 아무 두려움이나 환상이 없었다. 울력판에서는 그저 사람 사는 곳에서 어디서나 있을 수 있는 분명한 일들만 벌어지고 있었다.

　──어이 그쪽 사람들 뭣들 해. 이쪽으로 와서 흙들을 파 넣어.

　──남 땀 흘리는 거 눈에도 안 보여? 그쪽에 그 담배만 피우고 있는 사람들, 어느 동네 사람들이여!

　울력꾼들은 대개 너나없이 제 일처럼 열심히 일을 한다. 옷을 입은 채 물 속으로 들어가 일부는 베가마니에 흙을 파 넣고 일부는 그 흙가마를 끌고 가서 쓸려나간 방둑을 채워 넣는다. 한데도 또 몇몇 사람은 뭍에 앉아서 호령질뿐이다. 혹은 또 물 한방울 묻혀보지 않은 삽자루를 높직하게 깔고 앉아서 보릿대 모자로 부채질이나 할랑대며, 할 일 없이 마른 방둑 위를 오가며 남들에겐 마치 제 집 일꾼 부리듯 제물에 삿대질과 호령질을 일삼는다. 그런 인사가 대여섯은 되나 부다. 나는 처음 그게 무슨 이장 나리나 새마을 지도자쯤 되는 위인들인가 하였다. 한데 알고 보니 그게 아니란다.

「이장은 무슨 이장, 저 사람들 원래 저렇게 제 잘난 맛에 살도록
　타고난 작자들이제!」

　사람 사는 곳에선 언제 어디서나 나서게 마련인 위인들이었다. 그것도 제 손해보지 않고 남의 손 부리고 짓밟고 서기나 좋아하는 위인들.

　하지만 울력판에 일어난 사람 사는 일은 그뿐만이 아니었다.

　점심 시간이 되어서다. 장다발 그늘 아래서 재웅이와 함께 점심 요기로 나온 빵 한 조각을 씹고 일판으로 되돌아와 보니 거기 물가에 세워 둔 나의 삽이 안 보인다. 재웅의 것은 그대로 있는데, 나의 삽자루만 보이질 않는다. 삽을 놓아 둔 델 잘못 안 건 아닐까, 나는 기억을 되살려 보았으나 그새 기억이 흐렸을 린 없었다. 주위를 이리저리 둘러보아도 내가 아침에 둘러메고 나온 삽자루는 비슷한 것조차 보이질 않는다.

그러자 재웅이 보다못해 내게 가만히 일러 온다.

「알았어. 이제 더 찾을 거 없네.」

누가 슬쩍 집어갔다는 것이다. 한마을 사람들끼리 그럴 리가?
하지만 재웅은 단념이 빠르다. 그리고 그런 때에 대처하는 방법을
알고 있다.

「자넨 그냥 가만 있으소. 내가 다 알아서 할 게니. 사람들이 자
네 삽 없어진 줄 알게 되면 일이 글른께.」

나는 재웅에게 머리를 끄덕여 그의 당부를 따르기로 작정한다.
그리고 그냥 흙가마나 끌면서 다음 번 처분을 기다린다. 재웅은 자
신의 삽을 내게 맡기고 나서 사람들이 많은 일터 쪽으로 섞여든다.
그리곤 한참도 안 되어서 다시 헤죽헤죽 웃으며 삽 한 자루를 끌고
내게로 다가온다.

「자, 이거 간수 잘 해.」

그는 슬쩍 내게로 삽을 건네주고 나서는 그래도 아직 마음이 안
놓인 듯 한마디를 더 덧붙여 온다.

「가만 있어. 이거 저쪽으로 가지고 가서 풀 속에다 넣어 두어.
저 방둑 아래 물풀이 우거진 곳 안 있는가. 오줌 누러 가는 척하
고 끌고 갔다가 슬쩍 풀 속에다 숨겨 두고 오란 말이시. 그랬다
가 이따 갈 때 들고 가게 …….」

삽을 보니 아침의 것보다도 훨씬 헌것이다.

「이거, 우리 삽은 새것인데…….」

분수없이 내가 한마디를 하니까, 재웅은 어이가 없어진다.

「그래, 누가 물색 없이 이런 데 새 삽을 가지고 오랬던가. 더운
밥 찬 밥 찾으려 말고 갯수나 우선 보충해다 두어. 새 삽을 정
찾고 싶거든 다음 번 울력이나 한 번 더 나오고…….」

나는 더 할 말이 있을 수 없다.

그래 이게 진짜 사람 사는 일이지.

오줌이 마려운 척 어슬렁어슬렁 삽자루를 끌고 언덕 쪽으로 걸어
간다. 그리곤 혼자 쓰디쓴 웃음을 허공으로 날리며 어린 날의 환상
들을 씻어 내고 있었다.
사람 사는 일은 그래 무엇보다도 우선 환상이 아니거든.

월　　일

「토란을 캐서 뿌리를 안 묵으면 여기 사람들은 무엇을 묵는디
요?」
「대를 말려 묵지라우. 대를 묵제, 무슨 토란을 뿌리까지 캐어 묵
는다요.」
「우리게선 대보다 뿌리를 묵는디…….」
추석차림 준비로 텃밭에 둘러 심은 무성한 토란대를 따라 다듬으
며 두 아낙이 괴상한 말다툼질을 하고 있다.
고향땅이 수몰지구로 가라앉는 바람에 광양에서 이 곳까지 땅을
얻어 들어온 이주민 아주머니는 그 토란의 뿌리를 먹는다는 것이
고, 조상 대대로 이 고을에만 살아온 우리 집 형수님은 토란의 잎
줄기를 먹는다는 것이다.
노인과 함께 추석을 지내러 따라온 아내가 그 아낙들 곁에 팔짱
을 끼고 서서 구경하고 있다가 내 쪽을 향해 소리없이 웃는다.
웬 뚱딴지 같은 우김질들이냐는 뜻이다.
하고 보니 나도 좀 이상한 생각이 들어온다. 나도 어렸을 땐 그
토란의 잎줄기만을 먹는 걸로 알았었다. 먹을 줄을 몰라 그랬던
지, 씨를 낼 종자 뿌리가 모자라 그랬던지, 그 때는 토란알 국을
먹어 본 일이 없었다. 그 때도 이 곳 사람들은 토란의 대만을 잘라
말렸다가 나물을 해먹는 것이 고작이었다. 뿌리는 그냥 땅 밑에 남

겼다가 이듬해 봄에 다시 싹을 터올렸다. 뿌리로 끓인 토란국을 먹어 본 것은 중학교를 광주로 나왔을 때였다. 토란국을 처음 먹어 보고 그 미끌미끌한 맛에서 비로소 〈언청이 토란 나물 먹듯 한다〉는 옛 속언을 실감할 수 있었다. 〈알토란 같은……〉 운운하는 소리도 바로 그 알뿌리를 두고 나온 소리인 것을 알 수 있었다.

이 곳 사람들은 아직도 그 토란 뿌리를 먹을 줄을 모르고들 있는 모양이다. 광양과 이 곳이 그리 먼 고을간도 아닌데, 어찌 그리들 서로 습속이 다르고 정보가 더디 전해지는지 모르겠다.

아낙들은 서로 자기네 풍습에 추호의 의구심이나 양보가 없다.

「내 참, 오늘은 별일을 다 보겠구만. 진짜 먹을 것은 땅 속에다 묻어 두고 허접쓰레기 같은 대들만 묵는다니…….」

「별일은 되레 내가 보겠소. 토란을 뿌리까지 캐묵는다는 소리는 머리털 나고 첨 듣는 소리요.」

「뿌리를 캐다 국을 끓여 보시요. 쇠고기나 몇 점 기름기를 더하면 그 국맛이 어쩐 것인지.」

「대를 말려서 나물을 해보시요. 조갯살에 참기름 깨소금을 섞어 내면 그 나물 맛이 어쩐 것인지.」

아낙들의 우김질은 이제 숫제 엉뚱한 비양거림과 시비로까지 번져간다. 그 얼토당토않은 고집과 우김질 속에서 나는 차츰 토란이 고을마다 서로 다른 식품으로 남고 만 연유를 읽게 된다.

이주민 아주머니는 화가 나지만, 그녀는 애초부터 토박이 형수님을 당해 낼 형편이 아님을 알고 있다. 그래 다툼은 그쯤에서 어물어물 마무리가 지어진다. 하지만 그녀는 발길을 돌이키며 기어코 가시가 담긴 소리를 남긴다.

「어따, 그 허접쓰레기 나물 입맛도 좋겠소. 댁에들이나 그런 나물거리 마르고 닳도록 묵고들 사시요. 우리는 그냥 알짜배기 뿌리만 캐묵고 살게니.」

형수님도 물론 거기에 한마디 대꾸가 없을 수 없다.

「남이사 뿌리를 말려 묵든 대를 말려 묵든……. 우리는 이렇게 대만 말려 묵고 살았어도 잘만 살아오고 있는디, 뭣 땀시 남의 상에 감 놔라 배 놔라여.」

이젠 아예 저주에 가까운 형수의 말투 속엔 앞으로도 절대 그 토란의 뿌리는 먹지 않겠다는 굳은 결의가 담긴다. 그런 언어의 결의의 빛은 뿌리만을 먹겠다는 이주민 아주머니 쪽도 마찬가지.

──우리 나라의 종이 만드는 공인이 일찍이 중국에 들어가 인조지(人造紙)를 보고 놀라서 물었다.

「이상하오. 분당지(紛唐紙), 모면지(毛面紙) 등도 귀국에선 모두 저피(楮皮)로 만드오?」

「내가 다시 묻겠소. 조선 종이는 무슨 종이로 만드오?」

중국의 제지공은 대답 대신 거꾸로 우리 나라의 제지공에게 되물었다.

「종이는 닥으로 만드는 것인데, 어찌 다른 재료가 있겠소.」

우리 나라 제지공의 대답. 그러자 중국의 제지공이 이렇게 말했다.

「나를 속이지 마시오. 어찌 닥을 사용해서 당신네 나라의 종이 같은 것이 생산될 수 있겠소.」

이리하여 두 제지공은 서로 의심하고 다툴 뿐 상대의 말을 믿으려 하지 않았다고 한다.

언젠가 말한 〈주영편〉의 이야기다.

무지가 부른 고집. 또는 고집이 부른 무지.

토란에 관한 취식 습속이 그토록 서로 섞이지 않고 있는 것도 바로 이런 고집에 연유가 있는 것 아닌가 싶어진다.

왜냐 하면 토란의 취식에 관한 그런 다툼은 그것이 처음은 아닐 터이기 때문이다. 그런 다툼은 옛날 조상때부터도 수없이 있어 온 일일 뿐더러, 우리 형수님의 고집으로 보아 그 토란 뿌리를 끓여먹는 일 따위는 당신의 당대에선 좀처럼 기대할 수가 없을 터이기 때문이다.

「어쩔 수가 없겠네요.」

아내마저도 마침내 방으로 돌아오며 웃어넘기고 있듯이 당분간은 화해나 설득이 어려울 일 같다.

옳고 그른 것을 시비함이 없이 그저 늘 옳은 것만을 찾는 일도 있을 수 있을까.

글쎄, 〈주영편〉이 씌어진 것이 1805~6년경이니 나는 근 2백 년 만에 다시 한 번 〈주영편〉의 저의(著意)를 되씹어 볼 뿐이다.

월   일

유년의 땅에 와서는 많은 잃어버린 것들을 되찾는다.

잃어버린 것 가운데서도 순수한 공포감 같은 것을 되찾게 되는가 보다. 수로에 잠겨 밤길을 따라오는 물 속의 달, 집 뒤안까지 검게 다가선 뒷산의 깊고 우뚝한 밤그림자. 그런 것들은 공연히 나를 섬찟섬찟 공포에 떨게 한다. 까닭을 알 수 없는 공포감이다. 까닭이 없으니 공포감도 순수하다.

무더운 여름밤의 서늘한 바람기, 하늘에 가득한 밤별들과 별똥별, 바다 건너 먼 섬마을들의 길고 푸른 불빛들, 시골 야밤의 광대무변한 정적과 침묵……. 그런 것들도 공연히 나를 섬찟거리게 만든다.

공포감이 순수한 것은 어찌 보면 여기선 그 공포감을 일으키는 것 자체가 순수한 것인 때문인지도 모른다. 그렇다면 내가 이 유년의 땅에서 순수한 공포감을 되찾아가는 것은 순수한 것 자체를 되찾아 가고 있는 것 한가지인지 모른다. 시냇물에 잠긴 저녁 달과 검고 거대한 밤산의 그림자와 밤별과 별똥별과 서늘한 바람기와……. 아니면 그 밤의 모든 것들, 그런 것들의 공포감 속에서 나는 잃어버린 옛날의 순수를 되찾고 있는지도 모른다.

오늘 아내와 구평(龜平) 마을로 둘째누님네 댁을 찾아보고 돌아왔다. 노인은 끝내 막내누님네를 찾아가는 것은 용납을 안 했다.
그 대신 차라리 살아 있는 누님들 집에나 가보고 오랬다.
하긴 아무리 노인이 말리더라도 도중에서 발길을 막내누님네로 돌려 버릴 수는 있었다.
하지만 나는 그러지를 않았다. 노인이 한사코 그 막내누님의 죽음을 숨기려는 속셈을 알고 있기 때문이었다. 그리고 나 역시 아직은 굳이 그런 노인을 거역하고 싶지가 않았기 때문이다. 뿐더러 사람이 가고 나면 남은 사람들은 그만큼 서로가 더 소중스럽고 기다려지게 마련인 것, 남은 누님들이나 찾아보라는 노인의 권유도 아마 그 때문인 게 분명하였다.
그래 나는 우선 막내누님네를 제쳐두고, 그 막내누님의 죽음에 대한 이야기가 많을 듯싶은 둘째매형네를 찾아간 것이다.
하지만 둘째매형네도 막상 얼굴을 대하고 나서는 거기 대한 이야기가 쉽질 않았다. 시외전화 때와는 달리 막내누님의 죽음에 대해서는 거의 말을 하려 하지 않았다. 매형도 그랬고 누님도 그랬다.
전보를 쳐 보낸 일에 대해서는 말할 것도 없었다. 전보는 전혀 아는 바가 없댔다. 나는 일찌감치 할말이 없어지고 말았다. 그래 그만 자리를 일어서고 싶어졌다. 매형은 또 이상하게 그러는 우리를 놓아 주지 않았다.
「저녁이나 먹고 가게.」
할말도 없으면서 해가 지도록 한사코 저녁까지 먹고 가랬다. 6

킬로의 밤길조차 아랑곳을 안 했다.

우리는 결국 저녁까지 거기서 기다릴 수밖에 없었다.

어쩌면 그것이 잘된 일이었는지도 모른다.

알고 보니 매형에겐 밤길에 대한 요량이 미리 세워져 있었다. 저녁을 먹고 나자 매형은 헛간에서 경운기를 끌어내 왔다. 그리고 그 경운기에다 우리 둘을 태우고 6킬로의 밤길을 실어다 주었다.

잘된 것은 그러나 6킬로의 밤길을 경운기로 돌아오게 된 일만이 아니었다. 잘된 건 그보다 그 밤길의 경험이었다. 경운기를 타고 들길을 지나올 때 수로가 계속 옆을 따라 흐르고 있었다. 수로의 물 속에선 젖은 달덩이가 앞서거니 뒤서거니 밤길을 함께 재촉해 가고 있었다. 그것은 매형이 우리를 내려 주고 경운기를 되돌려 돌아간 다음에도 마찬가지였다.

「그럼 여기선 내려서 걸어가게. 밤길이 되어 봐서 운전하기가 사나우니.」

매형은 우리를 집까지 거의 다 실어다 주고 나서도 그쯤에서 짐짓 길사정을 핑계로 경운기를 되돌려 세우고 말았다. 집까지 가서 잠깐 쉬었다 가시래도 마음을 바꾸려는 기미가 없었다. 아침에 할 일이 바쁘다는 핑계였다. 아내와 나는 거기서 결국 경운기를 내려 걷는 수밖에 없었다.

「그럼, 쉬엄쉬엄 걸어가 보도록 하소.」

매형은 이내 오던 길로 다시 경운기를 몰고 사라져 가버렸다.

아내와 나는 한참을 그냥 어둠 속에 선 채로 경운기 소리를 배웅하고 있었다. 그러나 문득 길 옆을 보니 수로에 아직 달이 있었다. 달은 그 동안 물을 따라 흐르지 않고 한자리에서 우리를 기다리고 있었다.

그 순간 나는 웬지 자신도 모르게 기분이 몹시 섬찟해졌다. 까닭없는 공포가 가슴에 차올랐다. 공포스러운 것은 그러나 달만이 아니었다. 물소리도 무섭고 별무리도 무서웠다. 어둠 속으로 멀어져 가고 있는 매형의 경운기 소리마저 섬찟섬찟 무서웠다.

아내도 나처럼 무서움증이 이는지 그림자처럼 가만히 나를 기다리고 있었다.

유년의 땅에서 밤에 만난 것은 모두가 그렇게 무섭게 느껴진다. 그러나 그것은 순수한 무서움이요, 무서움은 순수 자체인지 모른다.

그렇다면 대체 이 유년의 땅에서 내게 가장 순수한 것은 무엇인가. 그것은 물론 자유여야 할 것이다. 하긴 그래 그 자유는 순수만큼이나 무서운 것인가…….

전 상 국

산울림
脈
술래 눈뜨다

1940년 강원도 홍천 출생
경희대 국문과 및 동대학원 국문과 졸업
1963년 조선일보 신춘문예 소설 「同行」 당선
22회 현대문학상, 14회 동인문학상,
4회 윤동주문학상, 1회 김유정문학상,
6회 한국문학작가상 수상
작품집 「아베의 가족」「하늘 아래 그 자리」
「바람난 마을」「우리들의 날개」「형벌의 집」
「지빠귀 둥지 속의 뻐꾸기」
장편 「길」「불타는 산」「늪에서는 바람이」
현재 강원대학교 국문과 교수

고향과 나의 문학

작가로서의 내 꿈은 가장 한국적인 것의
끈끈한 재현이다. 그것은 적이도 도시적 속성을 지닌 모든 것의
부정으로부터 시작된다. 도시적인 것은 근원으로부터의
일탈이요, 소외며, 반모랄의 불결한 껍데기라는
생각을 떨쳐버리기 어렵다. 그 생각의 연장선에 언제나 고향이 놓인다.
내 향토의 산과 물, 그 속에서 비록 조악하지만
끈질긴 삶을 버티고 있는 사람들에 대한
신뢰는 귀소의지, 혹은 귀향의식의 강한 집착으로 나타난다.
그리하여 고향인식은 내 소설의 시작이요
끝이며 그 중심원리를 이룬다. 그것은
단순히 공간개념으로서의 향수 어린 그런 감상적 차원의 고향을
넘어서는 것으로 어제의 아프게 각인된 어린 시절이나
역사 질곡의 상처 확인 같은 것으로
생각해도 좋을 것이다. 즉 고향을 떠나거나 돌아가는
내 소설의 주인공들은 그 고향에서
자신의 삶을 반성하고 용서받으며 화해를 얻어낸다.
다시 말해 그것은 아픔 자각을 통한
자아의 발견이며 역사인식이요,
상처 치유의 가능성이기도 한 것이다.
실추된 부권을 되찾으며 잃어버린 힘의 충전이 가능한 것도 바로
고향인식에서 비롯된다고 보고 싶은 것이다.
그리하여 내게 있어서 고향은
작품의 구심점이요, 부도덕하게 흔들리는 내 삶을
포용하여 씻어 주는 갱생의 샘 같은 것이다.
고향을 소설 속에 그려 담는 이 칠칠한
즐거움을 누가 알겠는가.

산 울 림

너희는 모를 거야
우리가 어디서 왔는지
우리의 꽃이 무엇인지
그러나 우린 몸을 망쳤어
이제는 그저 안개일 뿐
슬픈 안개일 뿐
　　金年均 「안개」 중에서

그 해 봄 우리 식구는 피난민 수용소를 떠나 다른 곳에 옮겨 살게 되었는데 바로 거기서 정임이네 이모를 만나게 되었던 것이다.

커다란 강과 그 강변을 따라 함께 흘러내리다 시나브로 휘어져 들어간 국도의 한켠 골짜기 그 폐광터를 찾아 떠나던 날 아침, 나는 진흙이 덕지덕지 앉은 교실 복도에 서서 그 건물 뒤편짝을 향해 침을 뱉았다. 얼었던 땅이 지르르 녹아나기 시작한 그 건물 뒤쪽은 그야말로 발 하나 들여놓기 힘들 정도로 무더기 무더기 똥밭이었다. 거기 다 낡아빠진 목조의 변소가 없는 것은 아니었지만 이미 그 곳은 이용가치를 잃고 있었던 것이다. 막상 체면을 생각해 그 곳까지 가 일을 보려고 한 사람이 있다손 쳐도 그는 몇 발짝 못 옮겨 비명을 지르며 결국은 똥무더기에 주저앉고 말았을 것이다. 여자고 남자고 또 어른 아이 가릴 것이 없었다. 자리잡아 앉는 데가 그대로 변소였다. 거기다가 수용소의 사람들이 대부분 심한 이질에 걸려 있던 판국이라 그 건물 뒤편짝을 향해 종종걸음치는 횟수는 말할 것도 없고 얼굴에 인상 긋고 앉아 있는 시간 또한 뻔뻔스러울 정도로 길었다. 그것이 바로 고향 떠나 천리타향에 던져진 피난민들의 생활이었던 것이다.

「빨리 가자아 ! 」

다른 데로 옮겨 살게 된 그 달뜬 기분으로 나는 어른들을 잡아 끌면서 말했다. 그러나 아버지는 얼마 되지도 않는 이삿짐 보따리를 등에 진 채 그 건물 뒤편짝 산골짜기를 멍청하니 바라보고 서서 좀체 움직일 생각을 안 했다. 양은솥과 다 쭈그러진 식기 몇 개를 모아 머리에 인 엄마의 얼굴에는 온통 눈물이었다. 수진이가 안개 자욱한 그 골짜기에 묻히던 날도 엄마는 소리없이 눈물만 줄줄 쏟았다. 아이구우, 하느님두 무정두 허셔라. 할머니가 마룻바닥을 쳤고 나는 얼굴이 마마로 퉁퉁 부은 채 숨 넘어가는 수진이의 입에서 피리소리가 나는 걸 들었다. 수진이와 나는 단 하루 신문팔이를 했다. 그러나 아침해가 골목 구석구석까지 내리깔린 그 시간까지 우리는 한 장의 신문도 팔지 못했다. 오빠야, 배 안 고프지 ? 나는 수진이와 함께 그 거리의 동쪽 냇물이 흐르는 다리 난간에 기대앉아 신문지로 커다랗게 비행기를 접어 날렸다. 오빠, 냇물이 비행기를 먹었어. 수진아 ! 꿈처럼 그 때 엄마가 우리들 앞에 나타났다. 엄마, 밥 많이 얻었나 ? 대답 대신 엄마는 바가지에 씌웠던 보자기를 제치고 흰밥을 한 움큼씩 꾹꾹 쥐어 내밀었다. 수진이가 손바닥에 묻은 밥알을 핥으며 바가지를 내려다보았다. 할머니 배 고프셔. 바가지에 보자기를 씌우며 엄마가 말했다. 수진이와 나는 낮에도 그 교실 바닥에서 때에 전 이불을 뒤집어쓰고 누워 눈을 감고 있기를 좋아했다. 수진아, 너 뭐 먹었니? 내가 묻고, 개피떡. 오빠는? 수진이가 다시 나한테 물었다. 나는 눈을 감은 채 그 찬연한 안막 속의 잔칫상을 탐내고 있었다. 오빠 뭐 먹었는지 빨리 말해 봐. 수진이가 묻힌 그 골짜기의 안개가 햇살에 쫓기듯 산등성이로 엷게 흩어져 오르고 있었다.

「이 길이 북쪽으로 가는 게냐, 남쪽으로 가는 게냐?」

우리들 뒤를 따라오며 할머니가 물었다. 북쪽으로 가는 길, 한 발짝이라도 집에 가까워지길 비는 마음이었을 것이다.

「서쪽으로 가는 거예요.」

엉뚱하게 아버지가 대답했다. 길가의 사람들이 우리 식구를 구경하고 있었다. 거지 봐라. 한 여인네가 등에 업은 아이의 고개를 우리들 쪽으로 돌려대면서 말했다. 그러나 나는 부끄럽지 않았다. 그 길가의 사람들도 우리처럼 헐벗고 있기는 매한가지였기 때문이다. 시가지를 벗어나 그 커다란 강이 흐르는 강변을 따라 우리들은 계속 걸어 나갔다. 강 건너 높은 산골짜기에는 아직 경성드뭇 흰 눈이 남아 있었다. 그러나 우리들이 걷고 있는 강변과 한결 가까이 산비탈은 완연 봄빛을 띠고 있었다. 아직은 갈색의 들이었지만 나뭇가지마다 속으로부터 팅팅 물오른 흔적이 역연했다.

「아직두 멀었나?」

그 겨울의 눈 덮인 피난길보다야 한결 편한 걸음이었지만 강물을 따라 길게 구불구불 벋어나간 그 길이 지루해서 나는 더 걷고 싶지 않았다.

「다 왔다!」

강물 줄기와 그 강변을 끼고 함께 흘러내리던 길이 시나브로 꺾이면서 폭 좁고 경사 급한 개울물이 강의 허리를 찔러 드는 지점이었다. 그 개울의 근원인 골짜기 안쪽 산비탈에 형편없이 낡은 네 채의 목조 건물이 거무죽죽 붙어 있는 게 눈에 띄었다. 네 채 중 한 채는 건너편 산비탈에 외떨어져 있었으며 그 안쪽으로 더 깊이 굴 두 개가 아가리를 벌리고 있었다. 금을 캐냈다는 광산굴이었다. 그러나 지금은 사람의 흔적이 닿지 않는 그런 폐광터였을 뿐이다.

거기 버려진 골짜기 다 허물어져 가는 네 채의 집 속에 피난민들이 살고 있었다. 이게 우리 집이다. 아버지가 자랑스럽게 말하면서 헛간으로 쓰였던 듯싶은 건물을 가리켰다. 골짜기에 썰렁한 기운이 감도는 해거름이었다. 누가 호드기(버들피리)를 부는구나. 어둑한 방안에서 이삿짐 보따리를 풀던 할머니가 말했다. 그러고 보니 할머니는 징징 울고 있었다. 에이구, 하느님두 무정하시지. 호드기 소리를 찾아 나는 밖으로 뛰쳐나왔다. 수진이가 개울 돌다리를 건너 이리로 올라오고 있었다. 수진이 혼자가 아니었다. 수진이 또래의 사내아이가 하나, 그리고 그 앞에 애기를 등에 업은 처녀애가 보였다. 그 애기 업은 처녀애가 호드기를 불고 있었다. 그네가 정임이네 이모였던 것이다.

「넌 몇 살이냐?」

개울 돌다리를 건너 우리 집까지 올라온, 건너편 산비탈 외떨어져 있는 집의 그 아이들 중 내가 수진이라고 생각했던 수진이 나이 또래의 그 계집애를 향해 할머니가 물었다. 수진이가 아니었기 때문에 나는 그 계집애를 미워하고 있는 참이었다.

「열 살이어유.」

대답을 한 것은 그 계집애가 아니라 호드기를 불던 애기 업은 처녀였다. 그네는 내 얼굴을 핥듯 쏘아보며 다시 말했다.

「앤 벙어리어유.」

「잰 몇 살이누?」

「일곱 살이어유. 난 벙어리가 아네유.」

열 살 먹은 계집애 옆에 서 있던 사내아이가 잽싸게 대답했다.
「걘?」
할머니가 처녀애 등에 업힌 아이를 턱으로 가리켰다.
「앤 세 살인데, 기집애야유.」
그네는 자기 등에 업은 아이를 우리 쪽으로 돌려 보이며 말했다.
「쯧쯧, 제대로 먹질 못했구먼!」
할머니가 혀를 찼다. 눈만 퀭한 그 아이가 처녀애의 희끔한 저고리 등에 얼굴을 묻었다.
「이모야, 인제 그만 가자아!」
「그래, 가자, 정임아.」
처녀애가 골짜기 아래 번쩍 눈에 잡히는 강물 줄기를 내려다보고 서 있는 열 살 먹은 계집애의 더부룩한 머리를 돌려 쓰다듬으며 말했다. 그리고 할머니와 내게 인사로 살짝 웃어 보이는 그네의 도톰한 입술은 까실까실 튼 게 오히려 예뻐 보였다.
「애들아, 빨리 머리 비켜!」
그네는 느닷없이 소리 지르며 정임이란 계집애의 머리를 옆으로 젖혔다. 그 옆의 사내아이도 덩달아 고개를 옆으로 젖혔다. 퉤퉤, 느 집이 불났다! 그네가 저녁 하늘을 올려다보며 침을 뱉았다. 까마귀 한 마리가 우리들 머리 위를 지나 그 아이들의 산비탈의 외떨어져 있는 집 쪽으로 휘이휘이 날아가고 있었다.
「까마귀가 숫가메(숫구멍) 위를 똑바로 지나가면 그 사람은 죽는대요.」
그네가 검정 치맛자락 안쪽에다 사내아이의 코를 닦아 주며 배시시 웃었다.
「처넌 몇 살인구?」
할머니가 물었다.
「열일곱이어유.」

그네의 눈길이 내 얼굴에 닿자 온몸이 화끈했다.

나는 정임이네 이모와 함께 골짜기 개울물에서 가재를 잡았다. 돌을 제친 다음 흙물이 맑아지기를 기다리고 있노라면 그 돌 박혔던 자리에 가무속속 엄지손가락만한 놈이 엎드려 있었다. 동우야, 술가재는 잡지 마. 색깔이 좀 엷고 각질이 무른 술가재를 여자가 먹으면 병신 아기를 낳는다는 거였다. 이모야, 비밀이 뭐야? 나는 가재를 잡으며 자주 되물었다. 그네가 내게 약속한 비밀이 궁금했던 것이다. 그네는 허리를 펴며 물에 젖은 손으로 내 손을 잡았다. 나는 그네의 핥듯 쏘아보는 시선이 부끄러워 얼른 고개를 돌렸다.
「동우야, 너 울 언니 애기 밴 거 모르지?」
그게 비밀이야? 나는 그네에게 속아 이 깊은 골짜기까지 들어온 걸 후회하기 시작했다. 그러나 그네에게 잡힌 손을 빼내지는 못했다.
「이제 우리 언니 애기 낳을 거다!」
「그게 뭐가 비밀이야?」
「넌 몰라, 동우야.」
「뭘?」
「지금은 말할 수 없어!」
나는 그네에게서 손을 빼내어 그네가 개울가 버들가지로 만들어 준 호드기를 개울물에 던졌다. 그리고 뛰어 내려오다가 산비탈 묵은 밭에서 냉이와 씀바귀를 캐고 있는 정임이를 보았다. 그 벙어리 계집애는 나를 보자 종다래끼를 뒤로 감췄다. 나는 냉이와 씀바귀 뿌리가 반쯤 담긴 그 종다래끼를 낚아채어 발길로 차 던졌다.

「그 집 남잔 어떻게 됐대?」

「피난 나오다가 충주에선가 헤어져 전연 소식을 모른대요.」
「뭐하던 사람인데?」
「그 애기 엄마 애기론 난리가 나기 전엔 무슨 장사를 했다던데,
그 이모라는 앤 제 형부가 학교 선생님이었다구두 하구…….」
「고향이 어디래?」
「뭐 여기저기 옮겨 살았다면서 말을 잘 안 하데요.」
「배가 꽤 부르던데…….」
「서너 달 있음 되나 봐요. 피난 나오기 전에 뱄다니까.」
「이 난리에 웬 애는…….」
「그걸 어디 맘대로 해요? 나도 요즘 속이 메슥거리는 게 좀 이
상한 걸요.」
「뭐야?」
아버지가 눈을 똥그렇게 치뜨며 소리쳤다.

그 폐광터 골짜기에는 해가 중천에 뜬 그 시간까지 안개가 걷히
지 않는 날이 많았다. 안개는 처음 골짜기 아래 강변으로부터 낮게
피어올라 개울물을 타고 골짜기로 숨어 들었다. 해가 떠오를수록
안개는 차츰차츰 산골짜기로 기어오르면서 적당히 패인 위치에 모
여 술렁거렸다.
안개가 걷히자 눈 앞에 우리들의 집이 한눈에 잡히면서 더 멀리
늦봄의 나른한 햇볕을 쪼이면서 빤짝거리는 강이 내려다보이는 곳
에 우리들은 이르러 있었다.
「저 꽃 보이재?」
나는 간밤 비로 해서 더욱 푸르러진 강변 풍경에서 눈을 떼어 그
네가 가리켜 보이는 곳을 보기 위해 몸을 돌렸다. 그러나 그네의
손 끝이 가리키는 그 곳은 안개가 서려 있는 응달진 절벽이었을 뿐
그네가 말하는 꽃 같은 건 보이지 않았다. 그네가 그 안개 서린 절

벽까지 가 내 눈에 끄이지 않는 꽃을 꺾어 오기까지 나는 그네가 등에서 내려놓은 눈만 퀭한 아기를 안고 있어야 했다. 그 아기는 내 손을 벗어나 소나무 아래 풀밭에서 솔방울을 주웠다. 깨금나무의 열매를 잡아뜯기도 했다. 그네가 꺾어 온 꽃은 철늦은 철쭉이었다. 그네의 가무잡잡한 얼굴에 땀이 배어 나오고 있었다. 그네는 숨을 할딱이며 철쭉 꽃잎을 세 잎 따 입술에 문 다음 내 얼굴에다 그 꽃잎을 가만히 대었다. 꽃 냄새는 없었다. 그네의 몸에서 풍기는 배릿한 땀 냄새뿐이었다. 내 얼굴은 그네의 가슴에 있었다. 나는 숨이 답답했다. 그러나 손가락 하나 움직일 수 없었다. 하늘에 구름이 있었다. 구름은 흐르지 않고 내가 둥둥 떠가기 시작했다. 철쭉 꽃잎을 서른 세 개 먹으면 사람이 죽는다. 그네가 꽃잎을 문 채 말했다. 동우야, 넌 열한 살이지! 내가 열한 살 때 우리 아버지랑 어머니가 돌아가셨다. 그네가 꽃을 문 채 불분명한 말소리로 그렇게 말했다. 무서웠다. 그러나 그네는 내 몸을 놓아 주지 않은 채 할딱이는 소리로 말했다.

「동우야, 내가 비밀 또 하나 알려 줄께.」

「뭔데, 어서 말해 봐!」

「너 비밀 지켜야 한다. 비밀은 남한테 얘기하는 거 아니걸랑.」

그네의 얼굴이 내 볼을 비비고 있었다. 닭똥 냄새 같은 게 났다. 끈적끈적 땀 밴 얼굴에서.

「그럼 이모는 왜 나한테 비밀을 얘기하는 거야?」

「니가 이쁘니까!」

그네는 내 손을 만지작거리며 말했다.

「너처럼 예쁜 애한테 비밀을 얘기하지 않으면 이모가 산신령님한테 벌 받아 죽을는지도 몰라.」

「정말이야?」

그네는 대답하지 않고 내 눈을 잠깐 들여다본 다음 그 비밀이란 걸 얘기하기 시작했다.

  정임이 아버지, 그러니까 그네의 형부가 순경이라는 것이다. 그게 뭐가 비밀이야? 내가 툴툴거렸다. 그렇지만 그건 절대루 비밀이야. 그네가 도톰한 입술에 손가락을 대보이며 정색을 했다.

「뭐가 그게 비밀이야. 나 같으면 우리 아버지가 순경이라구 막 재구 다니겠다. 빨갱이두 많이 잡았다구…….」

「얘가!」

  그네는 내 입을 손으로 막으며 속삭이듯 말했다. 그런 말 퍼뜨리면 큰일난다니까. 그래서 비밀이라구 그랬잖아.

  빨갱이가 그 소리를 들으면 자기네 언니랑 정임이들을 모두 죽일 거라는 거였다. 치, 나는 웃으면서 말했다.

「여긴 우리 나란데 빨갱이가 어딨어?」

「그래, 여긴 우리 나라야. 그러나 넌 잘 몰라. 빨갱이는 아무 데 나 있는 거야. 누가 빨갱인지 알 수 없기 때문에 비밀이 필요한 거야.」

  나는 가슴이 덜컹했다. 여름 난리가 생각난 때문이다. 자고 일어나 보니 모든 게 바뀌어 있었다. 옆집 곰보 아저씨가 팔에 붉은 완장을 두르고 우리 집 대문을 발로 찼다. 아버지가 와들와들 떨었다. 아버지가 내무서에서 풀려 나왔을 땐 바지저고리가 온통 피였다.

「그 땐 우리 형부만 남쪽으로 내려가고 우리들만 남았었거든. 순 경 가족들은 다 잡혀 죽었단 말이야. 꿈에 형부가 나한테 말했어, 빨리 피하라고. 그래서 우리들은 살아난 거야. 우리들은 계 속 쫓겨 다녔지. 이렇게 살 바에야 차라리 우리 다 죽자. 하도 배고프고 하도 힘이 들자 언니가 말했어. 그러나 난리가 끝나고 집에 돌아온 형부가 말했단 말이야. 잘 했다. 그래, 또 난리가 나더라두 경찰 가족이란 얘긴 죽어두 하지 말아. 그래야 살 수 있는 거다……. 형부 말대로 했기 때문에 우리들이 아직 살아 있는 거야.」

「이모야, 난 빨갱이 아니다.」

그네가 눈을 똥그랗게 치뜨며 나를 쳐다봤다.

할머니는 삼촌을 만나기 위해서 피난을 가지 않겠다고 버틴 게 틀림없다. 갠 절대 죽지 않아요. 아버지가 할머니한테 말했다. 도련님은 꼭 돌아올 거예요. 엄마가 말했다. 그네들은 빨갱이가 돼 이북으로 간 삼촌을 욕하지 않았다. 빨리 죽으라고 욕을 퍼대지 않았다. 욕이 다 뭐냐, 할머니는 피난민 수용소에서도 하룻밤도 빼놓지 않고 삼촌이 살아 있기를 빌었던 것이다.

「동우야!」

그네의 발깃발깃 튼 도톰한 입술이 무엇인가 말하려 하고 있었다. 그네에게서 고향 읍내 정미소에서 나던 쌀겨 냄새 같은 게 훅 풍겼다. 그러나 그네는 내 손을 놓았다. 섬뜩했다. 그네의 목에 눈만 퀭한 아이의 그 가느다란 손가락이 감겨 들었던 것이다. 그 아이를 들쳐 업은 그네는 딴 사람이 돼 숲을 휘휘 뒤져 올라갔다. 사내자식이 나물을 뜯으면 고추가 떨어진다. 그네는 결코 내게 나물을 뜯는 일을 허락하지 않았다. 좀 낮은 데서는 쑥, 으아리, 수리취, 잔대 싹이나 삽추 싹을 뜯었고 더 높고 깊은 골짜기에서는 고비, 고사리, 두릅을 꺾었으며 좀더 정갈한 땅에서는 산도라지도 캤다. 그게 우리들의 주식이었다. 그 산나물을 삶은 데다가 안남미란 길쭉길쭉한 쌀 한 홉쯤 넣어 나물죽을 쑤어 먹었다.

「이모야, 비밀 또 있나?」

나는 멀리 골짜기 아래 강여울이 햇빛을 받아 뱀의 잔등처럼 번쩍이며 흘러내리는 것이 눈에 잡히는 곳에 이르러 말했다. 쉬! 그네가 손가락을 입술에 대며 등에 업은 아이를 눈짓했다. 나는 그 눈 퀭한 세살박이 계집애가 무서워졌다.

　그 폐광터 산골짜기에 와 피난살이를 하는 네 집 중에 정임이네
만 빼 놓고 모두 염병(장질부사)을 앓기 시작했다. 몸 속에 불이
펄펄 이는 염병이었다. 헛것이 보였다. 눈이 퀭한 정임이네 그 계
집아이의 가느다란 손가락이 거미다리처럼 여러 갈래로 뻗어나면
서 목을 조여 들었다. 목이 없는 사람들이 손을 허위적거리며 나를
잡으려 했다. 동그라미가, 처음에는 별로 크지 않던 동그라미가
무럭무럭 커지면서 수백 개로 늘어나 내게로 굴러왔다. 그 동그라
미 속에 말려들어 구르다 보면 천 길 낭떠러지로 까마득 내려박히
고 있었다. 엄마야——누군가 내 헛소리에 대답해 주고 있어 문득
눈을 떠 보면 정임이네 이모가 이마를 짚어 주고 있었다. 수진아.
나는 그네를 수진이라고 생각했다. 어느 날 그네가 내 온몸에 이불
을 덮어씌웠다. 그리고 그 위에 깔고 앉았다. 나는 발버둥쳤다.
이 계집애가 나를 죽이는구나. 그런 생각을 하면서 버둥거렸다.
그러나 산에서 그네가 철쭉꽃 세 잎을 입을 물고 내 얼굴에 뺨을
대었을 때처럼 나는 공중에 둥둥 떠 흘러가는 것 같았다. 비 오듯
온몸에 땀이 흘렀다. 거적을 깐 방바닥이 젖어서야 그네가 내게서
이불을 벗겼다. 그 순간 내 머릿속은 소나기 쏟아 부은 뒤 나뭇잎
처럼 상쾌했다. 몸이 가뿐했다. 나는 살아났던 것이다. 정임이네
이모는 우리 집뿐이 아니라 남은 두 집도 들락이면서 앓는 사람들
을 돌보는 눈치였다. 제일 먼저 일어난 나는 그네를 비실비실 따라
다녔다. 그네의 언니가 그네 머리채를 낚아채 머리가 한 움큼 뽑혔
다. 이놈에 기집아야, 병 옮아 올려고 거길 댕기니? 배가 뚱뚱한
그네의 언니가 그네를 때렸다. 그러나 그네는 바가지에 샘물을 길
어가지고 이집 저집을 뛰었다. 이모야! 정임이네 사내아이가 자
기 집 마당에 서서 이쪽에 와 있는 그네를 불러댔다. 이모야! 그
사내아이 목소리가 폐광굴에 숨었다가 아련하게 다시 살아올랐다.
정임이와 세살박이 눈 퀭한 계집아이가 턱을 괸 채 이쪽을 건너다

보고 앉아 이모를 기다리고 있었다. 얘들아, 턱을 괴면 엄마가 죽는다! 그네는 허겁지겁 개울의 돌다리를 건너 치뛰며 손을 내젓고 있었다.

그 염병으로 할머니가 죽어 양지바른 산기슭에 묻히던 날 정임이네 이모가 내 귀에다 속삭였다. 접때 느 할머이 숫가메 위로 까마귀가 날아가는 걸 내가 봤다. 이모 이름이 수진인가? 나는 그렇게 물어 보고 싶었지만 참았다. 그네가 풀잎을 뜯어 고갱이를 쑥 뽑아 낸 다음 그 풀잎을 입에 물고 삐삐 기묘한 소리를 냈다.

그 여름날 우리는 큰 강까지 내려와 물 속에서 골뱅이(다슬기)를 줍고 있었다. 우리는 잠깐 허리를 펴고 강물 줄기를 따라 북쪽으로 떼지어 날아가는 새떼를 바라보았다.

「동우야, 느네두 고향에 갈 꺼지?」

난리가 웬만큼 끝나 간다면서 두 집이 서둘러 고향을 찾아 떠났던 것이다.

「이모네두 가면 되잖아?」

「우린 여기 오래 있어야 돼.」

「정임이 엄마가 어제 애길 나서 그런 거지?」

그래도 사내아일 낳았어요. 정임이 엄마가 애기 낳는 걸 돌보아 주고 온 엄마가 가만히 한숨을 토하면서 말했다.

「애기가 누굴 닮았어?」

나는 얼굴도 아직 못 본 그 아이를 미워하고 있었다.

「아무도 안 닮았어!」

그네가 다시 골뱅이를 주워 올리며 심드렁한 목소리로 말했다.

「형부가 아니었단 말이야.」

그렇게 혼잣소리도 했다.

어머나. 외마디 소리를 내지르며 그네가 옷을 입은 채 그대로 물에 넘어졌다. 팔뚝길이만한 모래무지 한 마리가 쏜살같이 강 위쪽으로 치닫고 있었다. 그네가 그 모래무지를 밟았을 것이다. 나는 그게 우스워 하하하 배를 움켜쥐면서 일부러 넘어졌다.

「옷 벗어라. 내가 빨아서 짜 줄께!」

나는 그네가 시키는 대로 옷을 벗어 던져 주고 알몸이 부끄러워 물 속에 엎드린 채 물 위를 오로로로 부는 장난을 했다. 문득 깨닫고 보니 그네가 내 등 뒤에 와 있었다. 그네가 내 몸의 때를 씻어 내리기 시작했다. 이상하게 나는 조금도 부끄럽다는 생각이 들지 않았다. 아이 예뻐라. 그네가 내 고추를 손등으로 툭 쳐 보이며 말했다. 그리고 그네는 그 이상 입을 열지 않았다. 나는 뒤돌아보지도 않았다. 갑자기 내 등을 밀던 그네의 손이 움직이지 않았다. 느낌이 이상해 힐끗 뒤를 돌아다보았다. 귀신처럼 젖은 머리를 목과 등에 늘어뜨린 그네가 울고 있었다.

「이모야, 왜 울어?」

그네는 두 손을 내 어깨에 얹은 채 이제는 쿡쿡 소리내어 울었다.

「동우야, 우리 언니가 불쌍해서 어떡하재?」

그네가 울음 섞어 말했다.

「우린 벌써 한 달두 넘게 나물죽만 끓여 먹었단 말이야. 쌀이 하나두 없단 말이야. 그런데두 언니는 자꾸 미역국을 끓여 오래.」

나는 그네가 골뱅이를 줍는 틈틈이 종다래끼에 말풀을 뜯어 넣은 이유를 알 것 같았다. 내 등에 얹힌 그네의 손이 뜨겁게 느껴졌다.

「어디 아픈가, 이모?」

그러나 그네는 젖은 머리를 흔들어 보였을 뿐이다. 강가에 나와 내게 옷을 입히는 그네의 손이 아까보다 더 뜨거웠다. 그대로 불덩이였다. 가끔 덜덜 떨기까지 했다. 입술이 까맣게 타들면서 이를 딱딱 두드려 떨었다. 나는 와락 그네의 젖은 몸을 안았다. 보기보다 그네의 몸 부피는 작고 빈약했다. 몸 전체가 끓고 있었다.

「동우야, 내가 진짜 비밀 하나 말해 줄께.」

　그네가 달달 떨면서 말했다. 자꾸자꾸 비밀을 가지고 있는 그네
가 나는 무서웠다. 그러나 도망치고 싶다는 생각과는 달리 나는 그
네의 가슴에 얼굴을 묻었을 뿐이다.
「우리 형부 죽었단 말이야!」
「정임이 아버지가? 그 순경이라는 사람이 죽었다구?」
「그래, 순경이었는데 죽었어!」
「누가 그래? 이모가 그 죽은 걸 봤나?」
「못 봤어. 그렇지만 형부와 함께 싸움터에 나갔던 순경이 찾아와
서 알려 줬어.」
「정임이랑두 다 아나? 즈 아버지가 죽었다는 걸.」
「몰라, 아무도 몰라. 우리 언니까지도 모르고 있단 말이야.」
「왜 얘기 안 했어?」
「비밀이니까!」
「그게 왜 비밀이야?」
「그걸 들어서, 듣는 사람에게 나쁜 일이 생긴다면 그런 건 말 안
하는 거야.」
　만약 그네가 자기 언니한테 형부가 죽었다는 얘길 했다면 지금
자기네 식구는 한 사람도 살아 있지 못했을 거라는 얘기였다. 남편
이 죽었는데 자기만 살자고 피난을 떠날 언니가 아니란 거였다. 그
랬으면 뱃속의 애기도 이 세상에 나오지 못했을 게 아니냔 그네의
생각이었다.
「그럼 여기 피난 나와서는 그 얘길 했나?」
「아아니, 말하지 않았어.」
「왜?」
「형부가 그렇게 시켰어.」
「그 사람은 죽었다면서?」
「응, 죽었어. 그러나 난 형부를 매일 만났단 말이야. 형부가 말

했어. 언니한테 내가 죽었다는 얘기 하지 마. 그랬어.」

「꿈에?」

「그래, 꿈이었어. 그렇지만 난 꿈하고 생시하고 똑같아.」

「그럼, 지금두 그 사람 만나나?」

나는 이미 그네에게서 두어 걸음 떨어진 곳에 서서 그네의 그 열로 몽롱해지는 눈빛을 바라보았다. 그네가 내 물음에 대답했다.

「아니, 지금은 못 만나. 언니가 애기를 뱄다는 사실을 안 다음부터 형부가 보이지 않았어. 그 때부터 난 언니 뱃속의 그 아기가 형부일 거라고 믿게 됐던 거야.」

나는 그네가 가재를 잡으며 자기 언니가 애기를 뱄다는 사실을 큰 비밀처럼 일러주던 일을 떠올렸다.

「애기가 그 사람을 안 닮았다며?」

그네는 대답하지 않았다. 나는 한 걸음 물러섰다. 그네의 열에 들뜬 얼굴이 활짝 핀 봉선화꽃 같았다. 그네가 나를 뚫어지게 내려다보고 있었다.

「느네가 고향에 가면 난 죽을는지도 모른다.」

「왜?」

「동우야, 난 너 때문에…….」

열로 까맣게 튼 그네의 도톰한 입술이 조금 벌어진 채, 그 속에서 호드기 소리 같은 게 흘러나왔다.

「이모두 나중에 우리 고향에 오면 되잖아. 난 이모만 기다리고 있을 거다.」

읍내 삼거리에 서서 그네를 기다리고 서 있는 내 모습이 보였다. 그네를 내 색시로 맞아야 한다는 생각이 울컥 치밀었던 것이다. 누나야. 나는 내 색시인 그네를 그렇게 부를 것이다. 나는 그네에게 다가가 손을 잡았다. 그네는 아까보다 더 떨고 있었다.

「이모야, 추워?」

나는 그녀의 젖은 긴 머리가 가슴께로 넘어온 것을 뒤로 젖혀 주며 물었다. 그녀는 고개를 끄덕였다.

강에서 돌아온 그 저녁 나는 날이 어둡기만 기다렸다. 구구구 비둘기 한 쌍이 저녁 어스름에 잠기는 골짜기를 가로질러 폐광 속으로 날아들고 있었다. 풀풀 어지럽게 날던 고추잠자리도 보이지 않았다. 나는 방 한 구석에 놓인 쌀 봉투에서 안남미 서너 움큼을 꺼내 양은그릇에 담아 들고 고양이처럼 살금살금 돌다리를 건넜다. 문득 뒤돌아본 우리 집 옆의 빈 두 집이 문짝 대신 쳐 있던 가마니가 떨어져 나간 채 시커멓게 아가리를 벌리고 있었다. 좀 전 비둘기 날아들던 그 폐광 속에서 찍찍 박쥐들이 소란을 피웠다.

정임이네 마당 돌화덕 위에서 다 쭈그러진 냄비 속에 무엇인가 설설 끓고 있었다. 세 아이가 컴컴한 봉당에 나란히 앉아 턱을 괸 채 그 끓는 냄비를 바라보고 있었다.

「이모 어딨니?」

「우리 이모 막 아프다.」

정임이 밑의 사내아이가 말했다. 나는 거적문을 들치고 컴컴한 방 속에 눈을 익히려 했다. 비린내가 확 풍겨 왔다.

「멱국이냐?」

정임이 엄마의 목소리였다.

「밥, 밥 좀 멱국에 말아 먹자, 이 망할 놈에 기집애들아!」

정임이 엄마가 짐승처럼 으르렁거렸다.

「동우야!」

신음 소리에 섞여 꼭 호드기 소리 같은 목소리로 정임이네 이모가 내 이름을 부르고 있었다.

「이모야, 쌀 가져왔다.」

나는 거적문을 닫고 마당가 돌화덕 앞으로 다가가 냄비 뚜껑을 열었다. 강에서 뜯어 온 말풀과 골뱅이가 뒤섞여 설설 끓고 있었다. 그 끓는 속에다가 양은그릇에 가져온 쌀을 부었다.

까르르——거적문 그 안에서 갓난애의 울음소리가 흘러나왔다. 나는 문득 우리 집 쪽 산비탈을 건너다보았다. 희끔한 게 움직이고 있었다. 아버지 마중나간 엄마가 돌아온 모양이었다. 동우야. 아, 아버지가 돌아왔구나. 고향에 간 아버지가 꼭 나흘 만에 돌아온 것이다. 나는 까르르 우는 그 갓난애의 울음소리를 뒤로 하고 내려뛰기 시작했다.

「다 탔더군. 깡그리 다 탔더군.」

그 날 저녁만은 엄마가 나물죽을 쑤지 않았기 때문에 아버지는 안남미로 지은 그 두들두들한 밥을 아귀아귀 퍼 넣으며, 다 탔더군, 깡그리 다 타 버렸더군——그렇게 거푸 말하고 있었다.

「그래두 가야지요!」

「아암, 가야잖구! 벌써 다들 돌아왔지 뭐야. 빨리 가야 돈두 벌 수 있구.」

「언제 갈 거예요?」

「내일, 내일 당장 가자구!」

「거짓말 아니지요?」

엄마가 잔뜩 달뜬 목소리로 다그치면서 아버지 곁으로 바싹 당겨 앉았다.

「낼 가자구! 내일 새벽에 여기까지 도라꾸(트럭)가 오기로 다 돼 있다니까!」

엄마가 꿈 같은 얼굴로 휘휘 서까래 앙상하게 드러난 방안을 둘러보았다.

「참, 당신 몸은 어때?」

「안심해요. 안 걸렸으니까.」

엄마가 귀 밑을 발갛게 달구며 아버지를 흘겨보았다.

「아니야, 이젠 괜찮다구. 어서 수진이 대신 빨리 하나 더 낳아야
지.」

「오늘 밤에유?」

그러면서 엄마가 아귀아귀 밥을 퍼먹는 아버지의 무릎을 몰래 꼬
집는 눈치였다.

처음은 꿈이라고 생각했는데 막상 눈을 떠 보니 그게 꿈이 아니
었다. 정임이네 이모가 우리 집 방문인 거적을 제치고 거기 서 있
었다. 그러나 그네 등 뒤에서 비쳐드는 희끔한 아침빛 때문에 그네
는 그저 시커먼 형체로밖에 나타나지 않았다. 새벽이었다. 밖은
온통 안개로 덮여 있었고 그네는 그 안개의 기둥처럼 거기 방문 앞
에 서 있었다.

「언니가 없어졌어요. 울 언니가 옷을 홀랑 벗어 놓고 알몸으로
갓난애를 안고 가버렸어요.」

그네는 숨을 할딱이면서 그 말을 두 번 세 번 거듭했다. 아직도
안개를 뒤에 거느린 그네의 얼굴은 분명한 윤곽을 보이지 않고 있
었다.

「저런!」

엄마가 이불자락으로 앞가슴을 가리면서 혀를 찼다.

「이 일을 어쩌지! 애기 엄마가 몸을 풀구 먹질 못해 실성을 했
구먼.」

그러나 아버지는 아직두 엄마 곁에서 코를 골고 있었다.

정임이네 이모가 몸을 돌렸다. 그네가 거느린 안개가 우우 흩어
졌다가 다시 메워졌다. 몸을 돌리는 순간 잠깐 보인 그네의 옆 얼
굴은 심한 열로 복숭아 꽃빛같이 벌겋게 달아 있었다.

「언니이이!」

갑자기 그네가 안개를 헤치며 골짜기를 치뛰기 시작했다. 안개 속에 검정치마만이 선명하게 너울거리다가 그것마저 보이지 않게 되었다.

「언니이이!」

그네의 외침이 우와우와 건너편 폐광 굴을 둘러 다시 자옥한 안개 속으로 빠져나오면서, 언니이이……. 아리아리 멀어져 갔다. 그 안개 또한 처음 강심으로부터 피어올라 골짜기 구석구석에 숨어 서성이다 산으로 치뛴 정임이네 이모를 따라 더 깊은 계곡으로 우우 좇아오르고 있었다.

그리고 안개 걷힌 골짜기의 그 아래 강변 큰길에는 간밤 아버지가 말한 고향 가는 트럭이 곡식 가마를 까마득 높이 실은 채 배기통으로 연기를 팡팡 뿜어대며 이제 마악 도착하는 참이었다.

脈

그 여자의 주검은 화장터에서 불살라 다시 가루로 빻인 다음 마
포 강물에 뿌려졌다. 그것은 그네가 숨 거두기 전 단 하나의 혈육
인 내게 마지막 남긴 간절한 뜻에 의해서였다.

죽음에 따른 주검의 그 찌꺼기를 강물에 뿌리는 마지막 의식을
행하면서 아버지는 짐승 같은 소리로 두어 번 쿵쿵 울었다. 이복
(異腹) 누님들도 손등으로 눈물을 닦아내며 그 동안 쌓이고 쌓인
의붓어미와의 정의(情誼)를 울컥울컥 되살려내고 있는 눈치였다.
그네들은, 강물은 흘러 서해에 합류할 것이고, 그네 주검의 가루
씻긴 서해의 물갈래는 언제고 그네 태어난 일본땅 어느 해변에 하
얗게 이를 드러내며 기어올라 남의 땅에서 지친 그네 혼백을 조용
히 잠재우리라──이런 정도의 나긋한 감상에 젖어들고 있음이 분
명했다. 썰렁한 바람기 있는 늦가을 강변 풍경은 실상 그네 주검과
의 〈사요나라〉에 그럴싸하게 어울리는 정조(情操)를 자아내기에
충분했던 것이다.

나는 다만 백지처럼 멍청하니 서 있었을 뿐이다. 도대체 눈물이
나와 주지 않았다. 자식의 땅에 묻히기를 거부한 그네의 유음(遺
音)을 듣던 순간 내 눈물의 샘은 말라버렸다.

그것은 마치 함께 스크럼을 짰던 어제의 내 학우와 자랑스럽게 가슴에 매달았던 내 모교가 나만을 보기좋게 팽개쳐버린 채 무슨 일이 있었느냔 듯 문을 열고 평상으로 돌아가버린 것처럼, 그리고 내게는 다만 학칙 몇 조에 꿰인 제적통고가 한 장 배달됐을 때, 그리고 어머니가 운명한 바로 그 날 아침 내게 전해진 입영통지서(入營通知書)처럼 그 모든 것은 내게 짙은 배신감만을 안겨 주었던 것이다.

또한 그네의 죽음이 피할 수 없는 것임을 알아낸 뒤부터 맥락풀린 얼굴로, 그러나 가슴 밑바닥을 흐르는 어떤 결의를 번득이며 지금 이 때를 기다렸다는 듯 얼마 되지 않는 가산(家産)을 정리, 귀향을 서둘러 온 내 아버지의 저 까닭 모르는 심정의 변화는 또 얼마나 깊은 낭패의 구렁텅이로 나를 밀어던졌던가.

내 의식의 뿌리는 송두리째 흔들리고 있었다. 아무것도 제대로 보이지 않았다. 보이는 모든 것, 그리고 지금까지 내가 보아 온 모든 것은 다만 때 낀 연륜만을 자랑하는 뻔뻔스런 가상(假象)의 무리였음을 알았을 뿐이다. 알았다 함은 거짓말이다. 나는 아무것도 알 수가 없었다. 내가 알고 있는 단 한가지 분명한 것은 그네들이 나를 배신했다는 그 사실뿐이다.

어머니를 마포 강물에 영별한 그 저녁, 아버지는 미아리 큰매형 집에서 자기의 뜻을 다시 한 번 다짐하면서 내 문제까지 일방적으로 결정지어 버렸다.

「진호 문제는 당분간 느덜(큰매형)이 좀 봐줘야겠다. 학비는 지가 장학금을 타서 해댄다니까. 또 내가 조금씩 보내줄 게고 문제는 식빈데 내가 농살 지어서 내려보낼거여!」

여러 차례 거론됐던 문제로, 안 해도 좋은데 그는 〈내가 농살 지어서〉를 강조함으로써, 자신의 귀향을 영 못마땅하게 생각하고 있는 시집간 두 딸들을 설득시키고자 함인 모양이었다.

아버지의 말을 들으면서 나는 속으로 웃었다. 내 학비, 내 장학금……. 만약 내가 이들 앞에 제적통고서와 입영통지서를 내보인다면 이들은 진짜 〈내 문제〉에 대해서 어떤 얼굴로 무슨 말을 할 것인가. 그러나 내가 아버지 문제에 대해서 모르는 것처럼 내 진짜 문제를 모르는 아버지는 다시 말했다.

「학교두 요즘 쉬고 하니 너두 함께 가는 거다. 선영(先塋)두 알아둘 겸, 더구나 할아버지 할머닐 글루 모시는 판국에 네가 안 가서야 되냐? 넌 5대독자야!」

커다란 손으로 눈꼬릴 훔쳐내면서였다.

사람이 늙으면 대개 그렇듯이 더구나 이십 년 반려를 영별한 뒤라서인지 아버지는 퍽 다변이었고, 듣는 쪽에서 면구할 정도로 심약해 보였다. 그것은 무려 4반세기 만에 귀향을 결심한 그의 가슴 밑바닥에서 어떤 음충스런 벌레들이 몹시 들떠 스멀거리고 있기 때문이라고 생각할 수도 있었다.

아무튼 나는 아버지의 귀향길에 동행할 것을 결정해버렸다. 그것은 천부적이라고 할 수 있는 내 강한 호기심이 나의 칩거를 용서하지 않는 이유도 있긴 했지만 나는 무엇인가 심상찮은 걸 냄새맡고 있었던 것이다. 그러나 보다 분명히 내 자신에게 다짐해 두어야 할 것은 이번 이 노정(路程)이야말로 내가 누릴 수 있는 최선의 시간이며 종언(終焉)이 될지도 모른다는 그 가능성 말이다. 내 생의 종언이 의미하는 것은 온통 거짓과 뿌우연 안개 속에 숨어 있는 그네들의 횐수작에 대한 내가 할 수 있는 단 하나의 응징의 길이라는 점이다. 나는 단연 해낼 것이다.

마장동에서 시외버스를 탔다. 죽은 사람은 차비를 내지 않아도 되니까 표는 두 개만 끊었지만 사실 일행은 넷인 셈이었다. 할아버지 할머니는 창호지에 곱게 싸인 채, 아버지가 손수 만든 사과궤짝 길이만한 널 속에 분해되어 누워 있었던 것이다.

수상쩍게 여긴 안내원이,

「할아버지, 그게 뭐예요?」

하고 물었을 때 아버지는 서슴없이 시침을 뗐다.

「왜, 이 속에 송장 들었을까 봐 그러냐?」

안내원은 무안스럽게 웃었고, 아버지는 할아버지 할머니 유해(遺骸)가 든 널을 내 무릎에까지 걸쳐놓았다. 나는 또한 아버지의 유일한 살림살이인 미장이 도구와 대패, 톱 등이 든 배낭을 옆에 움켜쥐고 있었다. 이처럼 철저하게 서울을 등진 내 아버지 옆에 앉아 나는 이 불가사의하고 배신적인 이네들 귀향에 대해 연구하기 시작했다.

어머니는 자기가 태어난 땅에 대해서 말하지 않았다. 그리운 동산을 입속으로라도 읊조릴 만한데 그네는 비정하리만큼 고향에 대한 추억을 말하지 않았다. 그네의 어린 시절은 물론 내 아버지와 만나 하나의 가정을 이루기 전까지의 삼십 년 세월을 그네는 단 한 번도 입밖에 내지 않았다.

그네는 아버지를 만나 5대독자인 나를 낳았다. 내 이복누님들을 자기가 난 자식처럼 곱게 키워 시집을 보냈다. 그리고 우리 나라의 전형적인 하류층 시부모의 한심하기 짝 없는 그 천덕스러움과 노망, 드디어는 그 번거로운 임종의 순간까지 눈물을 쏟아내며 혼신의 힘을 다한 그네의 그 궂은 나날——이것이 내가 알고 있는 그네의 과거였다. 또 있다면 그것은 그네가 일본 여자라는 점이다. 이 사실은 우리 집의 내용을 조금씩은 기웃거릴 수 있었던 중랑천변의 판자촌이나 상계동 골짜기의 우리 이웃이었던 사람들을 무척 감격시켰고 입을 모아 〈어쩌면 저럴 수가〉였다. 그네의 신비에 가까운 헌신적 사랑의 극치는 뭐니뭐니해도 내 아버지에 대한 것이었다. 그네의 그 맹종적인 남편에 대한 사랑은 일본 여자를 겪어본 구식 사람들에 의해 〈역시 일본 여자!〉임을 확인하게 해 주었던 것이다. 어머니는 미장이 일이나 목공일을 하는 아버지를 따라다니며 일을 도왔다. 이를테면 〈데모도〉 역할을 했는데 커다란 짐차(자전거)를 타고 재료를 나르거나 일을 맡으러 다녔다. 아버지의 일솜씨도 괜찮은데다 어머니의 이 기이한 행장(行狀)은 인근에 널리 알려져 일거리는 쉴 새 없이 들어왔다. 그러나 근년에 와 어머니가 몸이 불편해 못 나가게 되는 날이면 아버지도 그 날은 여하한 일이 있어도 쉬었다. 아버지가 못 나가게 되는 날이면 어머니도 매한가지였다. 무엇이 이들을 그처럼 결속시킨 힘인지 나는 아직 모른다. 아무튼 어머니는 우리 모두를 사랑했던 것이다. 이 땅의 지푸라기 하나라도.

그러나 그네는 숨 거두기 하루 전인가 모두가 있는 앞에서 말했다.

「지노!」

절음(節音)이 불분명하고 호격조사도 쓰지 않은 채 그네는 내 이름을 불렀다.

「지노! 이 어머니 죽거든 땅에 묻지 말고 태워서 마포 강에 띄워 줘야 해요.」

그네는 자식인 내게도 경어(敬語)를 써왔다. 죽음을 앞에 둔 그 시간까지. 섬찍한 느낌이 몰아와 나는 무심결 그네의 그 거칠어진 손을 놓았다.

다음날 그네는 숨을 거두면서, 혼신의 힘을 다해 외쳤다.

「미사끼, 미사끼상!」

그것은 그네가 처음이자 마지막으로 내뱉은 일본 사람 이름이었다. 그런 다음 그 여자는 이 세상에서 영원히 사라졌다.

아버지의 귀향 준비는 어머니의 병이 이제는 죽는 날만 남았다는 진단이 내려졌을 때부터 착착 진행되었다.

어머니도 그 사실을 알고 있었을 것이다. 알고 있을 정도가 아니라 두 사람만이 가진 어떤 약속 같은 게 아니었나 싶다. 일의 진행 상황에 대해서 두 사람이 얘기를 나누는 것을 여러 번 보았다.

아무튼 아버지는 가옥은 물론 자잘한 가재집기에 이르기까지 깡그리 정리했다. 정리된 돈은 아버지의 새 예금통장에 꼬박꼬박 입금됐다. 나는 적의(敵意) 깊게 그 예금통장을 노려보곤 했다.

아버지 역시 고향얘기를 입에 올리지 않았다. 자신의 과거지사를 일절 들먹이지 않은 점에서도 어머니와 다를 바 없었다. 내가 십여 살 때 돌아가신 할아버지 할머니 역시 당신들의 고향얘기는 물론 자신의 지나간 일에 대해서 의식적이라고 할 수 있을 정도로 피하지 않았나 하는 생각이 든다. 어떤 때는 고향 아무개가 어떻고 하는 얘기를 스스럼없이 쏟아놓다가도 어떤 대목에 이르러선 주춤 말꼬리를 사리곤 했다. 나보다 십 년 이상의 연상인 두 이복누님들은 더 심한 편이었다. 그네들은 할아버지들이 고향얘기만 꺼내면 독기서린 눈으로 노인들의 입을 막았다. 그러면 노인들은 머쓱해져 슬슬 자리를 피했다.

그런저런 면에서 주워듣고 기워대 미루어 짐작하고 확신할 수 있는 것은 내 아버지가 6·25때 부역자(附逆者)였다는 사실이다. 그로 인해 그는 5년여의 세월을 어둠 속에서 살았을 것이고 그 감옥 살이를 마치자 곧 한 여자를 만나 5대독자인 나를 낳고……. 그 자식은 아버지의 결코 떳떳할 수 없는 지난 그늘로 하여, 그 그늘 속에 스멀거리고 있는 죄의 잔뿌리에 감겨 심통이 사나운 아이, 꽈배기처럼 배배 꼬인 이십 성년으로 컸던 것이다.

결과는 제적통고였다. 그리고 이십여 일의 유예기간을 내게 베

풀어준 입영통지서. 천부적이라고 할 수 있는 내 호기심이 아버지의 결코 떳떳할 수 없는 과거를 캐기에 눈알을 번들거렸던 것처럼 가히 전문가인 그네들이 제 할 소임을 게을리했을 리가 만무하지 않은가.

아버지는 차창으로 스쳐가는 늦가을 노변풍경에 넋을 놓고 있었다. 그의 가슴 속에 지금 흐르고 있는 것은 무엇일까.

무려 3시간을 달린 끝에 우리들은 또 다른 차를 바꿔 타기 위해 어느 읍에서 버스를 내렸다. 할아버지 할머니 화제에 자주 오르던 읍명(邑名)이 정류장 건물 위에 쓰여 있었다. 비로소 아버지의 고향 냄새를 맡기 시작한 것이다.

「오늘이 읍내 장날이구나. 옛날엔 바로 예가 장터였지.」

버스 정류장에 인해(人海)를 이룬 시골 사람들을 휘휘 둘러보는 아버지의 얼굴이 벌겋게 상기되어 있었다. 그것은 마치 창경원에 처음 온 시골아이 표정이었다.

하루 한 회밖에 운행하지 않는다는 노선의 시골 구형 버스에 올랐다.

우리 부자가 버스 맨 뒤쪽에 자리를 잡고 앉았을 때 몇몇 촌로들이 아버지를 이리저리 뜯어보기 시작했고, 유해가 든 상자를 무릎에 부여안은 아버지는 짐짓 눈을 지레 감아 보기에 들떠오르는 마음을 좌정시키는 모양이었다. 그러나 그들 촌로들의 추적은 끈질기게 계속되었고 아버지는 드디어 눈을 뜨고, 거짓말같이 사람이 변해가고 있었다. 아버지에게 저런 구석이 있었다는 게 도무지 신기하기만 했다. 목소리에 와랑와랑 힘이 있었고 내가 아직 들어보지 못한 너털웃음까지 웃어젖히는 것이 아닌가. 다분히 위장적인 허세임이 들여다뵈긴 했어도 이 같은 아버지의 변화는 놀라고 볼 일이었다.

「임자, 풍암리 살던 최만배가 맞지?」

「그렇소만……. 가만 있자아, 이거 수작골 사는 유복되이 아
냐?」
「아니긴! 이놈 만배, 너 누깔 한번 안 변했구나!」
「복되이 이놈, 너 서석 장바닥 씨름판에서 날 깔아엎었겠다?」
「아암, 그렇구말구! 그 땐 이 어르신네가 덕머리 박씨 어른집에
서 새경쳐먹구 살던, 심이 펄펄한 총각 시절이여!」
이처럼 요란스런 수인사가 나눠지는가 싶더니 금세 숙연한 얼굴
들을 해 가지고 선고선비(先考先妣)의 생전 안부를 묻는가 하면,
사과궤짝만한 유골함을 사이에 두고 새삼스런 조문(弔問) 격식을
정중히 나누는 것이었다.
「……상사(喪事)의 말씀을 뭐라……(우물우물)」
「고마우이. 헌데 내 워낙 부모헌테 불효막심한 자식이 돼놔
서…….」
이쯤에서 나는 화제의 추이(推移)에 숨을 죽여 아버지의 얼굴과
촌로들의 표정을 뜯어보기 시작했다. 그러나 그네들은 아슬아슬
위험지역을 돌아 다만 〈기가 막히도록 변한〉 세상물정에 대해서,
세상꼬락서니에 대해서 술회하고 있었다. 짐짓 아버지의 아픈 데
를 건드리지 않으려는 촌로들의 그 얄팍한 인정이 가증스러워 보였
다. 나는 아버지와의 이 무모한 동행에 대해서 조금씩 후회하기 시
작했다. 진실이 객기(客氣)로 인해 오히려 역습당할 우려가 크다
는 뜻의 우리들의 좌절을 위무하는 척하면서 기실은 우리들의 젊음
을 한낱 객기로 몰아붙이던 노교수의 그 달변이나마 다시는 들어볼
수 없는, 그러한 자격을 잃은 채 내가 스스로 택한 이 도정은 정말
무의미한 것일까.
우리들 부자 무릎 위의 유골함이 차체에 덜컥 부딪혔다. 내가 좀
심하게 몸을 뒤튼 모양이었다.
「얘가 내 자식일쎄.」

나는 대번 알아냈다. 아버지의 방금 그 허세들이 바로 나를 담보로 한 것이었음을. 아버지의 이 치사스런 음모에 말려들 수는 없었다. 나는 등받이에 몸을 기대고 눈을 감아버렸다. 이미 촌로들은 아버지 옆의 나를 동물원의 원숭이 바라보듯 훑어보고 있던 것이었다.

「참 장하이! 내 지난번 읍에서 탑골 박씰 만나 자네 자손둔 얘기두 들었네만, 여하튼 참 장하이!」

탑골 박씨라면 아버지가 귀향을 서두를 무렵, 상계동 우리 집에 서너 차례 나타나 자리에 누운 내 어머니에게도 낯을 보이며 아버지와 무엇인가 상의해 오던, 아버지 고향 사람으로는 내가 처음 만난 사람이었다.

「그 탑골 박씨가 그러데나. 자네 영식이 대핵꼴 돈두 안 내구 다닌다구. 거 참 용하이!」

지금 아버지의 표정은 어떤 것일까.

「내가 아나, 지가 하느라구 하데만. 하긴 조상빌 면목 하나 세운 셈이지. 얘들이 요즘 대학생 데몬가 뭔가 땜에 핵교가 쉴래 선영 좀 일러줄 겸…….」

「아암, 그래야지!」

버스는 두어 시간을 더 툴툴거린 다음 우리들을 어느 조그마한 분지에 쏟아놓았다. 사방이 산이었다. 산마루에 반뼘쯤 걸린 해가 이제까지 부어내린 볕을 되삼킨 듯 눈이 부셨다. 그러나 저녁 그늘에 잠기기 시작한 마을은 사뭇 음산한 느낌이었다.

아버지가 몇몇 촌로와 재회를 약속하고 있는 사이에 나는 느닷없이 시골 순경아저씨와 마주쳤다. 낯선 방문객이었고 그리고 아직 벗어버리지 못한 내 교복 때문이었다. 그는 서울서 내려온 대학생 앞에 사뭇 정중했으나 결코 임무에 게으르지는 않았다. 어느 대학이오? 여행지는? 풍암리가 우리 고향입니다. 체류 기간은? 글쎄요, 한 나흘. 목적은? 내가 아버지와 동행한 그 목적을 말해 버리면 이 순경아저씨는 어떤 표정을 할까. 그러나 이 때 황망히 다가온 아버지가 안고 있는 유골함을 보이며 장황하게 늘어놓기 시작함으로써 순경아저씨는 고개를 크게 주억거리며, 풍암리까지는 좋은 이십리인데 서울 양반들 고생들 하시겠다는 전송 인사까지 잊지 않았다. 나는 조금 웃었다. 아버지의 귀향은 이처럼 떳떳한 것이었구나.

산그늘에 잠긴 농가에서는 저녁 연기가 피어오르고 있었다. 타작 뒷설거지를 하던 사람들이 낯익지 않은 우리 부자를 힐끔거렸다.

아버지는 사과궤짝만한 유골함을 가슴에 안아 막달 찬 임부처럼 어기적어기적 걸었다. 그러나 걸음의 속도는 보기와는 달리 빨라 아버지의 배낭을 짊어진 내가 허덕거리며 쫓아가야 할 판이었다.

아버지는 버스에서와는 달리 말이 없었다. 4반세기 만에 고향땅을 밟는 그의 착잡한 심정이 뭉클 잡혀왔다.

참으로 쑥스럽고 따분하기 이를 데 없는 아버지와의 동행은 구불구불한 시골길을 따라 계속되었다. 산새가 푸득푸득 숲에서 날아올랐다.

차라리 우리 단둘만의 이 산 속에서 아버지와의 결별을 일찌감치 단행해 버릴까 하는 생각이 불쑥 치밀었다. 그것은 지극히 쉽고 간단할 것이다. 그러나 나는, 서두르지 말자, 서두르지 말자, 내심에 거듭 다짐두었다. 초행인 이 산길의 저녁 어스름이 마음에 끼쳐드는 어떤 적막감이 그렇게 작용한 것이었는지도 모른다.

우리는 꽤나 험하고 가파른 고개를 허위넘고 있었다. 신작로를 피하고 옛길인 지름길로 들어서 있었다.

「이 고개가 자작고개라는 거다.」

고개 마루턱에 올라서서 이미 어둠에 먹혀들어 가기 시작한 골짜

116

기를 내려다보며 숨이 턱에 차 헉헉거리고 있는 나를 향해 아버지
가 입을 열었다.

「동학난리때 남쪽에서 쫓겨 올라온 동학군이 예서 근 팔백여 명
이나 떼죽음을 했다는 거여. 동학난리가 바로 이 골짜기에서 끝
난 거지. 그 때 어떻게나 피가 많이 흘렀던지 그 핏물에 고갯길
이 온통 자작자작 젖었다고 해서 고개 이름이 자작고개라는 거
여.」

그것의 진위를 따져 생각하기에 앞서 나는 아버지의 말을 들으면
서 폐부를 쿡쿡 찔리우는 느낌이었다. 역사의 현장을 굽어본다는
것은 그 얼마나 가슴 설레이는 일인가. 이러한 내 의중을 헤아리기
라도 한다는 듯 아버지는 말을 이었다.

「동학군만 죽은 게 아니구, 죄없는 우리 풍암리 사람들두 숱허게
죽었다는 거여 ! 」

아버지는 좀 뜸을 들이고나서,

「동학군에 내통한 사람두 있었겠지만서두 밤에 산길을 나댕기는
사람은 불문곡직하고 찔러죽였다는 거여. 그 난리통에 네 증조
부께서두 돌아가신 거구……. 」

「증조할아버지가요 ? 」

「네 할아버지 얘기론 증조부께서 그냥 억울하게 돌아가셨다곤 하
시더라만, 옛날 마을 늙은이들 얘기를 듣자면 증조부께서 동학
군과 내통을 했다는 거여. 마을 황소를 끌어다가 잡았다구두 하
구……. 」

산 속의 어둠은 걷잡을 사이 없이 우왁우왁 밀려들었다. 그 밀려
드는 어둠 속에서 나는 아주 조그마하게 위축되어 가는 자신을 발
견했다. 나는 무엇인가에 질리고 있었다.

산 속의 적막……. 죽음의 정체가 어둠을 통해서 서서히 다가오
고 있는 느낌 속에 나는 묻혀 있었다.

　드디어 우리 부자는 그 깊은 죽음의 골짜기로부터 허위허위 벗어
나 마을 어귀 정자나무 밑에 이르렀다. 아주 가까운 데서 개짖는
소리가 들려왔다.

「이제 다 왔어!」

　아버지는 약간 볼멘소리를 했고 나는 속으로 이 양반이 지금 울
고 있구나 생각했다.

　우리가 여장을 푼 곳은 상계동 우리 집에 몇번 다녀갔기 때문에
이미 구면인 탑골 박씨네 집이었다. 겉보기와는 달리 아버지의 방
으로 정해진 듯 싶은 사랑방에는 제법 무늬가 야단스러운 비닐장판
까지 깔려 있었다.

　동네 사람들이 하나 둘 모여들기 시작한 것은 우리가 어둑한 남
폿불 아래서 저녁상을 물리고 그 남폿불이 눈에 익어 환해 보이기
시작할 무렵이었다.

　찾아온 사람들은 한결같이 사립문에서부터 대단한 헛기침을 했
고, 방문 앞에 이르러선, 이거 내가 오래 살고 볼라니까……. 이
런 식으로 허두를 잡아 문을 열어젖히곤 입을 따악 벌려 한참이나
그렇게 서 있는 것이었다.

「자알 왔네, 자알 왔어!」

「아암, 잘 오잖구! 수구초심이라는데 제깟것이 안 오고 견뎌?」

　그러나 아버지는 버스 속에서처럼 그렇게 허튼소리로 받아넘기
지 않았다. 아주 정중히 그들과 맞절을 하고, 손을 잡아 흔들고
——그리고 거짓말같이 눈물을 주르르 쏟으면서 목멘 소릴 했다.

「너두 인살 올려야지!」

　아버지는 내게 명했고, 나는 결국 이들 만남의 절실함에 조금은
감동되어 버렸기 때문에 아버지가 시키는 대로 큰절을 했다. 묘하
게도 그네들은 내 절을 받으면서 도리어 황송해 하는 그런 몸짓들
을 취했다.

「보게나, 자네가 오늘 여기 나타난 것두 다 이 핏줄을 믿구 그런 거여!」

그들은 나를 훑어보며 제가끔 고개를 끄덕끄덕 가만한 한숨들을 쏟아놓고 있었다. 그들은 소주잔을 돌리면서 와장와장 목소릴 높여 주로 이미 이 세상에 있지 아니한 사람들이나 자식 따라 도회지로 나가 호강하는 사람들 얘기며 호강은커녕 전답 다 날려버리고 패가망신한 집안의 얘기들을 풀어놓고 있었다.

나는 방 안의 그 탁한 공기에 질려 그만 밖으로 나왔다. 칠흑 같은 어둠이 야기(夜氣) 속에 깔려 있었다. 사립문은 열려진 채였다. 갑자기 인기척을 느꼈다. 사립문 밖 배추밭 머리에서 사람이 하나 풀썩 솟더니 부리나케 내 옆을 지나 집 안으로 들어가는 것이었다. 아까 초저녁 우리 부자가 도착했을 때 봉당에 얼핏 그 모습을 드러냈던 외줄로 머리딴 처녀가 분명했다.

나는 더듬더듬 그 처녀애가 오줌깔기던 그 배추밭머리까지 걸어갔다. 피부에 닿는 두메산골의 밤공기가 그닥 싫지만은 않았다.

「산자리야 옛날부터 자네가 지관 아닌가!」

탑골 박씨와 아버지는 할아버지 할머니의 면례장사 절차에 대해서 두어 시간은 의논들을 했다. 결국 모든 음식장만이며 상여내는 문제들은 탑골 박씨가 맡기로 했고, 아버지는 당신 스스로 산자리를 잡기 위해 아침부터 산 오를 준비를 했다. 나도 어쩔 수 없이 탑골 박씨의 헌 농구화를 얻어 신고 아버지 뒤를 따랐다. 아버지는 빈 외양간 지붕에 꽂힌 낫을 빼어 낫자루에 침을 한번 탁 축인 다음 다부지게 잡아쥐는 것이었다.

아버지는 그 험한 산길을 휘휘 날다시피 걸었다. 무슨 힘이 저토록 뻗쳐나는지 도무지 모를 일이었다. 그는 뒤에서 두 손을 짚고 절절매고 있는 나를 가끔 돌아다보며 끌끌 혀를 찼다. 숨이 턱에 찬 채 아버지의 연민 가득한 눈길을 의식하자 나는 엊저녁 어둠 속에서 그랬던 것처럼 내 존재의 왜소함을 다시금 체험하는 것이었다. 그것은 누구에겐가 기대고 싶은 그런 외로움이라고 할 수 있는 느낌을 더불고 있었다.

「저기 저 건넌산 중턱을 잘 봐라. 아래로 흘러내린 산줄기들이 꼭 사람 형용을 하고 있재?」

그렇게 생각하고 보아서인지 건넌산 산세는 마치 사람 정수리로부터 시작해서 가지런한 지체(肢體) 그대로였다. 더욱이 음부(陰部)에 해당하는 그 갈랫골짜기에는 검푸른 잣나무가 다보록 퍼져 있어 실로 묘한 느낌까지 몰아왔다. 그러나 명당(明堂)은 정작 그 정수리에 있다는 것이었다.

우리가 그 중턱까지 올랐을 때는 이미 해가 중천에 있었고 우리들은 땀으로 흠뻑 젖었다. 우리가 건넌 개울물이 뱀처럼 구불구불 산을 감아돌고 있었다.

다섯 기의 무덤이 흩어져 있었다. 그 중 제일 위쪽의 것이 봉분의 규모로 보나 제법 번듯한 빗돌과 상석으로 미루어 한 종문의 시조비(始祖碑)쯤 돼 보였다.

「지금에야 그렇지두 못한가보더라만 사변 전까지만 해두 풍암리는 온통 김씨 문중이 판을 쳤던 거여. 이 양반이 높은 벼슬자릴 내놓구 옐 들어와 한 문중을 이뤘다는 거여. 저것이 김 초시구. 그래, 저 맨 끝의 것이 초시양반의 장손인 김구장님이시다.」

아버지는 다른 무덤을 다 젖혀놓고 그 김구장님이라는 무덤 앞에 이르러 몸가짐을 바로하고 두 번 절했다. 아버지가 바라는 눈치도 그랬지만 그의 지성스러움에 말려 나도 무릎을 꿇어 절을 했다.

「사변나던 해 봄에 돌아가셨다만, 생전에 인망이 높았던 양반이시다. 따지고 보면 네 외할아버지가 되셔. 네 누나들의 생모가 바로……」

아버지는 이쯤에서 말을 끊고 그 무덤에서 물러나 담배에 불을 댕겼다. 그 담배 한 개비가 다 타들어가도록 그는 산 아래 햇빛 속에 번쩍이고 있는 개울 물줄기만 내려다보고 있었다.

최만배가 김씨 문중의 장손의 딸을 아내로 삼았다는 그 내력에 엉킨 뭔가 심상찮은 사연을 되살리고 있는 눈치였다.

아버지는 끝내 입을 열지 않은 채 몸을 일으켰다. 우리는 산비탈을 가로질러 다른 등성이로 옮아갔다. 날개빛이 요란한 장끼가 바로 눈앞에서 푸드득 날아올라 고즈넉한 산공기를 깨뜨렸다.

우리는 수없이 많은 무덤들을 지나갔다. 참말 보잘것없이 작은 무덤들로 이 곳 시골의 공동묘지격인 모양이었다. 빗돌이나 상석 같은 건 아예 눈에 띄지도 않았다.

작은 등성마루를 하나 더 넘은 그 아래켠에 몇 개의 무덤이 초라하게 널려 있었다. 남향이었고 탁 터진 전망이 그림처럼 추경(秋景)을 펼치고 있었다.

그 무덤들 앞에 아버지는 꿇어 엎드렸다. 그는 오래오래 일어나지 않았다.

「누가 벌초를 했나 봐요.」

4반세기를 돌보지 않은 그런 무덤은 분명 아니었다.

「이게 사람 인심이란 거여.」

낫으로 무덤 주위의 잡목을 쳐내면서 아버지는 무척 감격한 듯 얼굴이 벌겋게 상기돼 있었다.

「할아버지 할머니두 여기다 모실 거예요?」

우습지만 나는 문득 마태복음의 첫머리를 머릿속에 떠올렸다. 아브라함과 다윗의 자손……

「그래야지! 당신들의 생전 소원이 그거였으니까.」

죽은 내 어머니가 의식이 몽롱한 가운데 중얼거린 그 소원이 이루어졌듯 죽은 사람들이 죽기 전 산사람에게 남기는 그 뜻이 왜 이처럼 소중스럽게 받아들여지는 것인가. 살아 숨쉬고 있다는 그 깊은 감격을 그런 식으로 드러내뵈는 것은 아닐는지.

뽀얗게 메마른 가을산은 갈색을 띠고 있었다. 간간이 나뭇잎을 흔드는 바람, 이름 모르는 멧새들의 지저귐, 아버지가 휘두르는 낫에 잘려나가는 잡목 가지들의 비명——이런 소리가 아닌 보다 깊은 산의 숨소리가 나를 압도했다. 항상 침묵하는 느낌 속의 산은 그러나 분명히 숨쉬고 있었다. 하지만 무덤들은 말하지 않았다. 그것은 무덤 이상의 그 어떤 의미도 상징도 없었다.

그렇지만 나는 분명 느끼고 있었다. 살아 숨쉬는 자는 항상 이런 그럴싸한 배경과 시간 앞에서 솟아오르는 그 원시적인 충동에 못견뎌함을.

나는 아버지가 무엇인가 말하려 하고 있음을 간파했고, 그래서 끈질기게 기다렸다. 나를 배신한 내 어머니가 이미 내 마음에서 떠난 것처럼 아버지와 합류될 수 없는 깊은 강이 내 가슴으로 도도히 흐르고 있었지만 나는 아직 이들과의 관계에서 멀어지고 싶지 않았다. 나는 굶주린 자처럼 눈을 번뜩이며, 나와 맺어 있는 그 어떤 것에 대해서도 알고 싶었던 것이다.

「우리 최씨 집안이 풍암리에 발을 들여놓은 게 언제쯤인진 모르겠다만…….」

아버지는 담배를 찾아 물며 잔디 위에 풀썩 주저앉았다.

풍암리에 대대로 터잡아 사는 김씨 문중은 자손이 번성했다. 풍암리뿐 아니라 근동의 농토가 대부분 그 자손들의 것이었다. 타성(他姓)바지가 풍암리 상답(上畓)을 욕심낸다는 것은 생각도 못할 일이었고 이 마을에 발붙여 볼까 하고 기어들었던 몇몇 집안은 몇 해 견디지 못하고 제풀에 뜨곤 했다. 소작을 주어도 자기 문중들끼리 나누어 부쳤다. 설사 논 몇마지기 얻어 부치게 됐다손 치더라도 결국 한 해 농사 짓고는 고개를 홰홰 내저으며 물러섰다. 우리 선

조도 아마 김씨 문중 머슴살이에서 분가를 해 서슴서슴 뿌리를 내리기 시작했던 모양이다. 소작을 안 주면 화전을 일구고 화전이 신통찮으면 벌목을 해 뗏목으로 띄우고 그것을 관에서 막으면 일가가 몽땅 집을 비우고 약초뿌리를 캐러 심산으로 들었고 눈 푹 덮인 겨울이면 짐승 다니는 목에 덫을 놓아 생계를 이었다. 또한 워낙 아슬아슬 대를 잇는 집안이라 훌쩍 타관으로 떠나고나면 집안은 영영 끝장이라는 생각에서 죽으나 사나 풍암리에 엉덩이를 디밀고 살아오지 않았나 싶다. 그렇게 김씨 문중에 빌붙어 산다는 게 얼마나 치욕스럽고 감내해 내기 어려운 설움이었는가는 짐작이 가고도 남았다. 앞뒤 재지 않고 불끈 뼐을 곤두세워 그 굴욕을 되갚으려 황당하게 대들었다가 오히려 더 큰 혹을 자식에게 붙여줘 버린 할아버지들도 없지는 않았는가 보았다. 우선 증조부가 젊은 혈기에 마을에 들이닥친 동학군에 덥석 내통했다가 거적송장이 되자 인근에서들은 혈혈단신 홀어미를 모시고 사는 할아버지를 마치 역적의 자식 취급을 했다. 소작을 떼어가고 동계(洞契)에 부르기는커녕 아예 이름을 빼어버렸다. 그러나 할아버지는 풍암리를 뜰 생각은 아예 하지도 않았던 모양이다. 약초를 캐 읍에 내다팔며 근근 연명해 갔다. 그게 할아버지 식이었다. 원래 고진이었던 할아버지는 남을 원망할 줄도 모르고 그저 이런저런 구박 다 받아가며 김씨 문중을 드나들었다. 그래, 고진감래는 아니더리도 그런대로 다시 떼었던 소작을 얻고 동정도 받아가며 눌러앉아 살게 되었던 모양이다.

그러나 아버지는 달랐다. 동네 천덕구니로 따돌림받는 게 죽기보다 싫었다. 못난 부모 원망하기를 하루에도 수십번이었다. 김씨 문중 아이들에게 몰매를 맞고 그 분풀이로 김씨 문중 사당 문턱에 대변을 봤다. 아버지 대신 할아버지가 끌려가 김구장 식솔들한테 맞아 저고리를 피로 말아 왔다. 김구장을 당장 찔러죽이겠다고 식칼을 들고 나가는 아버지를 두 노인네가 붙들고 늘어진 게 한두 번이 아니었다. 그예 아버지는 일을 덜컥 저질러 놓고 말았다. 김구장네 딸 하나를 삼(大麻)밭에 끌고 들어가 범해버린 것이다. 첫번째는 김씨 문중에서 쉬쉬 넘겨버려 다행이었다. 그 다음은 아버지가 김구장네 집에 걸어 들어가 넉살좋게 딸을 달라고 했다. 내쫓는 머슴 두엇을 댓돌에 집어던졌다. 일본 순사에게 끌려가 꼬박 일 년을 징역살았다. 징역에서 풀리기가 무섭게 김구장네 집으로 숨어 들어 자기 때문에 혼담이 끊긴 김구장 딸을 업어내왔다. 너무 기가 찬 김구장은 아예 모른 척했다. 그러나 다시 소작은 떨어지고 김씨 문중 사람들의 학대가 시작되었다. 그렇게 칠팔 년을 앙숙으로 버티다가 해방을 맞고 아버지는 김씨 일가를 친일파로 몰아붙였다. 피차 원한은 더 깊어진 채 사변이 터졌다.

바뀐 세상에, 풍암리 일대는 온통 아버지의 것이었다. 성분 좋겠다, 내력 깊겠다, 아버지는 떠억 인민위원회 풍암리 위원장 감투를 썼다. 아버지는 진정 살맛이 났다. 불량스런 눈을 해 가지고 마을을 설쳤다. 읍내무서원을 하나 데려다 마을 반동분자를 잡는다며 닷새씩이나 마을을 발칵 뒤집었다. 빨갱이 지시라면 척척 잘도 해냈다. 네 부모를 죽여라 했어도 그것을 해냈을 만큼 아버지는 악랄해져 있었다. 몸 망치고 끌려와 억지결혼을 한 내 이복누님들의 생모는 딸 둘만을 낳은 채 기죽어 살고 있다가 남편이 빨갱이 앞잡이가 되어 날뛰자 시부모와 함께 남편 옷자락을 붙잡고 늘어지다 여러 번 발길에 차여 넘어졌다. 그러나 남편을 내버려 둘 수는 없었다. 하늘이 무서워요, 하늘이. 싫고 무서운 남편이었지만 우선 살리고 볼 일이었다.

저녁바람이 우수수 나뭇잎을 흔들었다. 아버지는 더 입을 열지 않은 채 몸을 일으켰다. 그는 산을 오를 때의 기세와는 달리 내 뒤를 따라 흐느적흐느적 걸었다. 맥락풀린 사람처럼 탈진해 보였다.

해 있어 산에서 내려온 탓으로 우리 부자는 탑골 박씨네 집으로 돌아오는 도중 많은 사람들을 만나지 않으면 안 되었다. 아버지로선 어차피 만나야 할 사람들이긴 했다. 그러나 엊저녁까지의 나이든 사람들과의 만남처럼 감동적이고 우호적인 만남은 아니었다. 마을에는 노인들보다 훨씬 더 많은 젊은이와 아이들이 살고 있었다. 이미 마을은 아버지 시절의 것은 아니었다. 훨씬 더 깨이고 현실적인 사람들이 마을의 주인이었던 것이다. 그들은 다분히 적의를 지닌 눈으로 우리 부자를 바라보았다. 아버지가 다시 이 마을에 뿌리 내리기에는 상당한 세월과 인내가 필요하리라——나는 좀 암울한 기분에 휩싸이기 시작했다. 술 취한 어떤 청년 한 사람을 장거리에서 만남으로 해서 그 느낌은 더욱 짙어졌다.

「최만배, 당신이 최만배지? 이보라구, 내가 왜 이 모양 이 꼬락서니가 된 줄 아오? 당신이 울 아버질 인민군에 끌어낸 거 잊진 않았을 거요! 당신 덕분에 난 유복자가 된거구…….」

아버지의 참담한 얼굴은 차마 바라보기가 민망스러울 정도였다. 아버지, 당신이 바라고 찾아온 것이 바로 이것이었잖소? 나는 흔들리기 시작한 내 마음의 평정을 지키기 위해 끝내 방관자의 입장에 섰다.

이날 저녁 아버지는 마을 노인들이 탑골 박씨네 집 마당에서 내 조부모의 면례장사 준비로 떠들썩한 틈을 타 이홉들이 소주 한 병을 벌컥벌컥 들이켰다.

그러나 아버지가 더 엉망으로 술을 들이키기 시작한 것은 마을의 젊은층들이 상여메기를 거부해온 뒤부터였다. 그 젊은이들 기세에 눌렸음인지 꽤 나이든 축들도 맡은 일을 버리고 슬금슬금 꽁무니를 뺐다. 아버지는 전연 예상 못했던 일인 양 몹시 당황한 얼굴을 했다. 그리고 술을 퍼마시기 시작했던 것이다.

밤늦어 곯아떨어진 아버지를 바로 눕히며 내 손은 떨렸다.

또 한번 아버지와의 결별의 시간을 생각해 본 것이다. 그러나 이 때 문 밖에 자리끼를 떠온 탑골 박씨네 외줄로 머리딴 처녀애의 인기척을 깨닫고 나는 구원받은 기분으로 문을 열어젖혔다. 쪽마루에 물사발이 놓여 있고, 그리고 내 눈에 비친 것은 그 처녀애의 실팍스런 둔부였다.

다음날은 내게 있어서 더럽게 치욕스럽고 지리한 시간이었다. 늙은이들에 의한 운구(運柩). 그 가락 시원찮은 만가(挽歌)와 작업 틈틈이 주고받는 그 상스런 해학(諧謔)들——그리고 술 취한 늙은이들의 추접스런 꼬락서니. 봉분 높이기와 마른 떼 입히기의 그 지루한 시간, 그러나 아버지는 엊저녁 그 과음에도 불구하고 싱싱한 얼굴로 재게 움직였다.

「이젠 제법 족산(族山)다우이 ! 」

술 취한 한 늙은이의 말에 나는 그만 실소했다.

뼈를 깎히는 그런 아픔을 웃었던 것이다.

눈을 떠보니 눈부신 가을 아침 햇살이 격자창 가득히 부어져 내리고 있었다. 아무도 옆에 없었다. 나는 몽설(夢泄)을 했고, 망칙한 새벽꿈 속의 그 계집애를 보기 위해 방문을 열어젖혔다. 그러나 둔부 실팍스런 그 처녀애는 보이지 않았다.

아버지가 무엇인가 부지런히 준비하고 있는 게 보였다.

죽은 사람을 찾는 마지막 작업이 시작된 것이다.

아버지는 단호하게 마을 노인들의 동행을 거부했다. 탑골 박씨마저 못 따라오게 막았다.

나는 아버지와 다시 갖게 된 이 둘만의 시간이 눈물이 나도록 고마웠다. 내 계획대로 내가 아버지보다 일찍 잠이 깼더라도 이 동행은 이루어지지 않았을 것이다. 그 궁둥이 팡팡한 계집애와의 새벽꿈 속의 정사(情事)만 아니었더라도 나는 이미 별 볼일 없는 이 마

126

을을 떠나, 열엿새밖에 남지 않은 내 생의 유예기간 동안 모든 것을 철저하게 배신하기 위해 도회지로 출발했을 것이 아닌가. 그러나 아버지는 아직 나의 낌새를 눈치채지 못한 모양이고 나는 아버지와의 영별(永別)에 앞서 꼭 하나 물어 보고 싶은 것이 있었던 것이다.

「아버지!」

산 밑을 흐르는 개울의 징검다리 세 번째 돌을 밟은 아버지를 나는 나지막하게 불렀다. 그는 돌아다보았다. 그 얼굴은 어제 그 치욕스런 면례장사를 치른 사람같지 않게 탄탄한 힘을 풍기고 있었다. 나를 바라보는 그의 눈이 그 어느 때와도 달리 정있어 보임은 내 마음이 그렇게 생각해서 그런 것일까.

「아버지, 미사끼가 누굽니까?」

순간 아버지는 좀 의외란 듯한 표정을 짓더니 그냥 몸을 돌려 다음 돌을 밟았다. 나는 지체없이 또 아버지를 불러세웠고 아버지는 다시 아들의 굳어진 표정을 살피고 있었다.

「어머니가 돌아가실 때 부른 그 일본 사람 이름이 누굽니까?」

아버지는 징검다리에 엉거주춤 앉으며 삽을 물에 담갔다. 물 속 돌멩이 윤곽이 선명하게 드러나도록 해맑은 개울물이 가을볕을 실은 채 돌돌돌 흘러내리고 있었다.

생각보다 아버지는 쉽게 입을 열어, 마치 대사 외듯 부자연스런 어조로 말했다.

「미사끼란 사람은 내가 감옥에 들어간 지 얼마 안 돼 만났던 사람이다. 완전히 한국 사람 행세를 했고, 또 국적도 한국으로 돼 있는가 보더라만, 네 죽은 어머이처럼 일본 사람이었다. 그 사람은 네 죽은 어머이하구 열아홉 살 때 일본에서 건너왔다구 하더라. 피치못할 일루 도망을 온 게지. 그래 우리 나라에서 해방을 맞구, 사변을 치르구, 그런데 그 사변이 끝나던 해 어떤 살인

죄에 걸려 들어왔는데, 형기두 워낙 긴데다 내가 만났을 땐 이미 갤갤 다 죽어가구 있었다. 폐병이야. 난리통이라 그런 다 죽어가는 사람들하고 한 감방을 쓰는 게 보통이었는데 그 미사끼가 다른 데로 옮겨가면서, 옮겨간 데서 곧 죽었다는 얘길 나중에 네 어머이한테 들었다만, 제 뒷바라지를 내가 좀 해줬다구 해서 내 손을 붙잡고 징징 울더구나. 그리고 내가 4대독자란 얘길 언제 들어뒀던지, 자기두 같은 처지라는 거야. 하다못해 딸자식 하나 못 남기고 죽게 됐다구, 결국 자기 대에 와서 끝장이 난 거라구……. 고향에두 못 가구……. 그러면서 네 죽은 어머이 주술 일러주더구나. 그러나 그 주술 찾아낼 필요두 없이 네 죽은 어머인 내 남은 옥살이 뒷바라지를 다 해준 거여. 알구 보면 네 어머이 같은 사람, 세상에 또 없다!」

아버지는 깨끗하게 씻긴 삽을 물 속에서 들어내며 몸을 일으켰다. 더이상 입을 열지 않았다. 그는 더이상 말하지 않을 것이다. 나 또한 더이상 듣고 싶지 않았다.

나는 조금 어지러웠다. 모든 것이 흔들리고 있었다. 그 흔들림은 무엇에고 푹 기대고 싶은 그런 외로움과 같은 느낌 속으로 나를 밀어넣고 있었다.

아버지는 이미 징검다리를 건너 산으로 오르는 계곡을 향해 성큼성큼 걷고 있었다. 나는 끌리듯 그 큰 걸음을 좇아 걷지 않을 수 없었다.

마을에서 맞은바래기에 바라보이던 아산 중턱 못미쳐 보리밭이 하나 있었다. 그쯤에서 내려다본 마을은 늦가을 볕 속에 그림처럼 조용했다. 추수가 다 끝난 논바닥에 볏짚이 댕그라니 쌓여 있었다.

「저 아래 느티나무가 하나 안 있냐? 바로 그 느티나무 옆으로 길게 배미를 이룬 논이 저번짝에 우리가 산 논이다. 좀 비싸게 치켰다만 논이야 상답이지!」

그는 어린애처럼 자랑스러워하고 있었다.

「이백 평 한 마지기로 치면 다섯 마지기 반에서 좀 빠진다만 내년 농산 내 손으로 지을란다!」

아버지는 보리밭으로 성큼성큼 걸어 들어갔다. 겉보리 본엽(本葉)이 서너너덧 매 파랗게 돋아나 있었다. 아버지는 일부러이기라도 한 듯 연약한 잎들을 짓밟았다. 보리의 착생이 잘 되도록 어린 보리싹의 경엽(莖葉)을 〈밟아주기〉인 모양이었다. 나도 아버지처럼 보리싹을 짓밟아 보았다. 어린 싹은 짓밟혀 잠시 누웠다가 곧 푸들푸들 되일어서는 것이었다.

「옛날에 이 애비가 예까지 묶여 올라왔었다.」

가슴이 뛰었다. 가상(假象)은 언제고 실체를 드러내는 법, 나는 아버지의 입을 쳐다보았다. 그러나 아버지는 더이상 입을 열지 않은 채 보리밭 가장자리 한 켠에 수북이 쌓인 돌무더기 앞에 다가가 숙연한 얼굴을 했다.

찌륵찌륵 멧새 울음소리가 가까운 데서 들렸다. 나는 휘 사방을 둘러보았다. 아버지가 서 있는 돌무더기 저쪽, 보다 남향이고 전망 좋은 곳에 조그마한 무덤이 하나 얌전하게 누워 있었다.

「누가 저기다 뫼를 썼누! 하긴 자리가 나쁘진 않아.」

아버지는 혼잣소릴 하면서 신을 벗고 삽자루를 잡았다.

「우선 이 돌부터 걷어내야겠다.」

나는 아무것도 묻지 않았다. 아버지가 시키는 대로, 밭에서 나온 돌을 하나 둘 모아놓은 듯싶은 돌무더기를 걷어내기에 열중했을 뿐이다. 아버지처럼 농구화도 벗어버리고 맨발이 됐다.

돌이 거의 치워질 때쯤 돼서 아버지는 돌무더기가 쌓였던 땅을 푹푹 떠내기 시작했다. 사람이 하나 들어가 누울 만한 넓이로 파내려갔다. 무릎 높이까지 깊어졌을 때 아버지는 삽을 놓고 담배를 찾아 물었다. 내가 삽자루를 잡자 손을 휘저어 정색을 하고 막았다. 나는 삽자루를 놓고 아버지 옆에 앉아 마을을 내려다보았다. 어느 집에선가 탈곡기소리가 가을볕 속으로 퍼져나오고 있었다.

「이 구뎅인 이십 몇 년 전에 내가 묻힐 자리였다!」

세상이 또 뒤집힐 기미를 눈치 못 챘던 건 아니었지만 그것이 그다지 빠르게 올 줄은 정말 몰랐던 것이다. 면인민위원회놈들이, 내무서놈들이 시치밀 때는 통에 당한 건 그였다. 수리봉 쪽으로 새까맣게 비행기가 날고, 가끔 인민군 녀석들이 비실비실 북으로 향할 무렵이었다. 면에 내려가니까 마을에서 꼭 처치해야 할 반동분자 명단을 작성해 올리라는 지시였다. 그 동안 국방군가족이니 경찰가족이니 쌀 숨겨놓고 안 내놓은 반동분자니 해서 꽤나 찔러넣은 그것만 해도 괴로운데 이제는 아예 처치할 반동분자 명단을 올리라는 거였다. 며칠을 두고 끙끙댄 끝에 서너 사람의 이름을 적어 품 속 깊이 넣고 집을 나섰다. 제출하라는 기일보다 이틀이 지난 뒤였다. 자전거를 타고 동구밖을 빠져나가다, 머리통에 몽둥일 맞고 쓰러졌다. 정신이 들어보니 바로 자기집 사랑방에 묶여 있었다. 집안 식구들도 모두 묶여 재갈이 물린 채 안방에 갇혀 있는 낌새였다. 그는 밧줄을 풀려 무진 애를 썼다. 자유로운 몸이 되면 우선, 계집애만 둘 낳고 고만인 아내부터 죽일 작정이었다. 명단을 적어 품 속에 넣는 걸 본 사람이 있다면 오직 그네뿐이었으니까. 마을 사람들은 그를 쳐 넘어뜨리고 우선 품 속을 뒤져 그 명단부터 찾아냈던 것이다.

「마을 사람들은 날 그렇게 잡아가두고 날이 어둡길 기다렸던 거여.」

아버지는 다시 삽을 들고 구덩이를 파기 시작했다.

나는 문득 이쪽 야산으로 오르기 전에 건넌 조그마한 개울 징검다리 있는 곳에 눈을 주었다. 행색이 마을 사람들인 듯싶은 세 사람의 남자가 그 돌다리를 건너 우리가 있는 쪽으로 향하고 있는 게 보였다. 나는 묘한 예감으로 몸이 떨려옴을 의식하면서 다시 시작된 아버지의 얘기에 귀를 기울였다.

그날따라 마을을 지나는 인민군 패잔병도 없었고(있어봤자 제까짓것들이 무슨 힘이 있겠는가마는……) 구름 잔뜩 낀 하늘은 쉽게 어둠을 몰아왔다.

눈이 뒤집힌 마을 사람들이었지만 마지막 가는 길에 부모 처자의 얼굴은 한번 봐둬야 한다며 그를 안방 문앞에 세웠다. 재갈이 물린 채 자기를 쳐다보는 집안 식구들의 그 처연한 눈빛, 그는 그냥 그 자리에 주저앉고 말았다. 다리에 맥락이 풀려 더이상 서 있을 수가 없었던 것이다.

「그리고 예까지 끌려왔던 거다.」

아버지의 얼굴에 땀이 번질거렸다. 구덩이는 이미 허리높이만큼 깊어져 있었고 그는 삽질을 아주 조심조심 해 나갔다. 징검다리를 건넌 세 사람이 눈에 띄지 않았다. 아마 이쪽 보리밭으로 오르는 계곡으로 접어든 모양이었다.

「사람들은 내게 물린 재갈을 풀어 주지 않더구나.」

그것만 풀어 주면 목놓아 엉엉 울고 싶었다. 제발 한번만 살려 달라고 애원하고 싶었다. 대한 민국 만세, 이승만 대통령 만세——를 백 번, 백만 번이라도 외쳐 살고 싶었다. 난 4대독자야, 내가 죽어선 안 돼——그렇게 외쳐 그네들의 동정을 받고도 싶었다. 그러나 마을 사람들은 그에게 물린 재갈을 풀지 않았다.

손 묶은 건 풀지! 누군가 그렇게 말했고, 그는 휑하니 입을 벌린 구덩이를 보았다. 사람들은 그를 산 채로 밀어넣을 모양이었다. 그는 풀린 두 손을 들어 입에 물린 재갈을 벗기려고 했다. 그러나 완강한 팔목들이 그의 양 어깨를 감싸고 있어 그것은 불가능했다.

빨리 처넣어! 손에 돌을 든 사람들이 재촉하는 소리가 들렸다. 그는 필사의 힘을 다해 발버둥쳤다. 구덩이로 떨어지는 시간이 조금은 지연되고 있었다. 바로 그 순간이었다.

구덩이 속으로 누군가 풀썩 떨어져 내렸다. 누구야? 놀란 목소리로 누군가 소리질렀다. 그러나 구덩이 속에선 앓은 신음소리가 잠깐 들렸을 뿐이다. 한 사람이 성냥을 그었다. 여자였다. 누군가 구덩이 속으로 내려가, 엎어진 여자를 하늘을 향해 정면으로 뉘였다. 얇은 홑저고리 하나인 그네 젖가슴 왼쪽에 칼이 꽂혀진 채였다.

죽었어!

밑의 사내가 구덩이에서 기어오르며 말했다.

사람들은 그를 보리밭에 놓은 채 망연자실 구덩이 속만 들여다보고 있었다. 그 때 어둠 속에서 누군가 귀에 속삭였다.

이 몹쓸것아! 네 처가 대신 죽은 거야.

또 하나의 목소리가 있었다.

왜 이러구 있어? 이 죽일놈아! 어서……!

아버지는 삽을 구덩이 밖으로 내던진 채 맨손으로 흙을 파고 있었다. 마을에서 올라온 세 사람이 우리들 곁에 다가와 있는 기척도 모른 채.

한 사람은 탑골 박씨였고, 사십 전후가 돼 보이는 두 사람은 그 차림새로 보아 이 마을 사람이 분명한데 내게는 초면인 얼굴들이었다.

「이보게, 만배! 거 뭘허구 있는 게여?」

아버지는 몸을 일으켰다.

「자네, 이 사람들 얼굴 보면 모르겠나?」

이처럼 놀란 아버지의 얼굴 표정을 본 일이 없었다.

「놀라긴, 자네 처남들이야!」

아버지가 말해 준 그 김구장의 두 아들들의 얼굴을 나는 곧바로 쳐다보았다. 아버지가 뺏아온 그 처녀의 남동생들은 나를 향해 조금 웃어 보였다.

「매형, 올라오세유!」

그들 형제는 구덩이 속의 아버지에게 손을 내밀었다.

「누님은 우리 둘이서 몇해 전에 딴 데다 모셨는 걸유. 바로 저 기…….」

그들 중의 하나가 우리들이 서 있는 보리밭 저쪽 좀더 양지바르고 전망 좋은 데의 바로 그 무덤을 가리켜 보였다.

「이 사람들이 그 얘길 자네한테 하지 말라구 해서…….」

탑골 박씨가 목덜미를 긁으며 쑥스럽게 웃자, 그 중 좀 연장인 듯싶은 쪽이,

「동네에서들은 매형이 고향엘 온다는 소식을 듣곤 매형이 제일 먼저 와야 할 곳이 바로 여기라고 했어유. 와 가지곤 이렇게 매형 손으로 직접…….」

다시 탑골 박씨가 받아,

「글쎄, 이 사람들 얘기론 자네가 여길 제일 먼저 와보지 않음, 자넬 이 동네에서 쫓아내려고 했다지 뭔가! 어제 그 상여두 ……. 여하튼 요즘 젊은사람들 얕보지 말게.」

나는 아버지가 파놓은 흙더미 위에서 발가락 사이로 비집고 올라오는 찬 흙의 촉감을 즐기고 있었다.

「이 사람이 바로?」

내 외삼촌뻘이 되는 두 사람은 최씨집 5대독자인 내게 손을 내밀었다. 나는 그들의 억센 손아귀에 손을 잡힌 채 이사람들이야말로 우리의 귀향을 진정 반기고 있구나——생각했다.

나는 내 출생 비밀의 현장인 흙더미 위에서 땅의 찬 서기(瑞氣)

가 심장까지 힘차게 뻗쳐오름을 감지했다. 이 느낌은 새벽녘 꿈 속 궁둥이 팡팡한 계집애 몸 속 깊이 사정(射精)하던 그런 아찔한 충동을 더불고 왔다.

그러나 무엇보다 내게 시급한 것은 어서 아버지와의 단둘만의 시간이 다시 마련되는 일이었다.

나는 그예 울음을 터뜨릴 것이고, 입영통지서를 펴든 아버지는 내 등을 뚜덕거리며 나를 위무하리라. 이것이 우리의 현실이라고. 나는 더 많은 문제에 대해서, 그리고 진정 내 문제에 대해서 아버지와 긴히 의논하고 싶은 것이다.

또 한 가지 내가 해야 할 것은, 지금 내 주머니 속에 옮겨와 있는 예금통장과 인장(印章)을 주인에게 되돌려 주는 일이다.

술래 눈뜨다

　평산(平山)에서 남천읍으로 뻗은 시오리 길 신작로는 늦봄의 따가운 햇볕 속에 조는 듯 누워 있었다. 간밤 한차례 내린 비로 길바닥이 조금씩 패여나가긴 했어도 워낙 자동차가 드물고 인적이 없는 길이라 길바닥에 냉이, 질경이 등 잡초가 듬성듬성했다.

　좋은 날씨였다. 멀고 가까운 산들이 그 나름의 위용을 떨치며 역시 간밤의 비에 씻긴 탓인지 한결 선연하고 쾌적한 빛깔로 다가섰다. 아직 산그늘에 잠긴 골짜기는 맞은편 산비탈에 쏟아져 내린 햇빛의 반사로 더욱 검푸른 빛깔을 띠었다. 그 자오록한 산그늘 속에서 뻐꾸기 한 쌍이 솟구치듯 날아올랐다간 다시 그 숲 속으로 까부라져 내렸다. 그러고 보니 산속이 온통 새소리로 왜자했다. 어디쯤 새매라도 떴단 말인가, 누나와 나는 약속이나 한 듯 고개를 쳐들었다.

　「와, 매 봐라!」

　내가 소리쳤다. 누나도 그것을 본 양 자지러지는 소리를 냈다. 쩡쩡 해맑은 하늘에 송골매 한 마리가 유유히, 그러나 이미 표적을 겨냥한 음험스런 날개를 쫘악 편 채 산그늘 위를 몇 바퀴 선회하는가 싶더니, 아니나다를까 꼬꾸라지듯 숲 속으로 떨어져 내렸다.

그러자 오히려 그처럼 왜자하던 산새들이 숨을 죽여버렸다.

「누나야, 우리 내기하자!」

누나는 새매가 꼬꾸라지듯 내려꽂힌 숲 속만 쳐다보면서 겁먹은 표정으로 어깨를 동그랗게 오무리고 있다가 내가 뒤에서 등을 치자 화들짝 놀랐다.

「앤!」

누나는 검정치마에 옥양목 저고리를 가뿐하게 받쳐 입고 있었다. 머리는 단발이었다. 누나가 싫다는 걸 어머니가 굳이 그렇게 해버렸다. 그 치렁치렁한 머리채를 잘라내던 날 누나는 이불을 뒤집어쓰고 오래오래 울었다. 누나 또래의 여자애들이 단발을 한 것을 나는 어디에서고 본 적이 없었다. 그러나 어머니는 그렇게 했다. 누나를 실제 나이보다 앳되게 보이려 했던 것이다. 사실 깡똥 잘라버린 머리 밑이 하얗게 드러난 누나의 갸름한 얼굴은 열두 살 누나의 나이보다 한결 어려 보였다.

「누나야, 우리 눈 감고 누가 많이 걸어가나 내기하자.」

나는 고집스럽게 누나를 졸라댔다. 신작로를 그냥 타박타박 걷기가 따분했기 때문이다.

「싫다. 난 눈 감으면 어지럽다.」

「그래두 하자아.」

「싫대두. 눈 감고 걷다가 저 아래로 굴러떨어지면 어쩔려고 그래?」

「그러니까 재미있잖아. 안 떨어지려면 저쪽으로 천천히 가면 될 껀데 뭐.」

「그러면 내가 지잖아?」

누나는 두어 걸음 앞서 내달으며 싫다는 몸짓을 했다. 누나는 뭔가 다른 생각에 곰곰 잠겨들려고만 했다.

「겁쟁이, 안 해두 좋아. 그러면 나 혼자 할 거야.」

나는 눈을 꽉 감은 다음 두 팔을 과장스럽게 내저으며 걸었다.
「얘, 덕수야, 글루 가면 위험하다니까!」
누나는 기겁을 하면서 눈을 감고 씽씽 내닫는 내 적삼 등가죽을
잡았다. 나는 누나의 손길을 짐짓 뿌리치며 더욱 과장스러운 몸짓
으로 내달았다. 신작로의 움푹 패인 곳을 헛디뎌 허청 몸 중심을
잃을 뻔했다. 그러나 나는 고집스레 눈을 뜨지 않았다.
눈을 감고 있으려니 문득 마을에서 아이들과 술래잡기 놀이를 하
던 생각이 났다. 저녁이었다. 내가 술래였고 다른 아이들은 저마
다 숨을 곳을 찾아 뿔뿔이 흩어졌다. 나는 우리가 방을 빌어 사는
집 헛간 기둥에 이마를 대고 눈을 감았다. 술래는 기둥에 이마를
댄 채 눈을 떠도, 뒤를 돌아다보아도 안 된다. 하나 둘 셋 넷…….
큰 소리로 숫자를 세어야 아이들이 어디 가까운 데 숨어도 그 기척
을 알 수가 없는 법이다. 나는 그대로 했다. 그래도 나는 먼 데 가
까운 데 있는 아이들을 잘도 찾아냈다. 그러나 나머지 한 아이가
보이지 않았다. 우리가 방을 얻어 사는 집 주인 아들이었다. 나보
다 한두 살 위였다. 장독대도 가보았고 잿간에도 부엌에도 사립문
밖 콩 낟가리 속도 뒤져 보았지만 그 애는 없었다. 꼭꼭 숨어라 머
리카락 보인다. 아이들이 손뼉을 치며 숨바꼭질의 흥을 돋우었고
나는 약이 바싹 올랐다. 꽤 오래 헤매다가 무심코 그 애네 안방 문
을 열어 보았다. 어이없는 일이었다. 그 애가 자기네집 식구들 틈
에 끼어 저녁을 먹고 있었다. 내 눈과 마주친 그애가 퉁명스레 내
질렀던 것이다. 이 새끼야, 나 숨박질 안 해. 그것은 내가 처음으
로 맛본 배신이었다.
「덕수야, 너 정말 큰일나려구 그러는구나!」
누나가 짐짓 암팡진 소리로 꾸짖는다.
「큰일나면 어때. 난 떨어져두 좋아.」
「죽는데두?」

「죽어두 좋아.」

나는 더욱 자포자기한 발걸음을 했다.

「덕수야, 너 지금 눈뜨고 걷는 거지?」

누나가 내 곁으로 따라붙으며 내 얼굴을 살피는 기색이었다. 나는 눈을 더욱 지질러 감았다.

「너 어디까지 그러구 갈 거니?」

「남천까지!」

「남천 애들이 장님이라고 놀린다.」

「난 장님이야, 누나.」

피슬피슬 웃는 소리가 들렸다.

「너 장님 되면 아버지두 못 볼텐데?」

「못 봐두 좋아.」

「정말이니?」

「그래 정말이야. 난 아버지 같은 거 안 봐두 돼.」

「얘가! 그럼 지금 뭣하러 남천엘 가는 거니?」

「어머니가 갔다 오랬으니까 그냥 가는 거지.」

「아까 한 약속은 어떡할 거구?」

「난 몰라.」

나는 더욱 기세좋게 핑핑 내달았다. 아버지 같은 거 안 봐두 좋았다. 내가 더 어렸을 적의 아버지는 그냥 무서운 존재였다. 그리고 조금 철들기 시작한 지금은 아버지 같은 건 없어도 되는 그런 존재였다. 어머니가 그러한 내 태도를 꾸짖곤 했다. 어머니는 아버지를 우습게 보려는 나 때문에 무척이나 속이 상하는 것 같았다. 어머니는 아버지에 대해서 불손한 언사를 하는 걸 결코 용서하지 않았다. 나는 그 때문에 여러 번 종아리를 맞았다.

「덕수야, 너 지금 누구하고 내길 하는 거니?」

나는 대답하지 않았다. 그냥 침을 찍 내뱉았을 뿐이다. 그 자식이 자꾸 머리에 떠오른 것이다. 숨바꼭질하다가 천연덕스럽게 밥을 먹고 앉았던 그 자식의 뻔뻔스러움.

어쩌면 우리는 이번에도 또 아버지가 살고 있는 집 근처에서 그냥 돌아올는지 모른다. 누나가 좀 전에 제안한 그런 일은 아마 일어나지 않을 것이다. 아버지를 만나다니, 그런 일이 어떻게 있을 수 있겠는가.

우리는 지금 아버지를 만나러 가는 것이 아니라 아버지의 소재를 확인하러 가는 것뿐이다. 어머니가 확인한 것을 다시 우리들에게 확인시키고 싶었기 때문이다.

「덕수야, 혼자서 하는 내기가 어딨니?」

누나가 눈감고 내닫는 내 등허리를 다잡아 쥐며 치근거린다.

「그럼 누나두 눈 감고 걸어!」

「눈 안 감고도 내길 할 수가 있는데.」

「어떻게 하는 거야?」

나는 아직도 눈을 감은 채 누나 쪽으로 몸을 돌린다. 실상은 반쯤 눈을 떠, 뛰다시피 걷느라 얼굴이 발갛게 상기된 누나의 얼굴을 보았다.

「눈 떠 봐. 이렇게 하는 거야.」

누나가 고개를 뒤로 발딱 젖혀 하늘을 쳐다보며 천천히 걷는다. 걸음이 몹시 불안정스럽다.

「그까짓 거, 나도 할 수 있다.」

나도 누나처럼 고개를 젖히고 하늘을 쳐다본다. 쩡쩡 맑은 하늘이 눈에 시리다. 어지럽다. 걸음이 사뭇 느리고 허청거려진다. 눈을 감았다. 또 다른 빛의 하늘이 보인다.

「힘들지?」

누나가 아직 고개를 젖힌 채 묻는다.

「아아니!」

「덕수야, 가만히 하늘을 쳐다봐라. 하늘에도 땅처럼 길이 있다.
그걸 보면서 걸어야 해.」
눈을 떴다.
「쳇, 길이 어딨어?」
「있다. 아버지랑 어머니 얼굴을 하늘에 떠올리면 거기 길이 보
여.」
「쳇, 누나 엉터리.」
「덕수야, 그렇게 해 봐. 정말인걸.」
나는 고개를 젖힌 채 힐끗 누나를 곁눈질했다. 누나는 열심이었
다. 그 표정이 그렇게 엄숙할 수가 없었다. 어머니 다녀오겠어요.
누나는 어머니한테 언제나 공손했다. 어머니가 아버지에 대해서
무엇인가 우리에게 들려 줄 때면 몸을 단정히 하고 엄숙한 자세로
열심히 들었다. 아버지가 그런 일을 하셨군요. 누나는 그처럼 어
머니의 말 중간에 감탄어린 말을 끼어 넣곤 했다. 누나는 그런 면
에서 나이에 비해 퍽 조숙한 편이었다.
「아이고 어지러워.」
누나가 먼저 고개를 내렸다. 누나의 이마에 땀이 송글송글 배어
나와 있었다.
「난 안 어지러워.」
나는 힐끗 누나의 이마를 훔쳐본 다음 다시 고개를 젖힌 채 먼저
자세대로 걷기 시작했다.
「덕수야, 이제 고만해라. 내가 졌다. 난 너 모르게 두 번씩이나
땅을 봤거든.」
「난 한 번두 안 봤어!」
「그래, 네가 이긴 거야.」
누나는 언제나 그랬다. 내 비위를 단 한 번도 거슬러 본 적이 없
었다. 모든 걸 나한테 양보했다. 어머니를 그대로 빼닮은 것이다.

그러나 누나는 어머니와 달랐다. 결국 이기는 것은 누나였기 때문이다. 어머니는 지레 뒤로 멀찍이 물러서서 영원히 패배한 꼴로 주저앉는 편이라면 누나는 물러서는 척하면서 실상은 남보다 앞에 나가 버티고 서 있는 것이었다. 그것이 항상 나를 약오르게 했다. 하늘에 두 줄의 하늘 길이 보인다든가 나 모르게 두 번씩이나 땅을 봤다고 고백하는 따위. 그러나 나는 하늘에서 아무것도 볼 수 없었으며 사실은 누나보다 더 많이 땅을 내려다보았던 것이다.

「덕수야, 네 말대로 기차를 타고 갈 걸 그랬지?」

멀찍이 건너다보이는 산비탈 경의선 철길로 수증기를 뿜어 대며 그림처럼 내닫고 있는 기차는 고작 세 칸의 객실을 매달고 있어 뭉툭하게 잘려 나간 벌레처럼 앙징스럽게 보였다.

집을 나올 때는 불과 한 정거장 거리지만 우리들은 기차를 타기로 했었던 것이다.

──누가 기차에서 아무갯집 애들이 아니냐고 묻거든 아니라고 잡아떼야 한다.

어머니는 언제나 그런 당부를 했다. 그것은 당부가 아니라 애원이었다. 남들이 느덜을 알아보면 안 좋아서 그러는 거다. 매사 조심해야 한다.

언제부터인가 어머니는 사람들을 겁내고 있었다. 밖에 나갈 때면 수건을 깊숙이 눌러쓰고 그 행색을 일부러 남루하게 했다. 막상 아버지가 보아도 못 알아볼 그런 행색이었다.

고향을 떠나면서부터 어머니는 그처럼 남의 눈을 피했다.

우리 세 식구가 대호리를 뜬 것은 해방 그 이듬해 여름이었다. 팔에 붉은 헝겊을 두른 사람들이 탑골 할아버지 집을 빼앗을 즈음이었다. 우리들은 탑골의 그 집을 할아버지의 집이라고 부르고 있었다. 할아버지와 할머니, 그리고 다리를 저는 삼촌과 고모들은 이제 그 마당 넓은 탑골의 기와집에서 살 수가 없었다.

──이럴 수가, 이럴 수가, 이놈들이…….

할아버지의 논을 사람들이 다 빼앗았다고 했다. 몇 달 만에 모습을 나타낸 아버지가 그렇게 하도록 허락을 했다는 것이다. 이럴 수가, 이럴 수가……. 할아버지는 식음을 끊고 누워 버렸다.

그 때 나는 다섯 살이었다. 뭔가 이해할 수 없는 커다란 일이 모든 것을 엉망진창으로 만들어 놓고 있다고 막연히 생각했을 뿐이다. 나보다 두 살 위였던 누나는 그래도 일의 낌새를 아는 양 겁먹은 얼굴로 어른들을 피해 다녔다. 아버지를 피해 후원 별채 옆 장독대 뒤에 숨은 어머니가 눈물을 떨굴 때면 누나도 따라 울었다.

──아가, 어쩔 수 없구나. 며칠만이라도 애들 외가에 가 있어야겠다.

할아버지가 머리에 수건을 동인 채 다 죽어가는 소리로 말했다. 할아버지는 그 며칠 사이에 폭삭 늙어 버렸던 것이다.

──아버님.

어머니는 울고 있었다. 그러나 나는 어머니가 소리내어 우는 것을 단 한 번도 본 적이 없다. 어깨를 들먹여 흐느끼지도 않았다. 그냥 몸 자세를 단정히 하고 앉아 고개를 숙인 채 눈물만 떨구었을 뿐이다.

──사돈댁네도 난가가 안 됐겠느냐마는 그래두 예보다야 편하지 않겠느냐.

어머니가 고개를 들었다. 그리고 또랑또랑한 소리로 말했다.

──아버님, 이제 부촌엔 안 가겠습니다.

──그럼 여기 그대로 있겠다는 게냐? 그 미친 것이 맘 바로잡기 전에야 네가 편히 지낼 데가 못 되는 거구먼서두.

아버지가 어머니를 쫓아냈던 것은 그 해 봄이었다. 어머니의 장롱이며 화장대가 부촌으로 실려 갔다. 아버지가 사람들을 데려다가 어머니의 세간살이들을 마당에 가득 쌓아 놓았다. 마을 사람들이 구름처럼 모여들었다. 내 어린 눈에도 아버지는 무척 침착해 보였다. 사람들을 시켜 그런 일을 해내면서도 어머니를 향해 단 한 마디 입도 떼지 않았다. 할아버지가 그렇게 고함을 질러대도 아버지는 눈 하나 깜박이지 않고 자기 할 일을 다 해내고 있었던 것이다.

우리 집 대문 앞에 모여선 사람들이 수군거리는 말소리 속에서 나는 몇 마디를 기억한다. 나이 많은 할아버지의 말소리였다.

——저 사람, 저 죌 다 어떻게 받으려고 저러는가 모르겠네.

다른 소리가 그 말을 받고 있었다.

——저쯤 됐을 때야, 저 사람 말대루 뭔 일이 있긴 있었을 걸세. 그러지 않고서야 원.

——이런 육실헐, 일은 뭔 일. 딴 여자 들어앉히려고 소박놓는 거여.

——이유없이 쫓겨날 여자가 이 세상에 어디 있을까.

——쫓아낼려고 했을 때야 그만한 트집 못 잡았겠나. 두 사람 다 높은 공부 한 사람들이여.

아득한 기억 속이지만 나는 어머니가 아버지한테 큰 소리로 말하는 걸 들어보지 못했다. 아버지가 뭔가 어머니한테 주장하려고 들 때면 어머니는 잠자코 고개만 숙이고 있었다.

어떻든 그 해 봄 어머니는 우리들 둘을 데리고 부촌리 외갓집으로 향했다. 그 때도 할아버지가 어머니를 설득했던 것이다. 아버지가 지금 제정신이 아니니 잠깐만 가 있으란 거였다. 어머니는 그 때 혼자서 가겠다고 했었다. 그러나 할아버지가 굳이 우리 남매를 동행시켰다.

——애들 데리고 바람이나 쐬고 오란 거다.

어머니는 날이 어둡기를 기다려 우리 남매를 데리고 집을 나섰다. 할아버지와 사촌들의 배웅을 받으며 휘휘 집을 둘러보는 어머니의 눈에 눈물 같은 건 보이지 않았다. 고모가 함께 가겠다고 나섰다. 할아버지의 뜻이기도 했다.

고모가 다섯 살이나 된 나를 들쳐업었다. 어머니의 손에서 띠를 빼앗아 그것을 휘휘 내 궁둥이를 감싸 동여맨 다음 바싹 추켜올렸다.

그러나 어머니는 박수고개를 오르기 전 고모와 저만큼 떨어져서 서로 손을 맞잡고 오래오래 얘기했다. 나는 고모의 등에서 내려 누나와 함께 박수고개 밑으로 흐르는 뱀내 강물을 내려다보고 있었다. 초저녁부터 떠오른 달빛에 뱀내 강물이 반짝반짝 빛나고 있었다.

——은하하고 덕수는 고모를 따라 집에 가 있거라.

어머니가 우리들 뒤에 와 있었다.

——내 외가댁에 갔다가 두 밤만 자고 올 게다.

어머니는 우리 남매의 손을 하나씩 잡았다. 그 손이 그렇게 찰 수가 없었다. 나는 어머니를 떨어지는 것이 싫었다. 그래서 징징 울었다. 어머니가 내 몸을 가만히 품 속에 품었다가 금세 풀었다. 그 때 나는 어머니의 눈에 그렁그렁 고인 눈물을 보았다.

누나와 나는 고모의 손에 끌려 탑골로 되돌아오고 있었다. 우리들은 달빛 속 희끄무레한 어머니의 모습이 안 보일 때까지 자꾸자꾸 돌아다보았다. 내가 소리내어 울었을 것이다. 뭔가 아득한 절망 같은 것이 온몸을 휩쌌다.

——에미 혼자 갔냐?

우리들은 소스라치게 놀랐다. 탑골과 비석거리로 들어가는 삼거리 길 한가운데 바위가 하나 있었다. 바로 그 바위 위에 할아버지가 서 있었던 것이다.

——그래, 잘 했다. 니놈들이 전부 가면 이 할애비가 뭔 재미에 살겠느냐.

할아버지의 목소리가 다른 때와 달리 축축하게 가라앉아 있었다. 고모가 계속 울고 있었기 때문인지도 모른다.

——자, 덕수는 할아버지가 업고 가야겠다.

할아버지가 그 넓적한 등을 내게 돌려 댔다. 내가 거기 덥석 업혔다.

그 순간이었다. 고모가 훌쩍이던 울음을 딱 그치며 화들짝 놀라는 것 같았다. 고모의 땋아 늘인 머리채 끝의 댕기꼬리가 허리춤께서 덜렁 움직였다.

——은하야, 너 띠 못 봤니?

고모가 다급한 목소리로 물었다. 나는 할아버지의 등에서 고모의 무엇에 놀란 듯한 얼굴이 어머니가 넘어갔을 박수고개 쪽으로 향한 걸 보았다.

훗날 나는 어머니를 살려 낸 것이 댕기 꼬랑이를 길게 늘어뜨렸던, 그 고모 때문이란 걸 알게 됐다. 어쩌면 그 삼거리까지 어머니를 배웅 나왔던 할아버지가 내게 그 등을 돌려 대 나를 업었기 때문이었는지도 모른다. 그때서야 고모는 나를 업었던 띠가 없어진 걸 알아냈던 것이다.

그 해 가을 토지개혁인가 하는 일로 할아버지네 집이 쑥밭이 되고 우리 세 식구가 부촌 외갓집으로 떠나갈 때도 할아버지는 머리에 수건을 동여맨 채 그 삼거리까지 배웅을 나왔던 것이다.

그러나 어머니는 그 날 첫번째 쫓겨날 때처럼 박수고개 초입에서 우리 남매를 되돌려 보내지 않았다. 그렇다고 우리 세 식구가 할아버지가 시키는 대로 부촌 외갓집으로 간 것도 아니었다.

이미 빨간 딱지가 붙은 할아버지의 그 집을 떠나기 전 어머니는 할아버지한테 말했던 것이다.

——아버님, 애들과 함께 애아범을 찾아가기로 했습니다.

아버지를 추적하는 우리 세 식구의 떠돌이 생활은 그렇게 시작됐던 것이다.

「기차에는 각처 사람들이 다 타고 있단다.」

우리들이 남천으로 가기 위해 집을 나올 때 어머니는 또 한번 주의를 주었다. 우리들이 기차 타기를 포기하기를 바라서였는지도 모른다.

「기차 안 타면 난 안 갈 거야.」

나는 기차를 타고 싶었다. 남천읍까지 한 정거장을 가는 게 아니라 사방이 산으로 꽉 막혀 도가니처럼 우묵한 이 평산을 훌훌 벗어나 한없이 떠나고 싶었는지 모른다.

평산에 이사온 지 겨우 3개월 남짓했지만 나는 평산이 그렇게 싫을 수가 없었다. 먼저 살던 동네의 애들 얼굴만 자꾸 떠올랐다. 어쩌면 숨바꼭질을 하다가 밥상을 끼고 앉아 숨바꼭질 안 한다고 하던 그 주인집 애가 그처럼 미웠는지도 모른다.

「여기서 시오리밖에 안 되니까 걸어서 가두 얼마 안 걸릴텐데.」

역으로 나가는 길에 누나가 말했다. 그러나 또 엉뚱하게 말하기도 했다.

「타고 싶으면 타고 가도 좋아. 기차를 처음 타는 애들한텐 그게 얼마나 신기하다고!」

그랬다. 우리들이 고향 이천면을 떠나 평강 역까지 오는데 꼬박 이틀이 걸렸다. 평강 역에 이르렀을 때는 고향 떠나 객지에 왔다는 두려움보다 기차를 처음 탄다는 흥분으로 가슴이 터질 것만 같았다. 그러나 막상 기차가 움직이기 시작했을 때는 미지의 세계를 간다는 두려움으로 가슴이 달달 떨렸다. 어머니와 누나의 얼굴에 나타난 그 침울한 그늘이 내게 형언하기 어려운 슬픔을 안겨 주었다.

──아버지가 안변이란 데 계신단다. 우린 지금 거길 가는 길이야.

우리 세 식구의 행선지는 언제나 아버지가 있는 곳이었다. 아버지는 우리 세 식구의 희망이며 표적이었다.

고향을 떠나면서부터 어머니는 아버지의 행선지만을 수소문했다. 어린 나에게는 어머니의 그러한 집념이 불가사의한 것일 수밖에 없었다. 당신을 버린 지아비를 그토록 찾아내야 할 이유가 무엇이란 말인가.

——너희들 아버지는 훌륭하신 분이란다.

아버지가 일본에서 돌아오기 전부터 우리 남매는 그 말을 귀에 못이 박히도록 들었다. 그 때 누나는 아버지의 얼굴을 잘 기억해내지 못했다. 더구나 어머니의 뱃속에 있을 때 일본으로 건너간 아버지는 내게 있어서 전연 모르는 사람이었던 것이다. 그런데도 어머니는 우리들에게 매일매일 훌륭한 아버지를 강조했다. 우리 남매는 아버지만 생각하면 저절로 가슴이 부풀어 올랐다.

어머니에게 아버지가 전부이듯 할아버지나 다른 식구들, 심지어는 이웃 사람들까지 아버지에 대해 초점을 모으고 있었다. 얼굴 한번도 못 본 아버지에 대해서 아주 어렸을 적부터 그만한 경외심을 갖기란 힘든 일이다. 어쨌든 어머니는 우리 남매에게 아버지란 존재를 절대적인 것으로 못박아 버렸다.

집안 어른들이 술렁거리기 시작한 것은 아버지가 일본에서 돌아왔다는 소식이 전해 온 뒤부터였다. 아버지가 돌아왔다는데 오히려 어른들의 얼굴은 침울해 보였다. 어머니의 얼굴 역시 그늘이 걷히지 않았다.

——아버지는 왜 집에 안 오셔요?

내 기억에는 누나가 그렇게 물었던 것 같다. 어머니가 대답했을 것이다.

——아버진 바쁘시단다.

——일본 순사가 무서워 그런 거지?

어렸지만 영리한 누나는 어머니한테 그렇게 물었을 게 분명하

다. 그 때 할아버지의 집에 일본 형사가 자주 드나들었기 때문이
다. 내가 기억하는 것은 그들이 누나와 나를 매우 귀엽다는 듯 머
리를 쓰다듬어 주던 일이다.

　이 세상에서 가장 훌륭한 우리 아버지가 저처럼 좋아보이는 일본
형사들을 무서워한다는 것이 이상한 일이었다. 그러나 어머니는
어린 우리들을 앞에 놓고 무엇인가 열심히 설명했던 것 같다. 일본
사람들이 우리의 적이라는 것, 우리의 모든 것을 빼앗아 간 그들로
부터 우리의 것을 되찾아내기 위해서 아버지가 싸우고 있다는 것,
그러나 지금 그들의 힘이 너무 세기 때문에 아버지가 몰래 숨어다
니며 싸워야 한다는 것 등을 얘기했을 것이다.

　어느 날 밤 우리 남매는 우리들을 내려다보고 있는 초췌한 얼굴
의 한 남자를 보았다.

　──일어나거라. 아버지가 오셨단다.

　그렇게 활짝 펴인 어머니의 얼굴을 본 적이 없었다. 어머니는 꽃
같았다. 계속 웃고 있는 것처럼 보였다.

　──애들이 많이 컸군.

　안경을 쓴 그 남자가 부시시 일어나 앉은 내 볼에 그의 손을 댔
다. 그 손이 몹시 차갑게 느껴졌다. 그가 누나의 몸에 손을 대려고
하자 누나가 뒤로 물러앉았다.

　──애들이 당신을 많이 닮았군. 특히 쟤가 더 그래.

　그 남자의 목소리가 이상하게 심드렁한 것처럼 들렸다. 누나의
이름이 있는데도 쟤라고 불렀기 때문이었는지도 모른다.

　──안 그래요. 모두들 아버질 닮았다던데요.

　이상하게 어머니는 달떠 있었다. 그러나 그 남자는 그 문제에 대
해 더이상 말하지 않았다. 우리들에게서 눈길을 걷어가 버렸던 것
이다. 그는 일어서고 있었다.

　──애들한테 날 봤다는 얘길 못 하도록 하시오.

방을 나가면서 그 남자가 어머니한테 남긴 말이었다.

아버지와의 첫 상면은 그렇게 이루어졌다. 우리들이 생각했던 이 세상에서 가장 훌륭한 사람에 대해 실망할 겨를을 어머니는 주지 않았다. 훌륭한 아버지가 그처럼 자신의 몸을 돌보지 않으면서 하지 않으면 안 될 크고 대단한 것에 대해 어머니가 좀 전의 그 밝은 얼굴로 설명했던 것이다.

우리 나라, 우리 민족, 우리의 조상. 내게 있어서 그러한 말들은 전연 이해가 되지 않았지만 어쨌든 우리 아버지가 그러한 것을 나쁜 사람들로부터 되찾는 일을 한다는 것만은 어렴풋이 이해가 갔다.

그리고 내가 두 번째 본 아버지는 할아버지의 방에서 일본 사람들한테 잡혀가는 모습이었다. 집안이 떠들썩해 잠을 깼던 것이다. 고모가 소리 내어 울고 있었다. 그 고모의 울음소리가 아니었더라면 집안은 쥐죽은 듯 조용했을 것이다. 누나와 내가 방문을 열었을 때는 아버지가 그 사람들에게 둘러싸여 마악 대문을 나서고 있는 참이었다. 우리들이 문을 여는 소리에 아버지가 뒤돌아보았다. 아버지는 누나와 나를 향해 고개를 끄덕거려 보였다. 얼굴에는 보일 듯 말 듯한 미소가 떠올라 있었다. 그것이 누나와 내가 아버지로부터 처음 얻어 낸 사랑이었던 것이다.

그러나 아버지는 우리들 어린 가슴에 뿌리 내리기 시작한 귀중한 사랑의 씨앗을 짓밟아 버렸다.

해방이 되면서 아버지는 우리들로부터 떠나갔다. 아버지가 그처럼 어렵게 찾아낸 크고 위대한 것이 우리들에게서 아버지를 빼앗아 갔던 것이다.

훌륭한 아버지는 해방이 되자 몹시 바빴다. 매일매일 찾아오는 사람들을 만나야 했고 또 어느 날 일어나 보면 아버지는 집을 떠난 뒤였다. 우리들은 아버지의 얼굴 보기가 힘들었다.

　　――훌륭한 사람은 그렇게 바쁘시단다.

　어머니가 손님 접대로 바쁜 사이사이에 그런 뜻이 담긴 눈길로 우리 남매를 어루만져 주었을 것이다. 나라를 찾고도 모자라 더 큰 것을 찾아나선 아버지를 우리들에게 이해시키기 위해서 어머니는 얼마나 고심했을 것인가.

　해방 그 이듬해 봄, 아버지가 어머니를 쫓아낸 그 사건만 아니었어도 우리들은 더 크고 위대한 것을 찾아나선 훌륭한 아버지를 우리들 가슴에서 도려내지는 않았을 것이다. 그 납득할 수 없는 일에 대해서 어머니가 우리 남매에게 강조한 말은, 어른들의 세계는 아이들이 이해할 수 없는 일이 많다는 것, 그리하여 너희들이 어른이 되면 그 때 비로소 그것을 이해하게 된다는 것, 결국 우리들이 자라게 되면 아버지가 역시 훌륭한 사람이라는 걸 깨닫게 된다는 등의 내용이었다.

　그러니까 어머니는 아버지의 모든 것을 이해하고 용서했을 것이다.

　어머니가 우리 남매를 이끌고 숨바꼭질하듯 종적을 감추는 아버지를 그처럼 끈질기게 찾아나선 이유는 바로 그것이었던 것이다. 어머니만은 아버지의 모든 것을 이해하고 용서했기 때문일 것이다.

　　――왜 안변까지 안 가는 거야?

　이상한 일이었다. 어머니는 아버지가 안변에 살고 있다는 소식을 알아낸 뒤 우리 남매를 그 곳까지 데리고 간다고 해놓고는 안변 못 미처 신고산 역에서 내리게 했던 것이다. 기차를 탔던 첫 추억은 그런 것이었다.

　기차를 타기 위해 평산 역으로 나가다가 나는 그 생각을 했던 것이다. 그것은 어른들의 이해할 수 없는 배신에 대한 일깨움이었다. 그때서야 나는 누나가 처음 제안한, 걸어서 남천까지 가자는 말을 따르기로 했던 것이다.

남촌읍이 멀리 바라보이는 지점에 이르러 누나와 나는 길 옆으로 흐르는 도랑물에 얼굴과 손을 씻었다. 처음 발을 들여놓는 마을에 대한 불안 같은 것 때문이었는지도 모른다. 우리들은 누나가 쥐고 온 무명 손수건을 빨아 짠 다음 거기다가 물 묻은 얼굴과 손을 닦았다. 누나가 그 손수건으로 내 목에 묻은 물기를 말끔히 닦아 주면서 물었다.

「덕수야, 배고프니?」

배가 고팠다. 그러나 나는 배가 고프다는 사실이 뭔가 부끄럽게 느껴졌다.

「아니, 나 배고프지 않아.」

그렇게 대답하면서 남천읍을 내려다보니 아지랑이가 가물가물 읍내의 풍경이 일렁이고 있는 것처럼 보였다. 나는 느닷없이 야릇한 슬픔 같은 게 가슴을 저미어 내는 느낌을 받았다. 한낮의 녹음과 햇살이 너무나 싱싱하고 눈이 부신데도 형언하기 어려운 서러움이 번져 오르고 있었던 것이다.

문득 돌아본 누나의 얼굴도 그랬다. 입을 꼬옥 다부지게 다물고 눈을 내리깐 채 조용조용 걷고 있는 누나의 얼굴에서 나는 슬픔 같은 걸 보았다. 어쩌면 그렇게 어머니를 빼닮았단 말인가. 그러나 누나는 어머니와 달랐다. 어머니가 언제나 무표정한 얼굴을 하고 있다면 누나는 희로애락을 얼굴에 곧잘 드러내 보이는 편이었다. 어머니가 자신에게 주어진 운명 앞에 숨소리 하나 크게 못 내고 그대로 순종하는 인상이라면 누나는 적어도 그 운명적인 것에 맞서 버티지는 못할망정 요리조리 요령껏 몸을 피해 보려는 그런 유형이라고 할 수 있었다. 어렸지만 나는 그 때 삼십이 넘은 한 여인네와 아직 세상의 때를 묻히지 않은 열두어 살의 여자애를 함께 묶어 보는 데 버릇이 돼 있었던 것이다. 누나는 내게 또 하나의 어머니였던 것이다.

읍내가 가까워지자 나는 마음이 초조해지기 시작했다. 먹은 것도 없이 오줌이 자주 마려웠다. 아이들을 따라 동네의 뒷산 골짜기 두어 평 됨직한 바윗굴 속에 호랑이가 새끼를 낳았다고 해서 그걸 확인하러 갈 때도 이처럼 오줌이 자주 마려웠었다. 담력이 큰 아이들이 앞장서고 내 또래의 작은 애들은 그 뒤를 따랐다. 그 때의 그 숨이 막히는 것 같은 불안을 잊을 수가 없다. 호랑이닷! 앞서 들어가던 애 하나가 소리치며 뒤돌아 뛰었고 그 뒤를 따르던 애들이 모두 혼비백산하여 도망쳤다. 나는 그 때 도망치면서 오줌을 쌌다. 물론 그 굴 속에는 호랑이 같은 것은 없었다. 짓궂은 아이 하나가 그런 거짓말을 했던 것이다.

「누나, 정말 아버지를 만날 거야?」

개구리 한 놈이 길섶 도랑에서 신작로 한가운데로 뛰어나와 울대를 벌떡이고 있었다. 조심스럽게 개구리를 향해 다가갔다. 이 신작로에 들어서곤 처음 보는 석탄 트럭이 연기를 팡팡 내뿜으며 우리 쪽으로 오고 있는 게 멀리 보였다.

「정말 아버지를 만날 꺼냐니까?」

내가 다그쳤다. 개구리는 내가 다가가는 것을 아직 모르고 있었다. 누나는 나보다 대여섯 발짝 앞서서 고개를 숙인 채 아직도 무슨 생각에 골똘한 모습으로 걷고 있었다.

「누나!」

그렇게 누나를 소리쳐 부르면서 나는 개구리를 힘껏 걷어찼다. 고무신 신은 발 끝이 물컹 실팍스럽게 닿는 촉감이 좋았다. 개구리는 누나의 앞 햇빛 하얗게 부서지는 신작로 한복판에 보기 좋게 나가 뻗었다. 그러나 내 고무신은 개구리보다 더 멀리 날아가 떨어졌다.

누나가 비명을 질렀다. 내가 네 다리를 버둥거리는 개구리 있는

데까지 외발로 뛰어가 다시 한 번 맨발로 그놈을 걷어내 찼던 것이다. 개구리는 산비탈 풀섶으로 떨어져 들어갔다. 석탄차가 우리들 곁을 털털거리며 지나갔다. 얼굴에 탄이 새카맣게 묻은 운전대 옆의 조수가 누나를 향해 무어라고 소리를 질러댔다.

「누나, 어떡할 거야? 아버질 정말 만날 거야?」

누나가 내 고무신짝을 주워다 내 앞에 놓으면서 말했다.

「덕수야, 너 아버지 만나는 거 겁나서 그러니?」

나는 찔끔했다. 그것은 사실이었다. 아버지를 만난다는 생각을 하면 가슴이 두근거렸다. 어쩌면 나는 아버지 얼굴을 보는 순간 오줌을 쌀는지도 몰랐다.

「아버지 만나는 게, 그까짓 게 뭐가 무서워!」

「그러면?」

「그까짓 아버질 뭣하러 만나?」

「얘가 못 하는 소리가 없네. 아버질 보고 그게 무슨 소리니?」

누나의 얼굴이 발갛게 상기돼 있었다.

「어머니가 아버지 만나면 큰일난댔잖아?」

나는 고작 그 말을 또 한번 들고 나왔을 뿐이다.

기차를 타려다 그만두고 신작로로 들어서서 걷기 시작했을 때 누나가 불쑥 말했던 것이다.

「덕수야, 우리 오늘 아버질 만나 보자.」

그것은 뜻하지 않은 말이었다. 아버지를 만나 보다니, 그것은 어림도 없는 일이었다. 호랑이 굴에 가 호랑이를 만져 보자는 말과 같았기 때문이다.

고향을 떠나 여기저기 떠도는 두 해 동안 우리 세 식구는 단 한 번도 아버지를 만나 본 적이 없었던 것이다. 물론 아버지를, 혹은 아버지라고 생각되는 사람을 아주 먼 발치서 몰래 훔쳐본 일은 몇 번 있었다. 그리고 아버지가 사는 집이라고 일러준 그 집 주변을 서성거린 것도 여러 번이었다. 그러나 우리들은 그 집에 들어가 아버지를 만나서는 안 되었던 것이다.

——아버지를 만나서는 안 된다.

그것은 어머니가 우리 어린 남매에게 못박은 불문율이었다. 우리는 어머니의 말을 어겨서는 안 되었다. 어머니가 말하곤 했다.

——너희들이 아버지한테 들켰다간 아버질 영영 잃게 될 게다.

그럴 때마다 내가 짐짓 퉁명부렸다.

——못 보면 어때? 난 아버지 안 봐두 좋아.

그럴 때마다 어머니의 눈에는 파르르 노여움이 잡힌다.

——이녀석아, 너 아버지 없는 호로자식 되고 싶어 그러냐?

——그래두 좋아.

내가 그처럼 고집스럽게 버틸 때면 어머니 눈가의 그 파르르 일어난 노여움이 금세 슬픈 표정으로 바뀐다.

——이녀석아, 그렇게 되면 이 어미두 영영 못 보게 될 게다.

그것은 사뭇 협박이었다. 우리들이 아버지한테 발각되는 날이면 어머니가 우리 남매를 버리겠다는 엄포였다.

——어머니, 아버지가 그렇게 무서워요?

내가 따지고 들었다. 누나는 결코 어머니한테 나처럼 무례하지 않았다.

——아버진 훌륭한 분이셔. 지금 아버진 어떤 피치 못할 사정으로 우리와 헤어져 사시는 거야.

——그럼 아버지하고 함께 산다는 그 여잔 뭐야?

나는 슬쩍 어머니의 얼굴을 살폈다. 그러나 어머니의 얼굴에는 아무런 표정도 없다. 아버지와 함께 사는 그 여자에게는 너댓 살 된 여자아이도 있다고 했다.

——아버지를 도와 주시는 분이지. 아버지한테는 그분이 필요하거든.

——첩 같은 거야?

그 순간 나는 어머니의 얼굴이 핼쑥하게 변하는 걸 놓치지 않았다. 그러나 어머니의 말소리는 다름없이 조용하다.

——아무튼 아버지를 위해서 너희들이 조심해야 한다. 그렇게 하는 것이 바로 너희들을 위하는 길이란다.

도저히 이해할 수 없는 일이었지만 우리들은 그것이 어머니의 말이었기 때문에 그것을 믿기로 했던 것이다. 훌륭한 사람의 삶은 때로 정상적인 궤도를 벗어날 수 있다는 것, 훌륭한 사람을 위해서는 어머니 같은 삶이 있을 수도 있다는 것을 우리들은 어머니로부터 세뇌받고 있었던 것이다. 말하자면 우리는 어머니의 삶의 방식에 길들여져 있었던 것이다.

우리 세 식구는 아버지를 따라다니는 철새였다. 안변, 장전, 사리원……. 아버지는 여러 곳을 옮겨다니며 살았다.

아버지가 원산에 있다는 소식을 듣게 되면 우리들은 원산 못 미처 어떤 마을에 자리를 잡는다. 그 곳에 자리를 잡는 즉시 어머니는 이삼 일간 어떤 때는 거의 일주일을 원산에 나가 아버지의 소재를 찾아 헤맨다. 아버지를 찾는 동안의 어머니는 꼭 신들린 사람 같다. 제 정신이 아닌 것이다. 우리 남매 같은 건 안중에도 없는 것 같았다. 드디어 아버지가 있는 곳을 알게 된 그런 날 저녁이면 우리 남매는 어머니의 더없이 행복하게 보이는 밝은 얼굴을 만나게 된다. 내가 처음으로 아버지의 얼굴을 보았던 밤, 고향 할아버지의 집에서 본 어머니의 그 얼굴을 다시 볼 수 있는 것이다. 아무리 생각해도 희한한 일이다. 아버지의 소재를 확인했다고 해서 저처럼 얼굴이 밝을 수가 있단 말인가. 우리가 한때 머물렀던 어떤 마을의 아편쟁이가 아편주사를 맞고 날 때마다 희희낙락해 보이던 그런 얼굴을 어머니가 해보이다니.

그런 날 밤이면 어머니는 우리들에게 잠자리를 해준 다음 등잔불을 당겨 놓고 우리들이 쓰던 몽당연필을 이용해 편지를 쓰는 것이었다. 양면괘지 서너 장을 앞뒤로 꽉 메워 쓰는 편지였다. 어머니의 필적은 보통 것이 아니었다. 처녀 시절 소학교 선생님이었다니, 그런 좋은 글씨를 가질 수도 있었을 것이다. 어머니가 편지를 쓰는 대상은 정해져 있었다.

아버님 보시옵소서. 할아버지에게 보내는 편지였다. 때로는 할아버지 대신 고모에게 쓰는 편지도 있었다. 아주 드물긴 해도 어머니는 외할아버지한테도 편지를 썼다.

어떻든 등잔불 밑에서 편지를 쓰는 어머니의 모습은 아름다웠다. 등잔불빛에 드러난 어머니의 뽀얀 턱과 그 턱 밑으로 흘러내리는 목의 선을 통해 나는 처음으로 아름다움을 익혔던 것이다. 편지를 쓰는 어머니의 얼굴 표정이 그 선(線)의 아름다움에 걸맞게 진지해 보였기 때문인지도 모른다. 나는 그렇게 편지 쓰는 어머니를 바라보면서 잠들곤 했다. 그러다가 문득 어떤 기척에 놀라 잠을 깨어 볼 때면 나는 영락없이 어머니의 우는 얼굴을 보아야 했다. 어머니는 편지쓰기에 취한 채 흐느껴 울고 있었던 것이다. 흐느껴 운다는 표현은 어쩌면 맞지 않을는지 모른다. 어머니는 결코 소리내어 울지 않았으니까 말이다. 소리내어 우는 것은 이불을 뒤집어쓴 채 들먹이는 누나의 울음소리였던 것이다.

그렇게 아버지의 소재를 확인한 어머니는 한 열흘쯤 뒤 우리들에게 아버지가 사는 집, 때로는 아버지가 들른다는 그 관청을 일러주면서 그 곳에 다녀오라고 했던 것이다. 그것은 정말 이해할 수 없는 일이었다. 당신이 다시 한 번 확인하면 될 터인데도 꼭 한 번은 우리가 그 곳을 확인하게 했으니 말이다. 어쩌면 우리가 아버지에게 들키기를 마음 속으로 바랐는지도 모른다.

오늘 누나가 아버지를 만나자고 한 것도 그러한 어머니의 속셈을 생각해서였는지도 모를 일이다. 누나는 나이에 비해 생각하는 것이 웅숭깊고 다부졌던 것이다.

「덕수야, 겁내지 마.」

남천읍내 초입이었다. 누나의 입은 더욱 다부지게 다물려 있었다. 아버지를 만나야 해. 누나는 거듭 다짐두었던 것이다. 이런 일에 이처럼 자신의 결단력을 내보인 누나를 나는 처음 보는 것이다.

정미소의 허름한 벽에 김일성의 사진이 붙어 있었다. 새로 옮겨온 학교에서도 나는 먼저 학교에서처럼 김일성 장군의 노래를 배웠다. 누나는 더 많은 것을 배웠을텐데도 학교서 배운 것을 집에 와서 말하지 않았다. 대부분의 어른들은 우리가 학교서 선생님들한테 들은 공산당에 관한 얘기를 늘어놓으면 고개를 돌려 외면했다.

「누나, 아버지를 만나 뭔 얘길 할려구 그래?」

오줌이 마려웠다. 인가에 들어서기 전 산비탈 아무데서나 오줌을 싸버릴 걸 하는 후회가 된다.

「아버지가 어머니를 버린 거야!」

느닷없이 누나가 그런 말을 했다. 나는 그처럼 매몰찬 얼굴을 한 누나를 아직 본 적이 없었다. 어머니를 너무나 빼닮은 데다가 어머니의 말에 단 한 번도 무례하게 맞서본 적이 없는 누나의 이러한 변화 앞에 나는 어리둥절할 수밖에 없었다.

아버지가 어머니를 버렸다. 그처럼 간결 명확한 단정으로써 누나는 이제까지 우리들의 우상이었던 아버지를 단숨에 팽개쳐 버렸던 것이다. 이 세상에서 가장 훌륭한 사람이 우리 어린 남매의 전부인 어머니를 버렸다고 생각하는 누나의 말은 하나의 도전이었다.

「덕수야, 너두 이건 알아야 해. 어머니가 우리를 남겨 두고 돌아가실려고 했던 거 말이야.」

「무슨 얘기야, 누나?」

나는 누나의 눈치를 살피고 있었다. 이제 누나는 내게 거인처럼 보였다.

「어머니는 두 번이나 돌아가시려고 했던 거야. 어머니가 이웃 아주머니하고 얘기하는 거 내가 다 엿들었어.」

그 한 번은 나도 어렴풋이 알고 있는 일이었다. 박수고개 소나무 가지에 나를 업는 데 쓰던 띠로 목을 맸던 일, 그 일을 두고 어머니가 말하더란 것이다.

——정신을 차려 보니 시아버님과 애들 고모가 보였어요. 뭐든 말을 하고 싶은데 혀가 이만큼 빠져나와 도무지 제 자리로 들어가질 않더군요. 입에서 수숫뜨물 같은 게 술술 흘러나왔어요.

어머니가 이 세상을 또 한 번 버리려고 했던 것은 누나가 두 살 때라고 했다. 아버지가 일본 유학을 떠난다며 할아버지와 말다툼을 벌였을 때였다.

——그 때 애아버지가 저한테 아주 내놓고 얘기하데요. 다른 여자와 함께 일본 유학을 간다구요. 그러니 기다리지 말라는 거였어요. 애아버지가 그 여자 사진을 내놓는데 보니까 제 학교 후배데요. 저는 그 때 처음으로 사람을 죽이고 싶다는 충동이 바로 이거로구나 생각했었지요. 앞이 캄캄하고……. 그냥 아무 생각 없이 은하를 들쳐업고 뱀내강으로 갔어요. 그 때 헛구역질이 났는데 그게 바로 덕수를 밴 첫 입덧이었거든요. 그 입덧이 아주 조금 뒤에만 났더라도 덕수는 세상 구경을 못 하고 말았을 거예요.

어머니 뱃속의 내가 어머니 목숨을 구했다는 얘기다.

「누나, 지금 아버지와 함께 살고 있는 여자가 그 때 일본에 같이 간 여자래 ?」

「다른 여자야. 아버지가 산속에 숨어 살 때 만난 여자래.」

누나는 모든 것을 알고 있었다. 이제 누나는 내 친구가 아니었던 것이다. 부쩍 어른스러워 보이는 누나가 아주 먼 데 있는 다른 사

람처럼 보였다. 어른들의 비밀을 그처럼 내숭스럽게 감추고 시치
미를 떼고 있었다니.

갑자기 봄볕이 등에 겹도록 노곤했다. 어깨에서 힘이 쏘옥 빠져
내리며 다리가 파파한 것이 아무데고 주저앉고 싶었다.

앞에서 타박타박 걷고 있는 누나가 거인처럼 생각되었다. 누나
가 어떻게 그런 일을 해낼 수 있다는 말일까. 우리들의 전부인 어
머니를 한낱 한 남자에게 버림받은 천한 여자로 전락시켜 버리다
니. 거기다가 누나는 어머니가 그처럼 찾아 헤매며 두려워하는 우
리들의 아버지를 나쁜 사람으로 못박아 버리려 하는 것이다.

대낮인데도 읍내 거리는 조는 듯 한산했다. 그러나 언덕 쪽 학교
인 듯싶은 곳에서 확성기 소리가 들려왔다. 몇 마디 째지는 듯한
목소리에 이어 행진곡이 들려 왔다. 읍내 중심 벽에는 더 많은 벽
보가 붙어 있었다.

읍의 북쪽 신작로 위에 트럭 한 대가 나타났다. 우리가 좀 전에
본 그 석탄 트럭이었다. 그 트럭은 머리에 붉은 띠를 두른 청년들
을 꽉 메워 태운 채 확성기 소리가 나는 언덕 쪽으로 팡팡 기어오
르고 있었다.

──난리가 난대요.

언제부터인가 사람들은 끼리끼리 모여 서기만 하면 난리가 곧 터
질거라고 수군거렸다. 어느 마을이나 젊은 사람들이 병정으로 뽑
혀 나가느라 떠들썩했다.

──이제 삼팔선은 개미 새끼 하나도 못 넘는대요.

──먼저 넘어간 사람들은 이남에 있는 양코쟁이들이 다 잡아
죽였답디다.

사람들이 그렇게 말했다. 실상 우리도 원산 근처에서 눈이 파랗
고 코가 높은 쏘련 사람을 본 적이 있었다. 사람들은 쏘련 사람들
을 해방군이라고 불렀다.

어머니가 그려 준 약도는 너무나 정확했다. 남천면 공회당 왼쪽으로 두 번째 골목을 통해 한참 나가다 보면 조그마한 개천이 있고 그 개천에 걸린 나무다리를 건너 떡방앗간 앞에서 바른쪽 길로 백 보쯤……. 거기 어머니가 말한 느티나무 한 그루가 서 있었다.

떡방앗간 앞이었다. 나는 아무데고 오줌을 깔기고 싶었다. 입 속이 바싹 말라들었다. 가슴이 온통 방망이질이었다.

그런데 참 이상한 일이었다. 얼마 전부터 입을 꼭 앙다물고 내 앞을 걷던 누나가 내 뒤로 비실비실 뒤떨어지기 시작한 것이다. 문득 뒤돌아보았을 때 나는 누나의 얼굴이 하얗게 질려 있는 것을 보았다. 이마에 땀이 맺혀 있었다.

「왜 그래, 누나?」

나는 더럭 겁이 났던 것이다.

「덕수야, 우리, 아버지 만나지 말자.」

누나가 겨우 들릴 정도의 작은 목소리로 말했다.

「덕수야, 아깐 내가 일부러 그래봤던 거야. 우린 아버질 만날 수 없어.」

누나의 목소리는 떨리고 있었다. 누나가 다시 말했다.

「어머니두 입때까지 아버질 못 만났는걸.」

내가 말하고 싶었다. 누나는 이제 내 눈에 거인이 아니었기 때문이다.

「무서워서 그런 거지?」

누나가 걸음을 멈추었다. 그리고 내 눈을 내려다보며 말했다.

「덕수야, 어머니는 아버지가 무서워서 못 만나는 게 아니야.」

「그럼 뭐야?」

「어머니 말이 맞았어. 아버진 우리를 보면 어딘가 또 도망을 갈 거야. 어머니는 아버지가 도망가는 게 겁이 나서 그러시는 거야.」

160

「누나, 아버진 왜 자꾸 도망만 다니지?」

「아버진 우리가 무서운 거야!」

누나가 그렇게 단정을 내렸다. 어쩌면 그것은 누나가 무심코 내던진 말에 불과했는지도 모른다. 그러나 그 말이 나한테 던진 충격은 컸다.

「왜 우리가 무서운 거야?」

그러나 누나는 내 물음에 대답하지 않았다. 안 한 것이 아니라 대답할 수 없었기 때문일 것이다. 열세 살 어린 누나가 그것을 어떻게 설명할 수 있었겠는가. 훗날 나는 누나의 그 생각이 아버지를 용서하려는, 그래서 그네의 가슴에서 아버지를 지워내지 않으려는 안간힘 같은 것이었을 거라고 생각했다.

어머니가 말한 그 느티나무 조금 못 미처서였다.

「누나,」

나는 기어들어가는 목소리로 누나를 불러세웠다. 내 아랫도리를 내려다보는 누나의 얼굴이 홍당무처럼 붉어졌다.

「그래, 그만 돌아가자.」

마치 안도의 한숨을 내쉬듯 누나가 속삭였다. 원산에서도 안변에서도 그리고 사리원에서도 그랬던 것처럼.

그 날도 우리는 아버지가 살고 있다는 그 골목 입구까지도 가지 않은 채 돌아섰다. 내가 바짓가랑이 속으로 뜨거운 것을 줄줄 거침없이 쏟아내고 있었기 때문이다. 그것은 우리를 거기 보냄으로써 우리 남매에게도 이 세상에 아버지가 살아 있다는 것을 일깨우려는 어머니의 속셈이 터득되는 그런 조짐이었을 것이다.

이 문 구

關山芻丁
輿謠註序

1941년 충남 보령 출생
1966년 〈현대문학〉에 단편 「百結」이
추천되어 작품활동 시작
1972년 장편 「장한몽」으로 한국창작문학상 수상
1978년 「우리 동네」 연작으로 한국문학작가상 수상
1982년 제 1 회 신동엽창작기금을 받음
창작집 「해벽」「이 풍진 세상」「관촌수필」
「엉겅퀴 잎새」「우리 동네」
장편 「장한몽」「산 넘어 남촌」 등

고향과 나의 문학

나는 내가 쓴 글에 대해서
늘 다시 읽어 볼 용기가 없다.
활자화된 뒤에 보면 민망스러운 것이 대부분이기 때문이다.
또 소설이 어떤 것인지 대강 알 만해서 썼더라면
좀 낫게 썼을 것을, 무명작가로서
매명하는 데에 급급하여 철도 나기 전에 섣불리 써서
아주 그르쳐 버린 것도 적지 않다.
「관촌수필」도 예외가 아니다.
이 「관촌수필」에서 느끼는 아쉬움은
그 밖에도 더 있다. 이른바 유신독재시대에 발표한 점이 그것이다.
스스로 검열을 하면서 쓸 수밖에 없었던
씁쓸한 기억을 이 작품들은 되살려 주는 것이다.
관촌은 대낮에 여우가 동네에 내려와서
닭을 채어가고, 가을부터 두루미가 떼를 지어
개펄에서 겨울을 났던 마을이었으나,
이제는 유권자만도 5천 명이 넘어 금년 기초의회 선거에서는
독립된 선거구로서 시의원을 낼 만큼 잡답한 도심권의
일부가 되어 있었다.
고향의 의미는 어쩌면
과거완료형인지도 모를 일이다.

關山芻丁
——冠村隨筆⑥

바다는 밤으로 더 가까이 오면서 길잡이 바람만 되돌아가 구름으로 솔면 의례건 선잠에 들며 늘 그렇던 꿈을 꾸기 시작했다. 달빛이 뚫어지고 별이 새어 나오면, 어둠을 얼비추며 너울춤이 칠칠하던 바다가, 갈잎에 이슬이 자디 열리는 밤이면 깬 꿈을 한결같이 다시 잇던 것이다.

바다의 꿈결은 언제나 뒤숭숭하니 어지럽고 길어 무야(戊夜)로 이울며 샛별이 보이도록 그치지 않았고, 꿈자리가 사나운 탓인지 의례건 썰물때까지는 뒤치락거리는 몸부림으로 천둥과 지동을 비벼 무겁게 신음하며 거친 숨을 몰아쉬었다. 갯둑을 넘보며 넘실대던 사리 썰물이 여러 날 동안 소식 없는 조금에 이르면, 겨우 해거름만 가신 초저녁부터 그런 꿈자리가 벌어지며 그참 도깨비들의 놀이터가 되던 것이다. 대명(大明)을 피하여 그것들이 낮잠자러 모이던 소굴은 어디였을까. 어디로 들어가 해동갑하며 잠자다가 하늘의 푸른 기운만 땅에 드리우면 쏟아져 나와 그 북새를 피운 거였을까. 그 많은 도깨비들이 저녁마다 논다니패의 난장을 이루던 왕대뫼(大竹山) 곱은탱이의 먹탕곶(黑浦) 개펄과 무저지를 자주 뒤져 먹던 사람들도, 결삭은 몽당비 한 자루, 부러진 작대기 한 토막

주웠다는 소문이 없었으니, 그것들은 한 놈도 축나지 않은 채 떼를 이루어 영락없이 먹탕곳 언저리에 숨어 살고 있을 것으로 여겨지건만, 죄 그것들을 꺼려 아무도 가까이 가려 하지 않았음이 분명했다.

날이 새면 누구도 도깨비 이야기를 하지 않았지만, 땅거미가 어리기 시작하면 마실마당마다 반드시 쑥내 짙은 모깃불에 비껴앉아 바다 건너 불을 먼눈으로 지켜보고 있었다. 도깨비들은 우리들이 정월 대보름께 쥐불싸움을 즐겨하듯 밤마다 불놀이를 했으며, 달무리가 짙거나 비거스렁이 끝이면 더욱 별쭝맞게 극성을 떨었다. 도깨비불은 무등타기와 팔매질로 시작하여 곧 숨바꼭질로 들어가기 일쑤였고, 도리깨 고두머리 메치듯 태질하여 메어꽂고 홀레를 하다가도, 이리 몰리고 저리 쫓기는 패싸움으로 밤을 새우곤 하였다. 그것들은 성질이 급하고 거칠되 벙어리들인 것 같았고, 우리가 쥐불놀이할 때 어레미처럼 몽글게 구멍 뚫은 깡통에 관솔불을 담아 돌리듯이 그것들이 불방망이로 상모를 돌릴 적이면, 웬 사내가 무디게 두런거리는 틈을 여투어 앳된 목통으로 짜글짜글 다툼질하는 소리도 자우룩한 골안개에 빠진 참새들마냥 멀리서 들려오곤 하였다. 그것은 말할 나위 없이 신작롯가의 송방 앞 마실꾼이나 서낭당 쪽의 도린결에 외오 서 있던 왕소나무 밑의 마실마당이었다. 조무래기들은 도깨비불만 보면 네 그르니 내 옳으니 하며 짜그락거리기 일쑤였고, 그러면 나이 좀 있는 사람이 얼른 쉬쉬하면서, 도깨비가 듣겠다고 나무라 주게 마련이었던 것이다. 도깨비가 들으면 무엇이 어떻다고 불똥 끄듯 서두르며 말리려들었을까. 그것은 아무도 가르쳐 주지 않았다. 알면서도 짐짓 모르는 시늉을 해 보이려 했지만, 그네들도 어려서부터 가르쳐 준 이가 없어 이렇다 하게 내놓지 못하는 눈치가 역연하던 것이다. 그것은 바지랑대에 등을 매달고 멍석에 둘러앉아 삼을 삼거나 태모시를 톺던 늘그막의 아낙네들도 마찬가지로 가늠을 못 해, 도깨비불에 손가락질하면 도깨비가 쫓아온다는 것밖에 다른 말은 할 줄 모르고 있었다. 그네들은 낮춘 말로 도깨비들이 벌거벗고 산다더라고 귀띔해 주었으며, 그것은 그것들이 여름내 왕대뫼 자드락이나 갯가에 나와 불놀이를 하다가도, 기러기 그림자에 논두렁 콩노굿이 지고 오려논에 자마구가 일며부터는 아무도 모르게 간 곳 없이 사라지던 것을 보아 믿을 만한 말이라고 우길 따름이었다.

된내기 빛에 두엄이 허옇게 쉰 위로 난초 치던 붓끝 같은 마늘싹이 솟고, 보리밭머리에 장끼가 내리기 시작하여 이듬해 구렁찰 논배미에서 뜸――뜸――뜸부기 짝 찾는 소리로 개구리 논두렁 넘기 바쁘던 여름까지는 도깨비들이 감뭇하기도 했었다. 그러나 아직 학령기에도 미치지 않았던 나는 정말 알지 못했다. 차지던 바람이 메져지고 개펄에 성에 엉기듯 허옇게 소금기가 끼는 철이 되면, 음습한 바람이 맴돌아야 난동하던 인화(燐火)가 전혀 일지 않던 것을.

어른들이 눈을 꿈적이며 먹탕곶 개펄께를 그만 보라고 타이른 밤이면 담 밑에 반딧불만 자주 날아도, 촛불 붙이려 혼자 사당(祠堂) 문을 열 때처럼 뒷덜미가 선뜩하고 떨떠름하여 담 밑에도 가지 못할 만큼이나 그 도깨비불은 여간 두려운 존재가 아니었다. 그러므로 그런 날은 아무리 무더워도 모기가 떠메어 간다는 핑계로 마실마당에서 일찍 물러나곤 하였다. 뿐더러 홑이불 한 장으로 대청에서 베개 없이 자던 것도 잊고 이내 방에 들어가 초저녁잠을 부르곤 했다. 그 무렵에도 해가 길면 새벽에는 잠귀가 얕아져 으레 무슨 소리에 놀라 문득 잠을 깨었다. 그 귓결에 스친 것이 무슨 소리였는가 어림할 동안에 잠이 나가면 고개를 돌려 가로닫이 높은 영창을 쳐다봄으로써 바깥의 기미를 살피는 것이 버릇이었다. 그러면 새벽 어슴이 영창을 비추고 있었으며 의걸이 말코지에 허옇게

서 있는 것이 얼핏 띄었는데, 나는 그 순간 가슴이 후끈해져서 엉겁결에 홑이불을 도로 뒤집어쓰며 사지가 움츠러들었다.

의걸이용 말코지에 걸려 늘어진 여름살이 옷가지나 갈모 따위가 그토록 무섭게 보이던 것은 학질을 여러 죽 하면서 못 일어나 끓는 머리에 헛것이 뵈고 두려움에 질려 소름끼칠 때와 진배없을 지경이었다. 그럴 때마다 나는 등골에 식은땀이 흐르고 학질을 며느리고 금이라고 부를 적이면 부러 엄살을 떨었던 것이 되새겨지는 거였다. 그러면서 한편으로는 아랫집 대복이가 뛰어와,

　「업세, 야 되게 재미있었다. 싸게 가 보자. 민구야, 싸게 나와
　　보라먼.」

하고 개명하기 전의 묵은 이름으로 불러 주기만 기다리기를 가슴 앓듯 했었다. 그렇다. 무슨 일이 있을 때마다 대복이는 뛰어왔었다. 밖에 무슨 일이 있으면 먼저 나를 불러내어 이러저러하다는 것을 일러줌으로써 곁들여서 우리 집 식구들도 모두 알게 해주었고, 내가 학질로 눕기만 하면 어느새 물총새나 참새를 잡아 실로 다리를 매어 가지고 와서 내 엄살 울음을 그쳐 보게 하려고 갖은 장난을 다 해 보았으며, 그래도 안 되면 둘러업고 달래어 보려고 그토록 애쓸 수가 없어하던 것이다. 어려서는 웬 학질이 그다지도 잦았던지. 내가 한 이틀 못 일어나게 되면 대복이는 반드시 종조(終朝)에 우리 부엌으로 와서 아무도 모르게 옹점이와 짜고 학질 떼는 이방을 했었다.

대복이는 우리 아침밥이 다 되면 내 밥을 맨 먼저 푸게 하여 그 밥그릇을 하늘이 안 보도록 무엇으로 감춰 가지고 저의 집으로 달려가고, 그 밥그릇을 저의 뒷간 바닥에 잠깐 놓아 두었다가 다시 덮어 가지고 와서 내가 멋모르고 먹게 하는 것이었다. 다 먹고 물린 상을 가져가면서도 옹점이는 천연덕스럽게 시치미를 떼고 부엌으로 숨었는데 그것은 대복이가 내 앞에 와서,

「얼레, 민구야, 너 아까 밥 먹을 때 뭣 셈이지 않었데? 옹젬이
  가 우리 뒷간에 놓구 고사지낸 밥인디……. 냄새나두 그냥 먹어
  버렸남?」
하고 창피를 주어 내가 가로세로 뒹굴면서 뭐 헐 년, 뭣 깔 년, 하
고 고래고래 욕을 퍼붓고 몽니를 부리면 그치게 할 장사가 없기 때
문이었다.

  그 바람에 학질이 떨어졌는지 그저 그랬던지는 알 수 없으나, 그
들은 일쑤 그 짓을 하였으므로 나는 학질 기운으로 여겨지기만 하
면 두 번 다시 속지 않으려고 여간 조심하여 살펴보지 않았으며,
그것만은 나중에도 잊혀지지 않았다. 그러나 그것을 대중하기는
어려웠다. 하루 세 끼 중에 언제 그럴는지도 모를 뿐더러, 아이들
은 매양 사랑 어른들의 식사가 끝난 뒤에나 물림상을 받아앉게 되
어 있었으니, 입맛도 변한 데다 밥도 늘 식어 있어 긴가민가하며
먹다가 그런 망신을 당하게 되던 것이다.

  그러고도 학질이 떨어지지 않으면 대복이는 늘 남의 마른일 가고
없던 제 어머니를 불러들여 다른 이방을 해 보도록 서둘러대게 마
련이었다. 그러면 대복어메는 해 있어 일을 대강 마물러 놓고, 머
리에 쓴 땀수건도 못 푼 채 부르르 하고 쫓아와서 내 이마를 짚어
보며 하루 번하면 하루 더하고, 늘 저녁나절로 머리가 부쩍 끓더라
는 옹점이 설명을 들어 가며,
「하루거리 허나 뵈. 영락읎어. 이 도령이 메누리고금을 허셔
  …….」
하고 서성거리며 사블사블 웃었는데 그녀의 그 웃음은 내가 그녀
품에 안겨 웃던 그대로를 흉내낸 거였다. 걸음발 탈 때부터 노상
그녀 품에 안긴 간이 있어서겠지만, 그녀가 그렇게 안고 둥개질을
하면 나는 수줍으면서도 포근하여 얼마든지 좋던 것이다. 그러는
사이 옹점이는 서둘러 뒤꼍 장독대를 돌아 가며 이방 채비하기에

바빴다.

「대복엄니…….」

옹점이가 불러 놓고 눈으로 말하면 그녀는 나를 안은 채 뒤꼍 장독대로 갔다. 댓돌 틈틈이 고양이밥과 돌나물이 탐스럽게 돋아나 있던 장독대에는, 언제나 흰 종이로 버선본을 한 켤레 오려 붙이고 전두리에 숯과 고추를 끼운 금줄이 쳐진 장독 두엇을 가운데로 하고, 앞으로 나오면서 가마들이 대독과 말들이 단지와 되들이 거위병이며 홉들이 귀때병 따위가 옻칠하여 길낸 것처럼 반들거리며 가지런히 놓여 있었다.

따라온 대복이가 턱으로 물으면 옹점이는 물 우려 엎어 두었던 김장독 세 개를 눈으로 가리켰다. 대복어메는 나를 한 번 추슬러 왼팔로 고쳐 안은 다음 마치 한다하는 무꾸리처럼 어깨를 들썩이며 오른쪽 항아리의 소래기를 열고 들여다보며 커다란 목소리로,

「우리 메눌애기가 예서 질쌈허신다메? 얼라……. 여기 아닌가 뵈.」

하며 도로 닫고 이어 가운데의 빈 항아리 소래기를 열고 들여다보며,

「그럼 우리 메눌애기가 여기서 명 낳고(베 짜고) 있는 개비구먼……. 어매, 여기도 아녀…….」

하고 얼른 소래기를 덮었다. 그녀는 이윽고 하나 남은 왼쪽 항아리 앞에서 밭은기침을 두어 번 한 다음,

「그러니……. 우리 메눌애기가 워디서 얌전히 질쌈만 허구 지신 고……. 그럼 혹시 여기 워디 지신가?」

하며 뚜껑을 열어 보는 거였다. 그러면 으레 그랬듯이 그 항아리 속에는 옹점이가 미리 넣어 둔 실꾸리와 엉근 아홉새 바디가 들어 있는 것이었다. 대복어메는 짐짓 반색을 하며 푸닥거리 가락으로,

「어허, 바루 여기 지셨구먼그려……. 옳지옳지, 암만암만…….

우리 도령이 싫어허싱께 우리 도령일랑 아예 생각 말구, 나오지두 말구, 부디 질쌈이나 부지런히 허구 앉어 있으야여. 또 나와서 우리 도령 성가시게만 했단 봐라. 내 당장 머리끄뎅이를 잡구 가서 서낭구신 으붓자슥헌티 훗살이 보내 버릴리라……」

하고 뚜껑을 닫으려 한다. 그러면 나는 해 본 가늠이 있어 누가 시키지 않더라도 항아리 속에다 침을 세 번 뱉었고, 이어 항아리가 닫히면 옹점이는 얼른 쳇다리나 용발 따위를 소래기 위에 얹고 다시 김장이나 젓갈독을 지질러 눌렀던 돌멩이를 올려놓는 거였다. 나는 재미있어 애써 물고 있었던 웃음을 놓고 낄낄거렸는데 대복이와 옹점이도 서로 잔등을 집적거리며 시시덕거렸다.

그 항아리는 사흘 동안 그렇게 덮어 두어야 며느리고금이 잡힌다는 거였으며, 정말 그래서 그랬는지 이튿날이면 가뿐하게 일어나 돌아다닐 수 있었던 것으로 믿었다.

왕대뫼 자드락이며 무저지와 갈대밭이 널브러져 있던 먹탕곶 개펄에 도깨비불이 요란한 탓으로, 바다가 선잠 속에서 가위눌림과 흉몽에 밤새 뒤척이고, 나도 사지를 움츠려 일찍 잠들었던 이튿날은 반드시 짙은 안개가 끼었고, 바깥에서 들어와 귓전을 스친 소리에 잠에서 깨어나면 밖에 무슨 일이 있는가를 어림하여 바깥 기미를 살피고자 첫눈을 뜰 적마다 번번이 헛것이 눈에 띄곤 하였다.

나중에 다시 보면 그것은 의걸이용 말코지에 흔히 걸려 있어 여느 때는 눈팔이거리도 못 되어 별로 보아 왔던, 할아버지의 모시것이거나 누리끼하게 들기름에 절은 갈모 따위였다. 그러나 나는 결김에 그것을 간밤의 그 도깨비 한 놈이 나를 업어 가려고 마침내 방안까지 쫓아온 것이라고 대뜸 넘겨짚곤 하였다. 나는 홑이불을 뒤집어쓰고 오금이 저려도 옴짝달싹 못한 채 누구든지 어서 깨어 인기척을 내 주기만 기다리지 않으면 안 되었다. 그런 경황이라 비록 밖에 무슨 일이 있는지 대중할 수 없고 그 기미조차 가량하지 못했더라도 잠결에 귓전을 스쳐간 무슨 소리가 있었음은 분명히 주장할 수 있었다. 얼마 지나지 않아 언젠가도 그렇게 들리던 그 소리가 한참만에 한 번씩 되풀이되면서 부러 여겨듣지 않더라도 자연히 귀에 담아지기 때문이었다. 이윽고 나는 그 소리가 무엇이라고 서슴없이 일매지을 수 있었다.

그것은 여우가 우는 소리였다. 백일해(百日咳)하는 갓난아이가 기침 끝에 금방 숨넘어갈 듯 자지러지는 소리, 그것은 대복이가 뜰팡 섬돌끝에 턱이 걸린 채 일난 소리로 나를 부르지 않더라도 능히 알 수 있던 것이다. 그 비슷한 소리는 해마다 몇 차례씩 겨울밤 눈보라 속에서도 끊어질 듯 이어지며 들려왔었으나 그렇게 울던 것은 거지반이 노루였으므로, 도깨비 장섰던 여름밤의 동살을 열던 것은 언제나 명주올처럼 가녀리고 질긴 여우 울음소리 한가지였다.

여우가 분명해지면 나는 뒤집어쓴 홑이불을 더욱 여미며 자발머리없게도 돌멩이가 수북하게 쌓인 깔밋한 애장터(兒葬墓)가 거기거기 널려 있던 뒷산 빙재(부엉이재) 허리를 떠올리곤 했다. 그것은 누구누구하여 여럿이 패지어 진달래를 꺾으러 갈 적마다 길목에 있어 아무리 안 보고 가려 해봐도 소용없던, 진달래가 무더기로 피고 꽃잎에서 핏방울이 뚝뚝 떨어지던 꽃그늘 밑으로 여우가 파헤쳐 관 대신 썼던 질항아리가 거우듬하게 튀어나오고, 그 위로 도롱뇽 새끼들이 부산하게 달아나던 묵은 애무덤이 선연하게 떠오르는 것이었다.

그것을 볼 때마다 나는 두 눈에 눈물이 어릿거려 청머루덩굴에 걸리며 자주 고무신짝이 벗어지고 흔히 두릅나무 가시에 귓전을 할퀴곤 했었다. 그 여우가 닿았던 애무덤이 머릿속으로 들어오면 자연히 여우 울음소리도 애무덤 울음소리가 되어 귓전을 맴돌았다. 뚝새풀이 우거진 물갈이 논배미에서 맹꽁이들이 짝맞추어 울기 십상이게 가랑비가 긋지 않는 어스름밤이면 빙재에서도 애무덤이 울

더라는 것이었다. 누가 잿밭 매고 저물게 오다가 들었다는 말도 나
돌고, 둘이 어디를 간다고 가다가 서로 먼저 들었다고 우기는 이도
있더라는 것이었으나, 사실 여부를 불구하고 나는 애무덤의 울음
을 믿고 있었다.

　「언내(나) 듣는 디서 말허기가 거시기 헝께 그렇지 월매나 애잔
　허구 불쌍허게 우는지 들어 보잖은 사람은 모를 겨.」

하던 허풍쟁이 옹점이나,

　「똑 여수 우는 소리, 너구리 우는 소리두 같구, 믄 디서 늑대가
　우는 성싶기두 헌디, 아이구 끔찍스러라…… . 내사 새끼 나서
　안 잃어 봤응께 듣구두 구만이지, 애 낳구 실패헌 사람은 증말
　기막힐 소릴레.」

하며 어깨를 흠칫흠칫해 보이던 수다쟁이 대복어메 말은 곧이듣지
않더라도 날궂는 저녁이면 빙재 애장터에서는 갓난애가 그리도 울
어쌓더라는 거였다.

　내가 꿈속도 아니면서 무엇에 씌어 고드래떡처럼 언 몸에 속이
타고 졸밋거려 고대 죽을 지경에 이르면, 누가 맞춰 주도록 시키기
라도 한 것처럼 대복이가 와서 토방 툇마루 장귀틀에 들고 온 작대
기를 거릿비껴 놓으며,

　「민구야, 연태 자네? 야 얼릉 저 근너 가 보자. 싸게 나와 봐
　라, 애.」

하며 나를 건져 주는 것이었다.

　「이잉?」

　나는 살았다는 말을 그렇게 내면서 쥐새끼 튀듯이 문고리가 떨어
져 나가게 문짝을 걷어차며 뛰쳐나온다.

　밖은 아직도 어슬어슬하니 해가 뜰 생각도 않을 시간이었다.

　「어따, 애두 수선스럽기는…… . 신은 워따 벗었글래 안 뵌다
　네?」

　고무신이 안 보인 것은 덜 밝아서가 아니라 함실문 안에서 벗고 들어가 잤기 때문이었다.
「니가 들어가서 찾아 갔구 와.」
　그러면 대복이는
「에헤, 밧브당께…….」
하고 지청구를 하며 가장자리에 흰 테가 돌아간 내 검정 고무신을 더듬지 않고 이내 찾아 내왔다.
「사람들 다 와 있겄다. 싸게 엡혀라. 이것 들구.」
　그는 내 앞섶을 움켜다가 제 등에 얹는다. 걸음을 서둘러야 할 판이면 으레 업고 뛰던 것이 그의 성미였다. 나는 작대기가 거칫거리지 않도록 추켜들며, 그가 짙은 안개에 잘못 딛거나 겹질려 고꾸라지면 어쩌나 하는 조마조마한 가슴을 펑퍼짐한 그의 등판에 바짝 지진다. 그가 무엇하러 가고 있는지를 나는 묻기 전에 이미 대중하고 있었지만, 그래도 가다가 한 번은 물어 보아야 개운했다.
「또 여수가 빠졌니?」
「안개 찐 걸 봐.」
　공연히 물은 빈말인 줄 알므로 대복이 대답도 그 한 마디로 그친다. 그런 때 마침 캐앵――캐앵――하고 울다 그친 여우가 다시 이어 주면 대복은 뺏성 오른 푸소처럼 급히 뛰었고, 나는 울멍거리는 가슴을 부쩌지못해 대복이 어깨를 잡았던 팔로 대복이의 목덜미를 감아 죄는 거였다.
「목 멘다. 이 팔 좀 거시기 해라.」
　나는 싫은 소리를 들어야만 겨우 정신이 생겨 팔을 풀면서 여우가 바다에 빠진 이유를 곰곰이 생각해 보는 거였다. 그러나 그것은 아무리 알아보려 해도 알아낼 수 없는 일이었다. 봉우리 높아 골 깊은 빙재 너머에 산다는 여우가, 마을에 내려왔으면 닭마리나 물고 밝기 전에 올라갈 것이지 왜 하필 바다로 들어가 개펄에 빠진단 말인가. 어느 짐승보다도 냄새를 잘 맡는다던 여우가 갯냄새만 못 맡을 이치도 없으리라 싶었다. 혹시 비린내를 쫓아 들어간 것일까. 그러나 그 약은 짐승이 물 쓴 개펄 위에 생선이 남아 있으리라고 믿었을 것 같지는 않았다. 수렁처럼 빠지는 개펄 속으로 물을 마시러 들어갔으리라고 여길 수도 없었다. 더우기 산짐승은 짠 맛을 가장 싫어한다고 들었다. 갈대숲을 으악새 덤불로 착각한 것일까. 그것도 그럴듯하지 않았다. 여우가 내려온 것은 인가가 있고 그 인가에서 먹이를 훔치자는 것이 목적일 거였다. 바닷가에는 인가가 없었다. 더구나 동네와 바다 사이에는 밤에도 차가 오르내리는 신작로와 철로가 나란히 가로질러 달아나고 있었다. 그러고 보면 여우도 일부러 바다로 가지 않으면 안 될 부득이한 사정이 있었을 거였다. 어떤 사정이 있었을까. 그것은 세월을 보태고 나이를 얹어 가며 여태 곱새겨 봐도 끝내 알 수 없는 일이었다.

　대복이가 나를 내려놓던 곳은 왕소나무를 지나 서낭당 못미처의 소금막 앞이었다.

　소금막 마당에는 벌써 여러 사람이 나와 있었다. 나가는 데가 있던 본바다 청년과 남의집살이로 마을에 와 있는 사내 말고, 몇 안 되던 한가한 동네 사내는 거의 빠지지 않고 모인 셈이나 마찬가지였다. 그들도 손에는 작대기나 고두머리 부러진 도끼자루 따위 몽둥이로 알맞은 것 한 가지씩을 틀어쥐고 있었다.

　그들은 담배를 피우거나 손으로 눈곱을 밀면서도 귀는 한결같이 개펄에 두고 있었다. 여우 있는 곳을 몰라 그렇게 무루춤하고 있던 것이다. 그들도 매양 여우가 안개에 길을 잃고 바다로 들어갔다가 개펄에 빠져 못 나온다고 믿는 눈치였다. 여우 있는 곳만 확실해지면 지체없이 뛰어들어가 몰이를 하거나 손에 쥔 것으로 때려잡을 판이었다.

　그러나 그들은 바짓가랑이만 걷어올렸을 뿐 누구도 개펄에 먼저 들어가려고 하지는 않았다. 어디쯤이라고 미처 방향도 어림 못 한 게 분명했다. 혹시 혼자 방향을 대중한 사람이 있었더라도 함부로 뛰어들기에는 아직 이른 시간이기도 했다. 좀더 안개가 걷혀 앞이 트이기를 기다리지 않으면 안 될 터이었다. 개펄에는 이루 헤아릴 수 없을 만큼 많은 갈통이 묻혀 있기 때문이었다. 조금때면 염전에 얇게 널어 볕으로 졸이고 달인 갯물을 가마에 넣고 끓여 소금으로 건질 때까지 갈무리하기 위해 만들어진 갈통은 깊이가 두 길이 넘을 뿐더러 비가 와도 빗물이 안 들어가도록 병모가지처럼 주둥이가 좁고 배가 넓어, 한다는 장사도 한번 빠지면 나오기 어렵게 만들어져 있었던 것이다.

해마다 단오 무렵이면 아낙네들이 떼지어 횃불을 켜들고 갈대밭으로 들어가 함석물초롱과 구럭이 넘치게 갈게를 잡기도 하지만, 능쟁이, 황바리, 방게 등이 더 많은 개펄로 들어서지 않던 것도 군데군데에 묻혀 있는 갈통을 조심하기 위함이었다.

「밤중에 자다 여수 우는 소리를 들으면 메칠은 영 재수가 읎데. 내 이번에는 기여 잡구 말라네.」

소금짐을 지고 산골로 도부 치러 다니는 만배아버지가 새로 삼아 신은 짚세기를 한구석에 접어 놓으며 말했다.

「아무렴, 껍데기만 벳겨두 털값이 월만디. 싸게 저늠 잡어다 장 보러 가세.」

복산(福山)아버지가 무릎에 쌈지를 풀어 놓고 담뱃대에 눌러 담으며 그르릉거리는 잔기침 끝에 말했다.

「아따, 게 앉어 혼자 충청감사 구만허구 팔다리 걷어붙이구 나서 봐.」

송방(松房) 주인이 좋지 않게 뜨고 있던 눈을 돌리며 말했다.

「젊은것이 뭐 알간. 집이두 내 나이 돼 보게, 한 번 허구 나면 무르팍 풀려 뒷물 시켜 놓구두 생각 가실 텡게.」

복산아버지는 언제 어디서 무슨 말을 하든 얼마만큼이 농담이고 어디까지가 진담인지 들어도 알 수 없이 하기로 알려진 사람이었다.

「저 싸가지없는 것 말뽄새 보게. 언내들 듣는 디서는 말을 해두 다다 그러큼 쓰게 허야 쓰느니.」

같은 또래의 봉대아버지가 송방 주인을 옙들었다. 그러자 복산아버지도 부러 배차기로,

「바람 불구 자는 디 옳다더니, 쩨구락지 보지 털난 걸 봤나, 집은 워째서 빙깃거리메 쌩이질만 헌다나.」

하고 지루퉁하여 돌아앉으며,

「안 그러면 똑 이러구 앉아서 좌포청 우포청만 챚어야 쓰겄남. 잡으야 물건이지 몽뒹이만 들구 앉었으면 누가 쳐 주나.」

그는 케헤케헤 잔기침을 했다. 그 소리는 마치 여우가 노루 올무에 먹이 옭히어 고대 숨거두는 소리와 같았다. 대장간 달몡이 의붓아버지 최 무엇이라나 하는 사내가 괴춤을 거머쥐고 돌아가며 두런거렸다.

「게는 요새 지침소리가 썩 나뿌던디……. 으원헌티 좀 봬 봤남?」

복산아버지는 간신히 기침을 재우고 나서 가래 붙은 목소리로,

「으원은 봬서 뭘 헌다나, 술담배 끊구 질게 고상살이허느니 칼칼허게 놀다가 거짐 다 되었다 싶을 적에 두 손 바짝 들구 자빠지면 될텐디.」

그의 말소리엔 젓가락 집을 힘도 들어 있지 않은 것 같았다.

「엊저녁이두 한잔허구 연태 덜 깬 모냥이구먼?」

달몡이 의붓아버지 말을 받아 송방 주인은,

「어린것 뱃속에 즘잖은 것 들어가면 으레 말버릇이 저 모냥이더니…….」

한마디 더 보태어 복산아버지를 깎았다. 봉대아버지는,

「칼칼허게 놀랑께 몸뚱이 건사를 허야지. 그렇잖구두 지침 그칠 날 읎는 사람이 고랫장 지구 누어 있지 않구 장(늘) 안개 짙은 디 나와서 새벽바람을 쐬여?」

복산아버지를 어서 들여보내려고 구슬렸다.

「찬밥 두구 잠 안 오는 것처럼 잔등이 가려워 누워 있을 수 있간디. 궁금해서 내다볼라닝께 일루들 뫼들더먼그려…….」

그러면서 그는 또 가래를 끓였다.

내가 그런 이야기를 듣느라고 한눈 팔 동안, 대복이는 열심히 안개 속만 두리번거리며 여우 있을 만한 곳을 가늠하고 있었다. 그러기를 한참만에야 대복이도 볼거리하는 말투로 한마디 뱉었다.

「저늠으 여수가 뎌졌나 워째 찍소리도 않는대유. 아마 갈통에 빠져 뎌졌나뷰.」

「워너니…….」

만배아버지도 같이 생각했던 것처럼 뜨물 속 같은 개펄 속을 훑어보았다. 그제서야 나도 아닌게아니라 언제부터인가 여우 울음소리가 아주 그쳐 버린 사실을 뒤늦게 깨달았다. 다른 사람들도 덩달아서 한마디씩 했다.

「질 챚어서 도루 빙재루 올러갔는 게지.」

「뱃질에 빠져 떠내려갔는지 아남.」

「그게 진당 여수는 여수라담?」

「뉘라 봤으야 말이지.」

「여수가 아니라 물구신이 사람 홀리려구 여수 우는 시늉 헌 게 아녀?」

「도깨비 장난인지두 알 수 읎지.」

「아따나, 언내 듣는디 낮간지럽지두 않은가, 모냥내는 소리 엔간히들 해쌓네그려.」

　이러니저러니 하는 말에 관심 않고 대복이는 여전히 안개가 많이 엷어진 개펄만을 뒤져보고 있었다.

　「보유, 암것두 안 뵈잖유.」

　대복이가 어른들을 돌아보며 말했다. 어느새 안개가 걷히고 듬성거뭇한 갈통 아가리들이 솟아나더니, 이내 눈부신 햇살이 퍼지며 개펄을 말끔히 씻어내었다. 개펄에 괴었던 물은 게구멍으로 잦아들며 자글거리고, 나문재 포기 밑마다 능쟁이들이 꿀석꿀석 기어나와 바글거렸다. 괸 물이 햇살을 되쏘아 개펄은 온통 부싯돌로 뒤덮인 듯 미루나무 잎새 이슬방울보다도 더 눈부시게 반짝거렸다.

　「여수는 고사허구 깨딱했으면 생사람 때려잡을 뻔 봤네나.」

　복산아버지가 대꼭지에 부시를 치면서 두런거렸다. 그가 그런 말을 하기 전부터 다른 사람들도 같은 마음이었을 터이다. 나도 그런 마음을 삼켜 가며 어이없어 입맛만 다시고 서 있던 대복이 얼굴이나 쳐다보고 있었으니까. 개펄 위에는 이미 여러 사람이 안개를 헤치고 나와 일을 하고 있었다. 게구멍을 뒤지는 여자, 조개밭을 긁는 여자, 파래 뜨으러 뱃길로 가는 여자, 뒤퉁스럽게 짐승처럼 꾸물거리는 것은 일 나온 부녀자들이었고, 모시것으로 잘 차리고 구경나온 사람마냥 거드름을 피우며 조심조심 걷는 것은 백로와 왜가리였다. 그러므로 물 빠진 개펄이나 아직 물이 흐르고 있을 뱃길에는 여우 비슷한 것도 없음이 확인된 셈이었다.

　「공중(괜히) 잠만 밑졌네나.」

　만배아버지가 벗어 놨던 짚세기를 도로 꿰며 말했다.

　「제기, 그새 꽷모종을 했더라먼 낮잠이나 붙었지.」

　봉대아버지가 철둑으로 올라가며 투덜거렸다.

　「가 식기 전에 밥이나 먹세.」

　달명이 의붓아버지도 엉덩이를 긁적대며 따라갔다. 그러나 복산

아버지는 초상집 가서 문상하다 상제 앞에서 방귀 뀐 낯으로 무릎무릎 앉은 자리에서 뭉개며,

「얘, 꼽새네 대상(大祥)이 니열이라데 모리라데?」

대복이더러 물었다.

「넘의 지사가 메칟날인 중 워치기 안다구 나버러 물으슈.」

대복이는 툽상스럽게 질러박더니,

「공중 새벽버텀 소용읎이 이슬바심만 했다……. 싸게 가자. 아침 글 안 읽었다구 혼나겄다.」

하며 이슬이 배어 후질러진 바짓가랑이를 쥐어짠 다음 앞서 걷기 시작했다. 여우한테 속았다고 여겨지면 자연 그에 따른 느낌들도 좋지 않았으나 어쩔 수 없는 일이었다.

「에이, 또 허탕이여.」

한 마디라도 씨부렁거리지 않으면 입맛 가실 것 같아 나도 들으란 사람 없이 씨부렁거렸다. 여러 번 겪음해 본 일이었다. 여우를 잡기는커녕 번번이 봤다는 사람조차 없었고, 개펄 위에 여우 발자국이 하나 찍힌 적도 없었다. 나중 간추려 보면 기껏 바다 쪽에서 그런 소리가 들린 것 같았다는 정도였다. 그런데도 사람들은 그때마다 손에 무엇이든 한 가지씩 들고 소금막 앞으로 모여들었고, 실없는 말만 몇 마디 건네다가 해뜨며 안개가 걷히면 슬금슬금 돌아가는 것이 고작이었다. 그 중에서도 한 번 거르는 법 없이 맨 처음 뛰쳐나오고, 남이야 어찌 생각하건 말건 된 소리 안 된 소리를 혼자 왜장치듯 지껄이는 사람은 노상 복산아버지였다.

언제나 빈손이던 것으로 보아 막상 개펄에 빠진 여우가 눈앞에 보이더라도 그는 뒷짐지고 서서 구경만 할 사람이었다. 그래서 그는 늘 남의 눈치꾸러기였다. 사람들은 그를 몹시 마뜩찮아 했다. 어른들만 그러는 것도 아니었다. 동네 아이들도 오다가다 길에서 그를 만나면 저만치서부터 달아나며 멀리하려고 했다. 아직 어른

이 못 되고 아이는 아닌 대복이도 누구 못지않게 그가 다가오는 것을 꺼렸다.

그 날도 내가 뒤를 흘끔거리면서 발을 더듬어 디디자 대복이는 불쑥 핀잔을 하였다.

「민구야, 그 칙갈맞은 사람을 뭣 나온다구 대이구 쳐다보네? 그러다가 공연히 같잖은 말이나 들을라구…….」

「…….」

나는 대꾸하지 않았다. 대복이 말이 싫기도 했지만, 그보다는 다른 생각 먹이로 걸음을 옮기고 있었으니, 나는 얼마 안 있으면 바라보게 될 일을 미리 눈앞에 불러다 놓고 있었던 것이다.

그것은 먼산을 찾아가는 꽃상여 행렬이었다.

명정(銘旌)과 공포(功布)를 길잡이로 세우고 펄럭이는 앙장(仰帳)이 하늘을 싣고 가는 꽃상여였다. 어깨로 장강(長杠)을 들썩이며 구성지게 저승을 부르는 상여꾼들의 소리가 머리를 에워싸고 있었다. 개펄에 여우가 빠졌다고 북새를 피운 날은 내 그림자가 발밑으로 기어들 만해져서 반드시 상여가 나가던 것을 나는 알고 있었던 것이다.

상여는 읍내에서 나와 마을을 가로질러 왕소나무와 소금막 앞으로 해서 곱은탱이 서낭당을 돌아 가든가, 멀리 개 건너 먹탕곳 자드락을 지나 왕대뫼 후밋길로 사라지는 게 예사였다. 그때마다 나는 이승을 버리고 가는 이가 누군지도 모르면서 공연히 심란해져서, 큰 구경거리라도 발견하기 전에는 온종일 신명을 낼 수가 없었다.

나는 들키지 않게 뒷산 잔디 위나 양지바른 담 밑에 턱살을 내리고 앉아 청승을 떨며 허전해 하였고, 그리고 엉뚱하게도 그 까닭을 깨우치려고 애썼다. 하지만 그것은 끝내 알 수 없었다. 왜 그런 날이면 여우가 울었던가를――

「으른들은 복산아배를 사람것으로 쳐주지도 않잖데? 그이는 사람것이 아니여. 그이마냥 드럽구 추접스럽구 우스운 이가 또 있데?」

그 날도 대복이는 거듭 잡노리하듯 말했다.

언제나 늘 그 타령이던 사람이었지만 그러나 나는 그가 추접스런 사내로만 여겨지지는 않았다. 대복이나 옹점이가 척진 듯이 징그러워했으면 나도 덩달아 그렇게 여겼어야 마땅하련만, 복산아버지를 보는 눈만은 그네들과 등진 셈이나 다름없던 것이다.

그것은 복산이가 내 소꿉동무래서 그런 것 같지도 않았고, 그가 나를 받아 주려고 해서 그리 보인 것도 아니었다. 그를 보면 그의 몸에서 무슨 구뜰한 냄새가 나기 때문이라고 해야 내 말이 될 터였다. 그러나 그것은 아무도 곧이듣지 않을 말이었다. 그는 사철 구수한 맛과는 거리가 먼 일만을 도맡아 하며 살았으니까. 차라리 그의 몸에 피비린내가 늘 배어 있고, 쉰 막걸리에 생으로 이긴 마늘내가 섞이고, 거기에 집장 띄우는 외양간 두엄 냄새가 범벅이 되어서 물씬거린다고 해야 남들도 들으면 기특하게 보아 줄 그런 사람이었다. 사실 그와 마주치면 동네 개들도 꼬랑지가 옭아들며 도망치기 바쁜 판이었다. 동네 아이들과 개가 피해 달아나는 사람이라면 이미 인간 말종이나 다름아닐 지경이겠고, 그렇게 여기던 어른이 동네에 여럿이나 되던 것도 나는 어림으로 알아낼 수 있었다. 그럼에도 나는 그렇지 않다고 아무에게나 우기고 싶을 만큼이나 그를 좋아하고 있었다.

그의 이름은 유천만(柳千萬). 왜정 때 징용에 끌려가 고생이 자심했다더니 마흔 네댓 안쪽이라고 들은 것 같은데도 이미 찌들고 겉늙어 흰머리 한 모숨만 얹어 보태면 어디를 가도 자리 비켜 줄 사람이 나설 만큼이나 다 되어 간다 싶던 사람이었다.

우리 집에서 머슴살이조차 해 본 적이 없는 그를 어린 내가 유서방이라고 아랫사람 부르듯 했던 것은, 그가 일가집인 이남포(李藍浦) 댁의 〈행랑것〉이었다는 근거로 어른들이 낮추어 일컫던 것을 그대로 따라 불러 버릇한 것에 지나지 않는다. 한말에 남포군수를 지냈다던 일구(逸求) 할아버지는 내가 태어나기도 전에 세상을 떠서, 그 때는 서예당(棲艾堂)이라는 택호와 함께 채국우계(採菊隅階)라는 세월 바랜 현판이나 외로이 옛날을 기념하던 서른 칸짜리 낡은 기와집만이 마을에 남아 있을 뿐이었다.

그럼에도 유천만은 서예당을 주인댁이라 일컬었고, 무슨 때가 되면 그들 내외는 물론 복산이 복자 남매까지도 여전히 그 집의 안팎 들무새로 다리가 떨어졌으며, 손에 얼음이 박이도록 뒷설거지를 마쳐 주기까지 조금도 언짢아하지 않았었다. 묵집의 말을 들으면, 유천만이가 말 가운데에 더러 문자를 섞어 쓰고, 글은 모르되 문장을 찾던 것도 이남포의 잔시중을 들다가 귀로 익힌 동냥풍월이라는 거였다.

유천만은 가끔 가는 기둥에 서까래 굵은 소리를 입에 올렸으니 예를 들면 이런 거였다.

「내 비록 둔근(鈍根)일망정 소갈머리 하나는 막천석지(幕天席地)라네. 사람 야리게(값싸게) 보지 마소.」

「쉰네, 소인 따루 있다나? 나모냥 기거무시(起居無時)허면 가로사대 군자요 가로왈 양반이지.」

「나 같은 수민(手民) 따위야 민주주의 공산주의, 푸렝이 뿔갱이 챛을 것 있겄나, 그저 먹자주의가 당세관(當世冠)이지……. 허기는 천하조민(天下兆民) 많구두 많은 중에 나 같은 먹선(食仙)은 드물기두 드물겄지만…….」

그 말마따나 그는 비록 한물 간 논다니패 퇴물보다 웃돌 것이 없었지만 흔한 졸토뱅이도 아니었다.

묵집은 서예당 바로 아래에 있었다. 이남포댁의 허드렛집으로서

쓸 일도 없지만 허튼 수고도 들일 필요없어 그대로 두고 보던 빈집을 얻어 살던 것이다. 방 두 칸, 추녀를 의지하여 내단 나뭇간과 부엌, 마당의 솔가지 울에 지붕 없는 변소가 전부로서, 마루 한쪽 안 놓이고 전기도 못 단 오막살이였다.

그는 허구한 날 그 침침한 방구석의 문지방을 퇴침하여 늘펀하게 누워 있었다. 어디서 짚이라도 한 토매 얻으면 마누라 신길 짚세기를 삼는 것이 그로서는 유일한 집안일이었으나 그나마도 여간해선 보기 어렵던 일이었고, 그것도 마누라 생각으로 삼는다기보다 사는 값을 아끼려는 억지 안간힘 같기만 했다. 그러나 담뱃대를 동무삼아 나돌아다닐 때는 항상 풍년든 얼굴이었다. 그의 얼굴은 늘 개어 있어 장마나 가뭄은 찾아볼 수 없었다. 그는 얼굴 뜨뜻한 줄도 알고 뒤통수 가려운 줄도 알지만 그것을 무시함으로써 그 나름의 삶을 부끄럽지 않은 것으로 치려고 애쓰는 것 같았다. 따라서 그는 남들이 다 하는 일을 혼자만 몰라라했고, 남이 다 치르는 일도 혼자서 외면하여 자기의 존재를 스스로 가꾸려고 하는 것 같았다.

들은 바를 믿으면 그는 징용에 나가 병을 얻어 온 뒤부터 일이라고 이름할 만한 것이면 덮어 놓고 비켜섰는데, 동네에서 사람으로 쳐 주기를 주저하게 된 것도 그 빈둥거리는 꼴을 보기 싫어한 나머지였다.

그가 징용 나가서 무슨 병을 얻었는지는 알 수 없었다. 내가 들음들음으로 알 만하던 것은 해방 이듬해엔가 복막염으로 반 년이나 자리보전하다 겨우 일어났었고, 어느 해 겨울인가는 빙재에 올라 참나무 그루터기를 캐다가 허리를 삔 것이 늑막염으로 깊어져 다시 쓰러졌다가 간신히 돌아다니게 됐다는 것뿐이었다. 일어나며 일변 조리를 제대로 못 해 까부라진 것인지, 아니면 어설프게 남의 말만 믿고 고쳐 본답시고 병만 덧내어 아주 눈감기 전에는 물러가지 않을 병으로 간 탓인지, 그는 담배가 떨어지면 남의 담배밭에 들어가

시퍼런 떡잎을 따다가 부뚜막에 구워 피울망정, 일이라고 생긴 것이면 비각으로 안다고 했다. 못자리 배미를 물갈이하고 두렁 없는 절기부터, 보리바심에 그루갈이가 겹치고, 가을걷이 마른갈이가 마무리될 무렵까지, 집집마다 몸을 열두 쪽으로 쪼개 써도 손이 안 가 겨우 씨나 건질등 말등 한 묵정밭이 생겨도, 그는 손톱 하나 흙 묻히려 하지 않던 것이다.

그는 당최 힘을 쓸 수가 없다고 하면서 아궁이의 찬 재 한 삼태기만 고무래로 쳐내도 허리가 끊어진다고 하소연이었고, 언젠가는 솔푸대기 잔솔뿌리를 캐어다 솔이나 몇 개 매어 돈 사서 씀씀이 해 본다고 빙재에 올라갔다가 괭이 한 번 못 찍어 보고 도로 내려왔다고도 하였다.

그런 말을 삼동네에 널고 다닌 사람은 그의 아내 묵집이었다. 그의 아내, 복산어머니를 사람들은 묵집이라고 부르기도 했지만, 남편이 산송장 되고부터 집안 살림이 그녀 손으로 이루어지고 있었으므로, 바깥사내 천만이보다 열 배는 낫다 하여 〈만만이〉라고도 즐겨 부르고 있었다.

그녀는 빙재에 누렁잎이 보이면서 가을이 산에서 들로 내려올 만해지면, 어린 복산이 남매를 양쪽에 달고 떡갈나무가 어디보다도 거하던 빙재 너머 큰고랑을 뒤지기 시작했다. 임자 없는 도토리와 상수리를 가으내 따들이는 것이 곧 그네의 추수였던 것이다.

산밤이나 개암을 줍자고 내가 복산네를 따라가 본 것도 한두 번이 아니었다.

나무꾼이 잦아 큰고랑이란 이름과 딴판으로 으름이며 다래는 구경도 할 수 없었지만, 개암이나 아가위는 지천이었으므로 복산이나 복자가 제것을 여투어 덜어 주지 않더라도 그때마다 내 호주머니는 천석꾼이 부럽지 않게 그들먹하니 늘어지곤 했다. 그녀는 하루에 두 자루 세 자루씩 도토리와 상수리를 따 모으면서도 싸리버

섯처럼 돈이 될 것이면 보이는 대로 거두었다. 그녀는 댕댕이덩굴도 걸리는 대로 걷어 곁바구니를 채웠으니, 남달리 눈썰미와 손속이 있어 그 댕댕이덩굴을 방석 짜듯 둥글게 엮어 시루밑으로 팔려는 속셈이었다.

해전치기를 할 수 있는 둘레의 안산을 두루 뒤지고 나면 그녀는 매일같이 묵을 쑤어 팔기 시작했으며, 그녀의 묵판은 장터까지 차례갈 겨를 없이 의레건 동네에서 바닥이 났다.

나이가 어려도 여물어야 할 곳은 고루 영글었던 옹점이는, 사랑 어른들이 타관 나들이를 하여 한짐 덜거나 집안일에 꾀가 나면 일쑤 바구니를 뒤집어쓰고 나서며 산에 보내 달라고 졸랐다.

「아씨, 지년두 오늘은 산에 가서 반찬거리나 장만해 보까유 ?」

「또 난봉나는구나…….」

「만만이 가는 디만 쫓어댕기면 지년두 그이 부럽잖이 헐 수 있유.」

「아서, 아스라면…….」

봄 가을로 마음이 들떠 바깥바람이 쐬고 싶으면 핑계가 그것이었다. 원추리와 수리치도 뜯고 잔대나 도라지를 캐어 반찬하겠다는 것이며, 도토리묵도 쑤어내겠다는 거였다.

그러나 그것은 봄 가을로 한 철에 하루씩밖에는 허락되지 않았다. 어머니는,

「묵은 묵집이 쓴 묵집 묵이라야 묵이더라. 공중 입맛 덧나게 허지 말구, 그저 놀기 민망컬랑 더덕이나 몇 뿌래기 캐 보거라.」

하며 아예 도토리 줍겠다는 것을 마다했다. 봄철에도 마찬가지였다.

「저것이 또 여수떤다. 그러다가 도라지루 보구 뎁세 산삼 캘라 겁난다.」

「아씨는, 만만이만 젤이간디유.」

「그래두 도라지 잔대는 묵집 손이 간 게라야 먹을 만허더라. 다 쇠터져서 공이 백인 것이야 가마니루 캐 온들 무슨 쇠용 있데?」

「이따 민구헌티 알아보시면 되잖유. 지년두 해찰만 안 부리면 만만이 손땀쯤은 저리 비키게 헐 자신 있슈.」

그녀는 흰소리를 하면서도 안 들키게 혀를 날름거리면서 제 대갈통만한 누룽지와 대복이네서 빌어 온 창을 담아 가지고 나를 앞세웠다.

옹점이는 나를 걸리거니 업거니 해 가면서 묵집을 따라간다. 그러나 막상 창질을 하게 되면 옹점이는 어림 서푼어치도 없었다. 겨루어 볼 상대가 아니었고 견주어 볼 필요도 없을 지경으로 옹점이는 더디었다. 얼마 못 견뎌 옹점이는 나를 잡고 거추없이 꾀송거린다.

「얘, 너는 쓰구 애린 도라지가 더 좋데, 무릇 곤 것이 더 좋데?」

그것은 나도 집을 나설 적부터 미리 알고 있던, 그녀의 밑마음이었다. 그러므로 나도 부러 대답을 어렵게 해 주었다.

「쓰구 애리기는 둘 다 같은디 뭘.」

「달기는?」

「도라지 반찬을 단맛으로 먹나?」

「먹기는 워느 게 더 좋구?」

「무릇이지.」

「그럼 반찬감을 캘거나, 그냥 먹을 감을 캘거나?」

「그냥 먹을 감…….」

그녀가 나중 집에 와서 내가 무릇만 캐래서 그것만 캤다고 멍덕을 씌울 것은 두고 보나마나 깜냥으로 알 수 있던 일이었다. 옹점이는 묵집만 졸래졸래 따라다니며 고작 묵집이 캐려다 버린 것만을 캐는 데도 힘이 부쳐 허덕거렸다. 그녀는 묵집보다도 나 보기가 민망하여 줄곧 묵집한테 말을 건네, 묵집의 일손을 굼뜨게 함으로써 바구니 속을 맞춰 갈 셈인 것 같았다.

「그런디 복산엄니는 보기두 용케 보네유. 워치기 넘 가진 두 눈 가지구 한꺼번에 여러 개를 챚어낸데유?」

옹점이는 그렇게 시작하여 끝을 보려고 했다.

「새끼들허구 살라니 허는 노릇인디 요만두 못 해서야 죽이나 쒀 먹겠남.」

묵집도 심심한데 잘 됐다는 눈치였다.

「복산아버지는 워디가 위때서 꼼짝 않고 식구들만 부린데유?」

「부리기만? 들들 볶지나 말었으면 활인적덕헌다겠어.」

「요새두 장 시난고난허남유?」

「고록고록허구 오늘 니열 허는 게 벌써 원제버텀인디…….」

하면서 묵집은 소매끝으로 눈자위를 찍었으나 옹점이는 못 본 모양이었다.

「그러니 하루이틀두 아니구 월매나 속을 끓인데유.」

「지긋지긋허구 징글징글혀서…….」

「속쎅여쌓서 그런지 벌써 새치가 히끔거려유.」

「서방을 웬수삼은 년 팔자가 슒어낸다구 검은 터럭 나겠남. 인저 다 틀린 신세여.」

「어채피 이리 된 것, 애들이 불쌍해서라두 맘 독허게 먹구 견디시야지유.」

「젤루 친정 식구 뵈기 챙피시러 못 살겄더먼. 울 엄니가 갈러서라 갈러서라 헐 때 진작 말을 들었으면 시방 이 고상은 안 헐 텐디…….」

「친정엄니두 연태 생전허신개뷰?」

「나 땜이 다 늙었지.」

「참 워디서 주막 헌다구 했지유?」

「울 엄니가 나를 웬수로 알어. 저이(남편) 죽기 전에는 에미라
구 부르지두 말라는 게거던.」
「…….」
「밤이 되니 사내 구실을 허나, 낮이 되니 새끼들 애비 노릇을 허
나……. 전생에 무슨 업으로 불구대천 웬수를 만나 신세 잡었는
지. 이년두 복은 참 드럽게 읎는 년이여.」
「돌어댕기는 근력 있으면 드러눠서두 근력을 쓸텐디 워째서 밤에
남자 노릇을 못 헌데유?」
「어매── 츠녀가 헐 소리 안 헐 소리 읎이…….」
옹점이도 이젠 그런 나무람으로 부끄러워할 나이는 아니었다.
옹점이는 오히려 한술 더 떠서
「복산아버지는 맨날 근력 읎네 읎네 해두 증말 심드는 일은 혼자
댕기메 다 허데유.」
「그건 다른 게지.」
「다르기는유, 동네 돼지 염생이는 복산아버지가 다 잡어 주잖
유.」
「그려……. 안 그러면 생전 누린물 한 모금 천신헐 수 있간디.」
두 여자의 말은 내 마음을 그대로 닮고 있었으나, 묵집보다도 옹
점이 말이 더 다부진 것 같았다.
힘을 못 써 논다면서 뒷짐지고 이웃 동네 마실마당만 어슬렁거리
던 유천만이었으나, 막상 힘든 일이 생길 듯하면 맨 먼저 걷어붙이
고 덤비던 것을 나도 무시로 보아 온 터였다.
그 일은 모를 심거나 밭이랑을 고르는 일과 다르고, 오뉴월 바심
도리깨질이나 구시월 마당 자리개질하고도 다른 것이긴 하지만,
여간내기가 아니고는 엄두도 못 낼 일을 그는 서슴없이 달려들어
수월하게 해치우던 것이다.
우리 집만 해도 해마다 몇 차례씩 유천만의 손에 맡기지 않으면

안 되었던 일이 한두 가지 아니었다. 반드시 그의 손이 닿아야 까탈없이 제대로 이루어진다는 것을, 우리 집은 물론 온 동네 사람들도 한가지로 믿고 있던 것이다.

매년 해토머리마다 우리 집 밭마당에 나타나 사금파리 한 조각만으로 돼지새끼를 거세해 주던 이가 그였고, 삼복에 노인 복달임으로 개가 쓰일 경우 그 개를 잡아 주던 것도 유천만이었다.

돼지와 염소가 암내를 피워도 그를 시켜 씨돼지와 숫염소를 물색하여 붙여 오게 하고, 기르던 짐승이 병들어 어려우면 그 처리도 그에게 맡겼다. 내남없이 예삿일이 아닐 때는 지체없이 그를 불러 대려고 서로 앞을 찾게 되던 것이다.

그러나 그를 찾아 번거롭게 헤맬 필요는 없었다. 그것은 아무개네가 무슨 일로 어떤 일감이 있게 되리라는 것을 유천만이 스스로가 어림으로 미리 알아차리고, 때가 되면 자진해서 그 자리에 나타나 주는 사람이기 때문이었다.

대복이가 찾아와 내 귀에 대고 어디서 개가 흘레를 하니 구경 가자고 꾀송거려 가 보면, 아이들만 꾀이게 마련인 그런 곳에도 그는 먼저 와 있었다. 그는 조무래기들 틈에 꺼진 담뱃대를 물고 앉았다가 대복이나 그 또래로 대가리가 좀 굵은 아이를 보면,

「너 저게 뭐하는 겐 중 알기나 허구 보네?」

하고 묻는다. 아이가 시쭉 웃기만 하거나 고개를 털레털레하면,

「수캐가 암캐헌티 양분을 주는 게여. 그래야 암캐 뱃속에 젖이 생겨 새끼 낳으면 멕여 질르게 되는 게여.」

하며 입을 나간집 부엌문짝처럼 열어제치곤 했다.

추석이나 음력설을 하루 이틀 앞두고 동네에서 소나 돼지를 잡아 밀매한다 하여 가 보면, 입술과 턱주가리에 붉은 칠을 한 채 칼잡이로 설치던 것도 유천만이었다. 망치나 메로 급소를 쳐서 쓰러뜨리고 멱을 따서 선지를 따로 받아낸 다음, 껍질 벗겨 각을 뜨고 내

장을 추려 국거리로 나누며, 사러 온 사람이 부르는 대로 저울눈에 맞게 칼질하는 일도 그가 아니면 할 사람이 없다는 거였다. 그런 일을 해 주는 그에게도 품삯은 있었다. 그러나 그 품삯은 물론 돈이나 곡식이 아니었다. 칼 오래기나 도마밥으로 떨어진 희나리 고기부스러기와 비계 몇 점이 고작이었고, 선지를 조금 얻어 가는 것뿐이었다.

개 잡아 그을려 주고 내장 차지하기, 염소 토끼 잡아 주고 가죽 얻어 가기를 그는 무슨 큰 수나 난 것처럼 신명을 내어 가며 독차지하던 것이다.

「요건 내게여. 누구 소금 좀 가져오너…….」

그는 화통 삶아먹은 목통으로 외치고 누가 소금을 내오면 우선 김이 어리는 시뻘건 간부터 서너 점 베어 남 맛보라고 해 볼 새도 없이 찔룩거리고 삼켰으며, 염통이 괜찮은 것이라고 베어먹고 콩팥이 좋은 것이라며 저며 먹었다.

일의 분량에 비해 그의 품삯은 너무 보잘것없었다. 그런데도 남의 손이 가기 전에 칼부터 갈던 것은 소중이 나서 남의살 맛보기를 소원해서가 아니라, 그런 일 하나에 재미를 붙이도록 타고난 천성 탓인 것 같았다. 그것은 그런 일을 해 주고도 허드레 객꾼으로 보여 누린국물 한 모금 차례가긴 고사하고, 부지런히 찾지 않으면 찬밥 한술 얻어먹기도 바쁜 잔칫집에 와서 자청하여 그런 일을 마무리짓던 것만 보더라도 가늠하기 어렵지 않은 일이었다.

잔칫집 두엄간 옆에 웅크리고 앉아 닭모가지를 여럿 비틀어 끓는 물에 튀겨 뜯어 주어도, 우물가에 그러고 앉아 채반만한 홍어나 아이만한 민어, 방어를 다루어 주어도, 그에게는 닭모가지 한 개, 밴댕이 아가미 한 쪽 얻어걸릴 것이 없었다. 그래도 그는 칼자루가 남의 손에 있는 것은 못 보아했다. 일이 끝나면 막걸리 한두 잔을 맛 볼 수 있던 것이 사실이었지만 그것도 잔칫집이라면 아무나 오면가면 얻어먹을 수 있던 동네 인심에 지나지 않았으니, 김장 뽑아 주고 배추뿌리 얻어먹듯 일의 분량에 견주어 그만큼 생기는 것이 없었다.

오히려 그런 일하고 전혀 무관할 때가 수입으로는 나은 편이었다. 우리 집이 그랬고, 남들도 그랬다. 일테면 개가 새끼를 낳으면 강아지를 무상으로 나누는 것이 풍습이었다. 유천만은 그런 계제에서도 빠지지 않았다. 아니 으레 그 사람 몫부터 정해 놓는 것을 순서로 알고 있었다. 그런데 그가 강아지를 얻으려면 강아지 주인에게 증명해야 될 것이 한 가지 있었다. 그것은 그 전날과 전전날 하여 적어도 사나흘은 손이 깨끗했었다는 증언이 필요하던 것이다.

옹점이만 해도 그것은 철저하게 지키려고 했다. 그녀는 강아지를 안고 나와 대문 앞에 멍둥하게 빈손 벌리고 서 있는 유천만이더러,

「진당으로 말해유. 요새 메칠 사이 손에 붉은것(血)을 묻히셨으면 시방은 안 디릴 텡께 야중에 가져가셔유.」

하고 단호하게 말했다. 그러면 그는 메주 먹은 엉성한 이빨을 내보이며,

「벌써 원제버텀 푸성가리만 욱여 먹었는지 손바닥에 풀 나게 생겼다야.」

하고 며칠 사이에는 비린내도 못 맡아 봤다면서 설명이 길었다.

「부정타먼 복산아버지 책음유. 책음질류?」

그는 그 말엔 대꾸도 않고 강아지를 채뜨려 들며 엉뚱한 말만 지껄였다.

「에, 그놈 폭 과서 초장 찍어먹었으면 약 되겠다.」

그는 강아지를 얻어 가도 기르려고 해 본 적이 없었다. 반드시 장에 내다가 팔아 썼다. 보리쌀 한 말 값이면 받을 금 받았다는 것

이 시세였다. 그것으로 담뱃값도 하고 탁배기잔이라도 걸친다던 것이 묵집이 한 말이었다.

유천만이가 동네 초상집에 밤샘하지 않은 적이 없다는 것도 널리 알려진 일이었다. 아는 데가 많아 멀리까지 부고를 돌리며, 상여 앞에 공포잡이로 앞서고 돌아와 문간의 사자밥을 치우는 것이 그가 즐겨하던 일이었다. 초상집 싸움판은 그가 끼여들어야 푸짐해졌으며, 대소상 제사집에 온 거지들도 국수솥에 불을 때고 있던 그의 눈에 띄어야만 맨입으로 돌아가지 않을 수 있었다.

그는 사람이 서넛만 모여도 으레 한다리 걸치려고 들었다.

이사가는 집에 찾아가 이삿짐을 날라 줘도 깔다 버린 헌 삿자리 한 닢 차례 안 오고, 이사오는 집에 나타나 제집 일 추듯 거들어 줘도 엿 한 가락 바꿀 부러진 숟갈도막 하나 주워 오지 못하면서 그랬다. 이엉 얹는 집에 가 봤자 온종일 사닥다리만 들고 추녀 밑에나 맴돌다가 곁두리 한 그릇으로 수고로웠음을 에끼기 일쑤였고, 새로 짓는 집 상량판에 붙어앉아 목수 밑손 노릇, 미장이 뒷손잡이를 해 주어도 시루떡 한 조각만 맛보면 그것으로 그날을 행복하게 여기던 사람이었다.

내가 들키면 걱정듣던 집안 어른 몰래 복산이의 어깨동무가 된 것도 따지고 보면 복산이가 그런 사람의 자식이기 때문이었는지도 모를 일이었다. 복산이도 좋은 아이였다. 그것이 대복이에 미치지 못했던 것은 나이 탓이었을 뿐, 마음 씀씀이는 작은대복이라고 해도 무방할 만큼 너그럽고 자상했다. 그는 나보다 두 살이 위였는데 하는 짓을 보면 천만이와 만만이를 반반씩 빼다 박은 꼴이었다. 손땀이 좋아 무슨 일이든 금방 익히고 이내 서툴지 않게 시늉해내던 재간만 해도 그랬다.

복산이도 손이 두텁다는 것은 일찍부터 알려져 있었다. 도토리 상수리를 주울 때 보면 제 어머니보다 못한 것 같지 않았고, 개암을 주워도 나 같은 둔보는 따라갈 맘도 못 먹어 보게 눈이 밝았다. 고는 산에 오르면 하던 것을 잠시 그만두고 물줄기를 찾아내어 곧 잘 가재를 잡았는데 가재 잡는 솜씨도 별쭝맞아, 얼핏 한눈팔이를 하다 보면 어느새 깡통이 그들먹하도록 잡고도 양이 덜 차 했다. 가재를 잡으면 곧장 삭정이 검불로 모닥불을 지피고 깡통째 얹어 삶아먹었다.

해가 긴긴 여름이면 주린 배를 채우기 위해 남의 콩밭으로 들어가 제 주먹보다도 더 큰 개구리를 몇 마리씩 꿰미에 꿰어 들고 나와 불을 피웠다. 논두렁을 뒤져 참게와 우렁을 잡아 구워먹고, 메뚜기는 물론 심지어 말잠자리도 잡으면 불에 얹었다가 먹었다.

그러나 언제 보더라도 없이사는 집의 놓아먹이는 아이 같지가 않았다. 어른을 어려워하고 어린아이를 고루 겸애하였다. 남이 무슨 심부름을 시키건 얼굴빛이 조금도 변함없이 잘 들어 주었고, 임자 있는 물건이면 부서진 장난감 한 조각 집으려 하지 않았다.

나는 심심하면 신작롯가의 대장간에 가서 구경하는 척하면서 몰래 쇳도막 훔쳐오는 것을 취미로 삼았고, 땜장이가 땜질을 하는 곁에서 어릿거리다가 양철조각 훔치기를 재미로 알았었으나 복산이는 그런 짓도 전혀 할 줄 모르던 것이다. 그렇듯 일찍부터 속이 들고 기특한 데가 많아 내가 그를 좋아하게 된 것일까. 그것은 그렇지 않다.

그와 어울린 것은 그를 따라다니면 무엇이든 생기는 것이 있기 때문이었다. 그도 대복이처럼 팽이를 깎고 제기와 연을 만들었으며, 물총을 넘겨주기도 하고 구슬치기해서 딴 구슬과 딱지를 나누어 주기도 했다. 양철조각을 오림질하여 여러 가지 장난감도 만들어 주었고, 길바닥에서 주운 무슨 장식 떨어진 것, 녹슨 나사, 자전거 체인 토막, 엽전 따위도 꿍쳐 두지 않고 모두 내게 넘겨주던 것이다. 그러나 복산이가 내게 넘겨주는 것 중에서 가장 재미있게 가지고 놀 수 있던 장난감은 돼지오줌보였다. 유천만이가 돼지를 잡으면 돼지오줌보는 자연 복산이 차지였다. 그는 그것을 물로 씻고 밀대나 보리 홰기로 바람을 넣어 공을 만들었으며, 손벌린 아이가 많아도 정해 놓고 나를 주곤 했다. 나는 그것으로 온종일 축구놀이를 했다. 그 돼지오줌보 공놀이처럼 지루하거나 물리지 않던 놀이가 다시 있었던가.

나는 어려서 약질이었으므로 잔주접이 떠날 날이 없었거니와, 학질 버금으로 자주 걸린 것이 안질이었다. 한쪽 눈자위가 불그레해지면서 시근거리는 증상이 그것이었다.

그런 증상이 나타나면 어머니는 곧 사랑에 알리도록 했다. 할아버지가 반의사는 되었으므로 반드시 어떤 처방이 내릴 것이기 때문이었다. 그렇다. 내 잔주접은 할아버지의 처방이라야 효험이 있었다. 배탈이 나면 3년 묵은 간장 세 수저를 먹여 가라앉혀 주고, 허벅지에 가래톳이 서면 간장으로 먹을 갈아 멍울선 곳에 어떤 글자를 써 주어 풀리게 했다. 눈병도 예외는 아니었다. 내 안질이 사랑에 알려지면 할아버지는 곧 옹점이를 불러 세우고 누가 언제 어디에다 무슨 못을 어떻게 박았는가 알아 오도록 했다. 일진을 보아 살 없는 방향을 가리지 않고 때없이 함부로 벽이나 기둥에 못을 박으면 반드시 약한 아이의 눈에 삼이 선다는 것이 할아버지의 주장이어서, 안에서는 사실 여부는 둘째치고 우선 옹점이 시켜 아무도 못 박은 사실이 없다고 발명부터 했다. 물론 못 박은 일이 있으면 지체하지 않고 그것을 뺐었다. 부엌이나 헛간에서 시렁 밑받침한 까치다리가 흔들려 부득이 못을 주었던 것이라도 알려지면 벼락이 떨어졌으므로 그러지 않을 수가 없었던 것이다. 그러나 할아버지의 걱정이 두려워 일단은 모두들 입을 다물지 않으면 안 되었다.

「페엥——못고쟁이를 안 박었으면 아이 눈에 삼이 설 이치가 있겠느냐? 다시 살펴보라구 일러라. 페엥…….」

할아버지는 그러나 그 이상은 꾸짖지 않고 옹점이더러 붉은 팥 한 줌을 내오게 하여 나를 안고 동영(東榮)에 앉아, 팥이 쥐어진 손바닥으로 내 시큰대는 눈자위를 비비면서 알아들을 수 없는 주문을 중얼거리는 거였다.

그런다고 해서 삼이 곧 잡히는 것은 아니었다. 나는 할아버지의 치료가 끝나면 으레 만만한 복산네 집으로 놀러갔다. 그것은 그런 눈을 보고도 외면하지 않는 아이가 대복이와 복산이뿐이기도 했지만 복산이는 영락없이 유서방을 시켜 내게 색다른 이방을 해 주도록 했고, 나는 그것이 덮어놓고 재미있었던 것이다.

「그런 눈을 허구 워디 간다네?」

하고 말리던 옹점이도,

「유서방네 집.」

하고 말하면 아무 말도 하지 않았다. 그녀도 그 까닭을 알고 있던 것이다.

복산이가 제 아버지더러,

「아버지, 쟤가 개씨발이 옮었는디유, 잘 안 낫는대유.」

하고 말하면,

「개씨발이는 유서방이 잘 고치잖어유?」

하고 나도 응석을 부렸다.

「놔 두먼 눈 멀깨미?」

그는 뜰팡에서 내려와 마당구석을 기웃거리며 물었다.

「내가 안 낫으면 복산이가 옮을텐디유.」

내가 능청을 떨면 그는 쭉정웃음을 보이며,

「허기사 그렇기는 그려…….」

그는 곧 마당구석에서 가늘고 짧은 마디뼈 몇 개를 주워 들고 짯짯이 살펴보기 시작한다. 닭뼈인가, 돼지뼈나 아닌가 하고 따져 보는 것이다.

그는 이윽고 복산에게 실패를 내오게 하여 개뼉다귀 두 개를 실에 꿰어서 하나는 내 앞자락 단추에, 다른 하나는 복산이 앞자락에 매달아 준다.

내 눈병은 하룻밤만 자고 나면 씻은 듯이 떨어졌다. 그러나 그것이 가릴 것을 안 가리고 박았던 못이 빠져서인지, 할아버지의 주문 덕택인지, 혹은 개뼉다귀 이방 덕분이었는지는 끝내 알아낼 수 없었다.

내년이면 나도 학교에 들어갈 것이라는 말을 여러 번 들어 이미 이태째 학교에 다니고 있던 복산이가 별로 부러워 보이지 않던 해로 기억된다. 그 해 봄도 다 된 어느 날, 그 날도 대복이 부름에 걸떠서 새벽부터 이슬바심을 한 날이었다. 내가 듣기에도 길 잃은 여우가 개펄에 빠져 헤어나지 못하고 애태워 우는 게 역연했건만 역시 허탕이었다. 안개를 걷으며 보니 새벽물 보러 들어가던 어살(漁箭) 임자 하나 얼씬하지 않는 빈 바다였다. 안개도 짙지도 않았고 물때도 괜찮았다면서 뜻밖으로 사람이 없었다.

사람이 안 보이는 것은 비단 개펄만이 아니었다. 대복이처럼 몽둥이를 들고 소금막 앞으로 나온 사람도 전혀 없었다. 달명이 의붓아버지가 나중 안개 걷을 만하여 삐끔 둘러보고 가긴 했지만, 그것도 여우에 맘이 있어서가 아니라 소금막으로 두부 쑤려고 간수를 푸러 온 거였다.

몰이꾼이 아무도 나와 있지 않은 것에 놀란 나는 문득 혼자가 된 기분이 들고 갑자기 떨떠름해지는 것을 부쩌지 할 수가 없었다. 그래서 얼른 대복이더러,

「딴 사람들은 못 들었나, 암두 안 나오잖었니?」

했고 대복이도,

「그러메 말여, 이상헌디…….」

할 뿐 오두망절한 채 갈피를 못 추리고 있었다. 나는 점점 옆구리가 스산하고 허전해서 견디지 못할 것 같았다.

「얼른 가자.」

「왜? 미서우냐?」

그도 기미가 달랐는지 그렇게만 말하고 발걸음을 돌렸다. 이런 날일수록 다다 사람이 있어야 한다고 여기며 나는 대복이보다 앞서서 걷고 있었다. 발걸음도 전 같지 않게 묵근하고 살갑지 않았다. 대복이 뒤에 무엇이 따라오는 게 아닌가 싶어 섬찟하기도 하고, 눈앞으로 어떤 낯선 것이 금방 가로지나갈 것 같은 느낌이기도 했다.

그런 허겁으로 잔뜩 주눅이 들어 있던 나는 다시 새채비로 진저리를 치며 걷지 않으면 안 되었다. 그런 겨를에도 늘 하던 버릇대로 얼마 있으면 보게 될 그 일을 눈자위가 좁좁하게 전벌여 놓았기 때문이었다. 행상(行喪)이었다. 검은 도련이 비구름처럼 너펄거리며 구성진 상여 소리에 덩실덩실 떠가는 꽃상여의 행렬이었다. 나는 어느덧 조객이 되어 따라가는 중이었다. 붉게 벗겨진 황토 위로 흰나비가 팔랑거리는 공동묘지에 다 와 간다는 속삭임도 엿듣고 있었다.

「그늠으 여수는 원제든지 내 손에 잡히구 말 거여…….」

대복이는 나 보기가 무안한지 상여 소리 틈으로 말했다. 나는 가슴이 답답하여 아무 소리도 할 수 없었다. 그는 갈림목에 이르자 나를 위로하듯 말을 보탰다.

「이따 빙재루 새알 끄내러 가자. 꿩알이 썄다더라……. 싸게 밥 먹구 올께.」

그래도 나는 대꾸할 경황이 없었다.

나는 들키지 않게 부엌으로 들어가 찬광 대청에서 아침밥을 먹었다. 부엌에서 밥을 먹다 들키면 옹점이부터 죽살이 치게 혼나게 마련이었지만 그녀는 그리 될 것을 번연히 알면서도 내 편을 들어 주었다. 그녀는 알고 있었다. 내가 가장 싫어하는 것이 무엇이라는 것을. 나는 아침 숟갈을 놓기 바쁘게 사랑에 불리어 나가 분판(粉板) 앞에 꿇어앉아 붓글씨를 쓰지 않으면 안 되었다. 붓글씨 쓰기보다 지겨운 일이 다시 있었을까. 내가 벋놓여 되도록이면 집안에 붙어 있지 않으려고 버둥거린 것도 그것이 싫어서였다. 한번 불리어 나가면 점심 전으로는 놓여 나오지 못하던 것도 그녀는 잘 알고 있었다. 그리고 그것을 그녀는 몹시 안스럽게 생각해 주고 있었다.

내가 부엌에서 밥을 먹게 되면 그녀는 꼼짝 않고 지켜앉아 한 수저에 한 자밤씩 젓가락으로 반찬을 집어 먹였다. 찬장에 쥐 들어간 소리로 달그락거리지만 않으면 아무에게도 들키지 않을 수 있었던 것이다. 안에서는 사랑에 나가 먹는 줄로, 사랑에서는 안식구들과 함께 먹으려니 하므로 나의 식사쯤은 어른들의 관심거리 축에도 못 들어가던 것이다. 그렇다고 해서 전혀 불안하지 않은 것도 아니었다. 그렇게 먹는 밥은 늘 덜 퍼진 보리 곱삶이처럼 목에 걸리어 제대로 넘어가지도 않았다. 입맛이 가셔 떫었던 것이다.

「왜 밥을 되새기니?」

그 날도 그녀는 늘 하던 말을 되풀이하고 나서,

「나리만님 걱정허실텐디 놀어두 부르면 들리는 디서 놀어라.」

그것도 예사 듣던 말이었다.

「대복이가 워디 데리구 간다구 했어.」

그러자 그녀는 목을 훨씬 숙이고 말했다.

「그래두 지야집(이남포댁)께는 가면 못써.」

「왜?」

「묵집 복산아배가 죽었디야……」

나는 먹던 숟갈을 놓았다. 갑자기 귓전을 가득 메우는 소리가 있었던 것이다. 그것은 저승을 노래하던 상여 소리였고, 복산이 남매가 느껴우는 소리였다. 복산이가 단춧구멍에 매단 개뼈를 흔들며 우는 모습이 찬광 유리창에 가득 들어 있었다.

「오늘 새벽 닭 울구 나서 죽었는디……. 닭 울구 생긴 구신은 하늘이 닫쳐서 못 올러가구 오늘밤까지는 송장허구 같이 있는 법이랴. 거께는 얼씬두 말어, 이?」

나는 수긋해 보이긴 했으나 말을 하지는 않았다.

대복이는 나타나지 않았다. 그 집 사립문도 닫혀 있었다. 모두 복산네 집에 가서 거들어 주고 있는 모양이었다. 바쁜 철이건만 논밭에 나와 일하는 사람도 없었다. 마을에 초상이 나면 모두 일손을 놓던 것이다. 옹점이도 빨래를 하지 않았다. 장례를 마칠 때까지는 빨래를 널거나 다듬이질도 삼가도록 되어 있었다.

나는 뒷산 버덩 위로 올라갔다. 그 곳에나 올라가야 묵집이 저만치로 건너다보이던 것이다. 나는 엉겅퀴가 꿩 새끼치게 욱고 패랭이꽃이 꽃방석 널리듯이 깔린 틈에 웅크리고 앉아 묵집을 살펴보았다. 다 삭아 거우듬한 용마루에는 운명 직후 고복할 때 쓴 누런 베 적삼이 빈 논두렁에 넘어진 허수아비처럼 얹혀 있고, 차일도 치지 않은 손바닥만한 마당귀의 새로 만든 화덕에는 땟거리도 없다는 집에서 무슨 솥을 앉혔는지 연기가 흩어지고 있었다. 동네 사람 몇이 화덕 옆에 맷방석과 거적을 깔고 앉아 부주로 들어온 막걸리를 마시고 있었다. 백짓권과 양초를 보냈다는 우리 집을 보더라도, 동네 사람들은 보리쌀, 막걸리, 장작, 콩나물 따위 당장 있어야 할 것들을 물건으로 부주했으리라 여겨졌다. 마침 대복어메가 질동이로 물을 길어들이는 것이 얼핏 보이고, 도토리껍질 벗기는 매통에 가려 얼굴이 잘 안 보이는 여자가, 고무래자루 같은 것을 깔고 돌아앉아 시퍼런 푸성귀를 다듬고 있는 것 같았다.

울음소리나 말소리도 들리지 않아 초상집 기척치고는 너무 조용했다. 아이들도 보이지 않고 새로 오는 조객도 없었다. 죽은 이가

살아서 개를 잡아 그을릴 때 꾀어들던 수의 반도 안 되는 사람이
둘러앉아 자기네가 부주해 온 것을 축내 주고 있을 뿐이었다.
　무슨 소리엔가 돌아보니 자발없는 옹점이가 올라오고 있었다.
그녀도 일난 집 동정이 궁금해서 보러 오는 눈치였다.
　「뭘 보네 ? 관도 못 쓰구 거적뙈기에 말어다 묻을 게라는디 오죽
　헐라구.」
　그녀가 내 곁에 주저앉으며 언제 들은 말인지 그렇게 옮기고,
　「여편네 속두 지지리두 썩여쌓더니……. 저 지경살이 맹글어 놓
　구 죽을 바이먼 진작 죽어 주던지……. 어매…….」
　하던 말도 마치지 못한 채 옹점이는 벌떡 일어났다. 나도 소스라
쳐 놀라며 그녀를 따라 고개를 뽑고 일어섰다.
　그것은 놀라운 일이었다. 누가 복산네 집으로 춤을 추고 오면서
큰 소리로 노래를 부르는 거였다. 그것도 여자였다. 삼던 모시 광
주리를 인 것 모양 낭자 위로 머리가 허옇게 늙은 여자가 입성도
말끔한데 미친 짓을 하던 거였다. 어깨를 으쓱거리며 얼싸 춤을 추
고 있음이 분명했다. 목청은 서예당 기왓장이 들썩거릴 만큼이나
굵고 크며 구성지고, 가락도 처음 들어 보는 것이었다.
　「미치데긴가 ?」
　「시끄러, 무슨 소린가 들어 보게…….」
　「우는 것 같다. 그지 ?」
　「울메 춤추는 것 봤남.」
하던 옹점이는 잠깐 뜸을 들이고 있더니 자신 있게 말했다.
　「복산어메 친정엄니구나, 그려……. 그이 아니먼 누가 저러겄
　네. 잘 들어 봐라, 틀림읎어.」
　옹점이는 바로 맞힌 것 같았다. 그것은 사설을 들을수록 그러
했다.
　「유천만아 이 웬수야, 너는 잘 간다——내 딸만 달달 볶어먹구

너는 잘 간다——이 백년 천년 못 썩을 늠아, 이렇게 갈라면 진작이나 가지——이 개백장 소백장 지집백장늠아, 너는 훨훨 잘 간다——에이 시연허다 시연허여. 시연허게두 잘 간다——」

울음 섞인 노래와 가락 뽑아 춤추기를, 묵집 친정어머니는 복산네 마당에 들어서도록 그치지 않았다. 그녀는 마당귀 맷방석 위에 철푸데기 주저앉더니 다시 발악하듯 큰 소리로,

「저 웬수늠 급살맞어 더졌네, 베락맞어 더졌네?」

하고는 옷고름을 풀어헤치고 나서 궐련을 꼬나물더니,

「저 징그런 늠 올러감사 허니께 내가 다 살겄다, 에이 속 션혀…….」

소리를 되풀이했다.

「워디서 주막 헌다더니 술 먹구 왔나 부다. 암만 지긋더웠기루 사우가 죽었는디두 창가가 나오까……. 술장사 가닥지라 춤깨나 춘다만…….」

옹점이는 부아를 내며 흉잡으면서도,

「고상을 덜어 줘서 고맙겄지만 찔레덤불마냥 늙어서 혼자됐으니 서방두 못 해 갈 테구 사고뭉치구먼…….」

묵집 친정어머니와 다를 게 없을 소리로만 연방 이죽거렸다.

「적이나마 울어는 못 줄망정 어린 자슥들이 워치기 생각허라구 저 꼴 헌다네……. 즤 딸이야 어채피 애덜 보구 살어갈텐디 송장 앞이서 저러큼 포달부릴 건 뭐여. 상것 자슥이래두 애덜은 싸가지 있던디…….」

유천만이가 꽃가마 타고 하늘 가던 날도 구름 한 점 묻어 있지 않고 화창했다.

나는 옹점이와 함께 버덩에 올라가서 행상을 지켜보았다. 옹점이는 상여를 보고 중얼거렸다.

「살어 생전 사람 취급 못 받더니 죽응께 호강허네. 호강 요강 허

여…….」

그러나 묵집 친정어머니는 입을 다물고 있었다. 마당구석 저만치로 물러앉아서 넋없이 바라다보고만 있었다. 막상 상여가 떠도 시원하게 잘 간다는 말 한 마디 없이 이웃집 푸닥거리 구경하듯 하고 있었다. 상여가 그 아래 신작로로 들어설 때에야 그녀는 무릎을 짚고 일어났다. 그녀는 방에서 내온 것들을 집 헐어낸 빈터에 쓸어다 놓았다. 숨거둔 뒤에 썼던 홑이불과 옷가지, 그리고 신던 짚세기 따위였다.

그녀가 그 위에 짚 한 토매를 풀어 덮고 불을 붙이니 곧 하얀 연기가 나지막하게 가로 퍼지며 마치 골안개가 끼는 것 같은 모양이 되었다.

그 안개 속으로 상여를 뒤따르던 복산어머니 울음소리가 개펄에 빠진 여우의 그것처럼 새벽소리로 들려왔다. 그 소리는 멀고 가늘었으며 자주 끊어지고 있었다. 안개, 여우 우짖는 소리, 꽃상여의 행렬, 저승을 부르는 구성진 합창──그것은 너무도 여러 번 보고 들었던 아주 낯익은 풍경이었다.

「울 것도 많다.」

어느새 옹점이가 내 눈자위를 훔쳐보고 말했다.

「복산이가 불쌍혀서 그러남?」

그렇지는 않았다. 그러나 나는 엉겁결에 무안해서 고개를 끄덕여 보였다. 옹점이가 나를 일세우며 말했다.

「그애는 저만해서버텀 싸가지가 있어서 즤 애비 따러 즤 어메 가심은 안 필테니 구만 마음 다스려라, 어서…….」

세월은 지난 것을 말하지 않는다. 다만 새로 이룬 것을 보여 줄 뿐이다. 나는 날로 새로워진 것을 볼 때마다 내가 그만큼 낡아졌음을 터득하고 때로는 서글퍼하기도 했으나 무엇이 얼마만큼 변했는

가는 크게 여기지 않는다. 무엇이 왜 안 변했는가를 알아내는 것이
더 중요하겠기 때문이다. 그리고 그것은 관촌부락을 방문할 때마
다 더욱 절실하게 느껴졌다.

관촌부락도 어디 못지않게 변했다. 뭉개진 빙재에는 여자중고등
학교가 보다 높은 봉우리로 솟아 있었으며, 여우가 길을 잃어 우짖
었던 개펄은 사철 봇물이 넘실대는 수로를 가운데로 하고 농로와
논두렁이 바둑판으로 그어졌다. 상여가 돌아 가던 서낭당터는 라
디오 가게가 차지했고, 수백 년을 버티며 견딘 왕소나무 자리에는
2층으로 올린 붉은 벽돌 위에 슬래브 지붕을 인 농지개량조합 청사
가 풀색 새마을 깃발을 드높이 치켜들고 있었다. 서예당터에는 교
회 십자가가 우뚝 하고, 엉겅퀴와 패랭이꽃이 우북하던 버덩에는
담장에 가시철망이 돌아간 똑같은 모양의 집장수집이 대여섯 채도
넘게 들어서 있었으니, 산과 바다가 사람보다도 더 못 미더운 동네
로 변해 버린 거였다. 그러나 유복산이는 거연(居然)했다. 오직
하나 변치 않은 것이 그였다. 빙재가 변하고 바다가 변했음에도 그
한 사람만은 아직 다치지 않고 남겨 두고 있었다.

우연히 되잖은 글줄이나 쓰게 됐다고 내가 이제 와서 복산이의
월단(月旦)을 함부로 농할 수 있을까. 안 될 일임을 나는 스스로
안다.

비록 몽당붓일지언정 그런 대로 제법 낙필(落筆)하여 주어진 내
한몫의 삶이라도 떳떳하게 지탱해 왔다면 가능한 일일지도 모른
다. 그러나 나는 현실에 투생(偸生)하여 이 오죽잖은 생활이나마
도 누릴 수 있기를 도모하였고, 애초부터 사문(斯文)을 따르지 못
하여 나이 넉 질(四秩)이 다 되도록 구이지학(口耳之學)으로 활계
(活計)함에 그쳤으니, 얼굴은 들 수 있어도 뒤통수 부끄러워 못 다
닐 지경에 이르지 않았는가.

고향을 지키고 있어, 가려면 반드시 거치지 않을 수 없는 산을

관산(關山)이라 일컬어 온 것은 마사(馬史——사마천의 사기) 이
래의 일이었다. 내게는 이제 복산이가 관산이었다. 그가 그 곳에
남아 있지 않았다면 나는 그 곳이 고향이라는 증거를 한 가지도 지
니지 못한 셈이 될 터였다. 그는 그 곳에 남아 있었다. 옛 문장을
빌어 말하면 목우즐풍(沐雨櫛風)——비로 목욕하고 바람에 머리
감는 신산고초를 견디고 이겼으니 그를 관산으로 여김은 지극히 당
연하다고 믿는다.

　도토리를 주워 중학교 입학을 했던 그는 곧 성실성이 눈에 들어
학교 온실(溫室)지기로 일하게 되고, 그 대가로 사친회비를 면제
받아 농업고등학교도 마치게 되었으며, 본디 땅뙈기라곤 되지기
거리조차 없었건만 이젠 어엿한 섬지기 농군으로 자라 대강 셈을
펴고 있었다.

　그는 그러나, 음식을 첫째로 하고, 놀음 낮잠 색을 둘째로 치
며, 농한기를 긴 명절로 보내되, 먹을 양식이 있는 한 벌어 보태지
않거니와 혹 그런 것과 관계없이 부지런한 자는 벌어 놓고 곧 죽는
다고, 누군가가 말했던 지난날의 농사꾼이 아니었다. 보리밥 한
그릇에 두 끼 물을 마셔 배를 채우고 첫눈을 맞아야 여름옷을 벗는
도토리같이 야무진 일꾼이었다.

　그는 이틀 품을 하루에 쩌낼 만큼 근신골강(筋信骨强)하였고,
동냥 나온 걸인이 울안에서 쉬어가도록 결곡하고 겸용스러운, 정
자나무 폭의 붙박이 그늘이 되어 있었다.

　얄팍한 슬레이트를 얹은 그의 집은 어느 구석보다도 잊을 수 없
어 못내 못 잊어했던 갯둑, 인가 한 채 없이 마을 곳집과 마주보며
간국에 찌든 채 고리삭던 소금막터에 자리잡고 있었다. 그 갯둑
——그러나 지금은 한남 체인스토어와 티파니의상실이 마주보고
있는 골목을 접어들어 뉴타운 퍼모스트 집과 한일 TV수리센터를
지나, 김스미용실과 서울여인숙을 거치고도, 문명이 진열된 양옥

집 추녀 밑을 한참이나 훑어 가서, 가로지른 논두렁으로 골목이 그친 곳에 멈춰야만 그의 집을 만날 수 있었다.

가장 최근에 찾아갔던 봄에도 그는 전처럼 색연(色然)하면서 내 손을 맞잡아 들었다.

그는 해꽃이 설핏한 마당에 돼지먹이로 막 베어 온 듯싶은 꼴짐을 풀어 놓고 낫끝으로 짯짯이 뒤적거리며 무엇인가를 눈여겨 찾고 있었다.

「뭘 그리 챛어?」

나는 왔다는 인사를 그렇게 했다.

「얼라, 시방 오는 질인감?」

그도 다른 말은 몰랐다.

「역시 자네가 예서 사니까 든든허구면.」

「꾸부러진 나무가 선산 지킨다더니 내가 바루 그 짝이지.」

「좋은 시절 만나서 자주 근면 협동허니께 신색두 좋구면.」

「일하면서 싸울라니 힘이 넘쳐 그럴밖에.」

「농사두 초전박살루 짓지 그려.」

「그새 뭐 좋은 사껀 좀 읇었남?」

「아, 드디어 예비군을 제대했지.」

「그럼 민방위대원두 되구 했으니 그 기념으루 장가나 가지그려. 자지에 가지치기 전에…….」

「장가 한 번 가나 연애 열두 번 거나 허는 건 비슷허게 헐여.」

「다 있는디 노총각 조치법만 읇구면.」

그 말에 내가 멋적게 웃으니 그는 안에다 대고 소리질렀다.

「옥동아, 내다봐라. 손님 오셨다.」

옥동이는 네댓 살 난 그의 큰딸 이름이었지만 그것은 아내를 부른 말이었다. 그 말이 떨어지기 바쁘게 그의 아내가 물 묻은 손을 포대기 끝에다 훔치며 나왔다. 그녀는 아기를 업고 있었다.

「어, 그새 식구가 늘었네. 시쟁가뵈?」

내 말에 복산이는 웃지도 않고,

「작년에 낳았지. 교통두 복잡허구 해서 구만 낳을라구 했는디 생일날 기념으루 찰떡을 멕였더니 직통으로 체해 버리데. 별수 있어. 낳게 했지.」

그러자 그의 아내도 죽을 맞추느라고,

「방문 문고리만 튼튼허면 애 낳기두 어렵잖어유.」

하고 깔깔 웃었다.

「돈두 모으구 애두 모으구, 바야흐로 모을 일만 남었구먼.」

「돈? 시골 돈 이름만 컸지 서울 가면 한나절 고뿔거리두 못 되는 돈——.」

「누구한테 들으니 한밑천 묻어 놨을 게라든데?」

「돈 벌기 쉽걸랑 자네두 마셔 조지구 태워 조지구 자서 조지지 말구 고향에다 땅두 좀 사놓구 허지? 살 땅은 읎어두 죽을 땅은 마련해야 허잖어.」

「임시 설 땅두 읎는데 아주 누울 땅을 장만해라? 도처청산골가매(到處靑山骨可埋)라니 죽은 뒤에야 고향 따루 있나.」

그 때 그의 아내가 끼여들어,

「아무리 말에 임자 없다지만 벌써 죽을 걱정부터 해요?」

하고 남편에게 허연 눈을 했다. 복산이는 무루춤해서 고개를 돌렸다.

「멀리 오시느라구 고단허실텐디 좀 씻으셔야지유. 당신이 애기 좀 받으슈.」

그녀가 업었던 아이를 복산에게 넘기고 들어가자 나는 아이를 들여다보며 이름을 물었다. 복산은 헐렁하게 웃으며 이름을 말했다.

「이크, 굵게 노는데. 장차 크게 될 이름 같어.」

내 말에 복산은 대답 대신 음성을 낮추어,

「지집이란 게 나이 처먹으면 여수 된다더니 저게 (아내) 보통은 웃돈다구. 애 이름두 저 여편네가 받어 왔으니께…….」

「받어 오다니?」

「이 고장 높은 양반이 지어 줬거든.」

「군수가?」

복산이는 푸실거리며 고개를 끄덕였다. 군수가 작명해 주기까지는 간단하지 않은 사연을 바탕으로 했으려니 싶었다. 그의 아내 성화로 손발을 닦고 나자 저녁상이 기다리고 있었으므로, 그 작명에 깔린 이야기를 듣게 된 것은 밤이 깊어진 뒤였다.

그의 방에 처음 들어설 때, 내 눈에 맨 먼저 들어온 것이 책상이었다. 어느 집을 방문하든 우선 책상부터 훑어보던 것이 잡지 일을 하면서부터 내게 붙은 버릇이었다. 그의 앉은뱅이 책상 위에는 산림경제, 새마을, 자유공론 같은 잡지와 충청일보가 가지런히 놓여 있었다. 시골집을 다녀 본 가늠이 있어 나는 묻지 않고도 그가 새마을지도자거나 이장이란 것을 이내 알아챌 수 있었다. 따라서 아이 이름에 관해서도 관심을 놓을 수 있었다. 공무로 군수와 가깝게 지내다 보면 군수에게 작명 한 가지쯤 부탁하기가 그렇게 어려울 일도 아닐 터이겠던 것이다.

복산이가 아이의 이름과 그에 얽힌 이야기를 입에 올린 것은 덤이었다. 식사를 마치자 안에서 삼촌네 제삿날 안 들여다볼 수 없겠다며 나간 뒤, 복산은 곧장 자기 아내 이야기를 늘어놓던 것이다. 그것은 물론 아내 자랑이었다. 비록 배웠달 건 없는 여자였으나 지악스럽고 억척스러워서 이만큼 땅마지기나 내것 만들어 살게 됐다는 뜻이었다. 살림에 규모 있고 돈 족보에 밝으며 무엇으로든 항상 움직이지 않으면 몸살하는 여자라고 그는 치켜세웠다. 그러면서도 그는 가를 것은 분명히 갈라야 한다면서 그 서두를 이렇게 떼었다.

「나이 먹으면 여수 되는 게 지집이라더니, 우리 애어메 잔꾀두 보통이 넘는단 말이여. 잘 되면 서방 하나 살리구 못 되면 여러 조상까지 죽일 게 지집 잔꾀더구먼…….」

그러나 다행스럽게도 아직 큰 실수로 망신은 시키지 않은 셈이라고 그는 말했다. 누가 보아도 번연히 알 만한 꾀를 부리되 그러나 무슨 악의가 있어 빚어낸 흉계가 아니었고, 남다른 재치가 있었기로 언제나 뒤탈을 부르지 않을 수 있었다던 것이 결론이었다.

「애 이름만 해도 그렇지…….」

그는 아이의 작명 과정을 털어놓음으로써, 그 일 한 가지만으로도 자기 아내의 전부를 이해할 수 있었으면 싶은 눈치였다.

지난번 국민투표를 이틀인가 앞둔 날이었다고 그는 말머리를 새로 하였다. 변고도 그런 변고가 없었다고 그는 과장해서 말하고 있었다. 그것은 아내가 출산 예정일을 오늘 아니면 내일이라고 노래하면서도 미역 한 꼭지 준비해 두기는커녕, 거꾸로 생전 모르고 살아왔던 미장원을 다녀오던 거였다. 복산이 생각으로는 미장원 출입만 해도 예삿일이 아니었다. 하지만 사건은 그것으로 그치지 않았다. 더욱 가관스러운 것은 어디 가서 한약을 몇 첩인가 지어다 놓고 몰래 달여 먹으려다 들킨 거였다. 복산이는 눈앞이 아찔했다. 별 생각이 다 들던 것이다. 그렇다고 뭐라 나무랄 수도 없었다.

평소 고기 한 칼 제대로 못 먹였으니 출산에 오죽 자신이 없으면 남편 몰래 보약을 지어다 먹으려 했겠는가 싶어 가슴이 저렸던 것이다. 그래도 전혀 모른 척할 수는 없었다. 겁이 나던 것이다. 아무래도 어디가 단단히 잘못된 것 같기만 했다. 시렁시렁 미치는 게 아닌가 하여 의사에게 보일 작정도 했다. 그런데 아무리 살펴보아도 이상한 언동을 하지 않았고, 눈동자도 변함이 없었다.

그는 생각다 못해 아내에게 직접 물어 보기로 했다. 그러나 아내는 빙글거리기만 했다. 아내는 투표일 당일에야 입을 열었다.

「나 이따 해산할지도 모르니께 어디 가지 말아요. 투표를 하러 갈 때두 나랑 함께 가야 해요.」

복산은 그 말을 무심하게 듣고,

「미쳤남? 금방 애 낳는다는 여편네가 투표하리 게까지 걸어가게.」

그러나 아내도 수굿하지 않았다.

「어매, 그럼 이 중요헌 투표를 하지 말란 말유?」

「자기 투표 아니면 투표율 낮어 될 게 안 될 줄 아나뵈.」

「그래두 자기만 가면 안 돼요.」

「그럼 나두 안 가면 되겠구먼그려.」

「허라는 것은 해야 허는 것인 줄도 좀 아슈.」

「시끄럿──」

복산이는 부아가 치밀어 그대로 앉아 있을 수가 없었다. 그는 문을 메어닫고 나와 이웃 처삼촌집으로 갔다. 그는 처삼촌댁에게 해산관을 부탁했다. 오면가면 할테니 아내를 단단히 잡아 놓고 있어 달라는 말도 잊지 않고 일렀다. 마음 같아서는 다 그만두고 싶었으나 공연히 의심살 필요도 없겠어서 그참 투표장으로 내달았다.

투표장은 읍내 군청 옆 국민학교 교실이었다. 얼른 혼자 다녀왔다고 해야 아내를 방안에 가두고 일을 곱게 치를 수 있으리라 믿은 거였다. 복산은 정말 아내가 염려스러워 그녀를 아끼느라고 그렇게 했던 것이다. 그것은 오산이었다. 복산이 때아닌 땀을 흘려 가며 집으로 되돌아오니 집에는 뜻밖에도 어린 처조카와 아이들만 모여 앉아 집을 보고 있었다. 처삼촌댁과 함께 투표장에 다녀오마고 나갔다는 거였다. 그는 열통이 터졌지만 별수 없이 진드근히 눌러 참으며 어서 탈없이 되돌아오기만을 기다렸다. 남도 아닌 처삼촌댁을 넣어 이웃 아낙네들과 어울려 갔으므로 마음이 다소 놓이기도 했다. 하지만 올 시간이 겨웠는데도 돌아오지 않았다. 함께 갔다

던 이웃 여자들조차도 종무소식이었다. 복산이는 불안감을 부쪄지
못해 속절없이 골목 앞이나 지키고 서 있을 수밖에 없었다.

투표도 마감이 다 됐겠다 싶을 때서야 이웃집 여자들만 돌아왔
다. 더욱 이상한 것은 그네들이 하나같이 밝은 표정으로 걸어오던
모양이었다. 그 중에서 옆집 이장 마누라가 한걸음 앞서 다가오며
말했다.

「옥동아버지 좋겄이유, 또 아들 낳아서…….」

「…….」

복산이 어이가 없어 할 말을 못 찾는데 그네들은 돌아가며 한마
디씩이었다.

「시방 핵교 앞이 오내과에 입원했는디유, 애두 알토란같이 여물
데유.」

「질바닥에서 애 난 사람 안 같데유. 한디서 애 낳면 뭣이 워쩐다
더니 원…….」

「그러구 서 있지만 말구 얼릉 가 봐유. 읍장두 댕겨가구 스장두
댕겨갔는디, 애 아버지는 워째서 그러구 서 있기만 헌데유.」

「병원비는 스장이 다 댄다구 했다메?」

「군수가 금일봉을 보내오구 이름두 지어줬대유.」

「아 이 촌바닥에서 금일봉이 워디여……. 아들 낳구 금뎅이 한
봉지 을구……. 옥동엄니가 보통 출세헌 게 아니어.」

복산이도 처음에는――그녀리 썩을늠으 여편네 망신두 요지가지
루 시키네. 급살헌다구 투표는 가설랑 질바닥에서 그 지랄을 허구
자빠졌어――하며, 막말을 했고, 홧김에 애써 준 이웃 아낙네들한
테 고맙다는 인사 한마디 못 차린 채 병원을 찾아 나섰지만, 가면
서 생각하니 무턱대고 성질만 내세울 일도 아닌 성싶었다. 그 일은
결국 그렇게 치르지 않으면 안 되도록 미리 마련된 것이 분명하던
것이다. 아내가 생전 처음 미장원을 다녀온 것이 그렇고, 앞서 보

약을 지어다 먹던 것이 바로 그것이었다. 허전하고 섭섭했지만 어쩔 수 없었다.

미리 달여 먹은 한약도 나중 알아 보니 보약이 아니라 출산 예정일을 이틀 늦추어 투표일에 맞추려고 처방한 출산 지연제였다. 고을의 경사라 하여 군수가 금일봉이 든 봉투 속에 작명첩을 넣어 보낸 사실도 그 날 밤으로 퇴원시켜다 놓고 나서야 안 일이었다. 그러면서 복산은 한 가지 더 웃긴 일이 있다며 씁쓸하게 웃었다. 그것은 금일봉으로 소문난 봉투는 금덩이가 든 봉투가 아니라 만원짜리 돈이 한 장 들어 있었다는 것을, 사실대로 말해도 곧이들으려 않던 사람마다 붙들고 해명하기에 진땀 뺀 일이었다.

「신문엔 안 났던가뵈, 났었으면 나두 봤을텐디.」

내가 실없는 소리를 하자 복산은 정색을 하고 말했다.

「전국 각지에서——도청 소재지에서만두 그런 일이 수두룩했는디 이 촌구석 일이야 차례갈 틈이 있겠남?」

「허긴 그 말두 일리가 없지 않은 것 같구먼.」

내가 신문에서 봤던 가늠으로 말하니 복산은 다시,

「안 헐 말루, 모르기는 허지만 그 때 그렇게 난 애는 우리 여편네처럼 미리 치밀허게 계획을 세워 가지구 그랬을 것 같어…….」

복산의 말이 떨어질 만해서 그의 아내도 돌아왔으므로 그 이야기는 자연 거기서 마무리되었다.

「내일 아침 국 자시러 오라는 걸 손님 오셔서 못 헌다구 했슈.」

그의 아내가 안방으로 들어가며 이쪽에 대고 말했다.

「아직두 예전 풍속이 남은 모양이군.」

내 말에 복산은 고개를 젓고는,

「처삼춘이면 아주 남두 아니지만……. 지삿날 아침이래야 별겐가. 먹던 밥 먹던 반찬이지. 고깃국이 있다뿐이여. 아직두 명절이나 지사 아니면 고기 천신 못 해 보거던. 그러니께 시방두 밥 먹으러 오라잖구 국 먹으러 오랜다구 허잖여.」

「많이 좋아졌다던데.」

「그럼 나만 모르고 사는 모양이구먼……. 고단헐텐디 구만 눕세.」

복산이가 자리를 만들 동안 나는 변소를 찾아 나섰다. 농가라면 흔히 그렇듯 그 곳은 저만치 밭마당 구석에 따로 나와 있었다. 나는 마당을 가로질러 가면서 무심결에 개펄 쪽을 둘러보다가 소스라쳐 놀라며 그 자리에 굳어버리고 말았다.

아——나는 참으로 오랜만에 가슴이 벅차오르는 것을 느꼈다. 도깨비불——그렇다. 왕대뫼 밑 먹탕곶 개펄에 푸른 빛을 내뿜는 도깨비불이 즐비하게 늘어서 있던 것이다.

하나 둘 서이 너이……. 나는 어느새 도깨비불들을 손가락으로 헤아려 나가고 있었다. 변치 않은 것이 한 가지 더 있다는 반가움, 반가움과 즐거움에 들떠 그것들을 차곡차곡 빠뜨리지 않고 세어 나갔다.

「마흔다섯…….」

하고 중얼거리며 나는 손가락을 떨었다. 내일 새벽엔 안개도 볼 수 있으리라고 믿어, 가슴의 설렘에 손가락마저 떨린 거였다. 모를 일이었다. 옛날로 돌아가 혹시 길 잃은 여우가 울부짖게 될는지도.

「게서 뭣허나?」

복산이가 같은 용무로 나오면서 허텅지거리를 했다.

「아, 도깨비불……. 생전 못 볼 줄 알았다가 보니 좋은데. 아주 멋있는걸.」

나는 건너편을 손가락질하면서 들뜬 소리로 말했다.

「무엇이?」

「저 도깨비불…….」

「무엇 불?」

「옛날에 보던 도깨비불, 그거 아녀?」

「무슨 불? 허어 참, 그러게 장가를 가라구.」

「……..」

「도깨비불 좋아허네……. 저게? 술고래라서 안주두 고루 먹어 헛소리는 안 헐 중 알었더니…….」

「그럼 모르겠는데……..」

「뭘 몰러? 저건 서울서 온 낚시꾼들의 간드렛불이여. 명색 문화인이라면서 밤낚시 한번두 못해 봤구먼.」

나는 무엇에 받혀 하늘 높이 떠올랐다가 거꾸로 떨어진 기분이었다. 오랜 꿈결에서 순간적으로 깨어난 것처럼 허망하고 민망했다.

「이리 죽 늘어앉은 디는 물길이구, 저쪽 저리 둘러앉은 디가 유수지(留水池)여. 갯물이 들어오면 수문을 막았다가 쓸물때 열어 물을 빼는디 민물고기 갯물고기가 섞이구 해서 씨알두 게가 굵구, 물길에서는 잔챙이래두 붕어만 문다데. 남포, 창라 담에는 여기를 친다는 겨.」

그제서야 나는 늘어앉은 불빛들이 제자리에 죽어 있음을 비로소 깨달았다. 무등타기와 숨바꼭질을 하던 살아 있는 불이 아니란 것만 진작 알었어도 마흔다섯까지 수효를 헤아리지는 않았을 터였다. 나는 무슨 재산붙이를 어둠 속에 잃고 찾지 못한 투로 무거워진 가슴을 안고 복산이 따라 방으로 들어갔다.

나는 한동안 얼빠진 얼굴로 천장만 쳐다보고 있었다. 바깥이 시끄러워 잠도 쉽게 올 것 같지 않았다.

「여기두 발전허니께 시끄럽구먼.」

내가 한참만에 소음을 가리켜 말했다.

「공해공해 허지만 알구 보면 게 다 인간 공해여. 저것덜 한번 저 지랄허기 시작허면 밤새 잠두 안 자네. 니열 새벽 부옇헐 때까지

저 지랄헐텐디……. 말리니 듣나, 동네것들이니 고발을 허겄나. 에이…….」

기타 켜는 소리가 차츰 크게 들려왔다. 논두렁에서 고고춤을 추는지 왁자하기가 서울 근교의 유원지에 지지 않았다. 더구나 팝송을 합창할 때는 정말 귀 있는 것이 원망스러울 지경이었다. 복산은 저래도 저대로 두는 수밖에 없다고 거듭 말했다. 동네 인심도 이제는 아이가 논두렁에서 콩서리만 해 먹다 들켜도 고발될 정도로 근대화되어서, 저런 스무남은 안팎의 애송이들이라 해도 선불리 건드렸다가는 망신만 당하고 병신 소리 듣기 십상이란 거였다. 동네 사람도 없고 이웃도 몰라보는 아이들이므로 누가 뉘집 자식인지 훤하지만 아예 몰라라해야 가장 무난한 처신이 된다고 복산은 탄식했다. 그러다가 그는 다시,

「나야말루 어린것들은 자꾸 커나가구 어떻게 해야 좋을지 큰일인디.」

하고 새채비로 한숨을 껐다.

「벌써부터 교육을 걱정허나?」

나는 복산이답잖은 말이 비위에 거슬려 무뚝뚝하게 말했다.

「교육이야 교육이지. 여기만 해두 인간 공해가 보통은 넘어.」

「저 키타 치구 춤추는 애들 땜이?」

「저것들이야 별게간. 문제는 자네 말마따나 저 도깨비불이여.」

하고 복산은 짐짓 웃었다.

「제기, 관광객두 끌어들일 판에 낚시꾼들이야 제발로 와서 돈을 뿌리구 가는데 소득 증대 겸 여북 좋아. 딴 디서는 낚시꾼을 낚으려구 저수지에 치어를 수십만 마리씩 넣어 기르기두 허는디 돈 들여 선전은 안 헐망정 돈지랄허겄다구 오는 것까지야 꺼릴 것 있나.」

나도 낚시회를 따라 전라도까지 가 본 적이 있어 흥미를 느껴 물

214

었다.

「좋지. 이 동네만 해두 낚시쟁이들 상대루 밥장사, 술장사, 지
렝이장사루 나선 집이 서너 가구나 되는걸.」
복산은 일단 그렇게 일러 놓고 나서,
「저것들이 와서 돈지랄만 허구 가면 좋겄는디 공짜가 읎데. 딱
한 가지가 속을 쎅인단 말여. 물런 다 그렇다는 게 아니라, 일부
몰지각헌 인사가 그야말루 내 입에서 인간 공해란 말이 나오게
헌다구.」
하여 내가 다시 물으려 하자,
「아까 자네 올 때 내가 돼지 줄 풀을 허쳐 놓구 뭘 찾었는지 말
헐까?」
「농약 묻은 풀이나 독초?」
「돼지 죽일까 싶어 사람 묻은 약을 찾은 게여.」
「무엇 묻은 무얼 찾어?」
「사람 약.」
복산은 그것이 콘돔이라고 말했다.
「다른 디는 몰라두 여기는 해수욕장이 곁에 붙어서 그런지 여름
내내 풀새밭에 가면 그게 널려 있다시피 허거던. 물길 뚝셍이,
유수지 언저리, 논두렁…… . 풀만 흙 안 뵈게 자랐다 허면 으레
그게 있는디, 꼴 비는 사람이야 일일이 그것 가려 가며 낫질허겄
나…… . 한번은 김응필이라구 요 옆댕이 사는, 간사지 농사짓는
사람인디, 하루는 느닷없이 다 큰 돼지가 죽어 버리더란 말여.」
「…… .」
「게, 무슨 영문인지 알어나 봐야 헌다구, 돼지를 해부 안 해 봤
겄나. 물론 독약 중독만 아니면, 가령 심장마비니 고혈압이니
동맥경화증, 무슨 암 같은 게 걸려 죽었으면 병두 고급병이니께
먹을 만허겄다구, 죽은 고기지만 팔어먹을 심두 했었지만 말여.

그런디 갈러 보니께 독물 중독은 독물 중독인디 농약 중독이 아
니라 사람 중독이더구먼. 콘돔이란 게 소화되는 겐가. 그것두
한두 개가 아니라 한 뭉치가 뱃속에 뭉쳐 있더란 말여. 꼴을 벼
다 줄 때마다 살펴서 가려내고 주었더라면 거시기 했을텐디, 그
때만 해두 누가 그런 일이 있을지 생각이나 해 봤겄남……. 기가
맥혀서.」

「…….」

나는 어처구니가 없어서 우습지도 않았다.

「신문에 보면 창경원 코끼리나 하마는 구경꾼이 넣어 준 빵을 봉
지째루 먹구 뱃속에 비니루가 뭉쳐 죽는다던디 이 동네 돼지는
…….」

나는 말끝을 내지 못했다. 복산이가 말했다.

「애들이 뭐 아나, 풍선모냥 생겼으니 장난감인 중 알지. 저 너르
고 좋은 들판에 애들을 못 내보낸다면 말 다 했지. 애를 키울 수
가 있나, 짐승을 제대루 칠 수 있나……. 제기, 세상 좋아진다
더니 원…….」

「그야 어디라구 안 그럴까만, 공해부터 평준화돼 가는 것도 아닐
테구.」

나는 할 만한 말이 마땅치 않아 입을 다물어버렸다. 잠시 숨을
돌리고 있던 복산이가 문득 고개를 들어 책상 위의 사발시계를 보
더니,

「벌써 저렇게 됐나뵈.」

중얼거리고 나서 안에 들리도록 큰 소리로 말했다.

「거시기 잠들었남?」

「아니——」

그의 아내가 되받아 넘겼다. 몰리는 잠을 간신히 참아내던 음성
이었다.

「시간이 다 돼 가는디, 잠깐 일어나 라면이나 한 개 끓여.」

「아 어련히 알어서 헐라구 재촉혀, 고단해 죽겄구먼.」

그의 아내는 잔뜩 볼물어서 쏘아붙였다.

「아닌밤중에 라면은 왜?」

나는 눈을 크게 뜨고 물었다. 밤참을 먹자고 할지도 모른다고 지레짐작을 했던 것이다. 복산은 내 말엔 대답을 않고 다시 안에다 대고,

「어허, 니열까지만 참구 허여. 모레 온다는 날 오면 될텐디 그려.」

「하여간 저이는 이 냥 이꼴 허구 살어두 싸다니께. 불 덴 자리 아프듯이 살어두 션찮은 판인디 쓸디읎는 디다 쓴단 말여. 2백 원은 돈이 아닌가.」

「구만해 둬.」

「뭘 그만해 둬? 돈두 돈이지만 이게 뭐야. 맨날 자다 말구 일어나서 도깨비 살림허듯 남 다 자는디 덜그럭대가며…… 지겨워 못 살어.」

「내가 참으야지.」

복산이는 중얼거리다 말고 안으로 귀를 모았다. 문 여닫는 소리에 이어 양은그릇 건드리고 연탄아궁이 여는 소리가 자세하게 들려왔다.

「허기는 저 여자나 내나 요새는 서루 못 헐 짓 허구 있어.」

복산은 마른침을 삼키며 두런거렸다.

「웬 라면인데?」

나는 영문을 모르겠어 되풀이하여 물었다.

「아까 저 앞에 도깨비불 봤지?」

그가 웃었으므로 나도 웃으면서 고개를 끄덕였다.

「게가 유수진디, 베랑 넓지는 않어두 사철 물이 칠넘칠넘허거

든. 옛날 뱃길이었으니 짚기두 실찮이 짚거든.」

나는 얼른 옛날의 그 연파(烟波)가 가물거리던 잠포록한 바다를 떠올렸다. 중선이 드나들고 원산도 삽시도로 떠나는 기곗배가 방앗간 방아 돌아가는 소리를 내며 드나들던 뱃길도 더불어 제 모습을 나타냈다. 복산이가 말했다.

「그런디 그 유수지에서 해마두 한 번은 기여 사고가 난단 말여. 살인 사건이 나던지 자살 사건이 나던지, 하여간 일 년에 하나는 누가 죽던지 죽는다구……. 이 쬐끄만 바닥인디두 그런 일이 생겨.」

「이 바닥 사람들이?」

「물런이지. 요 메칠 전에두……. 한 보름 됐나, 헌디 또 살인 사건이 났잖여. 스무남은 가차이 된 츠녀가 떠올렀는디 즌깃줄로 목이 졸린 채 갈앉었다가 떠올렀거든, 아직은 신원두 안 밝혀졌지만.」

「신원두 못 밝히고 무슨 수사를 허나.」

「범인만 잡으면 자연 신원두 밝혀질테니……. 탐문 수사를 해 봐두 아직 실종된 츠녀가 읎다는 걸루 봐서 이 바닥 여자는 아닌개벼.」

「신원이 밝혀져야 범인이 잡힐텐데, 범인이 잡혀야 신원이 밝혀진다? 당최 모르겠구먼.」

「낸들 알 수 있나. 그래서 벌써 보름째나 형사가 현장에 나가 잠복허구 있는디, 소득이 읎는 모냥여.」

「현장 잠복은 왜?」

「무슨 범인이든지 범행을 저지르면 불안허구 궁금혀서 반드시 현장에 한 번은 나타난다——나타날 것이다, 나타나면 잡는다, 허구 날마다 밤낮으로 낚시꾼으로 변장허구설랑 번차례루 앉어 있거든.」

「아, 그러니까 잠복 형사에게 매일 밤참으로 라면을 삶아다 준다?」

내가 비로소 깨닫고 물었다.

「라면 하나 가지고 되겄남. 으레 쇠주두 한 병 묻어 가기 마련이지.」

복산은 다시 탁상시계를 여겨보았다. 자정이 넘어선 시각이었다. 내가 물었다.

「그러고 보니 자네가 여기 이장 일 보는구먼?」

그러나 복산은 아무렇지도 않은 얼굴로,

「이장은커녕 줄반장도 아녀.」

「그럼 왜 그 노릇을 허구 있나, 성가시게.」

「장 했간디? 이제 엿새째구먼. 그 동안에는 이장이 했거던. 그런디 이장이 새마을연수원에 강습받으러 가구 요새 비었단 말여. 니열이 이레째니께 모레는 올 거여. 자기가 댕겨 올 동안 뒷수발해 줄 사람 읎어 큰일이라구, 부러 나만 보면 자꾸 되작거리길래 내가 맡어 주마구 했지. 못들은 척허기두 거북허구.」

「그렇지만…….」

「그야 밤바람두 쐴 겸 나는 괜찮어. 나는 상관읎는디 집사람이 못 견뎌허는구먼.」

「이장 다음으로 동네 유지니까, 유지세를 무는 셈이군.」

「유지 좋아허네. 유지두 아니구 그지두 아니구……. 그런디두 왜 해필 나헌티 그런 부탁을 했으면 허는지 짐작허겄남?」

「부전자전으루 내 일 제쳐 놓구 남의 일 봐 주는 성질 알구 그럴 테지.」

「그것두 아니여. 뭐냐 허면 이 동네에 사는 유일헌 본토백이라 이거여. 타관서 떠들어온 드난살이 열 사람버덤은, 났거나 못났거나 그래두 토백이 하나가 더 낫다——그거여. 그래서 내가 늘 속절없이 바쁜 것이구.」

복산이 말을 마칠 만하여 그의 아내가 문 밖에 바짝 와서 말했다.

「다 해 놨으니 불어터지기 전에 갖다 주던지 말던지 생각대루 허슈.」

「자네 먼저 자. 나는 어채피 그릇 내가지구 와야 되구, 가면 쇠줏잔이나 대작을 해주다 와야지 그냥은 못 오니께. 지달리지 말구 자라구.」

복산이가 일어났다. 그제서야 그가 밤늦도록 낮에 입었던 작업복 그대로 이부자리 위에 앉아 있었던 것도 알 수 있었다. 복산은 입고 있던 봄스웨터 위에 낡은 예비군 옷을 끼어 입으면서 밖으로 나갔다. 나는 그 뒷모습을 본 순간 문득 그 옛날의 유천만을 생각했다. 그가 곧 그의 부친이었다. 동네 들무새로 남의 뒷수쇄로, 남 못 할 힘드는 일만 골라 자청해서 치다꺼리해 주기 바쁘던 것 한 가지만은 고스란히 대물림이 되어 있던 것이다.

기타 켜는 소리가 시끄럽기도 했지만 옛생각이 떠올라 쉽사리 잠이 이루어지지 않았다. 복산이가 되돌아오도록 뜬눈으로 있었다.

언제 잠이 들어 얼마를 잤는지, 잠결에 무슨 소리가 있어 나는 눈을 떴다. 동창이 어지간히 벗겨져 있었다. 얼핏 스치는 소리가 다시 있었다. 나는 불현듯 개펄에 빠진 안개 속의 여우를 그려 보고 그것이 여우 울음소리일지도 모른다고 생각했다.

나는 내다보려고 엉거주춤 일어서며 담배와 성냥을 더듬었다. 이윽고 성냥을 켜자 잠이 혼곤한 줄 알았던 복산이가 잠꼬대처럼 중얼거렸다.

「저 낚시쟁이들 등쌀에 새벽잠두 달게 못 자…….」

나는 도로 누우면서 쓴 담배를 붙여 물었다.

輿謠註序
—— 冠村隨筆⑦

　드문 여행이나마 매양 다 되고 조금 남은 일이 걸려, 싫어도 몇 군데 도청 소재지나 가면오면하다 그치지 않을 수 없었다면, 급행마저 안 서 물색 안 나던 시골 정거장의, 다시 볼일 있기도 수월찮게 여겨지던 모습을 여지껏 그냥 지니고 있지 않을까 한다.

　그런 정거장은 알 만한 집 마당보다 너르달 것 없을 앞터에서, 생전 물구경도 못 해 본 것 같은 조무래기들이 까마귀 발로 줄넘기나 구슬치기를 하여 시끄럽고, 천생 몇 시 차나 지나가야 해가 어떻게 됐는지 알 만한 한동네 영감이 선술 한잔 생각에 발이 안 돌아서서 논 보고 가던 삽자루를 깔고 앉아 먼산바라기하는 옆으로, 광주리 위에 널빤지를 얹고 찐고구마와 우린 감을 전 벌인 노파가 두엇, 그리고 지게와 함께 누워 졸던 짐꾼 하나쯤은 무시로 있어주게 마련이었다. 게다가 제대한 지 며칠 안 된 청년이, 반지르르하여 남의 눈밖에 나기 십상으로 생긴 쌀개라도 한 마리 달고 와서 일 없이 자전거를 저어 여남은 바퀴 돌고, 작정 없이 서울로 뜨기 알맞게 해끔한 처녀 서넛이 고장난 대합실 문짝에 기대서서 자전거 탄 사내 뒤통수를 찍어 오며 시시덕거리고 있으면 한결 구색인 데다, 그냥 부는 바람엔 먼지도 잇긋않게 다져진, 부려 두고 오래 묵힌 석탄더미가 저만치에 보이며, 타는 곳 복판에 십 년 전보다 별로 자란 것 같지 않은 무궁화 한 그루가 시난고난하는 곁에 버릇없이 뒤틀린 들충나무가 두어 그루 붙어 서고, 지붕만 이은 창고 바닥에 비료나 몇 부대 쌓여 있을 따름, 그 기둥의 〈불조심〉 석자만은 여전하되 다른 구호가 보이지 않으면 더욱 제격이었다.

　말감고 장걸은 싸전처럼 흰소리하는 이 없고 벼리러 들여온 연장 한나절 것으로 구워내고 풀무 챙겨 들어간 빈 대장간 모양, 둘레에 석탄재만 몇 무더기 버려진 오래 쓰고 비운 창고 같은 그 우중충한 역사——그것이 관촌부락 앞에서 사라져 버린 지도 헤아려 보면 어느덧 반 세대가 넘은 것 같다.

　십 오륙 년 사이 불어난 읍내 규모와 궁합이 되어 많이 근대화되었던 것이다. 그것은 경주나 수덕사역처럼 예스러움을 가꾸는 뜻이 깃든 것도 아니고, 차가 닿기 바쁘게 푸짐한 춘향가가 들려오는 남원역을 본떠 풍류가 반죽되어 이루어진 것도 아니었다. 오로지 콘크리이트 시공법에 맞추어 변모했을 따름이었다. 넓게 포장된 광장 위의 노천 대합실과 화통 삶아먹은 목소리만 가득 찬 구내 방송실에, 택시 대기장 건너편의 버스 터미널, 그리고 유료 화장실, 거기에 잇대어 낸 구두센터와 로타리클럽에서 서툰 솜씨로 세운 오죽잖은 시계탑. 6층 옥상 한 간판 안에 지하 이발부부터 목욕탕, 경양식, 다방이 들어선 호텔과, 다섯 군데나 비비고 들어선 다방에 열두 군데 여관 외에 아홉 가지 간판을 나누어 가진 여인숙을 거느린 큰 역으로 자라난 거였다.

　그러나 금강산 일만 이천 봉이 그 자리에 그렇게 즐비하게 둘러 있다더라도, 그 정거장은 태깔부터가 탐탁치 않았고 역으로 어울리지도 않았다. 지착인이 밀려나고 유입인 (流入人)들이 가운데를 차지하여 노박이로 굳어 가는 탓만도 아니겠지만, 제바닥 것인 내가 보기에도 어설프고 썰렁한 꼴은 이루 이를 수가 없을 지경이었다.

　내가 거기 있었던 그날이 그랬듯, 무시날도 무슨 날 못잖게 그 역전거리는 그만큼 붐빌 거였다.

　기다려서 가려고 기다리는 사람들에, 그들이 어서 가게 되기를 기다리는 사람과, 기다리던 사람의 도착을 기다리는 사람이며, 기다리려고 나온 사람을 기다리다 못해 나온 사람에, 그도 저도 아닌 사람 하여, 역전거리는 그날도 붐비어 부산하고 지저분하여 좁던 것이다.

　그날은 나도 기다려서 가려고 기다리던 무리 중의 하나가 되어 그 곳에서 서성거리고 있었다. 원래 완행은 잦아도 보통급행이란 것은 하루 두 차례밖에 없는 노선이었으므로, 일찍 나왔던 보람도 없이 차를 그냥 보내고는, 하릴없이 서너 시간 뒤에나 있다던 오후 3시 것을 예매해 놓고, 나머지 뜬 시간을 에울 마땅한 방법이 없어 그러고 있은 거였다. 그러다가 나도 어쩌면 속절없이 한눈팔던 눈으로도 뜻밖의 것을 발견할 수 있을지 모른다고 얼핏 장담했으니, 그것은 그 대목장이 무색하게 붐비던 역전거리에서 신용모(申龍模)를 찾아낼 수 있었기 때문이었다.

　남말 못하게 변모한 내가 서슴없이 그에게 알은 체를 할 수 있었던 것은, 무엇보다도 그의 얼굴에 아직 애티가 많이 어리어 있는 덕이었지만, 여러 조상을 제 땅에 묻고 지켜온 농투성이 아들로 태어나 가업을 이어나가는 사내답게, 오랜 세월 볕에 태우고 비바람에 쉰 데다 땀으로 젓 담아온 몸이 적실하면서도, 눈자위가 애리하고 볼때기에는 젖살이 남아 있던 것이다. 나는 그것이 타고난 체질과 품성 덕이리라고 여겼다. 코흘리개 적부터 장정이 다 되도록 이웃하여 지냈던 만큼, 나는 용모의 성질을 누구보다도 잘 알았던 것이다. 어디서 무슨 일을 만나도, 그것이 남보매는 불나게 서둘러야 될 일임에도, 그래서 어서 부딪쳐 치를 것은 치르고 보라던 재촉이 빗발치고 성화 같아도, 당사자인 그는 언제나 내년보살했으며 해찰부릴 것 다 부리고 찾을 것 고루 챙겨 갖추는 늑장 끝에야 슬며시 집적거려 보는, 생전 늙잖을 위인이 그였던 것이다.

　매사에 물렁하고 심지 좋던 용모의 성질은, 그러나 자발없고 방정맞은 것보다 정녕 낫다고만 할 수도 없었으니, 그것은 침착해서 삼가는 것과도 다른 성질의 것이기 때문이었다. 덧붙여 말하면 일의 얼거리나 시초를 알아서 함부로 덤비지 않았다든가, 등골이 다 부지고 배짱이 알찬 값 하느라고 늑장을 부린 것이 아니라, 거지반은 앞뒤가 어두워 일의 갈피를 모르고 아울러 대책을 못 세워서 뭉기적거린 셈이었다. 가르칠 만한 집 자식이면서 중학교에서 배움을 마칠 수밖에 없었던 것도, 본디 어버이 체면으로 졸업장이나 얻어 주자고 억지로 넣은 터였거니와, 아무리 부모의 마음이더라도 그 이상은 돈이 아깝던 모양이었다. 천성이 우둔하여 무슨 일에나 흥미가 없었고, 어떤 것에도 무관심이었으므로, 한 번만 귀띔해 줘도 넉넉할 것을 열 번 스무 번 가르쳐 보아야 아무 소용이 없었다. 무슨 말이든 들을 때뿐, 그 자리에서 돌아서기만 하면 도로아미타불이었다. 신경이 무디고 됨됨이가 헐렁하니 변변치 못했던 만큼이나 그의 뒤통수에는 여러 가지 별명이 덕지덕지 더뎅이져 있었는데, 그 여러 별명 중에서 용모 자신도 뜻을 몰랐던 것이 한 가지 있었으니 〈장부식 (不識)〉이 그것이었다. 〈늘 몰라〉라는 뜻임은 풀어 말할 나위도 없으련만 막상 그 임자만은 새겨듣지 못하던 것이다.

　그날 역전거리에서 뜻밖으로 십수 년 만에 마주쳤던 순간에도 나는 그의 원이름보다 장부식이라는 별명부터 먼저 떠올라, 실언 직전에 마침 정신들어 모처럼 성인이 되어 만난 자리를 부드럽게 넘길 수가 있었다.

　그는 그의 얼굴빛보다 색깔이 엷다고 할 수 없을 밤색 골덴바지에 해묵어 바랜 하늘색 저고리를 회색 긴 소매 남방으로 받쳐 입고 있었는데, 그 겉꾸림만 해도 남은 그렇게 시늉해 보려고 해도 할 줄 몰라서 못 할 지경으로 어설프고도 촌스러운 행색이었다. 그는 내 목소리를 알아듣자마자 다가와서 소매끝을 잡았다. 그는 벌어진 입을 못 다물며,

「워디 가서 입주래두 한잔허야 옳은디 일진이 이 지경이니 그건 아직 안 되겠구…… . 시방 저 다방서 만날 사람이 있는디 나랑 하냥 가지.」

하며 소매 잡고 있던 손으로 등을 밀었다. 나는 마다할 까닭도 없었지만, 무디고 질긴 성질에 생전 서두는 법이 없던 사람이 갑갑증에 일그러진 얼굴로 설치는 게 예사롭지 않아, 그의 변모를 좀더 여겨보기 위해서라도 동행해 볼 만한 일인 것 같았다. 그는 역전다방이란 곳으로 나를 밀어 갔다. 다방 안은 몹시 침침했으나 바닥이 서너 칸도 안 되어 들이단짝으로 한눈에 훑을 수 있었다. 용모가 만나기로 한 사람은 아직 안 온 모양이었다. 내가 구석진 자리로 앉자 용모도 마주 보고 앉으며,

「어째 해필 이리 복잡헌 날 이런 디서 만나게 되니. 여유있이 왔으면 우리계두 좀 들러서 안 묵어 가구…… .」

하고 핀잔 섞어 두런거렸다. 나는 그렇게 됐다고 변명하기보다 무엇이 그리 복잡한가를 물었다.

「죽는 늠만 죽으라는 세상인지, 이렇다 허니께 별 옴딱지가 다 속을 썩인단 말여, 에이——같잖어서.」

그는 담배를 붙이면서 담붙은 목소리로 투덜거렸다. 주문받으러 왔던 종업원이 그의 잔뜩 끓어오른 이마를 보고 질려 입을 못 떼고 우물쭈물하다 엽차만 내려놓고 돌아서자, 그는 조금만 삐끗해도 금방 날아갈 눈으로 그녀의 뒷덜미를 찢으며 말했다.

「안마담 말여——여기 보리숭님만 두 사발 들었다 놓구 갈 게

아니라 말여, 돈 받을 것두 두어 보새기 퍼 오야 허잖여.」

종업원이 웃음기를 못 거둔 채 돌아보며 말했다.

「저 마담 아니예요.」

「마담이 아닝께 안마담이지.」

「커피루 올릴까요?」

「구만 올리구 내려……. 그 왜 촌늠 설탕맛으로 마시는 거 있잖여? 웃기는, 당나귀 배 보구 빤쓰 적실 년…….」

용모는 엽차를 단숨에 들이붓고 나서,

「서울은 밝은 디라 괜찮을 겨. 이 구석서는 폭폭해서 못 살겄다. 잘 먹구 못 먹구가 문제 아니라 열화 터져 못 살겄다구. 옴싹달싹을 헐 수가 읎단 말여.」

하며 또 담배를 갈아 물었다.

「무슨 내용인지 나는 알어두 소용 읎남?」

내가 거듭 물어서야 그는 말머리를 꺼낼 채비로 출입문 쪽을 한 번 둘러보았는데, 때마침 문이 열리고 가죽점퍼 차림의 중년 사내가 안경알을 번쩍이며 들어서니, 용모는 얼른 엉덩이를 들썩해 보이고 나서

「인저 오너먼. 처삼춘인디 이야기는 이따 허구 앉어 있어. 오래 안 걸리니께.」

하며 그 점퍼 뒤에 묻어 갔다. 그들은 나하고 서너 좌석인가 떨어진 창문 쪽의 밝은 자리를 골라 마주 앉았다. 저만치로 떼어 놓고 살펴보니 용모는 무엇으로 막바지에 몰린 듯 몹시 초조해 보이고, 어딘지 모르게 고단하고 불안한 기색을 짙게 드리우고 있었다. 혼자 힘으로는 안 될 무슨 답답한 일에 얽매여 엔간히 부대끼는 기미였는데, 그의 표정이며 언동은 지난날의 장부식이가 아니었다. 이미 깎일 대로 깎여 속만 남은 듯한 인상이었다. 용모가 속에 쌓이고 뭉쳐 있던 것을 어서 하소연하고픈 마음에 달은 눈치를 거듭 보

이는데도 용모 처삼촌은 의자 등받이를 거우듬하게 버티며 점퍼 밑으로 혁대를 내놓고 앉아 고개만 연방 제치고는 딴전을 벌였다.

「나봐 미쓰 정, 내게 즌화 온 거 읎어? 누구 챚어오지 않었어?」

종업원들이 그렇다고 하니,

「나봐——나 좀 봐——공보실장에게서두 아무 거시기 읎었구? 아니 대일기업으 강사장헌티서두 전화가 읎었다 그게여? 이상헌디. 나봐——즌화는 왔는디 누구 다른 것이 잘못 받은 거 아녀? 그럴 리가 읎는디. 나봐, 거북선 있으면 한 갑 가져와.」

가죽점퍼는 한바탕 수선을 피우고 난 뒤에도 용모의 말은 귓등으로 듣고 있었다. 나는 가죽점퍼의 자세하는 투며 말투며가 모두 남더러 들어 달라고 부러 떠드는 허텅지거리라고 짐작했다. 그는 출입문만 삐끔해도 흘끔거리고, 계산석의 전화가 울릴 적마다 돌아보았으며, 종업원이 오가는 대로 허벅지와 엉덩이를 집적거렸는데, 그것이 무엇이라는 것도 어림할 수 있었으니, 이른바 읍내 유지의 허세라는 것이었다. 거저 먹을 것이 있을 성싶으면 이런 때는 이렇게 붙고 다른 때는 다르게 붙어 거드럭거리며 나라 것을 여투어 먹고 남의 것을 알겨 먹되, 흥정이 쉬워 소문 안 나고 실속 따져 서로 눈감아 주며 사는 상것들의 묵은 버릇이었다. 저만 못해 보인 것에게는 문장지어 구박하고, 저보다 나아 뵈는 것들에게는 영리한 개가 되어 짖어 주는, 그런 부류의 족보 있는 행투를 그대로 판박이하여 봬 주던 것이다. 그러므로 내 가량에도 용모가 무슨 부탁을 하고 있었는지는 모르되 그것이 이루어지리라고는 애당초 기대할 것이 못 되어 보였다.

그럼에도 용모는 무엇을 호소하길래 그토록 눈치없이 그 꼴을 하는지, 연방 등줄기를 늘여 가며 침이 마르도록 주워섬기고 있었다. 다시 출입문이 여닫히자 얼른 고개를 제껴 보던 가죽점퍼가 큰

소리로 말했다.

　「미쓰 정 거시기 말여, 부군수 들어왔나 즌화 즘 늫 봐. 있으면 나 여기 있다구 허구.」

　이윽고 계산석 종업원이 전화를 걸더니 그에게 말했다.

　「최국장님, 지금 계시대요.」

　「그려, 그럼 나 시방 떠난다구 잠깐만 기시라구 허여.」

　그는 일어서더니 용모를 내려다보며 이 구석까지 들리도록 큰 소리로,

　「하여거나 이왕 이리 된 거, 용코 읾어, 벌금 몇 푼 물구 말으야지.」

하고는 후딱 나갔다. 용모는 어깨를 무겁게 지고 와서 내 앞자리에 주저앉으며 씨월거렸다.

　「예전버텀 처삼춘 무덤에 벌초허는 늠 없다길래 왜 그런가 했더니 오늘 보니 알겠구먼.」

하며 내가 남긴 엽차를 마저 마시고는,

　「마당 하나 사이로 십 촌 넘어간다더니 맞는 말이여. 즤가 급허면 찾어와서 돼지 암내난 소리를 해두 내가 아쉴 때는 말짱 헛게라구. 서루 니미룩내미룩허며 그것 하나를 안 들어 주네, 드러워서 말여…….」

　그는 치솟았던 욱기를 못 갈앉혀 두 손 맞잡고 손가락을 꺾어 마디 소리만 왁살스럽게 내며 부쩌지못하고 있었다.

　「무슨 일인디 그려 ?」

　한참 속 타 하는 중이므로 자상하게 이야기해 주리라고 기대하지도 않았지만, 나까지 덩달아 지루퉁해 가지고 무료하게 앉아 있기가 따분해서 한 말이었다.

　「실읾는 짓 허다 재판을 받게 됐으니 성한 사람이면 간 뒤집힐 노릇 아니냔 말여. 내 원 참.」

용모는 서슴없이 내뱉었다. 의외였다. 무슨 재판이냐고 다시 물었다.

「장난두 아니구 지랄두 아니구……. 재수 읇으면 이렇다구.」

「누구허구 다퉜남? 누가 돈을 안 갚구 떼먹담? 그림 뭐어. 넘의 지집허구 사통헐 주변두 아니구…….」

내가 줄달아 물었던 것은 그가 연방 허벅허벅 웃으면서 고개를 가로저었기 때문이었는데, 내 말이 다 된 뒤에야 용모는 본래의 자기 얼굴로 반죽한 다음 무게 달린 음성으로 말했다.

「우리네모냥 평생 끓탕에 삶기며 찍소리 한마디 못 내 본 여물주걱이야 워디서 오라면 오구 가라면 가야지 달리 숨통 댈 디 있는 중 아남? 징역을 살리면 징역을 살구 벌금을 물리면 벌금을 물으야 허구……. 그렇단 말여.」

용모는 개연한 얼굴에 체념한 눈을 내리깔며 말했다.

「재판에 이기면 되잖여. 지게 생겼남?」

내가 속 모르고 지껄여도 용모는 뽀족할 줄 모르던 옛가락 그대로 느리터분하게 받아 주었다.

「여기가 서울인감. 이기면 얼굴 날리구 지면 재산 날리는 게 시골 재판인디, 이건 그것두 아니구 사람만 못 쓰게 버려 놓겄다는 거여. 이러니 내가 요새 내 정신으루 살었겄남. 메칠 속 끓였더니 돌아댕길 근력두 읇어.」

「다시 말허면 인권에 관한 문제다?」

「인권인지 인격인지는 배운 사람 배운 값 허는 소리구. 이런 디서 이렇게 사는 나 같은 것들은 그냥 살게만 해 줬으면 좋겄어. 남에게 못 헐 노릇 않구 폐끼치지 않을 테니 생긴 대루 살게나 해 줬으면 살겄단 말여.」

용모는 그러나 그 이상은 말하기가 거북한지 한동안 뜸을 들였다. 나는 용모 스스로 입을 열 때까지 진드근히 기다렸다. 여러 해

동안 재판정에 다니며 방청해 본 가늠이 있어, 내막에 따라서는 내 의견이 그에게 어떤 도움이 될지도 모르므로, 먼저 사건의 성질부터 알아야 되겠던 것이다. 한참만에 용모가 입을 열었다.

「이따 내 재판에 하냥 가 볼래? 나는 생전 츰이라서 말여…….」

「세시 차표를 샀는디.」

「그럼 넉넉혀. 재판 시간은 13시 0분이거던. 13시가 오후 한시라메? 새루 한시면 한시구 증각이면 증각이지 13시 0분은 뭐여.」

「여기 재판소는 가 보지 않았지만 그번에 말은 들었지.」

그 곳 재판소 풍속에 대해서 용모가 더 모르고 있었으므로 나는 내가 들은 대로 옮겨 주었다. 그것은 용모가 지레 주눅들어 가지고 법정에서 당황해한다거나 스스로 죄인 노릇을 하지 않도록 도모하고자 함이었다. 내가 알고 있던 것들은 대강 이런 것이었다.

이 곳 순회 재판소는 매주에 한 번씩 수요일 오후 1시부터 2시까지 1시간 동안 열린다. 이웃 고을 지법 지원(地法 支院) 판사가 12시 완행열차를 타고 와서 재판하고 3시 보통급행을 타고 되돌아간다. 사건은 민사 형사를 가리지 않는데 대개는 즉결재판으로 시간이 간다. 검사, 변호사가 입회하지 않는 것도 특징의 하나인데, 그것은 검사나 변호사가 그 곳에 상주하지 않아서라기보다 사건 자체가 가볍고 크지 않기 때문이다. 그러나 사건의 종류만은 강도 살인 및 통금 위반사항만 대도시와 다를 뿐, 폭행 배임 사기 횡령 절도 강간 간통 등 구색을 고루 갖추고 있으며, 가장 빈번하게 다루어지는 것으로는 첫째가 간통이고 금전 거래 관계가 그 다음이다.

이것은 그 곳에서 30년째 대서소를 하고 있는 남모씨에게서 들은 거였다. 내 말이 끝나자,

「그러나 사람이 사람 값을 허는 디래야 말이지. 이번 일만 해두 뭣을 아는 것들이 법을 되려 우습게 여기더란 말여. 뭣이 잘못인

지 모르는 나 같은 것들은 워디 가서 이 폭폭헌 사정을 호소허야 되겄나 생각 좀 해 보라구. 모르는 것들은 몰라서나 그렇다구 허지. 뭣을 아는 것들은 빠져나갈 구녕을 아닝께 뎁세 장난을 칠라구 들더란 말여.」

용모는 결김에 잔뜩 쥐고 있던 주먹으로 탁자를 내리찍었다. 호두껍질 못잖던 쭈그렁 양은재떨이가 펄쩍 뛰며 담뱃재를 풍기고 내려앉았으나 그는 부아가 치밀어 그것도 눈에 뵈지 않는 모양이었다.

「나 원, 재수 읎으면 송사리헌티 좆 물린다더니 멀쩡허니 병신 될라닝께 별 우스운 것이 다 생겨 보고리챈단 말여.」

내용을 들어 보니 용모로서는 열통이 터지지 않을 수 없는 일이었다. 용모는 흥분을 갈앉힌 다음 순서를 엇먹이지 않고 알아들을 만하게 늘어놓았다.

용모네가 관촌부락에서 뜬 것은 동네 앞 개펄이 논으로 바뀔 무렵이었다. 저수지와 간척지를 잇는 수로가 그의 집을 반반으로 쪼개며 지나갔던 것이다. 집만 한 채 헐리고 말았더라도 그렇게 아주 떠나지는 않을 사람들이었으나, 앞뒤로 있던 텃논과 터앝마저 양쪽으로 갈라지면서 수로로 먹혀들어가, 관촌부락에 그대로 남아 붙박이되면 살림을 지탱해 갈 수가 없이 된 형편이었다. 그들은 달리 방도가 없었으므로 준다는 보상금을 주는 대로 받고 물러나지 않으면 안 되었다. 허울 좋은 하눌타리로 이름만 보상금이었을 뿐, 그나마도 1년이나 질질 끌며 세 차례로 나누어 받았으니, 모갯돈이 들어와도 션찮던 판에 푼돈을 쥐게 된 거였다.

지악스럽고 규모가 굳기로 근동에서 으뜸가리라던 소문대로 용모 부친은 비록 푼돈이었을망정 한푼도 녹이지 않았다. 하지만 그 돈으로 잃은 만큼의 농토를 장만하려면 거기서 늘잡고 시오리는 산골로 들어가 하늘에 막힌 동네 아니면 발도 디뎌 볼 수가 없었다.

보상금 자체가 싯가보다 헐하게 매겨져 나온 탓이었다. 용모가 여태 트럭마저 안 들어가는 느름새로 옮겨가 부모를 게다 묻고 입때껏 전깃불조차 구경 못 하며 사는 것도 그런 연유였다.

느름새는 그제나 이제나 아래웃뜸 다 더듬어 열 다섯 가호밖에 안 되는 강아지 이마빡만한 기슭동네였다. 워낙 외오 돌아가고 후미진 두메라 생전 쓰게 된 사람 하나 와서 들여다보는 법이 없었고, 이것 해라 저것 해라 하고 볶는 관청 떨거지 신칙 안 받아, 그래도 성가시지 않은 점 한가지만 보고도 그럭저럭 살 만했었다고 말하며 용모는 웃었다. 느름새는 그만큼 사람이 드문 데다 기슭동네답게 도린결이 흔하고 곱은탱이가 잦아 일 년 내내 사람 발길이 안 닿는 구석진 터가 널려 있었다. 따라서 오소리 너구리 족제비 살가지 따위 바닥 피물(皮物)이 많았고 수리니 보라매니 부엉이서껀 날짐승도 바글거렸다. 그 중에서도 들비둘기와 꿩은 너무 지천이어서 쳐다보는 것조차 물릴 지경이었다. 그러므로 놔 두면 남아나지 않을 것이 밭농사였다. 전에는 들쥐나 참새 등쌀에 사람 차례 오는 것이 적었지만, 다른 지방과 마찬가지로 야생 동물 보호령이 내린 이후 근년에는 꿩의 행패가 가장 심하던 것이다.

그러나 누구도 그것들을 물리쳐 보려고 궁리하지는 않았다. 셈판없이 올무나 덫을 놓아 한두 마리 축낸다 하여 효과가 있을 리도 없으려니와 무릇 내남적없이 일에 묻히어 살려니 그럴 틈도 없었던 것이다.

용모의 멀쩡한 병신 노릇이 비롯된 것은 한 파수 전이었다. 나흘 전인 지난 장 아침이었다. 느름새에서는 별쭝맞은 사람이 아니더라도, 한 달 육장을 장이면 으레 장에 나와 해를 저물리는 것이 버릇이었으니 용모도 예외가 아니었다. 사람들은 암만 바빠도 호미를 벼릅네, 낫 개재비구멍을 죄러 갑네 하며, 대개는 그런 자디잔 일거리를 만들어 나갔으며, 정 볼일이 없으면 곡식금을 보러 간다

든가 어리전 시세가 어떤지 알아본다는 핑계를 대었고, 하다못해
빈 지게라도 지고 나서야 배기던 거였다.

　모처럼 날씨도 풀려 응달이 녹도록 푹하기도 했지만, 똑부러지
게 할일도 없었으므로 그날도 용모는 실없이 일어섰던 것이다. 신
발 꿰는 기척에 침침한 방구석에서 콩나물 시루를 앉히던 아내가
잔뜩 부르터서 내다보지도 않고,

　「저읔내 새우젓 한 보새기 안 사 먹은 장을 뭣허러 나간대유. 여
　　물 쑬라면 쏘시개 한소끔 놓을 검불 한 젓가락이 옰던디, 갈퀴자
　　루 잇어서 북데기를 긁던지 고주배기나 빠개놓던지 허지 않구.」
하며 말릴 때, 그대로 듣기만 했더라도 그런 일은 없었을 거였다.

　「아녀, 면에 가 누구 좀 만나 보야여.」

　그는 부러 뻔한 거짓말까지 해 가며 부득부득 사립을 나선 거였
다. 길이 질어 말벗 없이 내닫더라도 여물 한솥지기는 좋이 들여야
읍에 닿을둥 말둥 했으므로, 용모는 엉덩이가 무지근하도록 바삐
걸었다.

　그가 한남송이라고, 월남 갔다 온 사내가 차린 방앗간을 저만치
로 내려다보며 독서릿재 마루에 막 올라서고였다. 웬 아이가 저만
이나 하게 큰 벌건 장끼 한 마리를 겨드랑이에 낀 채 내려가고 있
었다. 꼬랑지 털이 쭉 뻗은 게 이만치에서 보기에도 금방 잡은 놈
이 분명했다. 용모는 결김에 자기도 한 마리 잡아 볶아먹으면 보되
겠다고 여겼지만 그 생각은 몇 걸음 못 가서 그쳤다.

　고개를 내려오면 야트막한 개랑이 나가고, 겨우내 얼지 않고 흐
르는 여울목이 있었으며, 발벗지 않고도 건널 수 있게 고리삭아 가
는 오리나무 서너 개를 걸쳐놓은 거섶이 있었다. 용모는 거섶을 지
나자 쥐불 놓아 시커멓게 누운 논두렁으로 에워질러서 신작로에 이
르렀다. 신작로에 들어서자 비로소 사람 사는 동네에 온 것 같았
다. 한가네 방앗간에서 방아 찧는 발동기소리가 숨가쁘게 들리고,

방앗간 울타리 옆 미루나무에는 가지가 휘어지게 참새떼가 다닥다
닥 열려 짝그락거리고, 이고 진 장꾼들이 두서넛씩 패지어 두런거
리며 앞서 가고 뒤에도 있고 했다.

　방앗간 앞에는 볏섬이나 찧어 돈사려고 나왔나 싶은 느름새 조순
만이와, 역시 쌀가마나 만들어 가용하려고 나왔을 뫼들이 오수길
이가 웬 아이를 앞에 두고 시시덕거리고 있었다. 오수길이가 먼저
용모에게 알은 체를 했다.

「워디 가나?」

「심심해서 예까지 나와 봤구면.」

용모가 다가가며 대꾸하자 조순만이도 얼굴을 걷으며,

「장보러 나가남?」

하고 물었다.

「아침버텀 장에 가 봤자 별볼일 있간디. 나이타에 지름이나 늫까
　허구…….」

하는데 옆에 있던 아이가 고개를 꾸벅하여 여겨보니 느름새 웃뜸
고학성이 아들 성문이었다. 아이는 겨드랑이에 장끼를 물리고 있
었다.

「웬 게냐. 니라 잡었데?」

용모가 물었다.

「으만무지루 칡넝쿨 올무를 해 놨더니 오늘 아침에 가 봉께 모가
　지 옭혀 죽었더라너먼그려.」

오가 아이 대신 그렇다고 일러주었다.

「잡었으면 앓구 있는 아버지나 볶어디리지 워디 가지구 가는
　겨?」

용모가 나무라는 투로 한 말에 오는,

「학생이가 여적지 못 일어났나뷔. 워디가 워째서 못 일어난다
　나? 누운 지도 달포 가차이나 될텐디.」

하며 염려하였고 조는,

「원체 읎는 살림에 약을 먹을라니 되게 째는가벼. 담뱃값 허게 팔어 오라더랴.」

장끼를 어루만져가며 성문이 말로 대꾸했다.

「좀 들헌지 그저 그 타령인지, 나두 자주 못 들여다봐서……. 늬 아빠가 팔어 오라더란 말여 ?」

용모가 성문이더러 물으니 녀석도 그렇다고 대답했다.

「얼마나 나가나 ?」

조가 묻고,

「누가 팔어 봤으야지.」

오가 고개를 갸웃하는데,

「3천원 아래루는 안 팔 거유.」

성문이도 어린것답잖게 휜소리를 했다.

「글쎄 말여, 드믄 것이긴 해두 그 돈 주구 먹을 사람이 있으까…….」

용모는 막연하게 중얼거리고 나서 가던 길을 다시 이었는데, 성문이가 졸래졸래 뒤따라오고 있었다.

용모가 성문이 손에서 꿩을 넘겨받아 든 것은 읍내 초입에 들어서기 직전이었다. 그것은 물건을 흥정하기에는 애가 너무 어리고, 뿐만 아니라 곁에서 말마디나 거들어 주다 한 푼이라도 더 받아 쥐게 해 주고 싶었기 때문이었다.

용모는 꿩 날갯죽지를 쥐고 앞뒤로 내둘거리며 장꾼들 틈으로 들어갔다. 보자는 사람만 나서면 아무라도 붙들고 흥정하여 웬만하면 얼른 넘겨주고 아이를 일찍 들여보낼 셈이었다. 그는 하던 대로 먼저 어리전을 들렀다. 그날도 돼지새끼, 염소, 닭, 오리부터 억지로 젖 뗀 강아지, 생쥐만한 고양이새끼까지 고루 나왔는데, 용모가 그 곳을 먼저 찾아간 것은 꿩 임자가 있으리라고 여겨져서가

아니라, 장에 나오면 으레 거기서부터 둘러보았던 습관으로서였
다. 따라서 실은 손에 쥐고 있던 꿩보다도 바닥에 묶여 버리적거리
는 것들에게 정신을 팔고 있었다.

　그가 어리전을 한바퀴 둘러보고 쇠전(牛市場)으로 막 들어서려
던 참이었다.

　「그거 팔 거요?」

하는 소리가 팔꿈치를 집적했다. 얼김에 돌아보니 곤색바지에 아
무나 입는 밤색 나일론 점퍼를 입은 중년 사내였다. 아주 낯설지
않고 어디서 더러 본 듯한 것이, 근처에서 가게를 보든가 음식점
주인 같은 인상이었다. 용모는 생판 모를 사람보다는 말하기도 쉽
겠다고 여기며 상냥하게,

　「예, 오늘 아침에 잡은 게라 토실토실허니 여간 좋잖유. 들어 보
　슈. 아주 무거워유.」

하며 꿩을 사내에게 넘겨주었다. 사내는 꿩을 받아들고 이리저리
살펴보며,

　「약으루 잡었나 뭘루 잡었어…….」

　중얼거렸고 용모는 재빨리,

　「올무로 잡었지유. 요새 함부로 약을 놓을 수 있간유. 안심허구
　자실 수 있슈.」

했다. 사내는 고개를 끄덕이면서,

　「저리로 좀 나갑시다.」

하며 용모 등을 슬쩍 밀었다. 용모는 얼결에 한길로 빠져나오다가
어리전을 무심히 돌아보고는 발걸음을 더듬었다. 여러 사람의 눈
길이 모두 자기 얼굴로만 쏠려 와서 엉기는 게 느낌이 예사롭지 않
던 것이다. 그러면서도 자기가 어찌 될 것인가를 깨닫지 못했으
니, 어쩐지 성문이를 놓친 것 같아 한길로 빠져나오자마자 돌아서
서 두리번거린 다음에도 임자를 옳게 만났다는 기분일 따름이

었다.

임자 한번 잘 만난 것은 사실이었다. 자기보다 눈치 있어 먼저 내뺀 줄도 모르고 용모가 성문이 찾느라고 어름거리자,

「왜 이래요. 얼굴 생각해서 점잖게 대허면 그런 줄이나 알지.」
하고 사내는 용모 옆구리를 툭 쳤다. 그제서야 그가 누구란 것을 겨우 짐작했는데, 용모는 눈이 꺼지면서 땅거미가 내려 뵈는 것이 없었다. 그래도 한번 해 보기나 한다고,

「왜 이러슈. 얼라——나는 아무것두 아닌디, 꿩 임자는 따루 있 단 말유.」

「가면 알어요.」

「아니란 말유. 이야기를 들어도 안 보구 이러시면 워치기 허유.」

「점잖은 분두 그짓말허시나. 내가 첨부터 보고 있었는데…….」

「얼라, 아니란 말유. 우리계 핵교 댕기는 애가 잡은 겐디, 내가 대신 팔어 준다고 잠깐 들고 있은 게구 나는 아무것도 아니란 말 유.」

「글쎄 아무것도 아니니까 가서 말해요. 가서 말허면 되잖소.」

「죄 읎는 사람이 왜 가유.」

「나는 지금 밥 먹고 할 일이 없어서 죄 없는 사람 성가시게 하구 있단 말요? 이 사람이——당신 장바닥에서 뼉다귀 추려 볼 텨? 나잇살이나 처먹은 새끼가 말귀도 없어. 누구한테 뻗대여. 잡지 말라는 거 잡었으면 잘못한 줄이나 알아야지. 되려 어린애 핑계를 대고 뻗대여. 이 싸가지 없는 새끼야——.」

용모는 두 주먹이 번갈아 가며 올라붙자 얼이 빠져 간신히 몸을 가누었다. 천장 만장 뛰며 부인해도 소용이 없을 것 같았다. 사람들이 쏠려 오며 겹겹으로 에워싸고 있었다. 용모는 알 만한 사람이 더러 섞인 것 같아 얼른 고개를 숙였다. 그러고 보니 다다 얼른 남의 눈 없는 곳으로 가서 사정해 봄만 같지 못할 것 같았다. 그는

사내가 가자는 대로 순순히 따라갔다. 아이가 꿩 잡았다는 사실이나 신통하게 여기고 그것을 팔아 애비 담뱃값에 보탠다는 것만 기특하게 여긴 것뿐, 그 다음 일을 생각하지 않은 것이 잘못이었다. 더구나 쇠전이나 어리전에는 따개꾼이 들끓어 장날이면 반드시 형사가 잠복하고 있다는 것도 미리 생각했어야 옳았다. 후회해 봤자 쓸데없었다.

그 사내를, 같은 데에 있는 사람이 최순경이라고 불렀다. 일요일이고 비번이어서 사복을 했고, 어리전에 잠복하고 있었던 것은 소매치기 단속을 목적해서가 아니라, 그 동안 전염병이 옮아 조는 닭을 팔아치우러 나온 촌사람이 많고 그 병이 어리전에서 전염되어 각지로 퍼지며 피해가 자심했기에 축산조합에서 특별 단속을 청원해 온 바람에 우연히 파견나가 있었다는 거였다. 이것은 그네들끼리 주고받는 말을 주워모아 알게 된 거였다.

용모가 따라간 곳은 역전거리에서 저만치 떨어져 있는, 농협과 은행 지점 옆에 자리한 파출소였다. 일요일임에도 장이 선 까닭인지 정복 순경이 둘이나 자리를 지키고 있었다. 난로마저 신통찮아 바깥보다도 더 썰렁한 탓인지 용모는 팔꿈치가 시리고 무릎이 떨렸다. 그는 시킨 대로 최순경 책상 위에 주민등록증과 예비군 수첩을 내놓고 마주 앉았다. 본적, 주소, 성명, 생년월일, 주민등록번호, 직업 끝에,

「잡은 시간이 언제요?」

하고 물었다. 용모는 얼떨결에,

「아침 먹구 가 봤더라니께 아홉시나 됐겄지유.」

라고 대답했다.

「덫으로 잡았다구 했소? 무슨 덫이요?」

「그런디 그게 말유…….」

「묻는 말이나 대답해요. 쥐덫은 아닐 테구 무슨 덫이냔 말요?」

「글쎄 그것이 안 그렇단 말유.」

「뭣이 안 그려? 덫은 몇 개나 있소? 전문으로 밀렵허려구 기구까지 준비하고 말여, 당신 악질이구먼. 그리고 이게 몇 마리째요?」

「에이 선생님두 참. 애매헌 말씀만 해쌓시네유, 안 그렇다는디두.」

「당신 봐주려구 헐 때 들어요. 그게 쉬워요. 일을 어렵게 만들거 없어요. 야생 조류, 야생 동물을 보호한다는 것은 모르는 사람이 없는데 말여……. 어린애들두 산에다 새집을 만들어다 달아주고 하는데, 당신은 꿩만 잡은 것도 아닐 거요. 언제 무엇무엇을 잡았으며, 무슨 방법으로 몇 마리 잡았다고 솔직히 말 않으면 재미 없어. 오랫동안 집에 못 간다구. 최하 징역 유월이여.」

「아이구 환장허겄네. 선생님두 아까 보셨을 거 아니유. 쬐끄만 애가 하나 안 따라왔더냔 말유. 그애는 고학생이라고 우리계 한 동네 사람 아들인디, 그애가 잡은 것을 말유…….」

「그애는 당신 아들이잖여——.」

「어허—— 그애는 말유…….」

「이 사람 정신 못 차리는구먼. 이 따위가 있어 이거—— 자기가 진 죄를 자기 어린 자식에게 덮어씔 참여? 뭐 이런 것두 있어……. 싸가지 없는 새끼, 야 너 좀 일어나 봐. 일어나…….」

소리와 함께 앉아 있던 용모는 얼굴을 천장으로 띄우면서 뒤로 나가떨어져 뒤통수를 바람벽에 이겨붙였다. 구두 뒤축이 허벅지를 찍더니 아랫배로 올라왔다가 옆구리를 제긴 다음 엉덩이를 까뭉기고 어깻죽지로 올라왔다. 논산 훈련소에서 맛보고 십 몇 년 만에 받아 보는 대접이었다.

「제 어린 자식에게 떠밀어? 그 친구 안 되겠는데.」

「그 사람 버릇 단단히 고쳐놔야 되겠어.」

거기 있던 직원들도 한마디씩 거들고 있었다. 용모가 간신히 굴
신하여 의자를 바로 놓고 앉자 최순경이 얼굴을 풀고 말했다.
「신용모 씨, 피차 일을 쉽게 합시다. 무슨 말인지 알겠소? 죄가
있다 없다, 벌을 주고 안 주고는 차차 재판장이 법대로 할 일이
고, 나는 조사만 하면 되는 사람이오. 변통머리 없이 나헌테 잘
뵐라구 헐 필요도 없구, 그렇다구 나이값 없이 의젓잖이 그짓말
할 필요도 없는 게요. 또 그짓말해 봤자 통허지두 않어. 당신 말
에 속을 사람 같소? 나두 처자식이 있는 사람이라 사정이 있을
수 있구 인정두 없을 수 없는 사람인디, 다시 말허면 당신이 신
사적으루 나올 적에는 나두 생각허는 바가 있을 것이다──── 이
겁니다. 왜냐. 나두 사람이더라 이것이여. 무슨 말인고 허니,
나는 죄가 있다 없다, 벌을 준다 안 준다 헐 자격은 없지만서두,
죄가 커질 것을 적게 만들구 벌이 무겁게 내릴 것두 어느 정도
가볍게 내려질 수 있도록 헐 수 있는 사람이다──── 이런 말입니
다. 신용모 씨, 무슨 말인지 알아듣겠소?」
「예, 그러믄유. 잘 알아듣겠어유.」
엉겁결에 그렇게 대답하고 난 용모는, 막상 조서가 작성되는데
도 사실을 사실이라고 주장할 수 없고, 그렇지 않은 것을 그렇지
않다고 내뻗기도 어려웠다. 더구나 최순경은 중간에 이런 말도 하
던 것이다.
「신용모 씨, 우리가 이런 일로 이렇게 알게 된 것은 피차 유감입
니다. 그러나 우리가 여기서 하루이틀 살다 말 사람두 아니구 허
니 이것두 다 인연입니다. 아까 내가 흥분해서 나도 모르게 손이
올라가긴 했지만 그거야 무슨 혐의져서 부러 헌 일이겠소. 내가
손버릇이 좀 안 좋아 그리 된 것뿐인데, 살다 보면 이런 일도 겪
고 저런 일도 겪는 법입니다. 나쁘게 생각지 마시구 좋은 경험
한번 했느니라구 생각하시오. 그리고 이런 사건은 말이오, 최근

신문지상을 통해서나 라디오 테레비 보도를 보더라도 아주 엄격하게 통제하고 처벌하는 판이란 말이오. 이 사건두 당연히 구속 입건헐 것이나, 당신은 처음이라니까 당신 말을 믿기루 허구, 특별히 생각해서 즉결로 넘기는 정도로 할 테니 그런 줄이나 아시오. 생각해 보오. 이 엄동설한에 유치장 마룻바닥에서 견뎌내겠소? 당신이 재수가 좋고 운이 틔어서 나 같은 사람 만난 줄이나 알아요.」

들어 보면 불리한 것은 전혀 없고 유리한 것만 있는 판이라 고맙다는 말밖에 할 말이 없었으므로, 최순경이 진술서를 넘겨주며 한번 읽어 보고 지장을 찍으라고 했을 때도 용모는 아무 말 없이 지장을 찍은 거였다.

──피의자 신용모는 상기 거주지에서 소낙지(小落只)의 농업에 종사하여 생계하는 자로서 평소 전작물에 생치(生雉)의 피해가 다대하다고 인정하야 생치 구제에 부심하던 중 기구를 사용하야 포획할 것을 기도하고, 피의자 소유 맥전 우경(隅徑)에 제구(蹄具)를 작설한 바, 금월 3일 09시경 생치 1수를 포획한 사실이 유하고, 피의자는 일용(日用) 용전이 궁핍함을 통감하던 중 본읍 장시(場市)를 기하야 불법 취득물을 경매하고 용전에 전용할 것을 기도한 사실이 유한 자로서, 야생 동물 보호령을 실지하고도 고의로 왜곡 위반한…….

용모가 읽은 내용은 대강 그런 거였다. 최순경은 저녁때가 다 되자 풀어 주면서, 반드시 수요일 13시 0분까지 순회재판소 법정으로 출두할 것을 지시했다. 용모는 풀려나오자마자 읍내에서 가 볼 만한 푸네기는 모두 찾아다녔다. 부조리 제거니 서정쇄신이니 하고 아무리 떠들어도 돈만 쓰면 무마시킬 수 있을 것으로 믿은 거였다. 설령 벌금보다 돈이 더 든다더라도 법정 출두만은 면해야 되겠던 것이다. 그것은 실형이 떨어지면 법정 구속을 집행할 가능성도 남아 있기 때문이었다. 그러나 몇 군데 되지도 않았지만 장날이었음에도 불구하고 십 원 한 장 둘를 수가 없었다. 말은 그렇게 안해도 없는 것한테 어떻게 받으려고 돈을 놓겠느냐는 눈치가 적역했다. 돈이 안 되면 최순경을 만나 말이라도 좋게 해 달라고 갈급하게 매달렸으나 막무가내였다. 평소 안면 있는 사람이 간곡하게 붙들고 늘어지면 서류가 넘어가지 않을 성싶어 그랬던 것이지만 당장 자기네가 아쉽지 않으니 외눈 하나 잇긋하는 자가 없었다. 3년째 여름 개장국, 겨울 해장국을 하던 당숙은, 안 그래도 뜯기는 것 많아 문닫히겠다며 고개를 저었고 자동차 부속 가게를 하는 이종도 마찬가지였다. 그런 자잘한 신세를 미리 지면 나중 정말 무슨 일이 생겨 급할 때는 못 써먹게 된다는 거였다. 신문 지국장을 하는 처삼촌도 다를 것 없었다. 만나서 이야기를 해 보마고, 재판받는 날 역전다방으로 나오면 결과를 알 것이라더니, 만나니까 오히려 용모더러 참으라고 타이르던 것이다.

「이왕 넘어간 것, 별수 읎으니 곱게 참구 판사 앞이서 허튼소리나 말어. 최순경허구 나허구는 종씨간이구, 서로 그럴 처지가 아니거든. 쬐끔이라두 틀리면 곤란헌 입장이니께 나를 봐서라두 벌금이나 물구 말어.」

용모는, 가죽점퍼와 안경알만 번쩍거리다가 부군수를 만난다며 찻값도 안 내고 나간 사내의 말투를 시늉해 보이고 나서 체념한 얼굴을 했다. 처삼촌 얼굴을 봐서가 아니라 자기 앞날을 위해서 참아야 할 것 같다는 거였다. 재판정에서 진술을 뒤집으면 앙갚음이 있을는지 몰라 두려운 모양이었다. 좁은 바닥에 살자면 누구하고 혐의지거나 유감을 품고 살 수가 없다는 것이 용모 의견이었다. 용모의 말이 끝나자, 나는 그가 좀더 용기를 내어 사실 그대로를 밝힘으로써 진실이 거짓의 힘에 은폐되는 사태가 빚어지지 않기를 바랐다. 그것을 용모에게 기대한다는 것은 무리일지도 몰랐다. 그래도 나는 용모에게 충고하고 싶었다. 나 자신도 내 할말을 못 하고 사는 주제에 하물며 충고일까만, 전적으로 남의 일로만 치부하고 말 수도 없겠던 것이다. 진실은 언제나 만고부동의 존재이긴 하지만, 시대와 장소에 따라서 일시적으로 거짓의 횡포에 눌리는 수난을 겪을 수도 있다고 나는 말했다. 따라서 진실을 알고 있는 사람도 부득이한 경우 거짓의 횡포 앞에 굴복하는 자세를 취하기도 하지만, 그러나 그것은 어디까지나 위장일 뿐이며 진실 자체와는 항상 무관하다고 말하고, 진실을 아는 자가 잠시라도 그런 자세를 취해 보이는 것은 진실이 공개될 때까지 그 증거를 완전한 형태로 보전하기 위한 불가피한 수단인 것이며 그 증거의 가장 완전한 형태가 곧 양심인 바, 정의가 질서를 바로잡을 때 그 증거에 의해 진실은 공인받는 것이라고, 그리고 그것을 믿는 행위가 삶의 바탕이 될 것이라고 말한 거였다. 용모의 경우 법정에서조차 본의 아닌 허위 진술을 뒤집어엎지 않으면 삶의 기권이나 다를 바 없을 터였다. 게다가 사실을 목격한 증인이 성문이 부자 외에도 방앗간에 와 있었던 조순만, 오수길 두 친구나 더 있었다. 그러나 용모는 정식 재판을 청구할 만한 주제가 아니었고 허위 진술을 뒤집어엎을 만한 배포도 없어 보였다.

용모는 그냥 맨입으로 돌려보내면 걸려서 쓰겠느냐며 역전다방 옆 간판 없는 집에서 장국밥과 소주를 샀다.

재판소는 역전거리에서 한길로 잠깐 나가다가 그전 기름창고 터에 2층 붉은 벽돌로 새로 올린 등기소 건물 한 구석에 있었다. 오죽잖은 등기소 건물에 곁방살이하는 법정을 보자, 나는 실감이 안 나고 재미있다는 느낌이 들었다. 그처럼 초라한 건물 구석방에서도 엄숙한 분위기로 법률이 집행되어, 인권의 유무, 투쟁의 승패, 가문의 흥망, 남녀의 이합, 재물의 득실 등 사람의 온갖 희비애락이 결정되어지리라고는 믿어지지 않던 것이다. 그것은 물론 여러 해에 걸쳐 나의 친구나 문단 선배들이 여기서는 밝히기 무엇한 사건에 얽히어 재판정 출입이 예삿일로 되자, 나도 묻어 뻔질나게 들락거렸던 대소 재판정의 인상이 너무도 짙게 자리잡고 있던 까닭이었고, 그리고 이제는 그나마도 그 방청이라는 것마저도 이 핑계 저 핑계하며 그만두게 된, 보잘것없는 나 자신을 스스로 조문하는 치욕감이 오장에 뿌리박고 있기 때문인 것 같기도 했다.

용모와 내가 법정에 들어섰을 때는 이미 주제꼴이 추렷한 사람으로만 어디서 골라온 듯 꾸밈새가 대중없는 사람 스무남은 명이 앉아 있었다. 한자리에 나란히 앉아 있기는 하지만 그들의 신분은 즉결 피의자를 비롯해서, 원고, 피고, 증인, 방청객 등 사람마다 처지가 다를 것이 분명했다. 한복차림의 중늙은이가 둘, 나머지는 중년 사내들이었고, 철공소 공원인 듯한 더벅머리 청년이 시선을 끌었다. 법정은 스무 평 남짓해 보였다. 바닥에는 국민학교 아이들 것 모양으로 세 사람씩 앉게 된 긴 나무걸상 여섯 개가 두 줄로 놓였는데, 그 사람들만으로도 빈 자리가 없었다. 얼핏 보아 다른 법정과 다르기는 검사, 변호사, 서기석과 증언대가 없고 모든 비품들의 규모가 작으며 간단한 것이었다.

사람들은 외투와 모자를 벗고 조심스럽게 앉아서 재판장석 옆에 벌겋게 달아오른 선풍기처럼 작은 석유 난방기를 쳐다보거나, 등받이가 붉은 융단으로 덮인 재판장 의자를 올려다보고 있는 것 같았다. 출입문 앞자리의 입회나온 사법 경찰관 한 사람도 피의자처럼 얌전하게 앉아 있었다. 용모와 나는 맨 뒷줄 가장자리에 앉았다. 누군가가 앞자리 어디서

「시간이 워치게 됐디야?」

「다 돼 가는디.」

하는 소리가 들릴 때 정리가 서류다발을 들고 나와 판사석 앞에 놓았다. 이윽고

「기립──.」

소리에 모두 일어서고, 스물다섯 위는 아닐 젊은 판사를 따라 제자리에 우루루 주저앉았다.

판사는 앉자마자 맨 위에 놓인 기록을 들여다보며 사건을 호명했다.

「방상호 씨, 강영춘 씨.」

반백머리 이맛전만 남기고 바짝 밀어붙인 60대의 한복 늙은이와 밤색 가죽점퍼에 가죽장화를 신은 40안팎이 판사 앞으로 나왔다.

「강영춘 씨, 6개월 전 방상호 씨로부터 한 달 기한으로 5만원을 차용하고 현재까지 원금과 이자를 갚지 않은 게 사실입니까?」

판사가 점퍼를 보고 물었다.

「아니지요. 제가 형편이 필 때까지 기다려 달라구 사정했지요. 그런디 안 된다구 자꾸만 독촉을 허길래, 정 그렇다면 내가 가진 건 석탄밖에 없으니 그거라두 대신 가져갈려면 가져가라 했습니다. 안 갚는다구 헌 적은 없습니다.」

「방상호 씨가 인부 시켜 석탄을 실으러 가니까 깡패를 동원해서 위협하여 인부들이 위험을 느끼고 되돌아왔다는 건 뭡니까?」

판사가 되묻고 강이 대답했다. 강은 탄광 덕대인 모양이었다.

「절대 그런 사실이 없습니다. 방씨가 중상모략헌 겁니다. 인간은 감정의 동물인디, 방영감 증말 이러면 맘에 안 들어요.」

그러자 방이 허리를 굽실하고 나서 말했다.

「시방두 공갈치는 거 판사님께서 보셨지유? 일꾼들이 탄을 못 푸고 그저 왔글래 왜 그랬느냐구 물으니께 뭐라구 허는고 허니, 깡패 같은 청년 여남은이서 탄데미 위로 우루루 올라가서 좋잖은 눈으로 흘겨보며 여차허면 시비를 허자구 헐 판 같더랍니다. 게 맞으면 맞는 늠만 손해라 싶어서 그냥 왔다는 겝니다유. 그 사람들두 품팔어 먹구 사는 사람들인디 빈 차루 올 이치가 옳거던

유.」

「이 노인네—— 똑똑히 말해요. 도대체 무슨 억하심정으로 이러는 게유? 아 그럼 인간은 감정의 동물인디, 광부들두 자기들이 목숨을 걸구 파낸 탄을 엉뚱한 것들이 와서 덮어놓고 삽질허면, 광부도 사람인디 그냥 보구만 있겠소? 무엇이 깡패 같더란 게요. 깡패라고 마빡에 써 붙였던가요? 시방 때가 어느 때요? 그러지 마슈, 그런 식으로 국민총화를 저해허지 말라구요. 또 남의 돈 쓰고 몇 달 이자 밀리기두 예사지, 요새 한국 재벌이라는 사람들두 츰에는 다 그런 고비 한두 번 안 넘겼는 줄 아슈? 그 사람들은 나라에 진 빚두 몇 해씩 안 갚습디다. 서루 아는 처지에 고까짓 것 가지고 고소가 다 뭐요, 고소가……. 나 원 재수 없을라니께.」

「당신은 그럼 장차 재벌이 되기 위해 배짱 기르는 연습으로 안 갚는다는 거요, 성의가 없었다는 거요?」

판사가 한마디 하고 다시 말을 이으려는데 강이 먼저 말했다.

「수단 방법을 안 가리고 받을라구 노력허는 사람한테는 줄라고 애쓸 게 없는 겝니다. 인간은 감정의 동물인디……. 츰부터 가만히 있었으면 모르지만 그런 식으로 나온다면 탄으로 퍼 가라 이겁니다. 방영감두 법이면 단 줄 아시는 모양인디 맘대루 허시라구. 나두 이왕 이런 디까장 끌려와 가며, 챙피당헐 거 다 당헌 사람이니께.」

「말 조심해—— 법정 모욕죄로 들어가고 싶어? 사과해!」

판사가 얼굴빛을 바꾸며 호통쳤다.

「예. 국민 여러분께 죄송허게 생각합니다. 용서하십시오.」

강이 얼른 허리를 반으로 접으며, 말이 어떻게 돼 나가는지 알고나 그러는지 되는 대로 주워섬겼다.

「이 사람 돼먹지 않았어……. 피고는 15일 오후 5시까지 원고에게 원금과 이자를 갚으시오. 이자는 6개월분이오. 그리고 원고의 소송 비용 820원도 피고가 부담해요.」

판사가 기록을 옆으로 치우면서 판결했다. 나는 실소를 했다. 강이 감정의 동물 소리를 좋아하다가 자승자박해서보다도, 근년에 들며 먹고 살 일 생긴 것치고 개나 걸이나 라디오 텔레비전에만 나오면 으레 판박이로 국민 여러분 덕택 안 찾는 것이 없고, 국가와 민족 앞에 고개 숙여 감사한다는 말 할 줄 모르는 자가 없더니, 이제는 즉결재판소에 나온 피의자마저 그런 말을 해야만 되는 줄로 아는 꼴이 우습던 것이다.

「장국선 씨——.」

판사는 곧 다음 사건을 불렀다. 거기에 대답하고 나온 것은, 기름때에 절어 번들거리는 청바지와 분홍색 스웨터를 입은 더벅머리 청년이었다. 자동차 정비공이거나 철공소 공원으로 십중팔구 미성년자임이 분명했다. 옷만 기름때가 더뎅이진 것이 아니라 두 손과 얼굴도 검댕을 뒤발한 폭으로 세수도 제대로 못 한 꼴이었다. 꺼칠한 것이 유치장에서 하룻밤쯤 새우잠을 잔 모양이었다.

들어 보니 읍내 한구석에 있는 철공소 직공으로서, 주인 담배 심부름으로 잠깐 집앞에 나왔다가 장발로 잡히고, 머리 깎이기를 거절하여 즉결로 넘어온 거였다. 서울 같으면 장발 단속 강조기간에도 활개치고 다니기 알맞은 머리였다. 도시와 농촌의 사람 눈은 아직 평준화되지 않은 모양이었다. 판사가 무슨 말끝엔가 말했다.

「그러니까 피고인은 왜 여기까지 왔는지 잘 안다 이거군.」

그러나 장은 목젖에 멍울 선 어조로 부드럽지 않게 대답했다.

「그렇지 않어유. 그 아저씨더러 솔직히 아저씨는 이용사 자격증이 읎으니 손대지 마시라구, 또 솔직히 질바닥에서 막 깎일 수는 없으니께 놓시라구 했더니, 무턱대구 이자식 저자식 허구 막 욕을 허데유.」

판사는 웃음기를 머금었으나 방청석은 굳어진 표정 그대로였다.

「언어도단의 언사로 본 건 사법 경찰관을 우롱하여 공무집행을 방해한—— 방해했다고 했는데 ? 어떻게 했는가 이야기해 봐요.」

「그건 솔직히 그분이 저더러, 그렇게 똑똑허면 진작 판검사가 될 것이지 왜 철공소 직공으로 출세를 헐라구 허느냐 허구 비꽈서, 솔직히 아저씨두 그렇게 똑똑허구 쎈 분이 왜 이런 디서 이러느냐구 헌 것뿐인디유.」

판사가 기록을 훑어보며 말했다.

「그 전에 한 말이 또 있어……. 장발 단속은 역사적 역행 운운하며 비방했다고 되어 있는데, 이건 무슨 이야기요 ?」

「그건 솔직히, 그분이 저더러, 너는 잘나서 똑똑허니께 5천년 역사상 우리 나라에 단발령이 내린 지가 백 년이 넘는다는 것을 잘 알 거라구 허면서 비웃데유. 그래서 저두, 솔직히, 아저씨두 똑똑해서 역사를 잘 아시니께 우리 나라 5천년 역사 중 4천 9백 년 동안은 세계 최고의 장발족 국가였다는 역사적인 사실두 아시라구 헌 거예유……. 그랬더니 그 아저씨가, 그럼 너두 상투를 틀구 갓을 쓰던지, 계룡산 미신교 믿는 사람처럼 머리를 질게 땋던지 해라, 그러면 단속허지 않겠다, 그러데유, 그래서 제가 솔직히, 그건 왜 안 깎느냐, 그건 장발이 아니라구 정해진 법이 있느냐, 허니께 그 아저씨가, 그런 사람은 종교적인 신념이 있어서 그렇다 그래유. 그래서 제가 솔직히, 나두 신념이 있으니께 머리를 못 깎겠다 헌 거예유.」

「그 신념이 뭔가 말해 봐요. 어떤 신념이오 ?」

판사가 웃음을 참느라고 얼굴을 붉게 적시며 물었다. 장은 순간 어름대는가 싶더니

「그것은……. 미관상 필요헐 거 같어서유…….」

하고 뒤통수를 긁적거렸다. 판사가 한쪽 팔을 장에게 뻗으며 말했다.

「미관상? 미관상도 좋은데 이리 좀 와 봐요. 이리 더 가까이 와 봐——.」

장이 두어 걸음 다가서자 판사는 장의 왼쪽 귀를 이리저리 잡아당기며 목덜미 뒷덜미를 살펴보더니 기록을 집어 옆으로 갈라 놓으며 판결했다.

「미관상 신념을 위해서, 이 귓때기하고 모가지 때나 좀 벗겨. 그 꼴에 미관상 좋아하네…….」

하더니 이어 출입문 앞에 앉아 있던 경찰관더러 말했다.

「이 사람 데리고 나가 목욕시키고 이발시켜서 집에 보내세요.」

다음 차례가 용모였다. 용모는 대답을 하고 일어서면서,

「암만 생각해 봐두 말여, 고연히 덧낼 게 아니라 내가 헌 짓이라구 뒤집어쓰는 수밖에 읎겄다.」

내게 귓속말을 하고 나갔다. 그가 움직이자 새삼 점심에 마신 술내가 물씬했다. 판사는 기록을 한눈으로 훑고 나더니,

「야생 조류나 야생 동물뿐 아니라 입산금지와 낙엽채취를 비롯해서 자연을 보호하자는 것이 우리 모두의 당면 과제라는 것을 알 만한 분이 왜 이런 짓 했어요?」

판사는 앞서보다 훨씬 부드러운 어조였으나 그만큼 위엄이 서리어 있는 것 같기도 했다. 용모는 거듭 읍한 뒤에도 잔뜩 지리숙어 가지고 입을 못 열고 있었다.

「꿩이 천연기념물은 아니지만, 비록 참새 한 마리라도 그것이 보호할 만한 가치가 있어서 보호하자는 건데, 보호하는 사람 따로 있고 해치는 사람 따로 있고 해서야 되겠습니까?」

판사가 거듭 나무라서야 용모가 대답했다. 그런데 뜻밖에도 주눅이 들었거나 겁에 질린 음성이 아니었다.

「물런 그렇지유. 그러나 말입니다, 꿩은 말입니다, 과연 현재
보호헐 만한 가치가 있느냐 하는 것두 문제란 말입니다. 보호헐
건 보호허야 마땅허지만 그렇지 않은 것은 그렇지 않단 말입니
다. 실지 농작물을 망치는 해조는 으레 참새만 긴 줄 아시는데
말입니다, 꿩의 피해는 말입니다, 사실 농군에게는 말입니다,
헐씬 심각하다 이 말입니다. 이것은 그냥 참고로 아시라구 말씀
드리는 말입니다.」

용모는 아무것도 꿀릴 게 없다는 투로 원기 있게 말했다. 그것은
술기운 덕도 아닌 것 같았다. 지은 죄 없이 고개 조이고 살아온 사
람이 오랜만에 켜 보는 기지개와 같은 몸짓으로 믿어야 될 성싶었
다. 판사가 고개를 갸웃하고 나서 용모를 쏘아보며 말했다.

「그래서 꿩은 잡아도 무방하다, 해조를 퇴치했다—— 이겁니
까?」

「도끼자루감으로 나무를 찍을 때는 쥐고 있는 도끼자루를 기준해
서 찍는다는 말도 있지만 말입니다, 물런 그건 아닙니다.」

「뭐가 아니오? 당신 같은 생각을 하는 사람 등쌀에 야생 동물이
안 남아나니까 보호하자고 하는 거 아니오?」

「제가 한 말씀 드리겠는디유, 제가 뭐 처벌이 무서워서가 아니라
말입니다, 예. 제가 잘못한 것은 제가 벌을 받아야 옳습니다.
예, 받겠습니다. 그러나 말입니다, 저도 법의 보호를 받고 싶습
니다. 이런 말씀을 드려도 괜찮을는지 모르겠습니다마는…….」

「괜찮으니까 당신이 지금 말하고 있는 거 아니오?」

「예, 그러믄유. 여기는 바깥허구 달러서 여러 가지 것을 보호허
는 법정이라 이런 말씀도 드릴 수 있는디 말입니다, 동물에 물격
이 있으면 저두 인격이 있으니 말입니다, 저두 야생 동물——아
니 그게 아니라, 야생 인간인디 말입니다……. 야생 인격이 물
격보다두 거시기 허면 말입니다……. 그럴 수는 읇기 때문에 말

씀드리는 것입니다.」

나는 용모의 뒷모습을 지켜보다가 문득, 물은 부드러우나 추운 겨울에 얼면 굳어져 부러진다던, 어디서 들은 말이 떠올랐다.

판사가 기록을 젖혀놓으며 판결했다.

「피의자가 개전의 정이 전혀 안 보여……. 법정에 출두하는데 술에 취해 가지고 와서 횡설수설하고, 정상을 참작할 여지가 없으니까……. 이런 사람은 일벌백계로 다스려서 본보기를 삼아야 해요. 벌금 2만원——.」

김 원 일

시골 여인숙
河童
鳶

1942년 경남 김해 출생
대구에서 성장, 영남대 국문과 졸업
1966년부터 작품활동 시작
장편 「어둠의 祝祭」 「노을」
「불의 祭典」 「바람과 江」 「겨울골짜기」
「마당깊은 집」 「늘푸른 소나무」
단편집 「어둠의 魂」 「오늘 부는 바람」
「도요새에 관한 瞑想」
수필집 「사랑하는 자는 괴로움을 안다」 등
현대문학상, 한국일보문학상,
동인문학상, 이상문학상 등 수상

고향과 나의 문학

나의 고향은 경남 김해군 진영읍이다.
나는 일제 말기 1942년에 그 곳 중심부 장터거리에서
태어나 국민학교를 졸업한 1954년까지 고향에서 살았다.
그 사이 2년 반 동안 서울로 옮겨 살았으니, 실제 고향에 살았던 햇수는
10년이 채 못되고, 기억을 하지 못하는 유아기를 빼면 5년 정도의
고향 체험이 모두이다. 그런데 나의 소설 약 삼할이 고향을
무대로 하고 있으니, 나에게 고향이란 바로 문학의 토양이 되는 셈이다.
진영읍은 시골도 아니요, 그렇다고 농촌도 아니다.
부산과 마산, 창원을 잇는 교통의 요충지로서 일찍이 도회적 성향으로
개화되었고, 장터거리가 그렇듯 사람들의 성정이
거칠었다. 뜨내기 장꾼이 모였다 흩어져, 내가 어릴 적부터
인구 이동이 잦았고 토박이가 많지 않았다.
나는 고향의 그런 거칠음·무례함·저속함을 오히려 싱싱함과
개방화로 받아들였고, 그러한 세속적인 삶의 살아 있는
현장을 통해 많은 이야깃감을 끌어낼 수 있었다.
가난·굶주림·외로움으로 나의 성장기에
상처를 준 고향이기도 하지만, 성년이 된 뒤 나의 그런 경험이
오늘의 나를 있게 해주었음을 잊지 못한다.
누구인가 그런 비유를 쓰지 않았던가.
화살 맞은 사슴이 마지막 돌아보는 쪽은 나서 자란 언덕이라고.
나의 고향은 남쪽 낙동강 강역이지만 우리 민족의 고향은
중앙아시아 그 어디메일 것이다. 그래서 우리 민족은 잠재의식 속에서도
북쪽을 갈망하므로 잠자리에서 머리를 북쪽에
두지 않는다. 일어나면 바라보는 쪽이 북이기 때문이다.
누구는 고향을 잊었다고 말한다. 노래에는,
타향도 정들면 고향이라고 말한다. 그러나 그 사무친 말 안쪽에는
고향을 갈망하는 그리움과 한이 스며 있음을 안다.
정말, 어찌 고향을 잊으리오!

시골 여인숙

　해가 서산마루에 걸려 있었다. 하루 종일 하늬바람이 불었다. 주차장 뒤 강변을 따라 포플러들이 줄줄이 늘어서 있었다. 그 수많은 잎새들이 기우는 햇살을 받고 있었다. 저녁 무렵이라 낮보다 바람이 드세었다. 포플러 잎새들이 바람결에 손바닥을 뒤집듯 해딱해딱 나부꼈다. 잎면이 잎면끼리 부딪쳐 손뼉치는 소리가 났다. 하늘에는 구름 몇 덩어리가 놀고 있었다. 노을을 받아 한쪽이 술 취한 듯 붉었다.

　절름발이 소년은 흙먼지가 풀풀 이는 주차장 마당에 서 있었다. 내일이 삼거리목 장날이었다. 장날 전 밤은 주로 단골 장꾼들이 여인숙에 묵었다. 그래서 빈 방을 남기지 않았다. 소년은 바지주머니에 두 손을 꽂고 주차장 마당을 어슬렁거리고 있었다. 간이식당, 주유소, 잡화상, 자전거포, 타이어수리점, 이발관, 약방이 주위에 널려 있었다. 그 앞으로 궤짝 위에 과일이나 과자를 늘어놓은 노점이 줄지어 있었다. 이따금 시외버스들이 주차장으로 들어와 멈춰섰다. 겉칠이 벗겨진 낡은 완행버스들이었다. 버스들은 손님을 부리고 싣고, 잠시 쉬다 떠났다. 버스가 도착할 때마다 소년은 다리를 절며 버스 문 앞으로 다가갔다. 소년뿐만 아니었다. 노점상의 장사치들도 과일과 과자와 껌 따위를 들고 버스 차창에 붙어섰다. 그들은 물건을 팔기 위해 높은 목청으로 떠들었다. 소년도 질세라 따라 외쳤다.

「따뜻한 방 있심더. 숙박비도 쌈니더. 하룻밤 푹 쉬다 가시이소.」

버스에서 내린 손들은 대체로 소년의 말을 귀담아듣지 않았다. 그러나 소년은 그 짓을 되풀이했다.

「내룡 손님 퍼뜩 오이소. 사백 원, 사백 원. 한 사람만 타모 떠납니더.」

「설창 오백 원, 설창 손님 오이소.」

주차장에 늘어선 서너 대의 합승택시 운전사들도 연방 손님을 불렀다. 반반하게 차려 입은 손을 보면 그 손님의 짐을 빼앗듯 거머쥐었다. 그러나 손들은 물건을 이고 든 채 주차장을 빠져나갔다. 더러 못 이긴 체 운전사에게 짐을 맡기며 합승택시에 오르기도 했다.

고속도로가 생기고부터 지방 국도는 한 시절의 성시를 잃고 말았다. 그 이전, 버스가 강을 건널 때 두 척의 나룻배가 서로 오가며 버스는 물론 길손까지 실어 날랐다. 그 때는 강변 나루터 주위도 서너 개의 술집과 상점들이 있었다. 주차장도 늘 왁자지껄했었다. 한 개의 여관과 세 개의 여인숙도 매일 손님들로 꽉꽉 밀렸다. 그러나 삼 년 전, 지방 국도 북쪽 일 킬로 위로 고속도로가 훤히 뚫렸다. 강 위에도 튼튼한 시멘트 다리가 걸쳐졌다. 길손은 이제 나룻배를 이용할 필요가 없었다. 모두 걸어서 다리를 건넜다. 완행과 직행버스도 다리 위를 달렸다. 그렇게 되자 나루터 주위의 술집과 상점은 문을 닫았다. 새마을사업과 더불어 그런 가겟집들도 허물어졌다. 한 개의 여관도 문을 닫고 각시동네 쪽으로 옮아갔다. 세 개의 여인숙 중에 하나도 작년에 끝내 폐업을 했다.

밀양에서 오는 버스가 주차장 안으로 들어섰다. 흙먼지가 일고 지푸라기가 회오리로 날아올랐다. 소년의 실눈이 비로소 뻐끔 뜨였다. 소년은 종종걸음으로 버스 문 앞에 다가갔다. 발뒤꿈을 들고 차창 안을 살피며 버스를 한 바퀴 삥 둘렀다. 누군가를 찾고 있었다. 소년은 곧 뜨악한 얼굴이 되었다. 혹시나 싶어 버스 문 앞에 붙어섰다. 예닐곱 사람이 버스에서 내렸다. 그 중 장꾼도 섞여 있었다.

「황씨 안 탔습디껴?」

소년이 장꾼 한 사람을 잡고 물었다. 허드레 옷가지를 파는 김씨였다. 그는 금성 여인숙 단골이었다.

「뒷차로 오겠제.」

김씨는 아무렇게나 대답했다. 그는 벌써 거나하게 취해 있었다.

「가술장서 보기는 봤지예?」

김씨를 따라가며 소년이 물었다.

「너나없이 요새는 장사가 망쪼 들었다. 황씨도 파리만 날리더만.」

김씨는 붉은 방울눈으로 소년을 건너다보았다.

「와 묻노? 황씨 지집아가 보고 시푸나?」

「그게 아니고예.」

소년이 얼굴을 붉혔다.

「니 도대체 맺살이고?」

김씨가 의뭉스런 웃음을 띠며 물었다. 소년은 부끄러움으로 그만 몸을 돌렸다. 절뚝거리며 주차장 마당 가운데로 걸어갔다.

「열댓 살밖에 안 처묵은 늠이 벌써러 고치에 양기가 올랐나.」

등 뒤에서 김씨가 조롱조로 말했다.

밀양서 온 버스가 주차장을 빠져나가고 있었다. 김씨는 주유소 옆골목으로 꺾어들었다. 몇 발을 못 가 금성 여인숙이란 나무 간판이 외등 아래 달려 있었다. 김씨는 열려 있는 철대문 안으로 들어섰다. 열댓 평 남짓한 마당 건너에는 안채가 있었다. 주인이 거처하는 안방과 대청과 부엌, 손님을 받는 방이 두 개 붙어 있었다. 기와를 얹어 꼴을 갖춘 안채와는 달리 별채는 처마가 낮은 함석집이었다. 여인숙을 경영하기 위해 지은 조잡한 가건물로 쪽마루 앞에 방 네 개가 나란히 붙어 있었다.

안채 대청에 걸터앉아 담배를 피우고 있던 화양댁이 반색을 하며 김씨를 맞았다.

「아이구, 김씨 오요. 오늘도 전을 일찌감치 거두뿌린 모양이제. 이래 초지녁부텀 들이닥치구로.」

나이 서른다섯인 화양댁은 여인숙 안주인이었다. 티를 낸다고 분을 하얗게 바르고 입술엔 루즈가 흘러내릴 듯했다.

「허허, 머 자리 일찍 거뒀다꼬 내가 숙박비 몬 낼까 바 그카요?」

김씨가 화양댁 옆에 털썩 주저앉았다.

「자네 왔나.」

안방문이 열리고 여인숙 주인 장영감이 얼굴을 내밀었다. 상고머리칼이 허옇게 센 예순 넘은 늙은이였다.

「자넨 요새 장살 영 손놓았구만 그래. 예로부터 닷새장은 파장이 하루 대목이라 카는데, 해도 안 빠진 시간에 벌씨로 자빠지겠다고 기어들어와.」

「머 쥐새끼 이마빡만한 가술 장바닥이 옛날부터 어데 옳은 장인교. 요즘이사 봄갈이니 머니 들일이 바뿌니 촌늠들도 장볼 틈이 어딨능교. 애들 입학이니 머니 해서 쌈짓돈도 바닥이 났지러, 물가는 다락같이 오르지러. 그카이께 장구경도 별볼일이 없는 기라. 난도 인자 장돌뱅이 노릇 치아뿌리야겠소. 젠장, 하루 일당도 몬 버는 장살 벌리노모 멀 해요.」

　걸걸한 목소리로 떠벌리던 김씨는 점퍼 주머니에서 담배를 꺼냈
다. 주인 아줌마가 피우던 담뱃불을 건네주었다.
　「자네도 영 작패를 하누만. 자네 그짓마자 손놓으모 멀 하겠다고
그래. 장돌뱅이 손털고 일어서모 거간꾼하고 도둑밖에 할 짓이
없어. 한군데 박혀 농살 짓겠나, 도회지로 나간들 지게를 지겠
나.」
　말벗이 없어 그립던 차라 장영감이 핀잔부터 놓았다.
　「영감님도 구둘목 장군 되니까 느는 건 잔소리뿐이네. 젊은 내사
우예 살든 장 따라만 댕기모 입은 살텐께, 영감님은 묏자리나 잘
보아 놓으소. 저승 가서도 발꼬랑내 나는 길손 푼돈 올가내고 살
랑교?」
　김씨가 시큰둥 말했다.
　「아이구, 김씨 주댕이는 청산유수네.」
　화양댁이 곱게 눈웃음을 치며 말했다. 그네는 남편 장영감과 스
물댓 살이나 나이 차이가 졌다. 화양댁은 장영감이 사 년 전 상처
를 한 후 들어앉힌 후처였다. 그네는 후살이로 들어오기 전 부산서
술집에 나다녔다는 소문대로 되바라진 여자였다. 외간 남자와도
스스럼없이 농을 잘해 여인숙 안주인치고는 안성맞춤이었다. 장영
감이 연로한데다 후사가 없으니 몇 년 더 뒷수발이나 하다 보면 여
인숙은 굴러들어오는 재산이었다. 그 속셈대로 장영감은 요즘 악
성 신경통으로 바깥 출입을 못하고 지냈다.
　「주둥이 하나로 묵고 사는 팔자에 목청 애껴 됬다 뭣에 써.」
　김씨가 말했다.
　「물에 빠져 죽어도 주둥이는 동동 뜨겠소.」
하고는 화양댁이 늙은 남편 쪽을 보았다.
　「영감, 김씨가 삼거리목으로 와 이래 빨리 왔능강 그 꿍꿍이 속
　셈을 안죽 모르요?」

장영감은 주름진 눈만 꿈벅거렸다.

「월촌댁 술집에 새로 색시 하나를 들어앉혔다우. 그년을 후려 볼
려고 눈독깨나 들이고 있는 걸 내 벌써 눈칠 챘지.」

화양댁은 웃음을 쏟으며 마루에서 일어섰다. 통치마에 싸인 큰
엉덩이를 흔들며 부엌으로 들어갔다.

「아무렇게나 생각해. 내 죽으모 같이 썩어질 연장인데 아껴서 멀
해.」

김씨는 피우던 담배를 마당에다 내던졌다. 마루에 벌렁 눕더니
흥얼흥얼 유행가를 읊었다. 김씨는 스물다섯에 장가를 갔으나 산
욕열로 아내를 잃은 뒤 서른여섯이 된 지금까지 홀아비로 삼거리목
주위의 장터를 떠돌고 있었다.

해가 서산 너머로 져버렸다. 하늘의 노을도 팥죽색으로 사그라
들었다. 어둠이 바람에 실려 낮게 낮게 내려왔다. 바람이 주차장
주위의 가게 문짝을 흔들었다. 유리창이 떨렸다. 지푸라기들이 주
차장 마당에 쓸려다녔다. 구두닦이가 검불을 모아 빈 양철통에다
불을 지폈다. 구두닦이가 부는 휘파람소리를 바람이 싸잡아갔다.
노점상 장사치들도 저녁밥을 먹기 위해 더러 주차장을 빠져나갔
다. 주차장은 어둠에 잠겨 갔고, 가게들도 이제 전등을 켰다. 서
너 식당에서는 술꾼들의 노랫소리가 흐트러졌다. 여자의 간드러진
웃음과 사내의 고함도 섞여 들려왔다.

부산과 마산을 잇고 밀양 쪽과 닿는 삼거리목은 예로부터 교통의
요지였다. 면청조차 없는 삼백여 호의 촌락이지만 닷새마다 장이
섰다. 설창, 내룡, 화계, 부곡, 오치골, 방동, 그 외에도 숱한 마
을들이 삼거리목에서 사방팔방 흩어져 있었다. 그 곳 사람들은 모
두 삼거리목 장날을 이용하여 물건을 사고 팔았다. 외지로 출타할
때도 삼거리목 주차장을 이용했다. 고속도로가 생겨 직행버스는
각시동네 쪽으로 빠졌지만 완행버스들은 아직도 삼거리목 주차장

을 들렀다 떠났다.

　소년은 주차장 마당에서 뭉그적대고 있었다. 밀양서 오는 막차를 기다리는 참이었다. 막차는 늘 저녁 일곱 시 반경에 도착했다. 그 사이 마산과 부산을 잇는 완행버스 두 대가 주차장을 거쳐갔다. 그 때, 한 대의 버스가 주차장으로 들어섰다. 밀양서 오는 버스였다. 오늘 장이 서는 가술은 밀양서 오다 보면 삼거리목 들머리에 있었다. 삼거리목에서는 잇수로 삼십 리 북쪽에 가술이 있었다. 버스를 확인하자 소년의 게슴츠레하던 눈이 또록해졌다. 소년은 절뚝거리며 버스 문 앞에 바짝 다가섰다. 흙먼지가 얼굴에 끼얹어 왔다. 몇 사람의 낯선 얼굴이 버스에서 내렸다. 이어 눈에 익은 약장수 패거리 둘이 출입구 계단을 밟았다. 소년은 발뒤꿈을 들어 버스 안을 살폈다. 황씨가 버스 통로에서 어정거리고 있었다. 소년의 가슴이 뛰기 시작했다. 그러나 우선 약장수를 잡는 일이 더 급했다. 등산용 륙색을 메고 있는 안경잡이의 팔을 붙잡았다.

　「아저씨들, 이번 장에도 오셨습니껴? 오실 줄 알고 미리 방을 따뜨바께 덥아 놨심더.」

　소년은 안경잡이의 팔을 끌고 주유소 쪽으로 걸었다.

　「어따, 그자슥. 평안 여인숙에 갈까 바서 그카는 모양이제.」

　안경잡이가 륙색을 추스르며 말했다. 륙색 안에서 연고통이 왁살대는 소리가 들렸다. 륙색에는 벤 데, 찢어진 데, 삔 데, 독충에 물린 데 바르는 외상용 연고가 들어 있었다. 약장수는 그 외에도 위통, 복통, 설사, 변비에 먹는 묘한 알약도 팔고 다녔다.

　「오늘 가술장 재미 좀 봤습니껴?」

　소년이 인사말조로 물었다.

　「재미? 재미는 고사하고 네미 씹도 몬 봤다.」

　뒤에 오던 등산모 쓴 약장수가 욕질을 하며 땅바닥에다 가래침을 돌궈 뱉았다.

소년은 후딱 버스 쪽을 뒤돌아보았다. 황씨가 버스에서 내리고 있었다. 그런데 응당 그 뒤를 쫄랑쫄랑 따라내려야 할 정례가 보이지 않았다. 소년의 마음이 다급했다.

「그라모 먼첨 들어가이소.」

소년은 금성 여인숙으로 들어가는 골목 입구까지 약장수를 안내하곤 냉큼 돌아섰다. 절뚝거리며 버스 쪽으로 뛰어갔다. 황씨가 이쪽으로 걸어오고 있었다. 그는 등이 휘도록 등짐을 지고 있었다. 오늘따라 맥빠진 걸음걸이였다. 다른 장꾼들은 내일 아침녘에 도착할 화물트럭 편에 짐을 부쳤으나 그는 늘 손수 등짐을 지고 다녔다. 김과 멸치는 함부로 다루면 부서지기 때문이라지만 꼭 그 이유만도 아닌 듯했다. 소년이 휘둘러보아도 등짐처럼 늘 달고 다니는 정례가 종내 보이지가 않았다.

「어라, 정례는 우째 됐습니껴?」

소년이 떫은 감 씹는 목소리로 황씨를 맞았다.

황씨가 얼굴을 들고 소년을 보았다. 말이 없었다. 까맣게 쪼그라진 얼굴이 다시 땅으로 숙여졌다.

「부잣집 알라(아기) 보는 데로 팔아 뿐다 우짠다 캐싸더마는 증말로 어데로 넘가 뿌린 기 아닙니껴?」

소년이 마른침을 삼키며 물었다.

「아파서…….」

마지못해 황씨가 말했다. 그는 된 한숨을 내쉬었다.

「어데가 아파요?」

「감긴지 열병인지, 어젯밤엔 온몸이 불덩이 같더구만. 인자 좀 숙지막해지길래 가술 밥집에다 맥기 났제.」

「병원이 아니고 밥집에다가요?」

「귀천 읎는 목숨에 병원은 무신 병원. 대추나무집 골방에다 눕아 뒀어. 두어 장 보고 약첩값이나 장만해서 오겠다 했지러. 죽을 병은 아닝께 그 동안 미염이나 때 거르지 말고 믹이 달라 앙켔나.」

사시 장철 장 따라 떠돌다 보니 햇볕에 까맣게 그을린 황씨의 얼굴이 쓸쓸했다. 마른 멸치를 닮아 가는 몰골이었다. 황씨는 올해 환갑을 맞는 나이였다. 부모가 누군지, 어디서 태어났는지 자기도 출생 내력을 잘 모른 채 살아온 세월이었다. 어릴 때 기억으로는 장터에서 장터로 어느 장돌뱅이를 따라다니느라고 발바닥에 늘 물집이 가라앉지 않던 추억이 고작이었다. 황씨 성도 쇠장 거간꾼의 성을 그대로 물려받았던 것이다. 그 거간꾼이 농부의 황소 판 돈을 털다 감옥소로 넘어가자 한동안 남사당패를 따라다녔다. 열다섯 살 때 거기서 뛰쳐나와 서너 장꾼의 곁살이를 거쳤다. 황씨가 자립을 하기는 해방이 되고나서였다. 스물다섯 나이에 처음으로 건어물을 취급한 것이 여태까지 그 길을 벗어나지 못하고 있었다. 장가도 서너 번을 갔지만 늘 씨를 받지 못했다. 소 거간꾼을 따라다녔던 어느 해 겨울, 눈길에 미끄러져 벼랑에서 떨어진 일이 있었다. 그 때 불알을 다쳐 한 달여 걸음을 제대로 못 걸었던 적이 있었다. 그 낙반이 빌미가 됐는지 황씨는 생식불능자였다. 장바닥을 돌며 늘 집을 비우다 보니 여편네들은 몇년을 못 견디어 황씨를 떠나갔다. 모은 돈을 챙겨, 또는 바람이 나서 도망을 쳤던 것이다. 황씨가 정례를 거느리기는 그애가 여섯 살 때였다. 정례는 수산 장바닥서 외껍질을 주워먹고 있었다. 거지꼴이었고, 땟국 절은 맨발인 채였다. 여름인데도 냄새 나는 머리칼에는 머릿니가 끓고 있었다. 황씨가 불쌍히 여겨 하룻밤을 재웠으나 부모가 나타나지 않았다. 어떻게 수산까지 떠돌아 왔는지 그애의 이력을 아는 사람이 아무도 없었다. 여러 곳을 수소문해도 끝내 애의 임자를 찾지 못했다. 황씨는 늘그막에 수양손녀 하나를 얻은 셈이었다. 세 끼를 제때 먹이고 철따라 옷을 갖춰 입히니 정례도 땟물을 벗었다. 통통히 살도

오르니 귀염성스러웠다. 김, 미역, 마른멸치, 북어를 늘어놓은 전 앞에 유독 눈이 초롱한 계집애가 오도카니 앉아 있는 모습을 장터마다 볼 수 있었다. 외로운 황씨에게는 정례가 좋은 말동무도 되어 주었다. 그렇게 황씨가 장터마다 정례를 데리고 다니기 햇수로 벌써 사 년째였다.

「대추나무집 골방이라…….」

소년이 입속말로 중얼거렸다.

「곧 낫겠지러. 천한 목숨은 명이 긴 법이니까.」

등짐에 눌려 꼬부장한 황씨는 여인숙으로 걸음을 재촉했다.

소년은 황씨를 따라가다 걸음을 멈추었다. 이상하게 목이 메어 왔다. 눈앞의 불빛이 뿌옇게 흐려 보였다. 흐린 불빛이 어둠에 풀어져 깊은 강이 되어 흘러갔다. 소년은 돌아섰다. 바지주머니에 두 손을 꽂고 주차장 마당을 멀거니 바라보았다. 어느 구석을 살펴도 단발머리 정례는 보이지 않았다. 미송이 옵바, 하며 쪼르르 달려올 것만 같은 열 살의 꼬맹이가 그의 눈앞에 어칠비칠 어려 보였다. 넘어질 듯 넘어질 듯 달려오는 깃털같이 가벼운 몸. 정례는 민들레씨 같은 계집애였다. 후 불면 수십 개의 보송한 씨앗이 초여름 훈풍의 더운 바람 따라 날아가는 민들레씨. 정례의 얼굴이 수십 개가 되어 어둠 속에 하얗게 살아났다. 바람만 넘치는 휑한 공지에 그는 하릴없이 서서 어둠 속에 떠다니는 작은 흰 우산들을 보고 있었다. 소년은 여인숙으로 들어가기가 싫었다. 말 못할 그리움, 슬픔 같은 것이 작은 날개를 만들며 그의 마음을 멀리로 떠나보냈다. 그는 주차장 뒤를 빠져 강변 쪽으로 걸었다. 외롭고 허전한 때면 늘 강변을 찾았던 것이다. 절뚝거리며 걷는 그의 좁은 등을 바람이 밀었다. 강이 그를 막아섰다. 강바람이 찼다. 어둠 속에 모래사장이 희끔하게 드러났다. 강물은 더 짙은 어둠으로 길게 누워 있었다. 바람에 실려 은은한 복사꽃 향기가 콧속으로 스며들었다. 소

년은 강 건너에다 눈을 주었다. 아무것도 보이지 않았다. 바람으
로 부푼 어둠 저 멀리, 불빛 여러 개가 뽀윰하니 눈을 뜨고 있었
다. 그러나 다시 보니 그것은 곧 없어졌다. 바람에 묻혀 버렸나,
아니면 잘못 본 걸까. 소년은 강변 모래펄에 주저앉았다. 강 건너
멀리 주렛골이 있었다. 거기 불빛이겠거니. 소년은 낮에도 강변으
로 나왔었다. 강 건너 복숭아밭이 온통 연분홍으로 눈부셨다. 흰
꽃 분홍꽃이 한데 어우러져 아지랑이 속에 조을고 있었다. 소년은
강바람에 어깨를 떨었다. 세운 무릎 사이에다 뺨시린 얼굴을 박았
다. 포플러 잎새가 무수한 손뼉 소리를 내며 떨어댔다. 모래펄에
감겨드는 물소리가 들려왔다. 어디선가 밤새가 울었다. 물총새일
까, 아니면 물떼새일까. 소년은 잘 구별할 수가 없었다.

　소년이 삼거리목으로 처음 오기는 십 년 전, 여섯 살 때였다. 그
시절 소년의 엄마는 경남 일대의 싸구려 술집에 작부로 떠돌고 있
었다. 예쁘지도 못한 얼굴에 나이 서른을 넘겼으므로 술집에서도
별 인기가 없었다. 거기다 소년까지 혹처럼 붙어 있어 늘 주인의
하대가 심했다. 소년의 엄마는 마산의 부둣거리 객주집에 있다 일
자리를 구해 보겠다고 이 곳으로 왔던 것이다. 소년의 엄마는 주차
장 통술집에 쉬 일자리를 얻었다. 그러나 일 주일 만에 사건이 벌
어지고 말았다. 소년의 엄마가 주인 남자와 살을 섞었기 때문이었
다. 주인 남자가 소년의 엄마를 유혹했는지, 엄마가 주인 남자를
후려냈는지는 알 수가 없었다. 두 여자는 머리끄덩이를 붙잡고 주
차장 마당이 떠나갈세라 싸웠다. 일 주일째 부엌바닥에서 거적을
깔고 잤던 소년은 그 날 밤으로 엄마와 함께 통술집에서 쫓겨나고
말았다. 삼거리목을 떠나려 해도 이미 밤이 깊어 있었다. 하는 수
없이 모자는 보따리를 챙겨들고 금성 여인숙을 찾았다. 소년의 엄
마는 혼자 사 홉들이 소주 한 병을 비워 가며 자정이 넘도록 통술
집 주인 여자와 세상의 모든 사내를 욕질했다. 소년이 아침에 눈을

떠 보니 방 안에 엄마가 없었다. 엄마만 없어진 게 아니었다. 엄마의 핸드백과 보따리도 따라 없어졌다. 엄마는 새벽 첫차도 오기 전에 소년을 남겨두고 도망을 치고 말았던 것이다.

〈돈 벌모 널 데불로 오꾸마. 만약 여기를 떠나더래도 가는 곳은 여인숙에다 알려두거라.〉

소년의 엄마가 남기고 떠난 편지 쪽지였다. 그러나 한 달이 지나고 해가 바뀌어도 소년의 엄마는 돌아오지 않았다. 그럴 사이 소년은 여인숙의 어린 사동이 되어 있었다. 손님들 심부름도 하고 손님 방 이불도 개고 방도 닦았다. 학령기가 되어도 호적이 없어 소년은 학교에 입학할 수 없었다. 소년을 두고 그런 일에까지 신경을 쓸 장영감도 아니었다. 푼돈조차 주지 않고 소년을 부려먹을 수 있다는 게 늘 대견했던 것이다. 소년 또한 학교에 다니는 아이들이 별 부럽지가 않았다. 소년이 금성 여인숙에 눌러앉고 삼 년이 흐른 뒤였다. 소년 앞으로 엄마의 편지 한 장이 날아왔다.

〈미송아, 너가 여인숙에서 잘 지내고 있다는 소식은 더러 듣고 있다. 에미도 겨우겨우 명은 잇고 산다. 그러나 내가 빙을 얻어 죽다가 살아났고, 지금도 누버 지내는 날이 만에서 안죽도 너를 데불고 올 처지는 몬 대구나. 살다 보모 그런 날도 오것제. 몸조심하거라. 여게 돈 한푼 보내니까 옷이나 사입으라.〉

편지봉투 안에는 오천 원이 들어 있었다. 그러나 편지 뒷면은 아무런 주소도 적혀 있지 않았다. 장영감이 우표 소인을 보고는, 울산서 온 편지라고 말했다.

「짐승만도 몬한 미친년. 지 자슥새끼 내뿔고 도망가서 어데 잘 되능강 두고 보자. 미송아, 그 미친갱이 에미년은 죽었다치고 할배캉 그냥 살제이.」

장영감이 소년의 어깨를 토닥거리며 말했다. 그러나 영감은 자기 춤치에 오천 원을 넣은 뒤 종내 소년의 옷은 사주지 않았다. 김씨가 팔다 남은 불구멍 나거나 찢어진 헌 옷을 얻어 입히는 게 고작이었다. 그 뒤 육 년이 되도록 소년의 엄마로부터는 소식 한 장 없었다. 소년도 엄마가 죽었겠거니 생각하고 살아온 터였다.

소년은 고슴도치처럼 웅크린 채 꼼짝을 않고 있었다. 알 수 없는 설움과 외로움이 강물이 되어 가슴 가득 넘쳤다. 가랑잎처럼 자기가 강물에 뒤채이며 흘러가고 있었다. 바람소리에 섞여 먼 곳에서 노랫가락 하나가 아스라이 실려왔다. 가락은 바람을 타고 꿈 속인 양 소년의 귀를 적시기 시작했다. 석탄 백탄 타는데 연기만 퐁퐁 나고요, 이내 가슴 타는데 연기 한 줌 안 나구나……. 청승맞은 노랫가락이 끊겼다 이어졌다 했다. 뱃사공 김노인이 읊는 노래겠거니, 하고 소년은 생각했다. 각시동네 쪽으로 다리가 놓여져 김노인은 이제 사공이 아니었다. 그러나 삼거리목 사람들은 아직도 그를 김사공이라 불렀다. 삼 년 전 노를 놓은 김사공은 거룻배를 띄워 주낙으로 세월을 보냈다. 아들딸이 있었으나 오래 전 돈 벌러 서울로 떠났다. 마누라는 이태 전 죽고 말았다. 아들은 집을 나간 지 칠 년째 종내 소식이 없었다. 명절이면 서울서 공장에 다닌다는 딸애만 다녀가곤 했다. 김사공은 강변 한칸방 토막에 살며 밤마다 술을 마셨다. 혼자 마시며 혼자 울며 혼자 노래를 읊었다.

「옛날엔 좋았어. 모든 장꾼들이 날 다 수문장 김도독이라 불렀제. 저게 황씨도 서른 몇 해나 내 배를 타고 강 건너 댕기며 장돌뱅이로 살았으니.」

언젠가 김사공이 황씨와 소주를 마시며 말했었다.

「미송아, 미송아!」

주차장 쪽에서 소년을 부르는 소리가 강변까지 들려왔다. 소년은 그 소리를 듣고도 꼼짝을 않았다. 이놈으 자슥 미송이가 어데 갔노, 하며 화양댁이 주차장 주변을 들쑤시고 다닐 것이다. 일어나야지, 꾸중을 들을텐데, 어서 가봐야지, 하고 소년은 되뇌었다.

그러나 털끝 하나 움직이기가 싫었다. 그 때 비로소 소년은 어둠 속에 떠오르는 얼굴 하나를 볼 수 있었다. 검은 동자가 유난히 반짝이는 정례였다. 정례의 얼굴이 여윈 달 같았다. 정례는 홑이불을 덮고 삿자리 바닥에 누워 죽은 듯 잠들어 있었다. 한동안 숨소리조차 여리더니 갑자기 입술을 달싹거리기 시작했다. 소스라쳐 놀라며 눈을 번쩍 떴다. 주위를 둘러보았다. 아무도 없음을 알자 다시 눈을 감았다. 정맥이 비쳐 보이는 이마에서 진땀이 배어나오기 시작했다. 입술이 다시 달싹거렸다. 물, 물 좀 주이소. 할배야, 물 좀……. 정례가 말했다.

소년은 눈을 떴다. 얼굴을 들었다. 눈앞은 먹물로 푼 어둠뿐, 아무것도 보이지 않았다. 정례의 입김이 아닌, 복사꽃 향기가 바람에 실려 와 코끝을 스쳤다. 닷새 전 삼거리목 장날이었다. 정례는 장거리 좌판에서 점심끼니로 막국수를 먹은 뒤 여인숙으로 왔다. 마침 소년이 마당을 쓸고 있었다. 정례는 별채 옆에 있는 변소 쪽으로 쫓아가며 소년에게 말했다.

「옵바야, 종이 좀 가꼬 온나.」

전에도 그런 적이 더러 있었다.

「똥 눌라카는 모양이제?」

소년은 뻔한 질문을 했다.

「그래, 쎄기 가꼬 온나.」

정례는 변소 안으로 들어갔다. 소년은 헌 신문지 한 장을 찾아 한 귀를 찢었다. 변소문을 열자 정례가 구덕 위에 쪼그리고 앉아 있었다. 용을 쓰느라고 얼굴이 밀감같이 붉었다.

「종이 주고 문닫거라.」

정례가 말했다. 그러나 소년은 정례를 말꼼히 내려다보고 있었다. 정례가 같은 말로 소리쳤다.

「백 분 셀 때까지 나와야 된데이.」

　소년은 신문지를 건네주고 문을 닫았다. 변소문 앞에 쪼그리고 앉았다. 변소 냄새가 싫지 않았다. 하나, 둘 하고 소년은 수를 세기 시작했다. 수를 세면서도 마음은 변소 안에 앉아 있었다. 아니, 웬지 자기도 똥이 누고 싶어졌다. 앞뒤로 서로 돌아앉아 엉덩이를 맞대고 그렇게 똥을 누었으면 싶었다. 스물두 번까지 세다, 소년이 갑자기 말했다.

「정례야, 내가 니 미꿈 딱아 줄까?」

　그 말이 왜 나왔는지 소년 스스로도 알 수가 없었다. 말을 하고 나자 얼굴이 화끈거렸다. 변소 안에서 정례가 천연덕스레 대답했다.

「치, 난도 손이 있는데 옵바가 와 딱아?」

　소년은 할 말을 잃었다.

「내가 니 어무이맨쿠로 그래 딱아 줄라꼬…….」

　소년은 가까스로 홀리듯 말했다. 이제 정례 쪽에서 대답이 없었다. 소년은 무료함을 달래느라 땅바닥에 낙서만 했다. 한참 뒤 정례가 치마를 올리며 밖으로 나왔다. 정례는 소년을 빤히 쳐다보았다. 소년은 웬지 정례를 마주볼 수가 없었다. 왜무처럼 여윈 정례의 종아리만 보고 있었다. 소년은 천천히 일어섰다.

「갱빈에 놀러가자.」

　소년은 발 앞에 있는 돌멩이를 차며 말했다.

　둘은 강가로 나왔다. 바람 자고 구름 없는 맑은 날씨였다. 강 건너 연분홍 복사꽃이 활짝 피어 있었다. 살구나무도 담홍색 꽃망울을 촘촘히 달고 있었다. 물에 젖은 모래로 정례가 집짓기놀이를 했다. 엄마집은 뚝 떨어져, 아버지집은 자기집 옆에다, 그렇게 세 개의 집을 만들었다. 소년은 아버지집과 엄마집 사이에 모래를 긁어냈다. 웅덩이를 만들자 바닥에서 물이 괴어 올라왔다. 곧 작은 호수가 되었다.

「어무이는 저 바다 너머 살고 있데이.」

정례가 웅덩이를 보며 말했다.

「우리 어무이는?」

소년이 물었다.

「너거 어무이도…….」

하더니 정례는 제 엄마집 옆에다 모래를 쌓아 또 하나의 집을 만들었다. 그것이 소년의 엄마집이라 했다.

소년은 모래 한 웅큼을 집어들고 일어났다. 손에 쥔 모래를 강 쪽으로 내던졌다.

별 재미도 없던 닷새 전의 집만들기놀이가 새삼 소년의 마음에 다숩게 젖어왔다. 소년은 주차장 쪽으로 절뚝절뚝 걷기 시작했다. 주차장으로 나오자 금성 여인숙 골목에서 김씨가 나서고 있었다. 김씨는 주차장 공지를 질러 월촌댁 술집으로 들어갔다.

소년은 쭈빗거리며 여인숙 마당으로 들어섰다. 부엌에서 나오던 화양댁이 소년을 보았다.

「이늠으 자슥아야, 어데로 싸질러 댕기노. 대가리 피도 안 마른 늠이 봄바람이 났나, 도망칠 궁리를 하나?」

화양댁이 소년의 맨숭머리에 알밤 두 대를 먹였다.

「방방마다 연탄불도 바야 하고, 주전자물도 날라야 하고, 할 일이 태산 같은데, 그래 어데 갔다 오노?」

「주차장에 있었는데예.」

소년이 머리통을 쓰다듬으며 볼멘 소리로 말했다.

「주차장? 내가 방금 댕기왔는데 거짓말을 밥 묵듯 해!」

화양댁이 소년의 뺨을 찰싹 때렸다.

「때리긴 왜 때리예. 내가 머 아줌마 자슥잉교, 종놈인교.」

소년은 눈알을 부라리며 대들었다. 다른 때 같으면 참을 수 있었다. 그러나 오늘은 웬지 심통이 나서 견딜 수가 없었다.

「애비 에미 낯짝도 모르는 늠을 밥 믹여 키아 줬더니마는 인자 맞대놓고 달라들어!」

화양댁은 버릇을 고치겠다는 듯 팔뚝을 걷었다. 소년의 멱살을
틀어쥐고 흔들었다.

「좋다, 이늠의 새끼. 니가 죽든지 내가 죽든지 결판을 내자.」

「놔예, 놔!」

소년은 화양댁의 손목을 쥐고 그 손아귀에서 벗어나려 했다.

「아줌마가 머 날 키아 줬어예, 할배가 날 키아 줬지. 아줌마가
머 우쨌다고 날 잡아묵을라 캐예. 부모 읎는 자슥은 어데 사람새
끼 아닝교. 증말로 더러바서 몬 살겠네…….」

어느덧 소년은 울고 있었다.

안방문이 열리고 장영감이 얼굴을 내밀었다. 황씨와 겸상으로
저녁밥을 먹고 있던 참이었다. 장영감과 황씨는 오랜 친구여서 그
렇게 겸상으로 밥을 먹을 적이 많았다.

「그만큼 해둬라. 어데 집안이 시끄러버서 살것나. 미송이도 밥
묵고.」

장영감이 혀를 차며 말했다.

화양댁은 마지못해 소년의 멱살을 놓았다. 애한테 무시당한 분
함을 못 참겠다는 듯 한동안 눈총을 세워 소년을 흘겨보았다.

「이늠으 새끼 어데 두고 보자.」

하며 화양댁은 마루 위로 올라섰다. 안방문을 사납게 여닫으며 들
어갔다.

「자, 와서 내하고 같이 밥이나 묵자.」

부엌의 부뚜막에 걸터앉아 밥을 먹던 경자가 말했다.

「밥 같은 거는 안 묵심더.」

손등으로 눈물을 닦으며 소년이 말했다.

「공매 맞고 안 묵으모 니만 섭제.」

하며 경자는 상추쌈을 뭉쳐 쌌다. 나이 스물둘인 경자는 여인숙의

부엌일을 맡아 보고 있었다. 납작코에 새우눈인 그녀는 입술까지 불거져, 한마디로 못생긴 얼굴이었다. 거기다 나이에 비해 몸은 뚱보였다. 월급 삼만 원을 받고 있었지만, 경자는 부수입이 더 쫀쫀했다. 깊은 밤이면 몰래 손님방으로 들랑거렸다. 몸을 파는 짓거리를 장영감도 화양댁도 눈치채고 있었으나 모른 체했다. 그런 짓이 오히려 손들을 엮어오는 데 도움이 되기 때문이었다. 저녁식사 뒤면 화양댁과 경자가 주로 주차장에 나갔다. 해살맞은 웃음을 팔아 젊은 남정네를 곧잘 끌어들였다. 화계, 오추골은 택시가 들어가지 못하는 산골이었다. 이십 리가 넘는 밤길을 걷는 게 싫어 여인숙에 묵고 새벽길을 나서는 손도 더러 있었다. 경자는 혼자 묵는 젊은 손들의 마음을 잘 헤아렸다. 그래서 어떤 날은 이 방 저 방 건너다니며 두세 번이나 일을 치를 때도 있었다.

소년은 부엌 앞 축담에 넋놓고 앉아 있었다. 일 호실에서 강기사가 수건을 목에 걸치고 마당으로 나왔다. 칫솔을 입에 물고 세수간으로 오다 소년을 보았다.

「저녁 먹었니?」

강기사가 물었다.

「묵기 싫심더.」

소년이 대답했다.

「왜 그래? 내가 빵 사 줄까?」

「괜찮심더.」

하며 소년은 먼 하늘에 눈을 주었다.

강기사는 일 호실에 보름째 묵고 있는 장기 투숙객 세 사람 중 한 사람이었다. 일 호실 손님 셋은 서울서 내려온 토지개발공사 측량기사였다. 그들은 강 상류 쪽에 댐을 만들고 수로를 낼 측량일을 하고 있었다. 그렇게 되면 주렛골 일대의 천수답 수만 평이 수리답으로 건져지는 셈이었다. 측량이 끝나면, 공사는 내년이나 내후년에 시작된다고 말했다.

「자, 한잔 들게.」

안방에서 장영감의 목소리가 들려왔다.

「이젠 닷새장도 막창일세. 시골 구석구석까지 길이 뚫리고 장사꾼들이 오토바이로, 트럭으로 물건들을 풀어 놓으니 누가 장을 봐 묵겠어.」

「하긴 그려. 농협 공판장이니, 새마을 연쇄점이 마실마실마다 생겼제. 텔레비가 마실마다 보급돼 촌놈 눈들도 높을 대로 높응게 장돌뱅이는 상델 하려 들어야제.」

황씨의 풀죽은 말이었다. 술을 드는지 한동안 말이 없다가 황씨가 한숨 끝에 말머리를 바꾸었다.

「나도 인자 힘이 딸려 더이상 장사도 몬 하겠구만. 내 나이 벌써 환갑이 아닌가. 모은 돈이나 있다모 어데 주저앉아 살겠건만 적수공권에 가랑잎 같은 신세니…….」

「그라모 정례는 어떡할라구 그래예?」

화양댁의 말이었다. 정례란 말에 소년의 귀가 번쩍 뚫렸다.

「요샌 도회지도 식모 구하기가 하늘에 별따기라 앙캅니껴. 열 살이라모 안죽 나이야 어리지마는 좋은 임자만 만낸담 돈푼깨나 받을 거로요.」

「화양댁도, 그 소리 좀 치우구랴. 어찌 사람을 소 돼지 팔듯 팔아 넘겨.」

황씨가 역정을 돋우었다.

「혼자 몸 건사하기도 점점 심드는 판국에 누이 좋고 매부 좋은 격이지, 안 그래요?」

화양댁이 웃음을 쏟았다.

「정례로 봐도 그렇제, 부잣집에 가서 호강하고 핵교도 넣어 줄줄 누가 알아예. 황씨, 어데 내가 주선을 한 분 해 보까? 일이십만 원이야 따 놓은 당상이고, 잘 팔모 한 삼십만 원도 받을걸. 생긴 것도 반반한데다, 커서도 데불고 갈 부모가 읍스니…….」

소년은 더이상 안방 안의 말을 듣고 있을 수가 없었다. 삼거리목을 떠나야 한다는 생각이 불길같이 소년의 마음을 싸잡았다. 지금 떠나지 않으면 다시는 이런 기회가 오지 않을 것 같았다. 소년은 주위를 둘러보았다. 강기사는 세수를 마치고 일 호실로 들어가고 없었다. 방안에서는 트랜지스터의 유행가 소리만 흘러나왔다. 부엌은 전등만 켜진 채 휑뎅그레 비어 있었다. 경자는 아마 주차장으로 나간 모양이었다. 소년은 발소리를 죽여 안채 뒤란으로 돌아갔다. 처마 밑 안방 굴뚝 옆에 썩은 판자들이 수북이 쌓여 있었다. 소년은 어둠 속에서 눈을 홉뜨고 그 한쪽 귀를 들쳤다. 손을 깊숙이 밀어넣었다. 깡통이 잡혀졌다. 그것을 꺼내었다. 소년은 그 속에 든 지전과 동전을 호주머니에 쓸어넣었다. 손님들이 심부름값으로 푼돈을 줄 때마다 몰래 모아둔 돈이었다.

삼거리목 장과 진영 장을 보고 황씨는 사흘 뒤 가술로 갔다. 술과 밥을 파는 감나무집으로 들어서자 주인 아낙이, 정례는 우짜고 호문차 와요, 하며 황씨를 맞았다. 이틀 전, 새벽같이 웬 절름발이 사내아이가 와서, 황씨가 데리고 오란다며 앓고 있는 정례를 들쳐업고 갔다는 것이다.

河童

「종수야, 뛰거라. 좀 쌔기 쫓아온나. 더 퍼뜩, 더 쌔기!」

병쾌가 가쁜 숨을 내쉬며 말했다.

병쾌는 지게를 지고 있었다. 그 지게 위에는 작은 솥과 그릇 몇 개, 그리고 쌀과 보리쌀이 섞인 자루 하나, 비료부대에 뭉쳐 싼 된 장 따위가 들어 있었다. 그의 얼굴은 벌써 땀으로 범벅이 되어, 홍시같이 열기 오른 얼굴이 잘도 익어 있었다. 그가 뛸 때마다 지게에 얹힌 그릇들이 재갈재갈 소리를 냈다.

조금 더 빨리 뛰자, 숨이 막힐 때까지, 뗏목을 타고 떠날 때까지. 나는 이빨을 앙다물었다. 동아줄을 치켜 메었다. 그 동아줄은 팔푼이가 훔쳐온 것이었다. 굵은 동아줄이 얼마나 무거운지 어깨가 둘러빠질 듯한데, 가쁜 숨길이 자꾸만 목구멍을 메우고 채어올랐다.

「이 쥑일 놈의 팔푼이자슥. 팔푼아, 니는 해방되던 재작년에 호열자로 안 죽고 병신 같은 기 머할라꼬 안죽 살아서 속 썩키노.」

팔푼이의 팔을 잡고 앞서 달리던 장쇠가 뾰족한 턱을 내두르며 고함을 질렀다.

장쇠는 운동회때마다 달리기에 늘 일등을 맡아놓는 솜씨지만,

기형적으로 몸이 뚱뚱한 팔푼이가 자꾸 걸음을 늦추므로 화가 치미는 모양이었다. 그는 허리춤에 숟갈을 댓 벌 찌른 채 큼직한 바구니 하나를 끼고 있었다. 그 바구니 속에는 간장병과 참기름, 마늘이 들어 있었다. 아무것도 가진 것 없이 뛰고 있는 녀석은 팔푼이뿐인 셈이다. 애가 좀 모자라 반에서도 성적이 늘 꼴찌인 그는 어기적거리고 뛰며 눈물까지 짜고 있었다.

우리는 잡목 숲을 헤치고 도랑을 건너 쉬지 않고 달렸다. 우리들의 벗은 아랫도리는 물론 삼베 팬츠도 이슬에 쫄딱 젖고 말았다. 검둥이가 멍멍 짖으며 우리를 잽싸게 앞질렀다. 드디어 팔푼이가 와락 울음을 터뜨렸다. 장쇠가 팔푼이를 사정없이 걷어찼다. 자기를 빠뜨리지 말고 꼭 끼워 달라고 사정하던 때가 언젠데, 이 정도의 뜀박질을 못 참느냐고 장쇠가 녀석을 윽박질렀다. 장쇠는 팔푼이의 손을 꽉 쥔 채 잠시 늦췄던 뜀박질을 다시 바쁘게 채근했다. 우리는 지금에 와서 팔푼이를 다시 마을로 돌려보낼 수는 없었다. 그가 만약 장터로 되돌아가게 되면 우리의 탈출이 수포로 돌아가기 때문이었다.

낙동강둑 쪽 수산 뒷산의 하늘이 잉크빛으로 트여오기 시작했다. 숲에서 새들이 깃을 치는 소리도, 재잘거리는 소리도 들렸다. 눈떠오는 밝음 속에서 싱그런 풀내음이 단내나는 코에 흠씬 묻어왔다. 마을 사람들에게, 아니면 선생에게 뒷덜미를 잡힐 듯한 긴장감에 나의 가슴은 터질 것만 같았다. 어지러워 자꾸만 눈이 감겼다. 그러나 팔월의 신선한 새벽, 어둠을 가르고 찬 공기를 마시며 장터를 탈출한다는 사실은 즐겁다 못해 오줌까지 흘릴 지경이었다.

지나리를 지나 본산으로, 본산을 지나 들판 논길로 우리는 쉬지 않고 달렸다. 우리가 장터를 탈출하여 고향땅을 등지기로 한 이 엄청난 계획을 눈치챈 사람은 아무도 없었다. 또한 우리들이 신새벽에 장터를 빠져나온 것을 본 사람도 물론 없었다. 낯설고 신기한

도회지, 숯불로 밥을 해 먹고 전차가 달리는 부산, 그 곳에서 우리
가 어떻게 살 것이냐란 문제는 다음이었다. 우리들은 오직 허기와
어른들의 모멸에 찬 눈총과 무료함이 고름처럼 괴어 있는 장터를
떠나 여정의 모험에다 스스로를 송두리째 던져 넣어 본다는 사실만
이 지금 가장 중요했던 것이다.

팔푼이가 다시 막무가내로 주저앉으려 했다. 이제 조금만 더 뛰
면 강둑에 닿을 수 있는데 녀석이 몸을 뻣대었다. 장쇠가 다시 눈
알을 부라렸다. 그러자 지게를 진 채 씩씩거리며 달리던 병쾌가 장
쇠를 보고 말했다.

「장쇠야, 마 엔간이 해둬라. 본산을 지냈는데 설마 요게까지 누
가 뒤쫓아올라꼬. 숨질 좀 돌리고 천천히 가도 인자 괜찮다.」

역시 병쾌는 대장다웠다. 그의 말에 장쇠는 팔푼이의 손을 놓았
다. 팔푼이는 이제야 살았다는 듯 된숨을 내쉬었다. 나도 숨을 좀
돌릴 수가 있었다. 어지럼증 때문에 더이상은 달릴 수도 없었다.

우리들은 뛰기를 그만두고 이제 잰걸음으로 걷기 시작했다. 내
가 읍내 장터 쪽을 뒤돌아보니, 어둠을 지우며 동네가 뿌옇게 드러
나고 있는 저편, 밥을 짓느라고 곳곳에서 푸른 연기가 피어오르고
있었다. 갑자기 왈칵 서러운 생각이 들었다. 나는 언제 다시 고향
에 돌아갈 수 있을 것인가. 그러나 나는 마음을 다잡았다.

포플러가 늘어선 낙동강둑에 닿았을 때, 어둠도 한겹 꺼풀을 벗
고 있었다. 포플러는 짙은 초록으로, 강물은 밝은 회색으로 눈떠
오고 있었다.

「왔구나. 너거들 증말로 시간 딱 맞춰서 왔구나. 고생 많았지
러.」

먼저 나와 있던 철하동네의 점박이가 우리를 보고 환성을 올렸
다.

점박이는 병쾌의 지게를 벗겨 주었다. 나는 질펀한 모래톱에 몸

을 던지고 앉았다. 다리를 쭉 펴고 숨을 들이켰다. 그 사이 병쾌는 지게에서 낫을 꺼내더니 후미진 저편 웅덩이 쪽으로 달려갔다. 그곳에는 우리들이 사흘을 꼬박 걸려 만들어 놓은 뗏목이 풀더미 속에 감추어져 있었다.

「전부 쌔기 온나. 인자 우릴 찾는다꼬 장바닥이 발칵 뒤집어졌을 끼다. 퍼뜩 떠나야제. 얼른 뗏목을 물에 띄우자.」

병쾌의 말에 우리는 모두 우르르 그쪽으로 몰려갔다. 어제 오후, 남의 눈에 띄지 않게 뗏목을 풀로 덮어 두었는데 그 풀들은 이미 시들어 있었다. 우리는 이슬에 젖은 눅은 풀을 걷어내었다. 그리고 힘을 모아 뗏목을 물가로 옮겨 모래톱까지 끌어내었다.

그 뗏목을 눈여겨보자, 나는 비로소 우리의 여행을 실감할 수 있었다. 나의 숨길은 다시 벅차오르고 입에 침이 말랐다. 사방 사 미터 정도의 뗏목은 포플러 허리와 소나무를 꺾어 만든 배였다. 사흘 동안 땡볕 아래서 낫과 손도끼로 수십 그루의 나무를 찍어 내어 그것을 새끼와 칡덩굴로 얽어 만들 동안 우리의 등은 몽땅 허물을 벗었고, 손바닥조차 껍질이 벗겨질 정도였다. 우리가 더위와 허기와 노동에 지쳐 해거름녘 마을로 향할 때면 모두 녹초가 되어 있곤 했었다.

우리들은 마을을 탈출하기에 앞서 어제 그 뗏목의 실용성을 두고 실험까지 해 보았다. 그 결과 뗏목은 우리 모두를 태우고도 물에 떴고, 우리가 그 위에서 아무리 뛰고 굴러도 그것은 튼튼한 멍석처럼 우리를 잘 수용했던 것이다. 검둥이를 포함한 우리 일행 다섯 명은 숨돌릴 여유도 없이 병쾌의 말을 좇아 출발을 서둘렀다. 아침밥은 강 하구로 십 리쯤 내려가 인가가 없는 곳에서 지어 먹기로 작정하고 우선 마을과 가까운 현장에서 벗어나기로 한 것이다.

우리가 그 계획을 세우기는 지난 칠월 하순, 방학을 바로 앞두고였다. 병쾌, 장쇠, 점박이, 팔푼이, 그리고 나는 같은 육학년의 남자반으로 한 교실에서 공부하는 처지이긴 했지만, 육십오 명 중 오직 다섯 사람만이 뗏목을 타고 마을을 떠나기로 결심한 데는 그럴만한 맺힌 이유가 있었다. 그것은 가정환경이 주원인이었는데, 우리는 한결같이 가난하다는 점이었다. 도시락을 싸오지 못해 점심 시간이면 다른 아이들이 도시락을 까먹는다고 김치 냄새를 피우며 분답시끌할 때, 우리는 슬그머니 교실을 빠져나왔다. 그래서 배고픔을 잊으려고 땅따먹기, 꼰놀이, 목말타기에 열중했던 것이다. 그리고 팔푼이가 반에서 꼴찌를 도맡는 외, 나머지 네 명은 그 위에서 자리바꿈을 하는 정도의 석차여서 담임 선생의 눈밖에 벗어난 지 이미 오래 전이었고, 각종 납부금을 못내어 교무실로 불려가는 것도 늘 우리 다섯 명이 고작이었다. 또한 장쇠를 제외하고는 모두 아버지가 없다는 점도 우리를 더욱 강하게 묶는 큰 작용을 하고 있었다. 병쾌 아버지는 가숙서 낙동강 나루터의 뱃사공을 지냈는데 해방 직후 좌익들 패거리의 꾐에 말려 편지 나부랭이를 전해주다 총살당했고, 쇠전걸의 백정인 점박이 아버지는 해방된 이듬해, 그러니 작년에 호열자로 죽었고, 팔푼이 아버지는 역마살이 끼어 낭인처럼 떠돌다 객사를 했다. 그리고 나의 아버지는 이태 전 폐병으로 죽고 말았다. 한편 장쇠 아버지는 떠돌이 미역장사를 하고 있었으므로 한 달이면 스무닷새를 타지에서 보냈기 때문에 아버지가 있긴 하지만, 그의 처지도 우리와 엇비슷했다.

　여름방학을 며칠 앞둔 토요일, 학교가 파하자 늘 똘똘 뭉쳐다니던 우리 다섯 명은 멱도 감을 겸, 돌아오는 길에는 참외밭서리를 하려고 낙동강으로 나갔었다. 그런데 멱을 감다 병쾌가 불쑥 제의를 했다.

　「야, 우리 말이다. 뗏목을 만들어 타고 부산까지 내려가 보는 기 어떠노? 아부지가 뱃사공이어서 나는 뗏목을 잘 만들 수도 있고 노도 저을 줄 알거덩.」

병쾌는 체격이 바라진데다 우리 반에서도 주먹이 세기로 첫째를 꼽았다. 거기다 하는 짓이 늘 어른스러워 우리 다섯 명 중에서 늘 지휘자 노릇을 했는데, 그의 첫 발언은 너무 당돌했으나 우리들을 단박 매혹시키기에 충분했다. 거울날 논두렁에 불을 지른다든지, 작당을 하여 여생도를 골린다든지, 다른 동네 아이들과 패싸움을 하기 위해 원정을 떠나든지 하여 우리들이 곧잘 황당무계한 계획을 세우곤 했던 것도 그즈음이었다. 그러나 뗏목을 만들어 타고 마을을 떠나 타지로 가 본다는 계획은 상상 밖이었다. 우리들의 가슴은 병쾌의 한마디 제의에 뜨겁게 불타올랐다. 우리들은 방학만 시작되면 곧 뗏목을 만드는 작업부터 착수하기로 세부계획을 짰다. 그리고 그 사실을 집안 식구에게는 물론 동네 어른 누구에게도 절대 비밀에 붙이기로 모두 손가락을 걸고 맹세했었다.

「난도, 증말로 난도 끼아 준단 말이제? 병쾌야, 날 데리고 간단 말이제?」

팔푼이가 너무 감격하여 마른 웃음을 흘리며 병쾌의 손을 잡았었다.

「그래, 니는 밥을 많이 해 봤으니까 델꼬 간다. 가서도 니는 밥 당번이거덩.」

병쾌가 대답했었다.

뗏목은 강 하구로 천천히 움직이기 시작했다. 장대에다 판자를 붙여 만든 노는 병쾌가 저어 나갔다. 장쇠와 나는 우리들이 각자 집에서 훔쳐온 물건들을 점검하기 시작했다.

「햐, 참말로 바다로 떠나는구나.」

팔푼이가 뗏목가에 책상다리로 앉아, 입을 헤 벌린 채 마을 쪽 하늘을 쳐다보며 중얼거렸다. 검둥이가 그 곁에서 멍멍 짖었다.

우유빛 하늘은 맑게 트여 오고, 강 상류 쪽에서 물오리들이 날았

다. 윗도리가 땀으로 흠뻑 젖어 선득하던 느낌도 아침 기온이 높아
가자 차츰 달아났다. 어느 사이 해가 동편 산 위로 떠오르고, 날은
완전히 밝았다. 일 주일 동안 한차례의 비도 내리지 않아 물살은
비교적 느린 편이었다. 우리가 염려했던 비는 당분간 내리지 않을
모양으로 하늘은 구름 한점 없이 맑게 갰다.

　장쇠와 내가 식량을 점검해 본 결과 나흘 정도 먹기에는 충분한
양이었다.

　「야, 희한한데. 기분 한분 장땡이구나.」

　장쇠가 뗏목 바닥에 네 활개를 펴고 번듯이 누우며 말했다.

　장쇠의 입은 만족하게 풀렸고 눈은 아침 먹이 사냥을 시작하고
있는 제비들을 쫓고 있었다. 병쾌는 삼베적삼을 벗어제치고 능숙
한 솜씨로 노를 저었다. 병쾌는 입학이 다른 애들보다 늦어 나이도
우리 또래보다는 두어 살 많았고 키도 컸다. 노를 저을 때마다 굵
은 팔뚝에 힘살이 솟았다.

　「인자쭘 장바닥이 발칵 뒤집어졌을 끼라. 사람들이 우리를 찾는
　다고 장터 마당을 막 뛰어댕길 끼라.」

　내가 말했다.

　그 말에 아무도 대답이 없었다. 모두들 입을 다물고 엄마나 가족
중 누구를 생각하는 모양이었다. 내가 거의 뜬눈으로 밤을 새우고
방을 빠져나왔을 때, 엄마는 새벽 단잠에 빠져 있었다. 그 곁에 종
임이도 종호도 자고 있었다. 나는 준비해 둔 비료부대에다 된장을
퍼 담고 돌담에 달린 애호박 서너 개를 따선 우리가 모이기로 약속
한 극장 앞으로 내달았었다. 지금쯤 엄마는 나를 찾으러 이모네 집
으로 달려갔을 것이다. 그러며, 종수가 없어졌다고 울고 있을는지
몰랐다. 아니면, 그놈의 자슥 잘 없어져서 입 하나 덜게 됐다고 고
소하게 생각하고 있을는지도 몰랐다.

　뗏목이 지네소(沼)를 지날 때는 물살이 좀 빨랐다. 낙동강이 허

리를 휘어 부채바위에 부딪혀선 삼랑진 쪽으로 몸을 푸는 그 중간, 물이 맴도는 곳이 지네소였다. 뗏목가로 물이 찰싹찰싹 올라오자 팔푼이는 잔뜩 겁을 먹고 뗏목 가운데로 뛰어왔다. 그리곤 만일을 위해 점박이가 자동차 수리소에서 훔쳐온 튜브를 꼭 껴안았다. 그러나 뗏목은 별 탈 없이 몸체를 반쯤 비켜 틀다간 그대로 떠내려갔다.

「놀래지 마라, 까딱없다. 울 삼촌이 그카던데, 뗏목은 고깃배보다 더 요지부동인 기라. 울 삼촌은 일제때 낙동강보다 물살이 더 센 두망강서 뗏목을 탔다 앙카나. 겁만 안 묵으모 까딱없지러.」

병쾌가 말했다.

「두망강? 두망강이 어데 있는 강인공?」

팔푼이가 물었다.

「자슥아, 사생시간에 선생이 앙가르쳐 주더나. 저 만주쪽에 있는 강이라고.」

점박이가 아는 체 말을 받았다.

나도 약간 겁에 질리긴 했지만 병쾌의 말에 마음이 놓였다. 팔푼이를 제외하고 우리 모두는 헤엄에 어느 정도 자신이 있었으나 물살이 맴을 도는 큰 강을 헤엄으로 건너 본 적은 없었다. 그 중 점박이는 장쇠와 나보다도 힘으로나 기술로나 헤엄질을 훨씬 잘해서 낙동강 강폭쯤 되는 여래못을 쉽게 건너곤 했었다.

「야, 지네소를 빠져나가모 밥해 묵자. 배떼기가 헐출한 기 꼬르락 소리까지 나거덩.」

장쇠가 말했다.

우리들은 모두 병쾌의 입을 보았다. 그의 허락이 내려야만 하기 때문이었다. 병쾌가 머리를 끄덕거렸다. 그는 노를 뉘어 저어 뗏목을 강변 쪽으로 유도하기 시작했다. 뗏목이 강변 가까이로 흐르자 점박이가 긴 장대로 강바닥을 쑤셔 뗏목을 모래톱으로 빠르게 밀어붙였다.

　팔푼이의 어머니는 장터마다 싸돌며 떡을 팔았다. 그래서 팔푼이는 늘 스스로 죽을 쑤어 두 사내동생들과 끼니를 때울 때가 많았으므로 그는 이 여행에 밥당번을 맡았고, 뭍으로 오르자 곧 밥짓기에 착수했다. 병쾌는 뗏목이 떠내려가지 못하도록 동아줄로 뗏목을 묶어 그것을 강변 버드나무에다 잡아매었다.

　「종수야, 니는 돌멩이를 공구어 솥을 걸고, 장쇠하고 점박이는 가지밭을 찾아서 반찬꺼리를 가꼬 온나.」

　병쾌의 말이 떨어지자, 우리는 바쁘게 각자의 일거리를 찾아 떠났다. 참으로 신나는 작업이었다. 이미 해는 한뼘 높이로 떠올라 놋쇠처럼 서서히 열을 달구어 가고 있었다. 우리가 아침밥을 짓기 위해 뗏목을 멈춘 지점에는 마침 인가가 없었다. 그런데 난처한 일이 생기고 말았다.

　「병쾌야, 우짜모 좋노? 내가 깝북 잊아뿔고 당성냥을 안 가주고 왔지러.」

　팔푼이가 쌀을 씻어 오면서 울상이 된 얼굴로 말했다.

　팔푼이가 몇 통의 성냥을 가져오기로 되어 있었는데 그걸 가지고 오지 않음으로써 밥을 지어 먹기가 힘들게 된 것이다. 손도끼로 불을 지필 구덩이를 파고, 돌 세 개를 구해와 솥을 걸 수 있게 해놓은 나는 그만 폭삭 김이 빠졌다. 주위를 둘러보아도 가까이는 동네가 보이지 않았다. 또 성냥을 구하기 위해 낮선 마을을 찾아간다 해도 상점을 발견하지 않는 이상 누군들 조무래기 우리에게 쉬 성냥을 줄 것 같지가 않았다. 나는 화가 나서 팔푼이의 멱살을 잡고 가슴패기를 쥐어박았다. 팔푼이는 금방 울음을 터뜨리고 그 자리에 주저앉아, 그 잘 흘리는 눈물을 짜며 악다구니를 쓰기 시작했다.

　「마 치아라. 내가 우째 구해 보꾸마.」

　병쾌가 적삼을 껴입으며 시투렁이 말했다.

병쾌는 장쇠와 점박이가 검둥이를 데리고 찬거리를 구하러 달려
간 오른쪽과 반대 방향으로 내닫기 시작했다. 그쪽엔 익히 우리들
이 와본 적이 없는 낯선 동네가 저 멀리로 가물가물 보였다. 그는
대장답게 어느 누구의 도움도 요구하지 않았고, 그럼으로써 그의
용기는 남은 우리들의 마음을 다시 울렸다.

장쇠와 점박이가 바구니에 하나 가득 고추, 참외, 수박을 따들
고 왔을 때까지 병쾌는 돌아오지 않았다. 우리는 갑자기 말을 잃
고, 뱃가죽을 주려 오는 허기에 떨며 병쾌가 사라진 동네 쪽으로
멍한 시선만 보내고 있었다.

「내사 마 집에 갈란다. 빙충이 같은 내사 아무래도 너들캉 같이
부산까지는 몬 가겠다…….」

팔푼이는 칭얼거리고 울며 같은 말을 다시 읊조렸다. 그럴 때마
다 장쇠가 팔푼이의 부스럼투성이 머리에다 알밤을 안겼다.

「병쾌가 어른들한테 붙들맀는지 모른다, 그자. 그라모 우리 있
는 여기로 병쾌는 몬 올끼다. 당장에 장터걸로 끌리갈란지도 몰
라.」

장쇠가 두려운 목소리로 말했다.

「앙이다. 붙잡힜다카모 우리 있는 데를 갈키 줘서 어른들과 함께
여게로 올끼라. 그라모 우리까지 몽땅 붙잡히고 마는 기라.」

내가 떨며 그 말을 받았다.

자주색 반점이 번져 있는 오른쪽 뺨을 씰룩거리며 점박이가 내
말을 힘차게 뒤집었다.

「그랄 리가 있나. 병쾌는 절대로 잡힐 리가 없다. 나는 여태까지
병쾌가 실수하는 거를 몬 봤거덩. 당성냥을 몬 구해 오모 쇠똥에
불을 붙이서라도 가꼬 올끼라.」

그러나 나는 자꾸만 불안해졌다. 그 때, 저편 동네 쪽에서 필갑
만한 크기로 병쾌가 손을 흔들며 달려왔다. 일이 성공한 모양이었

다. 틀림없이 성냥을 구했기 때문에 손을 흔드는 것이 분명했다. 팔푼이도 울음을 그쳤고, 우리는 금세 기분을 회복했다. 점박이가 그를 맞으러 손을 맞흔들며 뛰어갔다. 장쇠도 나도 안도의 한숨을 내쉬고, 팔푼이는 바가지를 들고 시냇가로 물을 뜨러 달려갔다.

병쾌는 큰 성냥갑 외에도 말린 오징어 한 축에 초 한 봉까지 들고 있었다.

「니 돈이 있었나. 이게 다 머꼬?」

장쇠가 오징어 축을 병쾌로부터 받아쥐며 들뜬 목소리로 물었다.

병쾌는 이마에 맺힌 땀을 훔치며 잠시 말이 없더니,

「쌔빗(훔쳤)지. 아침이라 점방 보는 사람이 없어서 내가 쌔비가 꼬 내뺐지.」

하고 시무룩히 대답했다. 훔친 게 대장답지 못하다고 느꼈던지 그는 별 자랑스러운 표정이 아니었다. 그러나 우리는 감탄으로 입을 다물지 못한 채 그의 뼈대 억센 얼굴만 쳐다보았을 뿐이었다.

팔푼이가 지은 밥은 물을 너무 많이 부어 풀죽으로 풀어졌으나, 우리는 실로 오래간만에 꿀맛같이 먹어치웠다. 된장에 절인 깻잎과 고추를 고추장에 찍어 꼭 무슨 먹기대회처럼 퍼먹어댔던 것이다. 장쇠는, 소풍때 먹는 김밥이 이 풀밥보다 맛이 없었다고 지난 봄 소풍을 회상하기까지 했다.

우리는 아침 식사를 끝내자 솥이나 숟갈을 씻을 여유도 없이 다시 뗏목에 올랐다. 상점 주인이 병쾌를 쫓아올는지 몰랐으며, 아직도 읍내 장터를 훨씬 벗어나기에는 부족한 거리였던 것이다.

다시 뗏목은 물살에 밀려 떠내려가기 시작했다. 팔푼이가 노래를 부르고, 우리는 그 노래에 맞추어 박수를 쳤다. 장쇠는 솥을 엎어놓고 숟갈로 장단을 맞추었다. 이 강산 낙화 유수 흐른 달밤에……. 팔푼이는 어른 흉내를 내며 꼽추춤까지 추었다. 우리는 참외와 오징어를 씹으며 수학여행을 떠나는 중학생처럼 기고만장해졌다.

　해가 중천으로 떠오르자 찌는 더위가 강변 공기를 부풀어올렸다. 밤새 서늘하게 식었던 강물이 서서히 달구어지기 시작했다. 강변의 한가로운 풍경이 뗏목 뒤로 천천히 흘러갔고, 강둑에서 소를 먹이던 우리 또래의 애들이 신기한 듯 뗏목을 쳐다보며 손을 흔들었다. 어른들은 손가락질까지 해대며 쑤군거렸으나 헤엄을 쳐와 우리를 뭍으로 끌어내려 하지는 않았다.

　「야, 그걸 타고 너거들 어데로 가노?」

　아이들이 둑에서 소리를 치며 물었다.

　「자슥들아, 좁살 같은 너거 놈들하고 우린 다르다. 여기로 헤엄쳐 오모 불알을 까부릴 끼다!」

　점박이가 팔을 휘두르며 고함을 질렀다. 그러자 팔푼이는 주먹 쥔 손에 용두질 치는 시늉을 해대며 엿을 먹였다. 우리는 곧잘 쓰던 욕지거리로 그들의 부러워하는 시선에 당혹감을 끼얹었다.

　해가 높이 떠오르자, 밤사이 잠을 놓쳤는지 팔푼이가 먼저 뗏목에 등을 보이고 엎어졌다. 그리고 곧 코를 골며 잠에 떨어졌다. 그러자 녀석의 코 고는 소리에 전염이나 된 듯 나도 장쇠도 점박이도 뗏목 위에 가로 세로 등을 붙이고 말았다. 곤두세웠던 신경과 식곤증이 정오의 열기 속에서 우리를 졸음 속에 까물어들게 한 것이다.

　내가 눈을 뜬 것은 더위 때문이었다. 그늘 한점 없는 뗏목 위에 그대로 쓰러져 곯아떨어진 것이, 더위가 몸을 땀투성이로 만들고 끝내는 목구멍까지 숨을 차게 했던 것이다. 놀랍게도 혼자 노를 젓고 있는 병쾌를 제외하고 모두 아직 잠에서 깨어나지 않고 있었다. 아마 서너 시간쯤 잠을 잤는지, 해는 이미 서쪽으로 기울어져 있었고, 서너 시는 좋게 된 모양이었다. 나는 서둘러 친구들을 깨웠다. 모두들 눈을 비비고 일어나자, 우리는 곧 뗏목을 강변으로 밀어붙이는 작업에 착수했다.

「너그들, 배고푸지러. 저녁 반찬은 말이다. 저 소쿠리로 괴기를 잡아서 해 묵자.」

병쾌가 제안을 했다.

팔푼이는 벌써 더위를 먹었는지, 골통이 쑤신다고 하소연을 늘어놓았다. 모래펄로 나서자, 읍내 장터로부터 얼마쯤 떠내려왔는지, 우리가 상륙한 지점이 어딘지를 전혀 알 수가 없었다.

팔푼이는 계속 골치타령을 읊조렸으므로 나무 그늘에 뉘어 두고, 밥은 내가 맡게 되었다. 병쾌와 다른 친구들은 수초가 들어찬 개굴창으로 고기잡이를 갔다. 강가에 나와 있던 마을 아이들이 신기한 구경거리가 생긴 듯 팔푼이와 내 주위로 몰려들어 이것저것 조심스런 질문을 던지기 시작했다.

「시끄럽다. 우린 말이다, 해적놀이를 하고 있거덩. 저 뗏목을 타고 바다까지 내리갈끼다, 이 말이거덩.」

나는 의기양양하게 그들의 호기심을 까뭉개며 대답했다. 팔푼이는 나무등걸에 등을 기댄 채,

「너거들 집으로 가서 아무끼나 반찬거리를 가져와.」

하고 으름장을 놓기도 했다.

내가 밥을 다 지어 놓았을 때쯤 병쾌와 친구들이 돌아왔다. 수확은 자잘한 붕어와 미꾸라지 몇 마리가 고작이었다. 그래서 그것만으로 찌개가 곤란한데다 다시 허기가 뱃속을 곯렸으므로, 미꾸라지는 버리고 붕어는 산 채로 고추장에 찍어 뼈까지 어적어적 씹어먹었다. 다행히도 마을 아이들이 김치와 채나물을 가져다 주었으므로 아침보다 훨씬 찬거리가 많았다.

「종수 니가 밥은 더 잘하구나. 내일 아침도 니가 밥을 해라.」

병쾌가 알맞게 된 밥을 꾸역꾸역 입 속에 퍼넣으며 말했다.

우리가 식사를 할 동안 마을 아이 댓명은 우리 주위를 싸고 앉아 마치 곡마단 패거리의 원숭이를 구경하듯 입맛을 다셔가며 우리의

식사 광경을 지켜보고 있었다. 식사를 마치자 나무 그늘에서 잠시 휴식하곤, 몀을 감았다. 아직 해가 산등성에 남아 있었으므로 해가 진 뒤 뗏목을 타기로 한 것이다. 그 동안 팔푼이도 머리가 개운해져 튜브를 타고 물장구를 치며 놀았다. 그래서 우리는 신갈이란 마을의 강변에서 어둠이 올 때까지 시간을 보냈다. 그 동안 마을 아이들과도 어느 사이 친구가 되어, 우리가 뗏목을 타고 떠날 때는 손을 흔들어 배웅까지 해주었다.

우리는 다시 뗏목 위의 여정에다 몸을 맡겼다. 강변에 어둠이 풀리자 바람도 시원하게 불어와 한결 기분이 좋았다. 팔푼이가 〈따오기〉를 불렀고, 우리는 그 노래를 합창했다. 노을빛에 쓸리는 강변의 갈대와 키 큰 포플러가 마치 개선하는 우리를 마중나온 호위병 같았다.

구름 한점 없는 하늘에 별이 촘촘히 돋아났다. 그런데 어둠이 지척을 분간할 수 없을 정도로 뗏목을 휩싸자 우리는 서서히 말을 잃어갔다. 적요함이 어둠과 더불어 뗏목 위에 깊이 침잠해 갈수록 물빛은 더 검은 어둠으로 우리를 불안케 했다. 강 상류의 아련한 불빛들을 뒤로 하며 뗏목은 쉼없이 흘러내려갔다. 사위가 고요 속에 가라앉고 뗏목의 가장자리를 치는 물소리만이 들리자 무섭기가 서서히 나를 압도해 왔다. 그것은 우리들이 뗏목 여행의 계획을 세울 때 미처 생각하지 못했던 돌연한 불안이었다. 밤새가 끼룩끼룩 울었다. 검둥이도 멀찍이 서 있는 강변 포플러를 보며 외로이 컹컹 짖기 시작했고, 노를 젓는 병쾌를 제외하고 서로는 어둠 속에 묻혀가는 친구들의 초췌한 표정을 살피며 숨을 죽였다.

나의 눈앞에 장터 사람들의 얼굴이 떠올랐다. 모깃불을 피워 놓고 장터 마당의 가마니 위에서 우리들의 잠적에 대하여 지껄일 마을 어른들의 이야기와, 우리 다섯 명의 엄마와 마을 장정들이 쉰 목청으로 소리소리 우리의 이름을 부르며 여래못이나 낙동강둑을 헤맬 모습과, 그들의 찌그러진 주름살을 파고 내릴 눈물이 겹쳐 떠올랐다. 어느덧 나의 눈에는 눈물이 괴기 시작했다. 아, 우리는 언제 다시 고향 땅을 밟게 될 것인가. 안경 낀 무서운 담임 선생님과 풍금치는 여선생과, 동생 종임이, 종호는 언제 만나게 될까. 모든 생각이 뒤죽박죽이 되고 싸한 강바람을 맞는 피부에 아픈 소름이 돋기 시작했다. 나는 외로이 컹컹 짖는 검둥이를 가슴에 꼬옥 안고, 여름밤 속에서 서러운 가을비처럼 수심에 젖어갔다.

드디어 팔푼이가 더이상 참지 못하고 오열을 봇물처럼 쏟아내기 시작했다.

「병쾌야, 나를 내라도고. 나는, 나는 증말 집으로 갈란다. 내 호문차라도 집으로 돌아갈란다.」

팔푼이는 노를 쥐고 버티어 선 병쾌의 다리를 잡고 마구 흐느끼며 떨었다.

그와 더불어 나의 목구멍에서도 신음이 쏟아졌다.

「참말이다. 병쾌야, 인자 우리 고만 집으로 가제이. 뗏목놀이도 많이 했응게 끝내고…….」

나의 애원에 뒤따라 장쇠도 낮은 소리로 중얼거렸다.

「종수 말이 맞다. 이대로 내리가다가는 바다에 빠져죽을 끼라. 그라모 우리는 다시 마실로 몬 가고 어무이도 몬 보게 될 끼라.」

그러자 병쾌가 외쳤다. 그가 우리에게 화를 낸 얼굴을 보인 것은 뗏목을 만들기 시작한 후 처음이었고, 그것이 또한 마지막이었다.

「병신 같은 자슥들, 울기는. 정 그라모 가거라. 점박이와 나는 이대로 계속 갈테이게 너그들은 집에 가거라. 가서 천덕꾸렁이가 되어 쫄쫄 곯으미 버썩 마른 개새끼처럼 구박이나 받고 살아라 말이다!」

「참말이다. 병쾌하고 나는 끝까지 간다. 죽었으모 죽었지 부산 앞바다까지 가볼끼다.」

　점박이가 손등으로 눈물을 닦으며 소리쳤다. 그는 병쾌를 누구보다도 따랐지만 그렇게 강하게 나올 줄은 예상 밖이었다.

　「바라. 점박이 말 들어바라. 사람은 한분 마음묵으모 우짜다 죽게 되더라도 그 묵은 마음이 안 빈해야 되는 기라. 공부 시간에 선생님이 그런 말 하는 거 다 들었지러.」

　병쾌는 노를 더욱 힘차게 저었다. 둘의 목소리에 스민 꺾을 수 없는 강한 기운에 장쇠와 나는 그만 소침해지고 말았다.

　「참말로 부끄럽지마는 나는 집에 갈란다. 공부 몬 한다고 선생님한테 맞아도 좋고, 배가 고파 장날에 살(쌀) 째비묵으로 댕기도 좋다. 마 어무이한테 가서 살란다.」

　장쇠가 말했다. 말끝에 달린 장쇠의 울음도 어느 사이 팔푼이처럼 높아져 있었다.

　「정 그라모 니는 내릴래?」

　병쾌가 노를 놓으며 장쇠 앞에 우뚝 섰다.

　「오냐, 지발 내리도고…….」

　팔푼이가 무릎을 꿇고 병쾌 앞에 두 손을 맞비비었다.

　「그라모, 여게서 뛰내리라. 나는 겁쟁이다. 가스나 같은 겁쟁이다, 하고 세 분 큰 소리로 말하고 뛰어내리거라. 그래서 헤엄을 쳐서 장터로 가거라. 저리, 저쪽 핀으로 무작정 걸으모 우리 읍이 나올끼다. 가스나보다 몬난 빙신, 씨레기 같은 늠들, 너그들하고 맹세한 내가 맹추였다.」

　병쾌가 이빨을 갈았다. 그러나 그의 허탈한 목소리는 분명 우리를 용서해 주는 너그러움이, 그 너그러움을 안으로 눌러 삭이는 괴로움에 젖어 있었다.

　장쇠가 떨리는 목소리로,

　「나는 겁쟁이다. 가스나보다 겁쟁이다.」

하고 세 번을 읊고는 물에 뛰어들었다. 나 역시 겁쟁이다란 말을 세 번 외칠 때, 나는 차마 가스나보다 못난 고추를 달고 있는 것이 부끄러웠고, 그런 수치를 가려 주는 어둠이 얼마나 고마운지 몰랐다. 나는 먼 훗날, 땅끝 어디에서 병쾌를 만나게 될 때, 이 부끄러움 때문에 그를 피해 갈 수밖에 없다는 생각도 얼핏 들었다. 내가 물에 뛰어들 때의 느낌은 분명 그 수치로 하여 죽어버리고 싶도록 내 자신이 미웠다. 그러나 찬물이 전신을 휘감자 어느덧 나는 살기로 작정한 채 팔을 허둥거리고 있음을 깨달았다. 병쾌야, 날, 날 지발 용서해 도고, 이 개자슥새끼를 용서해 도고, 하고 흐느끼며 헤엄을 칠 때, 마지막으로 팔푼이가 튜브를 안고 물에 뛰어들었다. 나는 뒤돌아보았다. 어슴푸레한 어둠 저편, 병쾌와 점박이가 뗏목 위에 선 채 허겁지겁 헤엄을 치는 우리 쪽을 바라보고 있었다. 그 두 검은 그림자가 너무나 당당했고 한편 외롭게 보였다.

그 길로 장쇠와 팔푼이와 내가 걷고 또 걷는 고된 도보 끝에 거지와 다를 바 없는 꼬락서니로 읍내 장터에 도착한 것은 이튿날 석양 무렵이었다. 그리고 병쾌와 점박이의 파르족족한 시체가 바닷가 뱃사람들에 의해 마을로 옮겨져 온 것은 그로부터 일 주일 후였다. 둘은 서로가 서로를 놓지 않겠다는 듯 꼭 껴안고 있었다고 뱃사람들은 말했다.

鳶

　국민학교 4학년 때던가, 어느 추운 겨울날 아버지는 방패연을 만들며 옆에 앉은 내게 이야기했다.

　내 나이 열네살 때 돌아가신 니 할부지는 젊은 한시절을 방물장사로 떠돌아댕겼제. 저 울산땅 마실마실 골짝골짝을 바늘, 실, 참빗, 얼레빗에다 연지, 곤지를 등짐지고 떠돌다 보이 늘 허리가 꼬부장했어. 남도 육자배기 한 가락은 구성지게 잘도 뽑아제꼈고 술 또한 대주가라 팔자에 매인 역마살을 임종때까지 손씻지 몬해, 어느 해 겨울인가 고주망태가 되어 눈밭에서 객사하고 말았잖능가베. 역마살이 낀 집안은 원체 손이 귀한 법이라 슬하엔 내 하나를 남겼고, 니 할무이도 내가 채 장성하기 전 전쟁통에 굶어 그만 별세를 했능기라. 지금도 아부지 모습은 눈에 삼하누만. 낡은 맥고모자에 무명 적삼을 입고 그 시절 한창 유행하던 당꼬바지에 짚신을 꿴 채 깐죽깐죽 뱁새걸음을 걷던 키 작은 장돌뱅이를 말이다. 부산서 물건을 받아다가 그걸 다 팔 동안 달포나 집을 비웠다 돌아오모 한 이틀이나 사나흘 정도 집에서 머물곤 했지러. 겨울철이면 집에 쉴 동안 내게 꼭 큰 방패연을 만들어 줏제. 분가루같이 곱게 빻은 사금파리를 명주실에 먹이고 연줄 또한 아주 참하게 만드셨니

라. 그 연줄이 감긴 자새와 연을 내게 쥐주고 집을 나설 때 섭섭해 울라카는 나를 보고 아부지는 노상 이런 말씀을 하셨능기라. 아부지가 보고 싶으모 이 연을 훨훨 띠아라, 저 하늘 높으게 연이 나르는 곳이 바로 아부지가 기시는 곳이거덩, 하고 말이다. 나는 엄동 석달만이 아니고 봄가실에도 연을 날리며 연맨쿠로 멀리멀리 떠댕기는 아부지를 그리며 컸어. 연이 작은 새가 돼서 아주 멀리멀리로 날아가모 나도 연이 돼서 그렇게 하늘 꼭대기로 떠돌아댕겼제. 내가 니 나이만 했을 때 바람 쌩쌩한 어느 겨울이었어. 내가 날린 연과 마실 아이의 연이 쌈을 붙잖았능가베. 연줄이 서로 섞갈리자 나는 자새의 실이 다 풀리도록 연을 멀리로 띄아보냈거덩. 낮짝만 하던 연이 손바닥맨큼 작아지고, 마지막에는 바둑돌맨큼 작아져서 가물거릴 때까지 연줄을 죄 풀어주었제. 둘러선 마실 아이들이 하늘 저 멀리로 콩알만해진 연 두 개를 조마조마하게 치다보았어. 서로 섞갈린 연줄은 풀라캐도 이미 때가 늦었고 어느 쪽이든간에 한쪽 연줄이 끊기야 쌈이 끝을 보게 되었지러. 그런데 내 자새에 연줄이 먼첨 동이 나고 말아뿌지 않은가베. 인자 더 풀어줄 연줄이 없으이까 꼽다시 내 연줄의 한 부분을 다른 아이의 연줄이 외골로 파고들 참이었능기라. 나는 급한 김에 실 없는 빈 자새를 든 채 앞쪽으로 쫓아가기 시작했거덩. 그러나 쪼매밖에 몬 쫓아가 남의 집 담베락에 마주치고 말았제. 내가 우뚝 멈춰서자 탱탱하던 연줄에 갑자기 심이 쑥 빠지더만. 고만 내 연줄이 끊기고 만기라. 저 하늘 멀리로 콩알만한 연이 너풀너풀 떨어져 날아가더만. 아아들의 함성이 터지고, 나는 부끄러움과 분함에 쥐구녕에라도 숨고 싶었어. 나는 자새를 내던지뿌고 가물가물 멀어지는 내 연을 따라 들길로 쫓아가기 시작했제. 내 연이 어데까지 날아가든 꼭 찾아오고 말겠다. 이렇게 앙심을 묵고 숨질차게 쫓아갔지러. 겨울바람이 찹은 줄도 모르고 들을 질러 마실을 지나 멀리 보이는 산으로 산으로 쫓

아갈 적에, 그 연은 내가 그적까지 올라가 본 적도 없는 큰 산 너머로 사라지고 말았제. 한 마장은 좋게 끊겨나간 연줄만 찾아내모 그 연줄을 따라가서 내 연을 찾겠다, 하고 생각하고는 그 높은 산으로 올라안갔나. 아부지가 돌아오모 새로 연을 만들어 달리칼 수도 있었지마는, 그 때는 와 그렇게 잃가뿐 연을 꼭 찾겠다캤는지……. 돌뿌리에 채여 넘어져도 아푼 줄을 모르고 산을 열심히 오를 동안 어느새 해가 꼽박 지고 산 아랫마실은 저녁밥을 짓는 연기가 파랗게 피어오르더라. 산꼭대기까지 올라가니까 솔바람소리가 굉장했어. 바람이 우째 심하게 불어쌌는지 소나무를 꼭 붙잡고 있었지러. 내가 연처럼 날아갈 것만 같애서 말이다. 그런데도 온몸은 땀으로 쫄딱 젖어 있었지러. 제우 정신을 차리고 산 저 아래로 내려다보이까, 거게는 아주 별세계라. 어둠살이 내리는 속에 마실이 점점이 흩어져 있고 꽁꽁 언 실개천이 하얗게 내려다비이고, 작은 멧등도 있고……. 아, 나는 그만 딴 세상에 정신이 팔려 연 찾을 생각도 잊아뿌릿제. 마실 밖을 몬나가 본 나는 첨으로 세상이란 이렇기 넓구나, 하고 탄복했지러. 아부지가 타지서 집으로 돌아와 다른 마실 이바구를 해줄 적엔, 그저 그렇구나 했는데 실제 내 눈으로 사방 천지를 보이까 그만 집으로 돌아갈 생각이 안나능기라. 그래서 인자 내가 연이 돼서 그 딴 시상으로 훨훨 내려갔제. 밤만 되몬 무서바서 통시도 몬가는 내가 그 때는 웬지 무섬증도 없더라. 그로부터 나는 꼬박 닷새 동안 걸뱅이짓을 하며 이 마실 저 마실로 돌아댕겼어. 그렇게 정신없이 딴 세상을 구경하다가 어떤 착한 장돌뱅이를 만나서 제우 집으로 돌아왔능기라…….

오랜 가뭄 끝에 먹장구름이 하늘을 덮었다. 장마가 시작될 모양이라고 마을 사람들은 물꼬를 깊이 트고 논둑을 다독거렸다. 허술한 담장도 손질을 하고 집 둘레 수채의 물길도 다시 한 번 확인하곤 했다. 그러나 낮동안은 날씨가 무덥게 찌기만 했을 뿐 해가 진 뒤에도 올듯 올듯한 비는 끝내 쏟아지지 않았다. 내가 자루를 들여다보니 정부미가 한 움큼도 채 못되게 남아 있었다. 그것으로 밥을 짓기에는 너무 부족했다. 그렇다고 밤 여덟 시는 넘어야 장에서 돌아올 엄마를 기다리기엔 배가 너무 고팠다. 엄마도 오늘 저녁쯤은 양식이 떨어질 줄을 모른 채 어제 아침에 집을 나섰을 것이다. 아니, 어쩜 알고 있을는지도 몰랐다. 인자 쪼매 있으몬 개학이 될낀데 일우 니 월사금을 우짤꼬. 엄마는 어제 아침에도 이렇게 걱정을 하며 간고기를 담은 무거운 플라스틱 함지박을 이고 삽짝을 나섰던 것이다. 한 끼를 굶어 어디 죽기야 하겠나. 엄마는 이런 생각을 하고 있을는지도 몰랐다. 그러나 긴 여름해가 지고, 순희는 배가 고프다고 자꾸 보채었다. 나도 또한 한창 식성이 좋을 중학교 2학년 생이라 더이상 배를 주리고 있을 수만은 없었다. 뱃속에서는 개구리 울음소리가 연신 들렸고 군침이 맹물처럼 자꾸만 입안에 고였다. 그래서 신작로 앞 장씨네 가게에서 라면 두 봉지를 외상으로 가져왔다. 엄마의 꾸중을 듣게 되더라도 어쩔 수 없다는 생각이었다.

　찬으로는 아침에 먹다 남은 신 물김치를 놓고 순희와 내가 쪽마루에 앉아 삶은 라면을 먹고 있었다. 마침 돌배산 위에 번개가 한 차례 깨어지고 난 후였다. 삽짝께에서 인기척이 느껴졌다. 눈을 주니 지팡이를 짚은 키가 큰 남자가 꾸부정히 서서 저 읍내 쪽 신작로를 바라보고 있었다. 그는 밀짚모자를 삐뚜름히 눌러썼고 반소매 회색남방에 검정바지를 입고 있었다. 마루 위에 삼십촉 백열등이 내걸려 있긴 했으나 남자가 머리를 돌리고 있는데다 불빛의 반사로 나는 그가 누구임을 순간적으로 알아보지는 못했다. 낚시꾼일테지, 하고 생각하다가 곧 나는 당신이 아버지임을 알아보았다. 마당귀의 목련꽃이 봉오리를 맺을 때니, 두 달 전에 집을 나간 아버지가 이제야 돌아온 것이다. 집을 떠날 때와는 달리 어디를 다쳤는지 지팡이까지 짚고 있었다.

「아부지, 아부지 아입니껴?」

내 목소리가 떨려나왔다.

아버지는 비로소 얼굴을 집 쪽으로 돌리더니 몸을 지팡이에 의지하여 천천히 삽짝 안으로 들어섰다. 어느쪽 다리도 절름거리지는 않았으나 예전보다 더욱 힘없는 걸음걸이여서 당신은 마치 달이 구름을 가르고 다가오듯한 느낌이었다.

「아이구, 참말로 아부지네. 우짜다가 짝대기까지 다 짚고⋯⋯.」

순희가 맨발로 아버지께 달려갔다. 순희는 아버지의 허리에 두 팔을 감고 울먹이기도 했다. 아버지는 수숫대처럼 넋을 놓고 멀뚱히 서 있었다.

「어데를 많이 다쳤습니껴?」

아버지가 짚고 있는 지팡이를 보며 내가 물었다.

「머, 쪼매. 그래도 마 괜찮다.」

아버지가 처음으로 입을 떼었다. 예의 낮고 둥근 아버지 특유의 목소리였다.

「마루로 올라가입시더.」

하며 내가 아버지의 한 팔을 끌었을 때 다시 한차례 천둥이 맞부딪쳐 우뢰소리를 내지르며 깨어졌다. 번개가 섬광으로 뻗고, 그 번개빛에 돌배산의 완만한 능선이 일시에 하얗게 드러났다. 우리 남매는 자지러지게 놀라 엉겁결에 아버지의 허리에 매달렸다. 아버지의 몸에서는 마구간으로 들어갔을 때의 퀴퀴한 쉰내와 마른 볏짚 냄새가 났다.

「큰비가 올 모양이다.」

아버지가 한 팔로 누이의 등을 두르며 말했다.

「아부지는 어데 갔다가 인자 이래 집에 옵니껴?」

순희가 짜증스레 물었으나 아버지는 아무 대답이 없었다.

「저녁진지는 드셨어예 ?」

내가 물었다.

「읍내서 묵고 왔다. 근데 엄마는 안죽 안 온 모양이구나.」

아버지가 말했다. 그리곤 지팡이를 상기둥에 붙여 세우고는 마루끝에 주저앉았다. 남방 주머니에서 구겨진 담뱃갑을 꺼내더니 한 개비를 입에 물었다. 그리고 목께의 땀을 손으로 닦아냈다.

「어제 아침에 나갔는데, 오늘 덕산장 보고 올낍니더. 인자쯤 오실 때가 돼가는데…….」

내가 말했다.

나는 쪽마루에 놓인 찢어져 댓개비가 보이는 부채를 집어 아버지께 드렸다. 아버지는 천천히 부채를 부치며 울 너머 어두운 신작로쪽에 멍한 시선을 풀어놓았다. 힘없이 벌어진 입과 코에서 남빛 자연이 색실처럼 풀어져 나와 부채바람에 날려 시름없이 사라졌다. 순간, 돌배산과 국민학교 쪽 동관계못의 방죽을 가로지르며 뇌성이 쳤다. 우뢰소리는 연이어 번개를 튀기곤 딱총소리를 내다가 잦아들었다. 마치 이마를 쪼갤 듯 눈앞에 번갯불이 번쩍하자, 마루에 걸린 전등이 꺼져버렸다. 천지가 암흑세상이 되고 말았다. 어둠에 익숙해질 때까지 꼼짝없이 앉아 있을 수밖에 없었다.

「이래 무서븐데 어무이는 우째 올꼬 ?」

깜깜한 속에서 순희가 작은 목소리로 말했다.

「초가 없지러 ?」

아버지가 물었다. 순희와 내가 대답을 못하자, 아버지는,

「순자 소식은 자주 있나 ?」

하고 누나를 두고 물었다.

「공장이 청계천에서 부천인가 어덴가로 옮겼다 카면서 편지가 한 장 왔어예. 돈도 삼만원 부쳐오고예. 그기 하매 보름은 됐을 낍

니더.」

내가 말했다.

누나는 올해 열아홉 살이었다. 누나는 먼저 서울로 올라가 자리를 잡은 방구리댁 딸 두남이의 편지를 받고 작년 봄에 홀홀히 상경하여 처음에는 완구 만드는 작은 공장에서 일한다는 편지가 왔었다. 그리고 작년 추석때 시골을 한 번 다녀가곤 몇 달 소식이 끊겼다가 봉제공장으로 옮겼다는 편지가 오고부터는 매달 편지와 함께 돈을 부쳐왔다.

「고생이 많을끼라. 잘 풀리야 될낀데…….」

아버지는 말끝을 죽이곤 그로부터 한동안 입을 떼지 않았다. 그래서 나는 깜깜한 속에 오직 우리 남매만이 처량히 남아 있고 아버지는 또 어디론가 집을 나가버린 착각에 빠져들었다. 아버지, 하고 나는 입속말로 아버지를 불러 보았다. 그러나 그 소리는 공허하게 나의 귀를 잠시 울렸을 뿐 아버지의 실체가 느껴지지 않았다. 사실 아버지는 집을 비울 때도 집 뒤꼍의 후미진 어디에 미동도 않고 숨어 있듯 했고, 정작 집에 있을 때도 나는 늘 당신이 어디론가 떠나버리고 없는 느낌을 지울 수가 없었다. 한마디로 아버지는 고질적인 떠돌이병을 앓고 있었던 것이다.

아버지를 처음 본 친구들은 대부분이, 늬네 아버지는 참 유식하게 생겼어 하고들 말한다. 외양만을 두고 이야기할 때 아버지는 우리 학교의 교장선생이나 읍장보다도 더 의젓하고 품위가 있어 보인다. 집 앞 동관계못에서 낚시를 하다 아버지를 만난 적이 있는 영어선생까지도 내가 당신의 아들임을 뒤늦게 알고는, 네 부친이 필경 대학문을 들랑거렸을텐데 어느 대학을 다녔었나 하고 물은 적이 있었다. 내가 알기로 아버지는 중학교조차 제대로 졸업을 못했으므로 나는 아무 대답도 할 수 없었다.

아버지는 1미터 77센티의 성큼한 키에 허리와 다리가 늘씬한데다 살색까지 허여멀쑥해, 타지서 온 낯선 낚시꾼들도 아버지를 누구나 농사꾼으로 보지는 않는다. 하관이 발달한 길쭉한 얼굴에 이마가 넓었고 곧고 긴 콧날이 날카로워, 한마디로 선량해 뵈는 선비의 풍모를 갖췄다 하겠다. 거기다 마흔을 넘기고부터 앞과 귀엣머리칼이 세기 시작하더니 쉰이 채 못된 나이에 머리칼이 온통 은발로 변하고 말았다. 그래서 아무렇게나 뒤로 넘긴 결좋은 그 긴 머리칼이 바람에 날릴 때나 햇살에 반사될 때는 그 어떤 고상한 멋까지 풍기고 있었다. 평소 말수가 적지만 얘기를 할 때도 목소리가 조용한 중에 은근하였다. 걸음걸이도 결코 서두는 법 없이 천천히 큰걸음을 떼어, 아버지가 뒷짐을 지고 어깨를 앞으로 가벼이 숙여 동관계못의 방죽길로 산책이라도 할 때면 대학자가 어려운 문제의 실마리를 풀기 위해 사색의 삼매경에 빠진 그런 장면을 연상케 했다.

그런 인상과 외양에 걸맞게 아버지는 이름 대신 도사란 별칭이 붙어 이웃 사람들은 모두 아버지를 정도사라고 불렀다. 그러나 아버지의 친구요, 동관계못 관리장인 민씨는 아버지의 일반적인 그런 풍모와는 또 다른 견해를 펴보였고, 그 말은 여러 점으로 수긍이 가는 점이 많았다.

「정도사 말인가. 그 사람 눈을 한번 꼼꼼이 보게. 갈색동자가 짙게 들어앉아 우째 보모 이 우주의 모든 비밀이라도 풀듯한 눈이야.」

「사실 그래요. 늘 무신 생각에 잠겨 있듯 보이니까 말입니더.」

「하지만 사실 그 눈은 죽은 동태 눈깔이네. 눈빛에 힘이 없어.」

「듣고보니까 그럴싸 합니더. 무슨 숨가놓은 죄를 감춘 사람같이 눈동자가 불안해 뵙니더.」

「그러나 사실 그 사람은 이 세상에 보탬이 될 아무 일도 할 수 없고, 그렇다고 잠자리 한 마리 함부로 쥑일 그런 위인이 못돼.

심약한 사람이라서 말야. 생명 있는 것들이 태어나고 죽고 하는 이치 그대로 그냥 그렇게 순응하며 사는 거지. 있듯 없듯 말일 세.」

「그럴까예? 그러나 틀림없이 무슨 사무친 과거가 있는 분일 낍 니더.」

「글쎄, 그 점까지는 모르지만, 눈만을 두고 말하자모 이 세상 일 이 아닌 다른 세상의 일만 생각하는 그런 몽상가의 눈일세. 뜬구 름장이듯 부평초듯 세상을 민달래씨처럼 날려가며 사는 사람의 눈이 대체로 그렇지.」

이런 대화는 작년 초여름 어느 날, 저녁밥상을 받아놓고 내가 아 버지를 찾아 나서서 동관계못 수문마당에 늘어선 세 개의 밥집 중 하나에 들렀을 때, 민씨와 젊은 예비군 중대장이 막걸리잔을 앞에 놓고 지껄이던 얘기였다. 그 날로 아버지는 또 집을 나간 채 한 달 남짓 지난 후에야 귀가했던 것이다.

사실 두 사람의 그런 대화는 빈말이 아니었다. 아버지는 여러 점 으로 혼이 약간 빠진 듯한 그런 일면을 자주 보였고, 아버지와 긴 이야기를 나누어 본 사람이 잠시만 면밀히 관찰한다면 그 점을 쉽 게 간파할 수 있었다.

「참, 쪼매 전에 머라고 말했지러?」

아버지는 우리 식구들 앞에서도 이렇게 같은 말을 되물을 적이 많았다.

「아이구, 이 주책양반아. 이태까지 이바구한 건 어느 쪽 귀로 흘 리들었어예.」

딱하다는 투로 엄마가 이렇게 되받으며 혀를 차면,

「아, 무신 딴 생각을 좀 하느라고 그만 깜북 잊아뿌렀제.」

하고 말꼬리를 접으며 예의 그 깊은 눈동자로 상대방의 얼굴을, 정 확히 말해 눈을 마주 바라보는 것이 아니고 턱이나 목께쯤에 시선을 낮춰 바라보는 것이다.

「밥이 될 일인가, 반찬거리가 될 생각인가. 무신늠의 괴롭게 생
   각할 일이 저토록 많은지, 그래 당신, 쪼매 전에는 또 무신 생각
   을 했더랬소?」

「머, 하찮은 생각이지.」

「하찮은 생각이라니요?」

「지난 가실에 말이야, 저 진주 쪽 갈대밭에서 본 들오리떼가 문
   득 생각해서. 밤이었는데 달이 참 좋았더랬지.」

이럴 때, 아버지의 눈은 더이상 당신을 나무랄 수 없을 정도의
순진함과 어스름녘의 그늘 같은 것을 만들고 있었다.

우리 집안은 일찍부터 한 마지기의 논이나 밭뙈기 한 평도 지녀
본 적이 없으므로 아버지는 호미자루 한 번 잡아 본 적이 없었다.
그렇다고 아버지는 일정한 직업을 가져 본 적도 없었다. 일 년을
따져 평균 아홉 달은 집을 떠나 어디론가 떠돌아다녔고, 집에 붙어
있을 나머지 달은 낚시로 소일했다. 이태 전 봄까지만해도 우리는
읍내거리에 살았었다. 그 때 역시 엄마는 근동 장터를 떠돌며 어물
장사를 했고 아버지는 읍내서 십리 남짓 떨어진, 지금 우리가 살고
있는 동관계못이나 그 위의 주남못으로 낚시를 다니며 늘 집을 떠
날 궁리만 했었다. 그러다 새마을 도로가 확장되는 통에 우리가 세
든 읍내 장터거리의 집이 헐리게 되자 아버지는 엄마를 졸라 동관
계못 옆 민씨 별채로 이사를 오게 된 것이다.

「관리인 민씨가 타지서 오는 낚시꾼들 뒷바라지나 해 주모 찬값
   을 번다 안카나…….」

하는 것이 이유였다.

엄마는 그 쪽으로 이사를 하면 당신의 장사 다니는 길이 먼 줄을
뻔히 알지만, 어떻게 아버지가 집발이나 좀 붙어 눌러 있을까 싶었
던지 그 말에 쉽게 동의했다. 그러나 이사를 와서 보름을 채 못 넘

300

겨 아버지는 또 슬그머니 집을 떠나고 말았었다. 자가용까지 몰고 들이닥치는 부산과 마산의 호사 낚시꾼들이 떡밥은 물론 술병이며 안주접시까지 심부름을 시키는 데는 아버지도 더 참아낼 수 없었던 것이다.

「나쁜 놈, 더러운 세상.」
하고 전에는 입에 담지 않던 욕설을 술김에 종종 뱉더니 기어코 또 그 떠돌이병에 발동이 걸렸던 것이다.

아버지는 그 동안 숙식을 어떻게 해결하고 다녔는지 모르지만 그로부터 두 달 후, 여름이 끝날 무렵에서야 돌아왔다. 그리곤 그 행려 끝에 무슨 결심을 얻어왔는지 돌배산자락을 덮은 민씨네 대나무밭의 굵은 대 몇 그루를 쪄와 방패연을 만들기 시작했다. 내가 어릴 때 아버지는 내게 더러 방패연을 만들어 주기도 했지만 근래에는 한 번도 없던 짓거리였다. 대나무를 가늘게 쪼개어 그것을 햇빛에 잘 말려선, 장두칼로 잘 다듬고, 한지에다 바람구멍을 뚫어 거기에 다섯 개의 댓개비를 붙여 방패연을 만드는 솜씨는 아마도 아버지가 지닌 유일한 기술같아 보였다. 천정 가운데 태극무늬나 붉은 원을 오려붙여 만든 연이 큰 것은 신문지만 했고 작은 것은 교과서만한 것도 있었다.

「겨울도 아닌데 그 연을 어데다 팔라캅니껴.」
하고 내가 물었다. 그러자 아버지는
「머 꼭 돈이 목적이라서 맨드나. 쓸모가 없어도 맨들제. 풀이 만약 키자랑할라카몬 나무만큼 클끼다. 그러나 제 키만큼 적당히 자라고 말제.」
하고 아버지가 쓸데없이 비유까지 곁들여 말했다.
「그라몬 돌아가신 할아부지 생각해서 만들어예?」
내가 재차 묻자, 아버지는 뚱한 얼굴로
「사람은 꼭 어데 갈 목적이 없어도 누구나 다 연맨쿠로 그냥 날

아댕기고 싶은기라. 내가 대표적인 그런 사람일란지 몰라
도…….」
하고 말끝을 죽이며 벙긋 어설픈 미소를 띠어 보였다. 아버지는 어
떤 날은 며칠 동안 댓개비를 멀리 두고 지내기도 했지만, 신이 받
칠 때면 하루에 두 개 또는 세 개까지 연을 만들 때도 있었다. 그
래서 어느 일요일, 아버지는 열 개 남짓한 방패연에 일미터쯤 실을
달아 그것을 들고 동관계못으로 나갔다. 나도 아버지를 뒤따랐다.
엄동 한철을 제외하고 주말이면 동관계못가에 언제나 먼 도회지로
부터 원정을 나온 낚시꾼들이 백 명 가까이나 점점이 흩어져 있게
마련이었다. 수문 앞 술과 밥을 파는 여인숙겸용의 여각이 있었
고, 공터에는 자가용들도 네댓 대 늘어서 있게 마련이었다. 아버
지는 그 연들을 여각 앞 공터에다 늘어놓았다. 지나다니는 낚시꾼
들이 뻔히 알면서도 이 못가에 아이들도 없는데 웬 방패연이
냔 듯
「그거 뭐요?」
하고 싱겁게 묻곤 했다. 아버지가 잠자코 있으면
「그것 파는 거요?」
하고 되물었다. 그제서야 아버지는 마지못해
「예」
하고 대답을 흘렸다.
「에끼, 이 사람아, 겨울도 아닌데 무슨 연을 날려. 더욱 도회지
아파트촌에 연날릴 데가 어데 있다고.」
낚시꾼이 이렇게 핀잔을 놓으면
「이건 날리는 연이 아니라 민속품으로 집에다 걸어두는 거요. 예
부터 연을 걸어두몬 비상하는 기상이 있어 집안에 길조가 있다는
말도 몬들었어요?」
아버지는 이렇게 은근한 목소리로 대답하는 것이었다.

「그도 그럴만하군.」

하며 연을 사가는 낚시꾼도 더러 있었다. 아버지는 큰 연은 삼백 원, 작은 연은 이백 원에 팔았다. 낚시꾼들은 그 연을 자가용 뒷자리 선반에 얹어가기도 했고 등에 멘 낚시 가방에 달고 떠나기도 했다. 그래서 그 날 여섯 개의 연이 팔렸고, 남은 연은 내가 들고 집으로 돌아왔다. 방죽길을 걸으며 아버지가 허탈한 목소리로 내게 말했다.

「맨들긴 내가 맨들테니 일요일에 팔기는 니가 팔아라.」

그러나 그것이 신통한 장사 거리가 될 리 없었다. 다음 일요일에 순희와 나는 스무 개의 연을 들고 못가로 나갔지만 판 연은 겨우 네 개에 불과했다. 미끼로 지렁이나 떡밥을 파는 장사보다 오히려 못했고, 또 낚시꾼들에게는 아무 상관이 없는 연을 판다는 것이 웬지 부끄러웠다. 그 때도 아버지는 집에 머문 지 두 달을 못채워 들판의 벼들을 거두어들일 무렵, 또 집을 떠나고 말았다. 아버지는 그해도 저문, 세모가 임박하여 예의 초라한 꼴로 집으로 돌아왔다. 그리고는 또 연을 만들기 시작했다. 그런 아버지를 보고 엄마는 한숨을 내쉬며

「저건 증말 무신놈의 미친 짓인지 모르겠다.」

하고 아버지를 원망했으나, 아버지가 연을 만드는 데 방해를 하지는 않았다. 아버지가 한 푼의 돈도 벌어들이지 않았지만 엄마는 늘 그 정도의 잔소리에서 그쳤던 것이다.

뇌성이 치고 전기까지 나가는 것으로 보아 아무래도 큰비가 쏟아질 것 같아 나는 엄마의 귀가가 적이 걱정되었다. 어둠 속에서 순희의 나직한 한숨이 들려왔다. 순희가 혼잣소리로 하는 말이 어금니 사이에서 떨리고 있었다.

「이래 깜깜한데 증말 어무이가 우예 올꼬.」

「아무래도 내가 마중을 나가봐야 되겠데이.」

하며 나는 마루에서 내려섰다. 어둠 속의 허공을 조심조심 건너 나는 뒤꼍으로 돌아갔다.

자전거를 끌고 앞마당으로 나오자 아버지가

「내하고 같이 갈까?」

하고 물었다.

「편찮은데 그냥 쉬시이소.」

하곤 나는 자전거를 끌고 삽짝을 나섰다.

곧 소나기가 정수리를 파며 쏟아질 것 같았다. 지면이 고르지 못한 샛길을 빠져나가자 읍내로 통하는 포장 안 된 신작로가 나섰다. 길 옆의 포플러들이 마치 벌받는 학생들처럼 우두커니 늘어서 어둠 중에 짙은 어둠으로 판화처럼 찍혀 있었다. 희미하게 트인 신작로에는 팽팽한 긴장만이 느껴졌다. 불을 켜지 않아도 익숙한 길이라 나는 자전거의 페달을 힘주어 밟았다. 조금이라도 빨리 엄마를 만나 아버지가 돌아왔다는 사실을 알리고 싶었다. 습기 머금은 눅진한 맞바람이 얼굴을 핥았다. 내가 타고 가는 이 자전거는 올 봄, 내가 중학교 2학년으로 진급하자 누나가 사준 것이었다. 나는 지금도 그 때의 감격을 잊지 못하고 있었다.

——밤일을 끝내고 돌아와 라면 끓일 물을 연탄불에 얹어놓고 이 편지를 쓴다. 베니아판으로 칸칸이 막아놓은 창문 한짝 없는 다락방에서 14시간을 미싱과 씨름을 하다 돌아오니 몸이 햇솜같이 풀어지는구나. 새벽부터 밤 9시까지를 뽀얀 실밥 먼지와 미싱소리 틈새에서 쉴 틈 없이 일을 해도 한 달에 채 6만원도 내 손에 들어오지 않는다. 그래도 누나는 일류 미싱사가 되겠다는 꿈이 있기에 오늘도 내일을 믿으며 참고 일한다. 아버지가 돈을 벌어 우리도 남보란 듯 살자는 꿈은 버린 지가 이미 오래고, 내게 큰 희망이 하나 있다면 일우야, 네가 훌륭한 사람이 되는 일이다. 가난의 때를 벗고 우리 집안이 펴이는 길은 이제 네 성공 하나에 달려 있는 것이

다. 일우 네가 일학년 전체에서 수석을 했다니! 나는 네 편지를 받고 눈이 붓도록 울었다. 그래서 네게 무슨 선물을 사줄까 하고 생각하다가 문득 자전거가 떠올랐다. 읍내 중학교까지는 십리가 넘는데, 걸어서 통학을 하자면 아무래도 한 시간은 걸리겠지. 중고품이나마 자전거를 타고 가면 이십 분이면 족할텐데. 내가 자전거를 사준다면 절약한 사십 분으로 공부를 더 할 수도 있고, 엄마 장사하는 데 물건도 더러 실어 날라줄 수도 있을 것 같고. 그래서 내 처지로 보나 또 우리 집안 형편으로는 과분하지만 자전거를 사주기로 마음먹었단다. 보내는 돈으로 읍내 자전거방에 가서 쓸만한 중고품 한 대를 사기 바란다…….

좌촌 마을까지 나오자 길가에 늘어선 상점들도 전기가 나가 촛불이나 석유등잔불을 켜놓고 있었다. 나는 마을회관 앞에서 갈라지는 읍내 쪽 포장된 큰길로 내처 자전거를 몰았다. 그 길은 마산과 부산으로 연결된 국도였다. 어두운 한길에는 소를 몰고 돌아오는 농부 한 사람 외 다른 사람을 만나지 못했다. 거기서 다시 한참을 달려갔을 때야 살찐 포플러 사이의 희끄무레한 길로 머리에 큰 함지박을 인 키 작은 아낙의 자태를 나는 볼 수 있었다. 엄마였다. 엄마는 함지박 속에 든 간고기를 다 팔고도 그것을 머리에 이고 올 적이 많았다. 장거리에서 쌀과 보리쌀 몇 되박을 양식으로 사서 이고 왔던 것이다. 읍내서 동관계못까지는 십리가 늘어진 길인데 엄마는 버스비 칠십 원을 아끼기 위하여 어두운 길을 혼자 타박타박 걸어오고 있었던 것이다.

「어무이, 아부지가 방금 돌아왔어예.」

엄마 앞에 자전거를 세우고 내가 말했다.

「그래애?」

하고 반문하며 엄마는 나를 보았다.

입가에 미소가 잠시 머무는 것 같기도 했고, 그저 무심히 나를 보는 듯도 했다.

「병은 안 든 것 같고, 행색은 어떻더노?」

「지팽이를 짚고 돌아왔어예. 힘 하나 없어 쓰러질 듯이 말임더.」

나는 엄마의 머리에 얹힌 함지박을 받아 자전거 짐받침에 실으며 말했다. 아니나다를까. 함지박 속에는 팔다 남은 간잔챙이 몇 마리와 한 말 남짓한 쌀부대가 들어 있었다.

뇌성이 다시 한 번 하늘 복판에서 쪼개졌다. 엄마는 흠칫 어깨를 떨었고, 나는 몸이 오그라드는 듯한 놀람으로 무심결에 자전거의 핸들을 꽉 눌러 잡았다.

「지팽이를? 그라몬 어데를 다쳤단 말인가?」

「그렇지는 않은 거 같고…….」

「늘 배창자가 아푸다더니 속병이 곪아터진 게로구나. 객지로 돌아댕기며 굶기도 오지기 굶었을 끼고.」

그럴 줄 알았다는 듯 엄마는 아무렇지 않게 말했다. 그리고 나를 보았다. 어둠 속에 흰동자만 빤하게 드러났다.

「참, 양석이 떨어졌을낀데 너그들은 저녁밥을 우쨌노?」

「장씨집에서 라면 두 봉지를 꿔다 묵었지예.」

「아부지는?」

「읍내서 묵고 왔다캅디더.」

자전거 짐받침에 얹힌 함지박을 고무줄로 묶자 나는 천천히 자전거를 몰았다. 함지박 쪽에서 쿰쿰한 비린내가 코끝을 따라왔다. 그것은 이미 후각에 익은 엄마의 냄새이기도 했다.

「엄마, 자전거에 타예. 그라몬 퍼뜩 갈 수 있을낀데.」

내가 말했다.

다른 때 같으면 사양하던 엄마가 오늘따라 아무 말 없이 안장 앞쪽 파이프에 머리수건을 깔고 올라앉았다. 내색은 하지 않았지만 엄마 역시 아버지를 빨리 만나고 싶은 모양이었다. 힘주어 페달을 밟자 엄마의 전신에서 풍겨나는 비린내가 정답게 내 쪽으로 옮아왔다.

「쯔쯔, 그래도 숨질이 붙었으몬 더러 처자슥은 보고 싶은지 집구석이라고 찾아드니. 원쑤야, 원쑤야. 우째 안죽 객사를 본하는고…….」

엄마는 목쉰 한숨 끝에 아버지를 두고 혼잣말을 중얼거렸다.

뙤약볕 아래 장터마다 싸다니느라 까맣게 그을린 엄마의 얼굴을 떠올리자 나는 공연히 코허리가 찡하게 쓰라렸다. 엄마는 키가 작고 몸매가 깡마른데다 살결이 검어, 엄마를 볼 때마다 안스럽고 측은한 느낌이 늘 내 마음 한 귀퉁이에 그늘을 만들었다. 그와 더불어 아버지에 대한 원망 또한 반사적으로 내 감정을 자극하는 것이었다. 그것은 고체의 단단한 증오라기보다 외로움으로 용해된 썰물이 되어 당신을 내 옆에서 멀리로 밀어내는 작용을 하고 있었다. 아버지에 대한 그런 마음은 엄마의 경우도 비슷하리라 여겨졌다. 다만 순환의 법칙을 좇아 한때의 미움도 시간이 흐르면 연민으로 녹아서 끝내는 밀물이 되어 엄마의 여윈 마음을 다시 넉넉히 채워준다는 점만이 다를 뿐.

우리가 읍내서 지금 사는 집으로 이사를 해온 초여름, 아버지가 집을 떠나 한 달째 소식이 없을 즈음이었다. 마루에 앉아 엄마와 민씨 부인이 아버지를 두고 나누던 이야기를 나는 방에서 새겨들을 수 있었다.

「전생에 무신 놈의 액이 끼었는지, 서방복이 없다없다캐도 이런 팔자는 드물낌더. 첫서방은 어장 배를 탔는데 시집간 지 한 달이 채 못가 물귀신이 되고 말아뿟지예. 그리고 삼 년 뒤에 장사를 하다가 만난 남자가 애들 애빈데, 이 사람은 여지껏 단돈 십 원 한장 집에 들다논 적이 없담더. 무신 걸뱅이(거지) 혼귀가 붙었는지 늘 이래 밖으로만 싸돌아댕기는 기 아니겠습니껴. 샛계집을 둘 위인이 못되는 줄은 뻔히 알지만서도, 참말로 그 걸뱅이 혼귀는 시상의 명약도 소용이 없는 병인기라예…….」

　엄마가 아버지를 만난 것은 경전남부선 완행 기찻간이라 했다. 해질 무렵의 통근차라 찻간은 출입구까지 승객들로 들어차 발디딜 틈도 없었던 모양이었다. 마산 부둣거리 어시장에서 젓거리 멸치를 네 상자나 받아다 그걸 머리에 이고 비좁은 승강구를 막 올라섰을 때였다. 통학생들이 승강구 입구에까지 빼곡이 늘어서서 멸치상자를 미처 내려놓을 틈새를 못찾고 있을 때,

「새댁, 그거 이리 주소.」

하며 멸치상자를 덥석 받은 것이 아버지였다. 팔소매를 둥둥 걷은 풀색 작업복에 땟국이 흐르는 벙거지를 눌러쓴 아버지는 그때도 역시 정처없이 떠도는 중이던 모양이었다. 아버지는 멸치상자를 내려주는 것으로 임무를 다했고, 엄마는 고맙다는 인사말로 귓불이 약간 달았을 뿐, 찻간에서는 아무 일도 없었다 했다.

「우짜다 그쪽으로 눈이 가서 힐끔 쳐다보니까 맥놓고 바깥 경치를 바라보고 있습디다. 차가 읍내에 도착해서 나는 그만 내리고 말았는데, 이튿날 진영읍내 장에서 말입니더…….」

엄마는 아버지를 다시 만났던 것이다. 오후 2시가 넘어 전을 잠시 옆의 장사꾼에게 맡기고 길가에 포장도 없이 벌인 좌판의 막국수를 허겁지겁 먹고 있는데, 옆자리 가마니에 털석 주저앉은 사람이 아버지였다. 아버지가 엄마를 쫓아 기차에서 내린 것도 아니었고, 엄마 또한 아버지를 찾아 그 막국수 좌판을 찾지도 않았는데, 그 점은 정말 우연의 일치였다.

「뒤에 들어 안 이바구지만 그 때는 저 문경 쪽에서 반 년간 탄광 일을 해서 춤지에 돈푼께나 들어 있었답니더. 그러니깐 또 마음에 바람이 찬 기지예. 그 양반은 차비만 쥐몬 앉아서 배겨내지를

못하니까예. 없으몬 굶고 정 굶어 머든지 묵어야겠다고 맘 묵으
면 날품도 팔고 하며 시상 천지에 떠댕기는 기 아니겠습니껴. 그
랄쯤에 진영장바닥까지 우째 흘러들어온 기지예. 막걸리 한 사
발을 시키놓고 밍청히 앉아 좌판 뒤쪽 토담 너머를 넋놓고 처다
보는 꼬라지가 우째 처량해 뵈던지. 담 너머 흐드러지게 핀 살구
꽃이 머 그래 새삼스럽다꼬. 그래서 내가 이 읍내에 누굴 찾아왔
어예 하고 말을 붙였지예. 그라니깐 그제서야 내 쪽을 보더니,
새댁이구먼예 하며 알은 체 합디더. 머리를 설레설레 흔들며 멀
쭉히 웃는 얼굴은 그래도 세상물정에 닳지 않은 착해 뵈는 티가
있어서…….」

그로부터 엄마는 아버지와 짝이 된 모양이었다. 이튿날 엄마가
수산장으로 길을 떠날 때, 아버지가 엄마를 동행했다. 사진 한 장
없는 것으로 보아 예식도 올리지 않은 듯한데, 이듬해 누나가 태어
났다.

　집으로 들어가는 골목 어귀 신작로에 순희가 엄마와 나를 기다리
고 있었다. 어둠 속 포플러 밑이라 순희가 서 있는 것을 미처 보지
못했으나, 순희가 엄마와 나를 먼저 맞았다.

「가슴이 답답하다 카더마는 마루에 누버 있어예. 그라더마는 동
전 세 개를 주며 초하고 활명수를 한 병 사오라 캐서 내가 갔다
왔어예.」

골목길로 들어가며 순희가 아버지를 두고 말했다.

아버지는 방으로 들어가지도 않고 목침을 베고 쪽마루에 누워 있
었다. 머리맡 기둥 옆에는 초 한 자루가 뽀욤하니 타고 있었다.

「그래, 방구석에 기어들어갈 심도 없는 양반이 또 어데까지 싸질
러 댕기다가…….」

하다가 엄마는 말을 끊고

「어데가 아파요？」

하고 아버지에게 물었다.

「멀 잘못 묵었는지 사흘 전부터 명치가 콱 맥히더마는 계속 하혈
이 심해서 통 묵지를 몬하누만.」

아버지는 나른하게 몸을 일으키더니, 앉은걸음새로 비적비적 방
안으로 들어갔다. 그것으로써 아버지와 엄마의 대화는 끝났다.

후두둑, 마치 키로 콩을 까불듯 굵은 빗방울이 떨어졌다. 이어
세찬 소낙비가 사정없이 쏟아지기 시작했다. 마당에 금세 뽀얀 물
보라가 일고, 마루끝에 켜놓은 촛불이 비바람에 까물거리며 죽었
다 살아났다 했다. 한참 후, 담장 밖 도랑물이 콸콸 내려가는 소리
가 들렸다. 순희와 나는 마루끝에 다리를 드리우고 앉아 쏟아지는
비를 구경하고 있었다. 습기 머금은 시원한 냉기가 기분좋게 얼굴
에 닿았다. 부엌에서 목물을 하고 나오며 엄마가 우리 형제를 보고
말했다.

「너그들도 인자 마 자거라. 아침 일찍 일어나서 맑은 정신에 공
   부해야 효과가 있지러.」

아버지가 집에 계시지 않을 때는 엄마와 순희가 큰방에서 함께
자고 나 혼자 골방을 썼었다. 그러나 오늘은 아버지가 돌아왔기 때
문에 순희와 내가 건넌방을 쓰지 않으면 안되었다. 기운 삼베 홑이
불과 베개를 가지고 순희가 건넌방으로 넘어왔다. 싸늘한 맨 방바
닥에 등을 붙이고 누웠으나 나는 쉬 잠을 이루지 못했다. 잠이 오
지 않기는 순희도 마찬가지인 모양이었다. 귓전을 치는 줄기찬 빗
소리를 새겨듣고 있자, 깜깜한 속에 순희의 작은 목소리가 들
렸다.

「오빠야, 우리 아부지는 참으로 이상한 사람이다. 그자? 와 집
   에 안붙어 있고 그래 돌아만 댕기는공. 돈을 벌어오는 것도 아니
   면서 말이다.」

「이상한 거는 세상에 참 많지러. 이 넓은 세상에 이 많은 사람

중에 니하고 내가 우째 성제간으로 태어났능공? 그런 것도 다 이상한 이치지러. 또 저런 아부지와 한평생을 같이 살면서 죽을 동 살동 열심히 돈벌이를 하는 어무이 마음도 이상하지러.」

「어무이가 아부지를 보고 사나, 우리들 크는 거 보고 살제.」

순희는 언젠가 엄마가 했던 말을 그대로 옮겼다.

「그렇기도 하지마는, 그래도 엄마가 아부지하고 쌈 하는 거를 봤나?」

「아부지가 말대답을 안하니까 싸움이 안되는 기제.」

「아니다. 그래도 어무이는 마음 속으로 아부지를 좋아하는 기라. 나는 어무이 맘을 안다. 어무이가 우리보다 더 아부지를 좋아하는 거를 말이다.」

「내 짝 경자 아부지는 참 좋은 아부지라. 과수원도 크게 하고, 읍내 갔다오모 과자랑 책이랑 꼭 선물을 사오고, 옛날 이바구도 잘해 주제. 그런데 울아부지는 우리도 어무이도 다 싫은 모양이라. 몇 달 만에 집에 와도 우리가 하나 안 반가분지 웃지도 않으니깐.」

「그라모 니는 아부지가 이 세상에서 머를 젤로 좋아하는 거 같으노?」

순희는 잠시 생각하더니

「몰라, 오빠는?」

하고 되물었다.

「나도 그걸 생각해보모, 아부지는 하고 싶은 일도, 좋아하는 일도 아무것도 없는 기라, 지난 달에 성구형한테 내가 물었지러. 우리 아부지 같은 사람은 무신 직업이 젤로 어울릴꼬, 하고 말이다.」

성구형은 마산서 고등학교를 다니는, 새마을지도자 종식씨의 맏아들이었다.

「그랑께 머라 카더노?」

「너거 아부지가 공부를 많이 했으모 예술가가 될 사람이다 카더
라.」

「예술가라?」

「음악가, 미술가, 문학가 같은 사람 말이다.」

「공부 많이 한 예술가들은 다 저래 걸뱅이맨쿠로 돈도 없이 떠돌
아댕기는가?」

「그렇지는 않겠제. 아부지는 돈에 욕심이 없응께. 또 잘 묵고,
잘 살고, 옷 잘 입는 그런 데는 신경을 안쓰이까 하는 소리겄제.
선생님 말처럼 사람은 큰 뜻을 품고, 그것을 이루기 위해서는 물
불을 안가리고 매진해야 되는데 아부지는 천연스레 그쪽과 담을
싼 사람이거덩.」

「와 그랄꼬. 정말 경아 말맨쿠로 아부지는 머리가 좀 이상한 사
람이 아닐까?」

「미친 사람이사 아니제.」

「수수께끼 같은 아부지.」

하더니 순희는 졸리운 목소리로 앓듯 중얼거렸다.

「아부지가 돌아오니까 인자 누우야가 보고 싶다. 서울서 고생하
는 누우야만 생각하모 늘 목이 안메이나. 이븐 추석에도 내리올
란지…….」

작년 추석때, 누나는 집에서 이틀밤을 자고 서울로 다시 올라갔
다. 큰 가방에 가득 넣어온 선물들을 다 풀어놓고 집을 나설 때,
나는 마당귀에 선 석류나무의 가지 하나를 꺾어 누나에게 주었다.
익어 터져 상큼한 분홍 알을 촘촘히 내보인 석류가 많이 달린 가지
였다.

「집 생각이 날 때 이 석류나 보며 마음을 달래야지.」

누나는 함빡 웃으며 그 석류가지를 들고 신작로를 나섰다. 순희

와 나는 읍내까지 누나를 배웅했다. 벼를 거두어들인 뒤라 황량한 들에는 따가운 햇살만이 맑게 쏟아지고 있었고, 종달새 두 마리가 깨춤을 추며 놀고 있었다.

빗발이 좀 가늘어지더니 어느 사이 순희의 코 고는 소리가 들렸다. 그러자 큰방 쪽에서 엄마의 말소리가 여리게 들려왔다.

「묵질 몬해서 빈 속이라 카더마는 당신 그래도 안죽 그 힘은 쪼매 남았구랴.」

엄마의 목소리는 부드럽고 달콤했으나 아버지는 아무 대답이 없었다. 그러자 엄마가 말했다.

「내참, 오늘 덕산장에서 당신과 닮은 늙은이 하날 만냈구마.」

「내 닮은 늙은이라니?」

아버지가 시무룩히 물었다.

「나이가 환갑은 다 됐습디다그려. 쪼매는 빽 하나를 들고 어물전을 어슬렁거리다가 내하고 눈이 마주쳤지예. 그라더니 그 영감이 내 쪽으로 걸어옵디다. 옷매무시가 꾀죄죄하고 고무신이 흙고물이라 아매도 길 나선 지가 오래된 행색같아서예. 그런데 그 노인이 내 앞에 쪼구리고 앉더마는 손때 탄 모자를 들썩 해보이는 기 아닙니껴. 내사 알지도 몬하는데 말입니더. 그라더니 그 영감이 춤지에서 꼬깃꼬깃 접은 종이 하나를 내놉디다. 여기 적힌 사람을 본 적이 있느냐고 하민서예. 나이는 서른다섯 살인데 왼손등에 불에 덴 흉터가 있는 남자로 이름이 박 뭐더라, 그런 사람을 찾는다꼬예. 사연을 들어보니까, 고향이 황해도 송화로 일사후퇴때 마누라와 아들 하나를 데리고 피난을 내리왔다지 멉니까. 그런데 그만 천안 근방에서 아들을 잃아뿌릿다 앙캅니껴. 그로부터 스물아홉 해가 지낸 지금까지 그 아들을 찾아댕긴다니, 그 정성이 보통입니껴. 그 동안 고아원, 미군부대, 어데 안 알아본 데가 없답디더, 묵고 살 만하게 되고부터는 아들을 찾을

라꼬 신문에도 여러 분 내고예. 그런데 작년에 마누라가 죽고나
자 장사하던 냉면집도 이남서 낳은 아들한테 물리주고, 인자는
일년 열두 달을 전국 방방곡곡으로 아들 찾아 헤맨다 안캅니껴.
그 사정을 들어보니까 얼매나 안됐던지. 마누라가 살았을 적에
도 일년이모 너댓 달은 장사도 마누라한테 맽기고 이곳저곳을 수
소문하고 댕깄다 캅디더. 그 이바구를 들으니까 문득 당신 생각
이 나서. 증말 당신도 머 그런 샛자슥을 찾아댕기는 거는 아닝
교? 참말 한분 해보소.」
「허허, 임자가 내하고 한두 해를 살았나. 내라는 사람을 임자가
모르모 누가 알꼬.」
아버지가 계면쩍게 웃으며 마지못해 대답했다.
「참말로 당신은 죽어서도 땅에 묻히 몬있을낍더. 어데로 훨훨 떠
댕기야 직성이 풀링께.」
「글씨러. 내 속에 무신 그런 바람잽이 귀기가 끼였는지……. 난
도 나를 잘 모르겠구마.」
아버지가 나직이 한숨을 쉬셨다.

아버지가 다시 집을 떠난 것은 그해 추석이었다. 누나가 집으로
내려왔다 이틀을 쉬고 상경했을 때, 읍내 역까지 배웅을 나간다고
따라나선 아버지는 끝내 집으로 돌아오지 않았던 것이다. 물론 아
버지가 누나를 따라 서울로 올라간 것은 아니었다.
　아버지가 위암으로 별세했다는 속달전보가 날아온 것은 그해 막
바지 첫 강추위가 시작되어, 기온이 영하 십도까지 떨어진 무렵이
었다. 아버지는 무엇을 하러, 아니면 무엇을 찾아 그 곳까지 흘러
들어갔는지, 저 전라남도 땅끝 진도에서 떠돌이 생활을 영원히 마
감했던 것이다.
　그로써 아버지는 예술가도 되지 못했고 끝내는 아무것도 아닌 상

태로 우리 가족을 제외하고는 어느 누구의 마음에 기억할 만한 못 하나 못박은 채 이름 없이 사라졌다. 마침 나는 방학이 시작되었던 참이라 아버지의 시신을 찾으러 엄마를 따라나섰다. 아버지는 그곳 면내 보건소의 시체실에 안치되어 있었다. 아버지의 장례는 그곳에서 화장으로 치러졌고, 척추뼈 몇 조각을 보자기에 싸서 우리 모자는 홀홀히 섬을 떠났다. 발동선이 다도해를 빠져 목포가 가까울 즈음, 엄마는 무슨 생각에선지 싸 온 뼈를 바다에 흩뿌렸다.

「당신, 인자 처자가 보고 싶어도 집으로 돌아올 수가 없응께, 이 넓은 바다로나 마음놓고 떠돌아댕기소. 떠돌아댕기며 괴기 구경, 물 구경이나 실컨 하소.」

엄마의 눈에서는 굵은 눈물이 흘러내렸고, 산발이 된 머리카락이 매운 바닷바람에 흩날렸다. 엄마는 넓은 바다를 두리번거리며, 마치 죽은 아버지를 물이랑 속에서 찾듯 한동안 젖은 눈을 풀어놓더니 갑자기 움켜쥐고 있던 뼈를 턴 보자기에 얼굴을 묻고 흐느끼기 시작했다. 나는 엄마의 어금니 사이에서 깨어져 나오는 오열 속에 쇳조각 같은 단단한 한 음절을 들을 수 있었다.

「아이구, 나는 인자 누굴 믿고 우예 살꼬…….」

이 문 열

롤랑의 노래
岩圃 新聞人協會
糞胡亂場記

1948년 경북 영양 출생
서울대 사범대 수학
1977년 대구매일신문 신춘문예 단편
「나자레를 아십니까」 당선
1979년 동아일보 신춘문예 중편 「塞下曲」 당선
1979년 「사람의 아들」로 오늘의 작가상 수상
1982년 「金翅鳥」로 동인문학상 수상
1984년 「영웅시대」로 중앙문화대상 수상
1987년 「우리들의 일그러진 영웅」
으로 이상문학상 수상
주요작품 「사람의 아들」 「젊은날의 초상」
「황제를 위하여」 「영웅시대上·下」 「시인」
「변경1·2·3」 「우리가 행복해지기까지」 등

고향과 나의 문학

진정으로 사랑했던 고향에로의 통로는
오직 기억으로만 존재할 뿐,
이세상의 지도로는 돌아갈 수 없다.
아무도 사라져 아름다운 시간 속으로,
그 자랑스러우면서도 음울한 전설과 장려한 낙일도 없이
무너져 내린 영광 속으로 돌아갈 수 없고,
현란하여 몽롱한 유년과 구름처럼 허망히
흘러가 버린 젊은 날의 꿈 속으로 돌아갈 수 없으므로.
한때는 열병 같은 희비(喜悲)의 원인이었으되,
이제는 똑같은 빛깔로만 떠오르는
지난날의 애증(愛憎)과 낭비된 열정으로는 누구도 돌아갈 수 없으며,
강풍에 실이 끊겨 가뭇없이 날려가 버린 연처럼
그리운 날의 옛 노래도 두번 다시 찾을 길 없으므로.
우리들이야말로 진정한 고향을 가졌던
마지막 세대였지만, 미처 우리가 늙어 죽기도 전에
그 고향은 사라져 버린 것이었다.

롤랑의 노래

　누구든지 고향에 돌아갔을 때, 그걸 대하면 「아, 드디어 고향에 돌아왔구나」 싶은 사물이 하나씩은 있기 마련이다. 그것은 이십 리 밖에서도 보이는 고향의 가장 높은 봉우리일 수도 있고, 협곡의 거친 암벽 또는 동구밖 노송(老松)일 수도 있다. 그리워하던 이들의 무심한 얼굴, 지서 뒤 미루나무 위의 까치집이나 솔잎 땔 때는 연기의 매캐한 내음일 수도.

　내게 귀향을 확인하게 하는 것은 언제나 고향 동구 조금 못미친 산비탈의 조그만 바위였다. 국도가 오십 미터쯤 비켜간 곳에 자리잡은 자(尺) 반 높이에 두 평 남짓한 넓이를 가진 화강암으로 고향에서는 그것을 어림대(御臨臺)라고 불렀다. 그 바위에 얽힌 오랜 전설 때문이었다.

　이조(李朝)가 그 건국 초기의 혼미에서 벗어났을 때쯤 어떤 현군(賢君)이 당시만 해도 원시림과 다름없는 그 곳에 어가(御駕)를 멈추었다. 여조(麗朝)에 대한 절의로 은말(殷末) 삼현(三賢)의 예를 따라 은거해 버린 입향조(入鄕祖)의 후인 한 분을 모셔가기 위함이었다.

　이미 고려가 망한 지 백 년이 넘고, 이조의 박해에 대한 기억도 사라진 지 오래건만 그 조상은 어버이의 유명(遺命)을 받들어 굳이 출사(出仕)를 거부하고 모습을 드러내지 않았다. 그런 조상을 찾아 숲 속으로 들어간 사신을 한식경이나 기다리던 왕은 문득 한 가지 방책을 생각하고 좌우를 시켜 시(詩) 한 수를 읊게 했다.

  이 아침 밝은 볕을 사양하지 말라 (莫謝今朝晴[1])
  풀뿌리 나무포긴들 뉘 땅에 났으리 (采薪[2]何土生)
  길 잃은 나그네 반가이 맞음도 (歡迎迷路客[3])
  또한 성현의 행한 바가 아니더뇨 (無乃聖賢行)
  註 : 1) 今朝晴＝이 조정의 후대로도 됨.
     2) 采薪＝은둔한 선비가 의지하는 나물과 장작.
     3) 迷路客＝올바른 정치의 길을 모르는 王 자신도 됨.

여럿이서 복송(復誦)하는 그 한 수(首)의 오언절구는 결국 숨어 있던 조상을 어가 앞에 무릎 꿇게 하고 말았다. 그런데 그렇게 불려나간 자리에서 그 조상은 또 한 번의 실수를 하고 말았다. 벼슬하기 싫다는 말을 관복을 입기 싫다는 말로 완곡히 표현한 게 탈이었다. 왕은 그 말이 떨어지기 바쁘게 분부를 내렸다.
「그렇다면 관복을 입지 않고 등청(登廳)해도 좋다. 경에게 이조판서를 내린다.」
말머리가 잡힌 그 조상은 어쩔 수 없이 그 길로 어가(御駕)를 뒤따르지 않을 수 없었다——이것이 대체로 자랑스럽게 내려오는 고향의 전설이다.
그러나 실록(實錄)에 의하면 그 일은 왕과 직접 있었던 것이 아니라 그 사신과 우리들의 조상간에 있었던 것이라고 한다. 문중의 어른분네들은 그 기록이 잘못된 것이라고 열렬히 주장하시지만 어쨌든 한 가지는 분명하다. 바로 그 바위 곁에서 은둔 백여 년만에 우리 일문(一門)과 이(李) 왕가의 화해가 이루어졌다는 점이다.

　따라서 그 후 그 바위는 일문의 성역(聖域)으로 엄중하게 보호되었다. 출사(出仕)하는 조상들은 그 곳에서 새삼 충성을 다짐하고 떠났으며, 격심한 당쟁의 희생이 되어 억울한 사약을 받게 될 때도 그 곳에서 불평 없이 죽어갔다. 상민(常民)들의 출입은 엄격히 금지되었고, 어른분네들도 의관을 정제하고서야 그 곳을 지났다.

　하지만 내가 그 곳에서 귀향을 확인하는 것은 반드시 그 낡은 전설 때문만은 아니었다. 우리들의 어린날까지만 해도 생생하게 살아 있던 새로운 전설——그렇다. 그것은 분명히 전설이다——통상으로 〈교리(校理) 어른 왜놈 잡을 때〉로 불리우는 옛이야기 때문이었다.

　……오십여 년 전 국도(國道)가 처음으로 고향에 들어오게 되었을 때였다. 그 계획선이 어림대(御臨臺)를 지나고 있어 문제가 일어났다. 끊임없는 양왜(洋倭)의 침노로 이(李) 왕가는 몰락하고, 거센 변혁의 물결은 벌써 전 국토를 휩쓸고 있었지만 아직 한 고도(孤島)처럼 남아 있던 고향으로 보아서는 충격적인 일이었다.

　여러 차례 문회(門會)가 소집되고, 문중은 수백 년 성역을 지키기 위해 동원할 수 있는 모든 방법을 동원하였다. 일본인 지사에게 진정을 하고 한국인 군수를 구슬리기도 했다. 그러나 직선 도로를 주장하는 일본인 기사나 현장 감독의 고집은 끝내 꺾을 수가 없었다. 남은 것은 폭력에 의지하는 길뿐이었지만 근왕창의(勤王倡義)를 부르짖던 팔도 의병이 겪은 참혹한 실패는 그때껏 문중의 기억 속에 아프게 살아 있었다.

　문중이 깊은 무력감에 빠져 있는 사이 발파(發破) 소리는 점점 가까워져 왔다. 그리하여 이제 막 수백 년 성역이 폭음과 함께 날아가려고 할 때 홀연 일어서신 이가 교리 어른이었다.

이미 고령으로 자리 보존을 하고 계시던 교리 어른——그는 아마도 이조의 마지막 교리였을 것이다——은 그때껏 해방 않고 있는 문중의 모든 종들과 인근의 소작인을 무장시키고 막 이림대에 착암기를 들이대려는 현장으로 달려가셨다. 앞장서신 당신의 손에는 한 자루 환도가 번쩍이고 있었다. 당신의 12대조께서 임진창의(壬辰倡義)때 하사받은 전가(傳家)의 보도(寶刀)였다.

결과는 간단했다. 명령일하에 오만한 일인 기사와 현장 감독, 그리고 발파 기술자는 교리 어른 앞에 무릎을 꿇는 신세가 되고 말았다. 그 때 당신께서는 그 곁의 한 그루 다복솔을 쳐넘기며 이렇게 호령하셨다.

「누구든지 상(上)의 옥보(玉步)가 찍힌 이 땅을 범(犯)하는 자는 이리 될 줄 알아라.」

그리고 그 곳까지 닦아온 길을 전부 원래대로 만들게 하셨다. 제지가 불가능함을 느낀 주재소의 신고로 헌병 수비대가 출동했을 때에도 당신의 당당한 기세는 변함이 없으셨다.

「네가 너희 천황(天皇)의 적자(赤子)라면 나도 우리 왕토(王土)의 신민(臣民)이다. 가서 목인(睦仁 : 당시의 천황)에게 전하라. 남의 땅을 병탄했더라도 그 사직마저 욕되게 하는 법은 아니라고.」

그것이 급보를 받고 달려온 수비대장에게 당신께서 하신 말씀이었다. 아마도 그 때의 그 헌병대장은 무척 사려 깊은 사람이었음에 틀림이 없다. 그는 분노하시는 교리 어른을 무마하려고 애쓰며 오히려 도로 기사에게 다시 생각해 줄 것을 부탁했다. 일 개 소대의 정예한 수비대에게 기껏 도끼나 쇠스랑으로 무장한 백여 명의 민병(民兵)이 두려운 것은 결코 아니었으리라. 국도는 결국 어림대를 멀찌감치 돌아서 갔다…….

그런데 그 뒤 그 일을 전하는 사람들의 태도는 대개 두 가지로 상반된 것이었다.

그 하나는 그것을 교리 어른의 위험천만한 모험과 운좋은 승리로 보는 쪽이었다. 그들은 그 때가 제등(齊藤) 총독의 문화정책 초기였다든가, 또는 그 헌병대장이 오랫동안 조선 근무를 한 사람이었다든가 하는 따위를 그 승리의 이유로 대곤 했다. 대개 분별 있고 똑똑하다는 평을 받는 사람들이 곧잘 그런 의견을 내세웠는데, 듣는 사람 대부분은 그 쪽을 지지했다.

다른 하나는 그 일을 곧이곧대로 교리 어른의 화려한 승리로 보는 쪽이었다. 그 때 그 헌병대장은 분명 교리 어른의 위엄에 질린 것이며, 만약 그가 대항했더라면 그와 그의 부하들은 어육(魚肉)이 났을 거란 얘기였다. 그러나 불행히도 그런 주장을 하는 쪽은 노망기 있는 집안 어른분네들이나 민촌의 무지렁뱅이 늙은이들뿐이었다.

원래 나는 첫번째의 의견을 지지하는 편이었다. 그런데 사람은 살아갈수록 늙고 어리석어지는 것일까. 나도 차츰 두 번째의 견해에 동조하게 되었다. 아니, 그 이상 나중에는 나름대로의 새로운 해설을 붙이게끔 되었다.

혹, 교리 어른은 우리들 옛 고향의 마지막 할아버지나 아니었을까. 오, 그 할아버지들. 우리들 옛 정신의 권화, 은성(殷盛)했던 시절의 흰 수염 드리운 수호부(守護符).

춘삼월 꽃그늘에서 통음(痛飮)에 젖으시고, 잎지는 정자에서 율(律) 지으셨다. 유묵(儒墨)을 논하실 땐 인간에 계셨지만 노장(老莊)을 설하실 땐 무위(無爲)에 노니셨다.

당신들의 성성한 백발은 우주에 대한 심원한 이해와 통찰을 감추고 있었으며, 골 깊은 주름과 형형한 눈빛에는 생에 대한 참다운 예지가 가득 고여 있었다.

지켜야 할 것에 엄격하셨고, 노(怒)해야 할 곳에 거침이 없으셨다. 한번 노성을 발하시면 마른 하늘에서 벽력이 울렸으며 높지 않은 어깨에도 구름이 넘실거렸다.

그런 당신들을 우리는 모두 존경하였고, 그 말씀에 순종했다. 아침에 일어나 절하며 뵙고, 거리에서 만나면 두 손 모았다. 주무실 때 절하며 물러나고, 길은 멀리서부터 읍(揖)하며 비켜섰다.

그러나 이제 그런 당신들은 모두 사라지셨다.

남은 이들——작은 이익으로 언성을 높이고, 소주에 코끝이 빨개 장터거리를 비척거리거나, 어린 손주놈에 부대끼어 당산 앞에 맥을 놓고 앉은 이들은 결코 그 옛날의 당신들이 아니었다.

그리고 그 때 교리 어른께서 막아서신 것도, 이미 퇴색한 전설이 아니라 그 국도 위로 일인(日人)들이 싣고 올 색목문명(色目文明)이나 아니었을까. 우리들의 주거를 안락하게 하고 몸을 살찌우는 데는 어느 정도 도움이 되겠지만, 인간의 본질적인 행복과는 무관한 그 육질(肉質)의 문명, 순결한 웅녀(熊女)의 딸들을 능욕하고 선량한 환웅(桓雄)의 아들들을 그들의 총알받이로 내몬 그 약탈의 문명, 민족의 찬연한 역사를 아득한 무력함과 자기 비하(卑下) 속으로 밀어넣어 버린 그 오만한 문명——그리고 무엇보다도 우리의 옛 영광을 끝모를 역사의 어둠 속으로 침몰시켜 버린 그 욕스런 색목문명을…….

그리하여 내가 귀향을 확인하는 어림대도 그저 단순한 전설의 바위가 아니라, 침몰하는 우리들 옛 고향의 쓸쓸한 양수표(量水標)나 아닐는지.

岩圃 新聞人協會

　겨울이 되어 수온이 내려가면 물고기들은 점점 깊은 소(沼)로 몰린다. 북풍이 불고 그 소(沼)마저 두껍게 얼어붙으면 결국 물고기들은 그 소의 가장 깊은 곳에 몰려 오글거리게 된다.

　그 해 내가 귀향했을 때 형이 가 있으리라고 형수가 일러준 암포 신문인협회가 바로 그런 곳이었다.

　옛 고향에도 분명 좋은 시절은 있었다. 풍화된 화강암 언덕 위에 서식하던 참나무붙이가 당당하던 시절, 늘어선 수십 칸 고가(古家)들이 그림처럼 서 있고, 그 한 곳 서당 대청에서는 낭랑한 강(講)소리가 울려 퍼지던 시절, 몇 년마다 한 번씩 문중 출신의 현관들이 임금의 하사품을 실은 나귀와 종복들을 앞세우고 퇴관해 오고, 가을이면 인근 소작지의 아름드리 거둔 나락바리를 인도하여 분주하게 그 언덕을 오르내리던 시절——그러나 그 시절은 이미 오래 전에 지나가고 말았다.

　그리하여 영락한 그 후예들의 낡은 자존심과 긍지가 마지막 안간힘으로 몰려 있는 곳, 그 곳이 바로 인구 만 명도 안 되는 고향 암포(岩圃)면의 신문인협회였다.

　내가 협회 건물에 도착했을 때는 여름 한낮의 볕이 조금씩 숙이기 시작하는 늦은 오후였다. 원래 진료소로 지은 대여섯 평 남짓한 블록 건물 현관에 커다랗게 걸린 〈岩圃 新聞人協會〉란 간판이 잠시 나를 곤혹케 했다.

형수가 말한 대로 형은 거기에 있었다. 무슨 회식이나 있는 듯 대여섯 개 줄지어 놓인 나무탁자에는 백지가 덮여 있었고 구석에는 술초롱도 한 개 보였다.

「어이, 이 진사(李進士) 웬일이냐? 소식도 없이.」

K신문 지국장을 하고 있는 친척 형님 하나와 무언가를 의논하고 있던 형이 불쑥 들어서는 나를 보고 말했다. 내게 무슨 호칭을 붙이는 것은 형의 오랜 버릇이었다. 진사(進士)는 근년 내가 고시준비를 시작한 후부터인데 내가 합격한 일차시험이 옛날로 치면 소과(小科)에 해당한다는 데서 나온 호칭이었다.

「그저, ……잠깐.」

나는 나도 모르게 말을 더듬거렸다. 그 자리에서 대뜸 꺼내기에는 내 귀향의 목적이 너무도 무거운 것이었기 때문이었다. 내 당황을 짐작이라도 한 것일까. 형의 얼굴에 원인 모를 불안이 스쳐갔다.

「어쨌든 잘 왔다. 마침 술자리가 있으니 너두 한잔하고 가라.」

그러자 곁에 있던 K신문 지국장도 거들었다.

「그래, 오랜만에 머리도 한번 식하(혀)라. 니라꼬 맨날 법학책만 쪼울 수 있나?」

그런 그의 말에는 벌써 약간의 술기운이 풍겼다. 그는 실패한 시인이었다. 원래 그는 여러 가지로 그 곳에는 맞지 않는 사람이었지만, 어떤 면에서는 또 다른 실패한 시인이기도 한 형의 비호 아래 그 곳에 서럽고 피곤한 몸을 의탁하고 있었다.

「오늘이 무슨 날입니까?」

당장에 특별하게 할 말이 없는 나는 은근히 솟는 호기심으로 물

었다. 사실 내 결정을 가장 효과적으로 털어놓는 장소로도 술자리
이상 좋은 곳은 없을 것 같았다.

「가만 있어 봐라. 곧 알게 될끼다.」

시인의 대답. 그 때 C일보 지국을 하고 있는 영천 할배가 헐떡
이며 들어왔다. 항렬(行列)은 할배지만 나이는 이제 갓 중년에 들
어서고 있었다.

「늦었제?」

먼저 그렇게 물어놓고 주위를 둘러본 그는 실망한 듯 말했다.

「앙이, 아무도 안 왔구나. 그런걸 백줴(괜히)…….」

그러는 그의 집안은 원래 문중에서 가장 늦게까지 웃대의 재산을
지켰던 몇 집 가운데 하나였다. 그의 부친 닭실(鷄谷) 어른은 다
른 일가들이 교육이다, 정치다 하며 재산을 축내고 있을 때도 오직
이재(理財)에만 전념하여 외아들인 그에게 몇 백 석 재산을 고스
란히 넘겨주었다.

그런데 과분한 결혼이 그 모든 것을 허사로 만들고 말았다. 중학
교밖에 못 나온 그는 열아홉 살 때 전문학교까지 나온 미인을 아내
로 맞았는데, 그 장인은 금광에 미친 사람이었다. 그리하여 아내
의 비위를 맞추기 위해 장인의 뒤를 대다보니 단단하던 살림은 순
식간에 결딴나고 끝내는 그 유식하고 인물 좋던 아내마저 전쟁통에
어디론가 사라지고 말았다.

거의 맨손이 되다시피한 그는 전쟁 뒤 한조각 남은 장터거리의
땅에 의지해 어물상을 시작했다. 하지만 몸에 배지 않은 장사가 잘
될 리 없었다. 따라서 진작부터 치부에 뜻을 잃어버린 그는 두 번
째 얻은 사팔뜨기 아내에게 가게를 맡기고 젊은 족친들과 어울려
그 곳에 발을 들여놓게 된 것이다. 그것은 또 돈만 아는 장터거리
사람들의 기를 죽이기 위한 방편이기도 했다

「벌써 예정보다 삼십 분이나 안 지났나?」

그는 손바닥으로 이마의 땀을 훔치며 다시 한 번 불평했다. 그러자 그 말을 듣고 왔다는 듯이 K일보가 뛰어들었다.

「아이고, 좀 늦었심더. 날도 날이지만 사건 취재 좀 하느락꼬.」

그는 누구에랄 것도 없이 어깨에 멘 카메라를 덜렁거리면서 말했다. 그가 그 카메라를 벗는 것은 잠잘 때 정도일까. 49년형 라이카 고물 사진틀, 전 해 잎담배 수납 때의 맹활약으로 일약 유명해졌다.

그 때만 해도 지국장들의 기사를 간간 게재해 줄 때였는데, 마침 터진 대규모 수회사건에 필름을 열 통이나 소비했다. 그러나 유감스럽게도 신문 지면에 채택된 것은 단 한 장도 없었다.

그 카메라의 내력도 재미있었다. 그는 어떤 면에서 그 협회에서 가장 이질적인 사람이었다. 족친이긴 하지만 언덕 위의 고가(古家) 출신도 아니고 학벌도 국졸(國卒)이었다. 그래도 제 갈 길 갔더라면 오늘날의 지탄받는 건달은 되지 않았을 것이다. 중농(中農)의 장남으로 또한 평범하고 유복한 중농으로 살아갈 수도 있었다.

그런데 군대에 간 것이 그만 잘못되어 버렸다. 지금이야 그럴 리 없지만 그가 입대할 무렵만 해도 각종의 부조리가 판을 치고 있던 때여서 빽 없고 돈 없는 그는 당연히 최전방 수색대에 떨어지고 말았다. 전쟁은 이미 끝났지만 아직도 그 곳에는 위험이 남아 있었고, 끝내는 어느 날 밤의 교전에서 장딴지를 관통당하고 말았다. 그 상처 자체보다도 치료 과정의 후유증이 그의 일생을 바꾸어 놓은 재난이었다.

그는 어느 후방 병원으로 옮겨졌는데, 그 곳이 고약한 곳이었다. 시쳇말로 〈나이롱 환자〉라는 멀쩡한 환자들이, 더 자세히 말하면 엉터리 의병제대를 기다리는 재벌이나 고관의 아들들이 떼를 지어 몰려 있는 곳이었다.

　그는 거기에 머물렀던 육 개월 동안 그들과 어울렸다. 대부분 대학 출신이고 부유한 그들——그리하여 그가 약간 저는 다리로 제대할 때는 괴상한 인간으로 변해 있었다. 거기서 접한 새로운 세계가 평범한 중농(中農)의 아들을 돌게 한 것이다.

　그는 대화 속에 몇 마디 영어를 끼워 넣을 줄 알고(패러독스와 패러다이스를 구별하지 못할 정도였지만) 혀가 뒤틀리는 양곡(洋曲) 몇 곡을 배운 후, 카메라와 기타를 멘 채 제대해 나왔다. 농사는 죽어도 안 짓겠다는 결심이 서 있고, 취직을 하기에는 그만한 학력도 기술도 없었다. 기껏 논밭 팔아 도회로 나간다는 계획이 있었지만 그나마도 아직은 정정한 부친에게 첫마디에 거절당했다.

　술이나 슬슬 마시고 기타나 들고 다니던 그가 될 수 있는 것은 무엇이었을까? 판매부수 백 부도 안 되는 K일보 암포 지국장밖에 없었다. 그가 군에서 카메라를 장만해 온 것은 참으로 잘한 짓이었다.

　「그런데 아직 아무도 안 왔구나. 웬일이고?」

　다시 주위를 휘 둘러 본 그가 어물상(魚物商)과 비슷한 불평을 했다. 그러자 영락한 시인이 그런 그를 경멸에 찬 눈으로 흘기며 쏘았다.

　「야이 카메라야. 니 눈은 가죽이 모자래 째졌나? 우린 뭐꼬?」

　「앙이, 그런기 앙이고——.」

　카메라는 웬지 시인만 만나면 죽을 쓰지 못하는 것 같았다.

　「저——마, 우리는 식구들이잉까? 외부 손 말이다. 외부 인사들…….」

　「그래, 그 꼴난 유지들 말이가? 면장님이라든가, 지서 주임님이라든가, 도가(술도가) 사장님 같은 굉장한 분들이 와야 꼭 니 속이 차겠단 말이제?」

　그걸로 보아 시인은 오래 전부터 카메라의 속물근성을 비웃어 온 것 같았다. 그러나 원래 카메라란 위인이 원체 씨알머리가 없었다. 오죽하면 카메라 외에도 〈똥파리〉란 별명이 더 있을까.

「그렇지는 않지마는——그래도 뭐 그 사람들이 온다꼬 나쁠 거야 있나? 오히려 꼭 와야세. 오늘이 무슨 날이라쏘…….」

「그래 종놈 손자하고 백정 사위하고 날도둑놈 같은 도벌꾼들이 꽉 차야 이 자리가 빛난단 말이제?」

「너무 글꾸(그렇게) 쌌지 마라. 우리는 뭐 벨난기 있다꼬. 세상은 민주주의 세상인기라. 사람 위에…….」

「아, 그래 알겠다. 알겠어.」

그 때 어물상이 끼여들었다.

「이 사람들 그만 차라(치워라). 그런데 회원들이라도 시간 좀 안 맞추고…….」

그 말을 끝으로 잠시 침묵이 흘렀다. 그러나 그 침묵은 지방 방송의 요란스런 출현으로 끝이 났다. 실속 없이 번지르르한 사업 좋아하다 얼마 안 되는 유산까지 날려버린 일문의 숙항(叔行)으로, 지방지인 Y신문의 지국을 맡고 있어 〈지방 방송〉이라고 불리웠다. 그 뒤에는 술통을 멘 배달꾼 김씨가 따라 들어왔다.

「하 글마(그 녀석) 참 갈바리(구두쇠)라. 술도가 사장이 겨우 술 한 말이다. 지 그라믄 안 좋을 낀데.」

그러나 영락한 시인은 의견이 달랐다.

「짜식, 그래도 인사 차릴 줄은 아니 다행이구마.」

그 때 지금까지 무슨 음울한 상념 속에 빠져 있던 형이 불쑥 말했다.

「그런데 주인은 안 온다더나?」

「세무서에서 손이 왔다 카더라.」

지방 방송의 대답. 그의 철늦은 골덴바지에 떨어진 막걸리 자국으로 보아 먼저 한잔 걸친 모양이었다. 〈세무서는 개코가 세무서라〉 하는 표정이었지만 형은 더이상 묻지 않고 입을 다물었다.

「이자 그럭저럭 S신문하고 D일보만 오믄 식구는 다 모이는 셈인데……. 가아들 도대체 어디 갔노?」

다시 어물상 C일보가 괜히 조급해 했다. 하지만 정작 급한 것은 시인 같았다. 술을 눈앞에 두고는 견디기 힘들다는 그런 표정이었다.

「벌써 한 시간이 다 돼 간다. 마 우리끼리 시작하지.」

그를 보고 형이 빙긋 웃었다. 형은 까닭 없이 그를 마음에 들어 했다.

「그라믄 자축이 되나?」

「도리 없제.」

「글타카믄 식이고 뭐고 다 치았뿌자. 식은 뭐 말라죽은 식이고?」

형도 술을 보자 상당히 목이 컬컬한 모양이었다.

「그래도 이기 어떤 자린데…….」

카메라가 항의하려다가 흘깃 형의 눈치를 보고 말꼬리를 흐렸다. 형은 도무지 겁난다는 표정이었다. 정화위원(淨化委員)이 뭔지 모르지만 카메라는 그 정화위원인 형에게 가끔씩 얻어터진다는 소문이었다. 신문인의 품격을 떨어뜨린다는 이유였다.

「야, 카메라. 너 요 앞 용궁식당에 가서 안주 빨리 가져오라 캐라.」

「웬긴데?」

형의 지시에 카메라가 일어나면서 물었다.

「가서 달라카기만 하믄 되나?」

「그래, 내 말 하믄 줄끼다. 아까 화산이한테 돼지고기 닷근 뺏아놨다. 지금쯤 익었을 끼다.」

「듣던 중 반갑구나. 그기 제오복음(第五福音)이다.」

시인.

그리하여 역사적인 암포 신문인협회 창립 3주년 기념식은 시작되었다. 그러나 어마어마한 이름에 비해 한심스러운 것이었다. 아직도 후끈거리는 두 평 남짓한 블록 방에서 국민학교 생도용의 책상 여덟 개를 맞붙여 백지를 씌운 식탁 위에 술 두 초롱과 삶은 돼지고기를 얹어놓고 백 부 미만인 일간지 지국장 다섯과 역시 그런 지국장 겸 H일보의 무보수 기자 하나가 둘러앉아 퍼마셔대는 것이었다. 유일한 외부 인사는 그 지국장 겸 무보수 기자의 동생인 나뿐이었다.

원래는 좀 거창하게 계획된 것이지만 초청된 유지들이 오지 않았기 때문이었다.

술과 안주는 나중에 더 왔다. 제재소에서 한 말, 담배 기사 일동한 말, 목상(木商)——이라지만 사실은 도벌꾼이란 표현이 옳다——셋이서 다시 돼지고기 열 근……

그런데 갑작스레 시인이 나를 당혹시킨 것은 술이 두 순배도 돌기 전이었다.

「일가 중흥의 기수를 위해서.」

건배를 제안한 그가 불쑥 나를 향해 그렇게 말하고는 단숨에 잔을 비웠다.

「자, 한잔 받아.」

시인이 내게 잔을 내밀었다. 그리고 그 잔을 선두로 지금까지 국외자로 있던 내게로 잔이 쏟아지기 시작했다.

「암포의 자랑을 위해.」

「장래의 검사님을 위해.」

사실 그런 식의 건배는 언제나 형이 먼저 시작하던 것이었다. 나는 형의 희망이었고, 긍지였고, 미래의 든든한 배경이었다. 그러나 형은 끝내 가만히 있었다. 형은 내 돌연한 귀향에서 어떤 불길

한 조짐을 감지했던 것일까.

　나는 곤혹 속에서도 그들이 내미는 잔을 남김없이 받았다. 이제 점점 때는 가까워오고 있었다. 내가 그들의 허구와 정면으로 대결해야 할 때가, 더이상 그들의 공허한 갈채에 도취해 있을 수는 없었다.

　그래, 나는 과연 당신들의 모든 실패를 훌륭히 피했다. 당신들과 똑같은 상황에서도 나는 열심히 공부했고 비록 한두 번의 방황은 있었지만, 지금은 당신들이 성공이라고 여기는 마지막 단계에 와 있다. 그렇지만 그게 어쨌단 말인가. 결국 당신들의 삶은 당신들이, 나의 삶은 내가 채워가게 되어 있다. 거기다가 나는 또 알고 있다. 당신들의 갈채는 어쩌다 다시 들르게 된 선술집의 작부가 흘리는 미소보다 더 허망하다는 것을. 그런데도 그 갈채소리에 귀먹은 나는 그렇게도 열심히 달렸던 것이다.

　그런데 갑자기 형이 그들의 갈채를 거의 광기어린 웃음으로 중단시켰다.

　「어린 놈 간은 고만 키우는 거다. 다만 우리는 믿자, 그가 결코 고향의 기대를 배반하지 않으리란 것만을 …….」

　그리고 다시 형은 한층 높고 호탕한 웃음을 터뜨렸다. 그러나 그의 두 눈은 깊숙한 우려와 함께 무언가를 호소하는 것처럼 나를 보고 있었다. 형은 확실히 무언가를 직감하고 있었다.

　아아, 형이시여. 당신은 애써 벗어 던진 그 굴레를 다시 제게 씌우시려는 겁니까. 동생의 가슴 속에서 오래오래 은밀히 타오른 그 치열한 불꽃을 끝내 외면하시려는 겁니까. 그러나 저는 지쳤습니다. 제 젊음과 재능도 더이상은 나를 기다려 줄 것 같지 않습니다 …….

　그러나 나는 끝내 말하지 못했다. 문득 웃음을 멈추고 성급히 자기의 잔을 비우는 형의 모습에서 은연중에 내비치는 진한 고독과 애수의 페이소스 때문이었다. 내게서 주의를 돌린 나머지 사람들도 어느새 자기 몫의 술잔으로 돌아가 있었다.

어물상은 술이 공짜라서 마셨다.

키메리는 마셔야 한다는 의무감으로 마시고 있었다.

시인은 슬퍼 마셨다. 그는 마시면 자꾸 슬퍼지고, 그래서 또 자꾸 마시고 싶었다. 나도 언젠가 들은 적이 있는 푸념——이 무슨 영락이란 말이냐. 우리 증조는 당상관이었고, 조부는 통감시절이지만 군수는 지냈단 말이다. 아버지가 돌아가실 때만 해도 끝이 안 보이는 들이 셋이나 있었다지. 그런데 그 토지개혁, 소작을 주어서는 살아갈 수 없는 제한된 땅으로 여인네들만 남은 우리 집이 어떻게 지탱될 수 있단 말인가. 헐하게 팔아 넘긴 땅값으로만 이루어지던 내 학교생활, 그나마 대학 일 년으로 끝나고 말았지. 아, 그 가난, 가난, 가난……. 그리고 내 시(詩)는? 고등학교때까지만 해도 천재적인 소질을 인정받던 내 시는……?

그러나 그는 자기가 그 시를 배반했다는 걸 모른다. 소년 시절에 읽은 몇 권의 서정시집으로 얻어낸 갈채에 그는 안주하고 말았다. 지성으로 승화되지 못한 감상이나 편벽진 감수성의 연마가 언제까지나 용서되지 않으리란 것을 그는 몰랐다.

형에게도 시인과 공통하는 슬픔이 있지만 그보다는 화가 나서 마신다. 빌어먹을 빌어먹을……. 그의 원망은 주로 좌익이었던 아버지를 겨냥한 것이었다. 되잖은 건국사업에 천석 살림 날린 것도 아까운데, 부모처자 두고 홀로 월북해 버리다니. 나는 그래서 순이 잘리웠단 말이다. 내 우수성은 예로부터 고향 전부가 인정해준 것이 아니냐. 가난 따위도 문제 없었단 말이다. 그런데 망할 영감쟁이!

대지주(大地主)면 대지주에게 유리한 사회제도를 감사하며 배나 두드릴 일이지, 사상은 무슨 놈의 사상이란 말인가?

수백 년의 착취에 대한 속죄라고? 그래도 당신이 해방시킨 종이 당신 창고에 불을 지르고 달아났지. 일본 유학 시절의 친구들은 지금 다 무얼 하고 있는지나 알아? 국회의원이 하나, 대학장이 둘, 그리고 큰 항구의 세관장도 있어. 당신이 기회주의자로 욕하며 결별한 그들은. 그런데 이 돈키호테 같은 양반아, 당신 아들 꼴이나 좀 알란 말이다.

일본서 성공한 외삼촌이 나를 데려가려 했을 때도 당신 때문에 못 갔단 말이다. 육사(陸士)에 가고 싶어도 받아주지 않았고, 태권 교관으로 외국 갈 기회도 당신 때문에 놓쳤단 말이다. 2단, 3단까지도 가는데 4단인 나는. 당신 친구의 도움으로 그럴듯한 기관에 상당한 대우로 취직했지만, 그것도 두 달 만에 끝장나고 말았지. 밝은 세계는 어디든지 나를 거부했어. 결국 익힌 태권도로 뒷골목을 휩쓰는 것 외에 내가 할 일은 없었지. 그러다가 5·16 이후 폭력배 소탕이 시작되자 고향으로 쫓겨 들어와——지금은 겨우 이백 부도 안 되는 일간지 지국장 겸 허름한 신문의 무보수 기자란 말이다. 수틀리면 치고, 술 생기면 퍼먹는 일밖에 할 일이 뭐 있는가 말이다. 마시자, 마시자, 더러운 세상.

지방 방송은 모든 걸 잊고 싶어서 마셨다. 잘살던 옛날까지 들먹일 필요도 없었다. 고생스럽게 세웠으나 공립 중학교로 둔갑해 버린 고등공민학교, 옥답 서른 마지기만 날아갔다. 하천부지를 논으로 만들려고 시작한 수리조합, 오십 정보 임야만 날렸다. 마지막 재산이던 섬께들 논 열 마지기를 삼켜버린 부화장, 계란 만 개에서 병아리 칠십 마리만 나왔지. 모두 잊고 말자. 지금 정해진 수입은 전혀 없고, 재산이라고는 낡은 집 한 채에 아이는 넷, 잊고 말자. 농협 영농자금 이십만 원, 잊고 말자. 내일 둘째 딸년 잡부금 육백 원 달라던데. 잊고 말자. 집에는 끼니 거리가 있을까. 잊고 말자. 마시자, 마시자, 괴로운 세상 잊고 말자……

그들이 비워대는 술잔의 의미를 내가 그렇게 하나하나 가늠하고 있을 때 돌연 카메라가 좌중의 분위기를 바꾸었다. 한 번도 영락해 본 일이 없고, 따라서 한(恨)도 후회도 모르는 그 철저한 건달에게는 우울한 침묵이 어울리지 않았다. 그는 끝내 그 날의 기념식을 빛내 주지 않는 〈유지놈〉들을 비난하기 시작했다. 무관의 제왕, 사회의 목탁인 우리 암포 신문인협회에 대한 중요한 모독, 두고 보아라. 후회할끼다.

그러나 그런 그의 흥분은 백 부 미만의 산촌 지국장에게는 너무도 어울리지 않는 것이어서 시인의 냉소밖에는 호응을 얻지 못했다. 대신, 어느 정도 취한 그들의 십팔번 화제가 중구난방으로 쏟아지기 시작했다.

형에게는 두 개의 상반된 십팔번 화제가 있었다. 하나는 형이 뒷골목에 뛰어들기 전 약관 20세로 어느 권위 있는 잡지의 시(詩) 추천을 받은 것인데, 그 때 형에게 맞장구를 칠 수 있는 것은 영락한 시인뿐이었다. 다른 하나는 종로 뒷골목 시절인데 사형당한 임화수, 이정재는 그의 작은 우상이었다.

얼핏 그 두 개의 화제는 전혀 맥락이 이어지지 않는 것 같지만 나는 알고 있다. 형의 시와 주먹, 그들은 동일한 뿌리를 갖고 있다는 것을. 그것은 형의 울분과 한이었다.

어물상 C일보에겐 이십여 년 전에 달아난 아내가 살아왔다. 내가 마지막 재산을 털어 장인의 궁지를 구해 주었을 때만 해도 그녀는 얼마나 다정했던가.

지방 방송은 자기의 수리조합을 끝내 외면한 군 산업과장에게 깊은 원한을 품고 있었다. 씨팔놈, 평생 두고 볼끼다. 지(저의) 돈이가, 내가 나쁜 일 했나? 조금만 보조해 줘도 내 수리조합은 성공했을 낀데.

영락한 시인의 십팔번은 청마(靑馬)의 시(詩)다.

　　나는 고독에 영락한 까마귀같이,
　　찬란히 설한에 걸어를 가도,
　　심사는 먼고향 하늘
　　새빨간 동백에 지치었어라.

　　고향 사람들은 내 꿈을 비웃고
　　내 그를 증오하오나
　　내 마음 어찌 독사같지 못하여
　　그 불신한 미소와 인사를 꽃같이 그리난고.
　　……(중략)……
　　내 희망은 떨어진 포켓트를 흘러가고
　　흑로처럼 병들어 이향의 찬 가로수
　　아래 죽지 않으려나.
　　오, 저녁산의 새처럼 찾아갈 고향길은 어드메뇨…….

그것은 그가 이미 두 되 이상의 술을 마셨다는 증거였다. 아직 회원 둘이 도착하지 않았는데도 술통은 어느새 두 개째를 비우기 시작하고 있었다.

기다리던 두 회원 S신문과 D일보는 늦어서야 왔다. 술통 둘이 다 비고 바야흐로 술자리가 난장판이 되어갈 무렵이었다.

시인은 한차례 눈물을 질금거렸고, 카메라는 뒤꼍에 가서 토하고 난 후인데도 시침을 떼고 마시고 있었다.

그는 군대 병원에서 대학생들과 어울린 이후 술을 많이 마시는 것이 바로 멋이라고 믿고 있었다.

형만은 웬지 침울한 얼굴로 천천히 술잔을 기울이고 있었다. 평소 때 같으면 끓어오르는 울분으로 책상을 쾅쾅 치거나 고래고래 고함을 지르며 고향 거리를 휩쓸 때가 되었는데도.

그 이상한 침울 때문에, 나는 언제부터인가 본론을 꺼내려고 별렀지만 아직 입을 떼지 못하고 있었다.

사실은 말입니다. 형님, 작별인사를 드리러 왔습니다. 법공부는 지난 겨울로 끝냈어요. 제게 더이상 그쪽으로는 기대를 하지 마십시오. 자유를 주십시오. 내 삶의 잔은 내 스스로 채워가게 해 주십시오……

그런데 늦게 들어온 두 사람은 의외의 내빈(來賓)을, 카메라가 그렇게도 기다리던 외부인사 하나를 데리고 왔다. S신문이 제재소 젊은 서기의 멱살을 잡고 들어선 것이다. S신문은 다소 취해 있는 것 같았고, 기묘한 내빈은 이미 여기저기 피탈이 나 있었다. 갑자기 흐트러진 술자리가 긴장으로 조용해졌다.

「S신문아, 니 와 그라노?」

형이 무거운 음성으로 물었다. 그러나 S신문은 대답에 앞서 끌고 온 내빈의 따귀를 연거푸 때리더니 시멘트 바닥에 꿇어앉혔다.

「도대체 와 그라노?」

형이 다시 물었다. 그러자 S신문이 아직도 분이 풀리지 않았다는 듯 씩씩거리며 말했다.

「와 그라노가 뭡니꺼. 내 참 더러바서. 우선 술이나 한잔 주소. 내 오늘 이 노무 새끼 패 죽여 버릴끼요.」

「참말로 뭐 때매 이래노? 말부터 해봐라. 짜슥아.」

형이 다그쳤지만 S신문은 기어이 한잔을 들고야 난폭하게 초대해 온 내빈을 거칠게 노려보며 말했다. 내빈의 얼굴은 여기저기 흥하게 부어 올라 있었다.

「저노무 새끼가 반(潘)가 놈하고 마주 앉아 뭐라꼬 수작하고 있었는지 아능교?」

「왜 뭘 우앴는데?」

「X도 아닌 놈들이 돈내라, 하하, 뭐 창립 3주년 축하비조로 만원만? 하도 어이가 없어 웃고 말았임다. 어느 싸가지 없는 놈이 그 거지 같은 패들한테 돈 예 있다 내놓겠습니까? 그래도 인생이 불쌍해서 술 한 말은 보냈임다. 참 가소로워서……」

S신문은 목소리까지 제재소 서기의 흉내를 냈다. 아마도 지서 주임과 제재소의 서기가 술 마시고 있는 술집에 우연히 들렀다가 그들의 대화를 엿들은 모양이었다.

「분해 견딜 수가 있어야제. 그래서 근처에 숨어 기다리다가 주임과 헤어진 놈을 뿌뜨러 왔구마. 야 이 새끼야 다시 한 번 해봐라.」

그리고 다시 S신문은 거의 얼이 빠져 꿇어앉아 있는 제재소 서기를 걷어찼다. 갑작스런 충격에 제재소 서기는 나무토막처럼 옆으로 넘어졌다.

「그래, 주임은 뭐라드노?」

「하기는 그놈의 새끼도 대가리를 빠사(바숴) 나야지. 뭐 거지 같은 새끼덜 걸리기만 하면 한꺼번에 싹 쓸어넣어 버린다든가.」

「그래애――?」

「그뿐이 아니라요. 뭐 협회 기둥뿌리까지 확 뽑아 버린다나.」

「또?」

「형님이 자기 장인한테 돼지고기 뺏어갔다고 뭐라칸지 압니꺼?」

「…….」

「일찍 잡아 넣을 걸 가만 났두니까 이제는 대낮에 강도질까지 한다고 캤임더.」

「그 반가 놈이…….」

그러나 형은 의외로 더이상 감정의 표현을 하지 않았다. 대신 이상하게 가라앉은 목소리로 제재소 서기를 불렀다.

「김 서기.」

김 서기는 움찔하며 형을 쳐다보았다.

「날 좀 자세히 봐라.」

「…….」

「그래, 지서 주임이 그렇게 대단하게 보이드나?」

「…….」

「좋다. 그라믄 그렇게 대단한 지서 주임 잡는 거 한번 봐라.」

그러더니 형은 S신문에게 짤막하게 지시했다.

「니 가서 반가 좀 데리고 온나.」

S신문은 충실한 개처럼 나갔다.

협회원 중에서 가장 형을 존경하는 사람이 S신문이었다. 그의 형에 대한 신뢰는 대단했다. 반가 놈 인자 깨졌다…….

그는 신바람이 난다는 투로 달려나갔다.

형보다 대여섯 살 아래인 그는 자유당 말기 종로에서 형의 위력을 체험한 적이 있었다. 사실 그가 가지고 있는 폭력 전과의 대부분은 형의 영향 때문이라고 볼 수 있었다. 그러나 형에 대한 존경은 갈수록 더 공고해졌다. 자기보다 몇 배나 더 엄청난 일을 저지르고도 전과 한 번 남기지 않은 형이었으니까.

S신문보다는 못하지만 협회원 대부분도 형에 대한 신뢰는 상당했다. 다만 무언가 그 자리가 심상치 않을 것이라고 짐작한 어물장사만이 S신문이 나간 지 얼마 안 돼 어물쩡 자리를 뜨고 말았다.

그런데 주임을 데리러 간 S신문은 지서까지 갈 필요도 없었다. 지서 주임이 이미 어디선가 그 일을 전해 듣고 노기등등해서 달려오고 있었기 때문이다.

「야, 이노무 새끼덜 해도 너무 하는구나——.」

협회 사무실로 들어서면서부터 지서 주임은 호령조였다. 과연 그는 암포에서는 대단한 존재였다. 형을 제외한 나머지는 그의 노성에 이미 어느 정도 위압당한 눈치였다.

「이건 특수폭행에 감금이다. 잘 됐다. 이노무 새끼덜 오늘은 한 놈도 안 남기고 싹 잡아넣겠다.」

주임의 그 같은 엄포에 모두들 일순 얼굴까지 헬쑥해지는 것 같았다. 그러나 형은 앞에 놓인 술잔을 태평스레 비우고 있을 뿐이었다.

「김 서기, 일어나서 최 순경, 박 순경 다 데려와. 수갑 일곱 개하고 권총도 실탄 장전해서 차고 오라고 해.」

그는 마치 김 서기가 자기 부하인 것처럼 지시했다. 김 서기는 일단 형과 S신문의 눈치를 살피다가, 주임이 다시 재촉하자 못 이긴 체 밖으로 나갔다.

형은 그런 주임을 무시하듯 다시 술 한 잔을 천천히 비웠다. 잔을 놓는 형의 몸에는 허세가 더럭더럭 배어 있었다. 형은 조용히 주임을 살피더니 갑자기 빙글거리기 시작했다.

「난 또 누구락꼬. 이거 주임님 아잉교? 너무 취해 깜박 몬 알아봤임더. 자, 막걸리지만 술부터 한잔 하이소.」

형은 정말로 빈 술잔을 채워 주임에게 내밀었다.

「정신차려, 개노무 새끼, 이게 환장을 했나?」

주임은 그 잔을 거들떠보지도 않고 고함을 빽 질렀다.

「아이고, 귀창 떨어지겠임더. 와 이라십니까? 불쌍한 백성 혼다 안 빠집니꺼?」

「너, 지금 무얼하고 있는지 알어?」

「지금 술 마시고 안 있습니꺼?」

「개소리 마라, 이 새끼, 너도 특수폭행의 공범이야.」

「아이고 생사람 잡지 마이소. 나는 손도 안 댔임더.」

「뭐라고? 부인하는 거야?」

「참말로 손도 안댔임더.」

「잘 들어둬. 네 놈들 죄는 이것뿐만 아니야. 그냥 보아 넘기려

했는데 이제는 끝났어.」

「무슨 말씀입니꺼? 그럼 우리가 뭐 또 다른 죄라도 있단 말입니꺼?」

「넉살 떨지 마. 공갈, 사기, 폭행, 협박——열 손가락 헤어도 다 못 헤어, 참아준 은공도 모르고——.」

「잠깐만, 잠깐만, 너무 어마어마해서 정신이 다 아찔아찔합니다. 구체적으로 말씀해 보이소.」

「너 이 새끼, 지난 달에 제재소에 얼마 울켜냈지?」

「하얀 봉투에 넣어 김 서기가 주임님한테 전해준 거보다는 적을 낍니다.」

「이 새끼가, 그리고 목상 김씨한테는 얼마 받았어?」

「아, 주임님 만 원 받은 그 이튿날요?」

「좋아, 신 기사는 또 왜 팼어? 그 사람이 네 놈에게 술 받아줄 의무라도 있어?」

「누구라꼬요? 신 기사. 아, 지난 겨울 담배 수납 때 주임님 술 부지런히 사던 사람요? 에이 말을 해도 그래 하지 마이소. 친구 간에 장난친 걸 때렸다니——.」

「좋다, 좋다. 이 새끼, 그런데 지난 달 장터 노름판에서는 얼마 뜯어 갔어?」

「아, 주임님이 이만 원 받고 눈감아 준 그 패들 말입니꺼?」

「그렇다, 이 새끼야——.」

주임님은 정말로 격노했다. 숨이 막히는 듯 그 씩씩거리는 소리가 웬만한 풀무소리만 했다.

「야, 이 새끼, 이제 보니 정말 악질이구나. 좋다. 너 임마 방금 한 말 책임 못 졌단 봐라. 어쨌건——너는 이 새끼야, 현행범이야——.」

그러나 형은 여전 아랑곳 않고 빙글거렸다.

「꼭 잡아넣겠다는 데야 도리 없지요. 칼자루 잡은 놈이 장땡이니까.」

「뭐? 놈? 너 정말 화 돋굴래?」

「천만에요. 글치만 다시 한 번 생각해 보이소. 어디 주임님 뭐 꼴리는 대로 잘 될라 카겠습니꺼?」

「하——이 새끼. 이 새끼가——.」

주임은 헉헉거리며 말을 잇지 못했다. 그 때 최 순경과 박 순경이 나타났다.

「수갑 준비해 왔어? 이 놈들 전부 채워.」

주임은 마치 그들도 무슨 죄나 지은 듯 무섭게 흘겨보며 명령했다. 순경들은 영문을 몰라 어리둥절한 표정이었다. 그러나 협회원들은 완전히 그 서슬에 질린 듯, 마음 약한 D일보는 어깨까지 가늘게 떨고 있었다.

어느새 형도 웃음을 거두고 있었다. 형의 검고 선이 굵은 얼굴에는 일종 흉맹한 살기까지 번득였다. 담담한 기분으로 그 일장의 희비극을 보고 있는 것은 나뿐이었다.

「서!」

형이 갑자기 방 안이 떠나갈 듯 소리를 질렀다. 그 서슬에 S신문과 지방 방송에게 수갑을 들이대던 최 순경과 박 순경이 움찔하며 물러섰다.

「야, 반가야.」

형은 이어 번쩍이는 눈으로 주임을 노렸다.

「너 사람 핫바지 취급할래?」

그런 형의 돌변에 주임도 약간 멈칫했다. 그러나 주임은 과연 주임이었다. 6·25 직후 전투경찰로 출발한 그는 비록 국졸(國卒)의 학력이지만 이십 년 관록을 자랑하고 있었다. 신출내기 최 순경, 박 순경과는 비할 바가 아니었다.

「어라？ 이 새끼가 어디서 큰소리야？」

「그래, 큰소리쳤다. 왜？ 이게 어디서 핫바지 다루듯 사람 잡으려 들어？ 병아리도 못 되는 게 장닭처럼 벼슬을 흔들려고——모가지를 확 비틀어 버릴라.」

드디어 형의 입에서 서울말이 튀어나오기 시작했다.

몹시 화가 났다는 증거였다.

「두고두고 보자 하니까 너무 심하잖아？ 엇다 수갑을 들이대는 거야？」

「정말 이 새끼가 완전히 돌았군. 이제는 공무집행 방해까지.」

「오냐, 임마 너 혼자 통반장 다 해 먹어라. 그러나——.」

갑자기 형이 속주머니에서 한줌의 전보용지를 꺼냈다. 그가 무보수기자로 있는 H일보사가 수신인인 기사문이었다. 순간적인 동요가 지서 주임의 표정을 스쳐갔다. 그러나 그는 여전히 험악한 표정으로 내민 것을 거들떠보지도 않았다.

「무슨 개수작이야. 이거？」

「그래？ 그 개수작 한번 들어봐라.」

형은 그 기사를 읽어 나갔다.

「술에 만취한 경찰이 실탄을 장전한 총을 들고 행패를 부려 주민들이 불안에 떨고 있다.

　지난 6월 3일 새벽 한 시경 ××도 ○○군 암포면 지서 주임 반용칠(41) 경사는 민간인 이용섭 씨(36) 집을 비롯, 인근의 접객업소를 돌며……술에 만취한 채……실탄이 장전된 카빈을 들고……간첩 수색 나왔다며……신발을 신은 채…….」

「좋다, 이 새끼 내 시말서 하나 쓰지.」

「이것뿐이 아니야. 여기 또 있어. 한번 볼래？」

형이 술판 위에 뿌린 것은 대여섯 장의 사진이었다. 강변에 쌓아둔 목재더미와 검인이 없음을 크게 클로즈업시킨 것, 지서 주임이 작부를 끼고 취해 있는 것, 텅빈 지서에서 웃도리를 벗은 채 두 발을 책상 위에 얹고 골아떨어진 모습…….

대개 그런 것들이었다.

「5월 한 달 암포에서 반출된 목재는 도합 이십팔만 재(才), 군(郡) 당국의 허가량은 겨우 십육만 재——그 차이를 설명하는 사진이 이걸세.」

형은 목재더미 사진을 주임에게 내밀었다. 주임의 표정에 현저한 동요의 빛이 스쳤다. 그걸 보는 형의 얼굴에도 흉맹한 살기가 사라지고 있었다.

「그리고 반 경사, 인사나 해 두지. S법대 금년에 졸업한 내 동생이야. 바로 Y지원 검사영감과 동문이지. 일차 같은 건 이미 여러 번 했고, 목하 이번 가을을 단단히 벼르고 있어. 사람이 따귀맞는 것 구경했다고 특수폭행으로 달려 들어가게 된 불쌍한 형을 위해.」

그제서야 주임이 나를 쳐다보았다. 약간 위축된 기색이 보였다. 두 순경도 나를 어색하게 흘끔거렸다. 질려 있던 나머지 협회원들의 표정에 약간 안도의 기색이 떠올랐다.

「분명히 말해 두지만 오늘 일로 잡혀갈 순 없어. 나는 김 서기 근처에도 안 갔으니까. 다른 일이라면 영장을 갖고 와. 긴급 구속에 해당할 요건은 내게 없어.」

서슬은 꺾였지만 남아 있는 분노 때문에 주임은 얼굴이 붉으락푸르락 어쩔 줄 몰라했다. 그 사이 형의 얼굴은 처음의 침착으로 돌아가고 있었다.

「주임님, 저희들이 다소 궁하게 살기로서니 그게 주임님 배 다칠 일이 뭐 있습니까. 바닷물과 샘물은 서로 침범하지 않는 기 좋은 거라요. 주임님이 저희 밥숟갈 안 뺏아가문 저희들도 주임님 밥술에 흙 안 끼얹심더.」

그러자 다시 주임이 버럭 소릴 질렀다.

「시끄러워 이 새끼. 네놈이 이 정도로 악질인 줄은 몰랐다. 두고 보자. 내 경찰복을 벗는 한이 있어도 반드시 영장을 받아낼테니 ……」

형은 더이상 대꾸하지 않았다. 그게 한계라고 판단한 것 같았다. 내게도 더이상 건드리면 정말로 다루기 힘들 것처럼 보였다. 더구나 부하직원이 둘씩이나 보고 있는 상태가 아닌가.

「지가 좀 과했지만 용서하이소. 그라고 일은 너무 감정적으로 처리하지 마시소. 상처는 핥아 주어야지 긁는 법이 아니라요.」

노련한 전문가는 미련없이 양보했다.

「흥물 떨지 마, 절대 이게 끝이 아니야. 어이, 가자.」

주임은 결국 협회원들을 한차례 무섭게 노려보고는 나가버렸다. 형은 여전히 말이 없었다. 그러나 나머지 사람들은 형의 양보와 주임의 마지막 말이 다시 불안한 모양이었다. 주임 일행이 사라진 후 술자리는 다시 계속됐지만 별로 열심히 마시는 사람은 없었다. 나만 원인 모르게 음울해서 잔을 계속 비웠다. 형은 그런 나를 못 본 체했다.

그렇게 다시 술잔이 몇 순배 돌았을까. 돌연 일찍 자리를 떴던 어물상이 다시 나타났다.

「이 사람들, 큰일났네.」

그는 완전히 겁먹은 표정이었다.

「뭘 일을 그리해 가지고……. 주임이 노발대발 지금 영장 신청할라 칸다더라.」

그의 수선스런 말에 협회원들은 완연히 불안한 표정을 지었다.

「이 사람들, 지금 술 퍼먹고 있을 때가 아이라카이. 참말 지(저) 말대로 경찰복 벗고 사생결단 나오면 어쩔라노? 까마귀는 까마귀끼리 모인다고, 우리 좋을 꺼 하나도 없다. 자——가서 사과하고 달래세.」

제일 먼저 지방 방송이 찬성하고 나섰다.

「사실 니도 심했지. 껄깽이(지렁이)도 밟으믄 꿈틀한다고——
더구나 부하 직원 보는 앞에서.」

지방 방송이 약간 원망어린 투로 형에게 말하고는 일어날 자세를
했다. 시인은 형의 눈치를 살피다가 재차 일어날 것을 권하는 어물
상에게 한마디 쏘았다.

「영천 할배, 어디 호떡집에 불이라도 났는교? 와 이래 사람을
깝칩(재촉)니꺼?」

「야 이 사람아, 안 그렇나. 주임이 이를 북북 갈며 눈물까지 글
썽거렸다 안카나? 까짓 순사질 하면 얼마 더 하겠노 카며…….
그렁 기 아이다. 자 카메라 니도 일라서라.」

그런 다음 어물상이 한번 더 시인을 재촉했다. 시인은 동의라도
구하는 듯 형을 쳐다보았다.

「퍼뜩 일라서라 카이.」

다시 어물상의 독촉. 결국 심약한 시인도 어색하게 일어났다. D
일보도 따라섰다.

「S신문, 니는 뭐하노? 사실 사단은 니한테 있는 기라. 와 말로
하지 사람을 그리 팼노?」

그러나 S신문은 일어서지 않았다.

「가고 싶으믄 할배만 가소. 내사 안 갈라요. 비라묵을. 몇 달 깜
빵 가믄 갔지, 사나 새끼가 구질구질하구로.」

이 말에 과음을 할수록 창백해지는 시인의 얼굴이 난감할 만큼
붉어졌다. 카메라도 어색하게 머리를 긁었다.

「아이, 그런 게 아이라카이. 이런 일은 혈기로만 당할 일이 아니
라. 보래 일라서라.」

「내사 싫소.」

　여전히 S신문은 버티었다. 그리고 무엇인가 골똘한 생각에 잠긴 형을 보며 자랑스레 싱긋 웃었다.
「맞다——. 니도 가봐라.」
　갑자기 형이 생각에서 깨난 듯 침착하게 S신문에게 말했다.
「내가요? 내사 몬하겠임더. 혹 형님도 가면 몰라도.」
「아니, 같이 가봐. 나도 갈테니…….」
「예? 형님도요?」
　S신문의 목소리가 놀라움과 실망으로 묘하게 떨렸다.
「내일쯤 갈끼다. 그러이 니도 가봐라.」
　S신문도 끝내 일어났다.
　그리하여 어물상은 수선스럽게, 카메라는 마지못한 듯, 시인은 어색하게……. 그런 식으로 모두 나가 버렸다. 형은 그런 그들을 담담하게 바라보았다.
　방 안이 조용해지자 형은 말없이 술 한 잔을 따르더니 묵묵히 비웠다. 술잔을 내리는 형의 얼굴에는 고독한 영웅 같은 비장기가 어렸다. 두 눈에는 원인 모를 습기가 번들거렸다.
　형은 그 두 눈으로 한동안 나를 깊숙이 바라보다가 심하게 떨리는 목소리로 말했다.
「다 알고 있다. 네가 작가로 인정받았다는 거. 두 달 전부터 법학 연구소를 나왔다는 거…….」
　그리고 그는 주머니에서 지폐 한 다발을 꺼내 내밀었다.
「너는 나를 실망시키지 않겠지? 아무 말 말고 서울로 올라가거라. 지금 당장 가서……. 한 번만 더 해봐라.」
　그리고는 입술을 지그시 물며 열린 창으로 노을 짙은 서편 하늘을 올려다보았다.

糞胡亂場記

　그 귀향을 얘기하면서 전해 겨울에 있었던 첫번째 통대(統代)선
거를 빼놓을 수 없다. 내가 고향에 돌아갔을 때는 이미 선거가 끝
난 지도 반 년이나 되었건만 그 선거의 경과는 바로 전날 밤에 본
텔레비전의 희극물처럼 재미있는 화제거리로 고향마을을 떠돌고
있었다.

　하지만 내가 새삼 그 얘기를 옮기는 것은 사랑하는 고향의 또다
른 모습을 그려 보려는 것일 뿐 별다른 정치적인 저의가 없음을 미
리 밝혀 두고 싶다.

　선거의 풍설이 나돌면서 고향 사람들은 벌써 흥분으로 술렁이기
시작했다. 그들의 표현을 따르면 〈실로 오랜만에 선거다운 선거〉
를 하게 된 것이었다.

　물론 전에도 대통령이나 국회의원 선거를 해왔지만, 대통령은
그들의 일상과는 너무 까마득했고, 국회의원은 중선거구 때문에
항상 군세(郡勢)가 강한 이웃군 출신의 선량(選良)이 차지해 버려
도무지 실감이 나지 않았기 때문이었다.

　그런데 이제 면단위가 선거를 하게 됨으로써 그들은 저 도의원

선거 이래 거의 십여 년 만에 피부로 실감이 되는 선거를 치르게 된 셈이었다. 이 경우 입후보자가 누구이건 유권자들 중 적어도 몇몇은 그의 불알 밑에 있는 점이나 썩은 이빨의 개수까지도 알고 있기 마련이다.

그래서 아직 공식적인 선거일정이 발표되기도 전에 고향 사람들은 예상되는 입후보자를 놓고 의논들이 구구했다. 어떤 지방 어느 산골에도 때를 기다리는 정치적 야심가와 실력자는 있는 법이고, 내 고향도 예외는 아니어서——그 무렵 주로 물망에 오른 사람은 3명이었다.

그 하나는 일찍이 고향을 떠나 치부에 성공한 사람으로 도회지에 몇 개의 공장과 극장을 가지고 있었는데 벌써 여러 해 전부터 옛 집터에 웅장한 저택을 세워 막대한 부(富)를 과시하고 있었다. 다른 하나는 어떤 권력기관의 고위직으로 정치적 배경과 권력을 겸비한 사람이었고, 나머지는 지금까지의 여러 선거에 지구당의 선전부장으로 활약해 조직력과 대중연설에서 뛰어난 능력을 보여준 사람이었다.

그러나 선거일정이 확정되고 입후보자 등록마감이 가까워도 어떤 판단에선지 그들 세 사람은 전혀 움직이지 않았다. 거기서 파란 많은 그 선거의 막은 열렸다. 그들 셋의 동정을 살피며 마감 며칠 전까지도 자중하고 있던 고향의 이류급 인사들이 며칠 새에 열셋이나 무더기로 입후보자 등록을 한 것이었다. 당선 후의 자신들이 맡아야 할 역할에 대해 그들이 어떤 생각을 가졌는지는 알 길이 없지만 풍문에는 당국의 조정이 없었더라면 30명도 넘었을 거란 얘기였다. 실제로 마감 전날 저녁까지 아무것도 모르고 앉았다가 물망에 올랐던 세 사람의 실력자가 아무도 입후보하지 않았다는 것을 술자리에서 듣고서 부랴부랴 서둘러 이튿날 마감 직전에 겨우 등록을 끝낸 사람도 있었다.

　유권자 5천도 못되는 면에 13명의 입후보자——혼란은 처음부터 예상된 것이었다. 그 중에서도 족인(族人)이 여섯이나 되어 문중사람들이 받은 충격은 더욱 컸다. 아무리 문중이 해체되고 문회(門會)의 구속력이 없어졌지만 그래도 남아 있는 문중의 공론은 문회를 열어 입후보자를 조정해야 한다는 것이었다. 그대로 두었다가는 유권자의 3분지 1 가까운 표를 가지고서도 타성에게 위원 자리를 빼앗기겠다는 우려 때문이었다.

　그래서 실로 몇해 만에 문회다운 문회가 열렸지만 조정은 쉽사리 이루어지지 않았다. 몇몇 어른분네의 간곡한 분부도, 식견 있는 숙항(叔行)들의 설득도 나름대로의 논리와 승산으로 무장된 그들 여섯의 입후보자에게는 무력하였다.

　어디나 동족부락의 경우면 매한가지겠지만 고향에서 문중을 지키고 있는 사람들의 능력과 자질은 대체로 우수한 편이 못 된다. 향토를 위해서란 갸륵한 뜻을 품은 사람이 전혀 없는 것도 아니나, 조그만 능력이라도 있으면 저마다 도회로, 도회로, 하는 마당에 굳이 궁벽한 산촌에 남아 있는 데는 어떤 피치 못할 사정들이 있었다. 바꾸어 말하면 나가보았자 별 볼일 없는 사람들이 대부분이었다.

　문중의 입후보자들도 그 점에서는 대개 마찬가지였다. 그들이 똑똑하다고 한다면 그것은 호랑이 없는 굴에 토끼가 왕이라는 식이지 객관적인 평가는 아니었다. 따라서 대개 그들에게 지혜로운 판단이나 명예로운 진퇴를 기대한다는 것은 처음부터 무리였다.

　오히려 그 조정은 없는 것보다 못한 결과를 낳고 말았으니——그들 중에서 가장 먼저 사퇴한 두 사람은 문중 대부분이 가장 많이 기대를 걸던, 그리고 객관적으로 보아도 당선의 가능성이 가장 높던 사람들이었다. 한 사람은 홀어머니의 외아들로 대학 재학 중에 결혼을 하고 졸업하자마자 고향으로 돌아와 쓰러져 가는 가업을 홀

룽히 일으킨 숙항이었는데, 모든 입후보자 중에서 유일하게 대학을 나온데다 그 정도의 선거를 치르기에는 충분한 재력도 있었다. 또 한 사람은 일제때에 전문학교를 나오고 여러 차례 민선(民選) 면장을 지낸 50대 막바지의 조항(祖行)이었는데 경력으로 보나 선거 지반으로 보나 마땅히 기대를 걸어 봄직한 쪽이었다. 그러나 둘 다 그리 정치적인 인물은 못되는 듯 그들은 조정이 시작된 지 이틀만에 아옹다옹 다투던 나머지 넷에게 맡기고 입후보를 사퇴하고 말았다.

그나마 기대되던 그 두 사람이 떠나버리자 조정의 문회는 이전투구(泥田鬪狗)——그야말로 난장판이 되고 말았다. 문중의 비난과 위협에도 불구하고 남은 넷은 도무지 양보할 기색이 없었다.

그러다가 일 주일 만에야 다시 두 사람이 극적인 사퇴를 했다. 술을 좋아하고 인심이 좋아 술친구들의 부추김 때문에 입후보했던 한 족인은 그 약점을 이용한 다른 입후보자에게 간단히 설득되고 말았다. 들리는 소문에 따르면 푸짐하게 마련한 술자리에서 눈물로 양보를 구하자 그만 허허거리며 사퇴해 버렸다는 것이었다. 처음부터 입후보자 중의 하나가 미워서 전문적으로 그의 표를 깨기 위해 입후보했던 다른 하나도 뒤늦게 낌새를 알아차린 상대방이 지난 잘못을 간곡히 사과하자 깨끗이 사퇴를 해 주었다.

문중은 놀라움과 기쁨 속에서 다시 마지막 남은 두 사람의 타협을 기다렸다. 그러나 더이상의 진전은 없었다. 문중은 문중대로, 두 사람은 두 사람끼리 한 사람의 후보만을 내기 위해 온갖 노력을 했지만 허사였다.

「에잇, 아망스러운 놈들.」

조정하던 어른분네의 그 한마디를 마지막으로 문중은 결국 두 사람의 후보자를 내보내지 않을 수 없었다. 거기에 실망한 다수의 문중표가 타성(他姓)으로 흘러 나갔다. 파탄은 이미 시작되고 있었다.

　한편 타성 쪽의 7명 사이에서도 적지 않은 우여곡절이 있었다. 사돈간이 나란히 입후보해서 딸이 울며 친정으로 달려가는가 하면, 처남 매부간이 함께 나와 화투 끗발로 사퇴 결정을 보았다는 풍문도 돌았다. 며칠 만에 급히 서둘러 한 등록인데다 상대다운 상대가 없어 입후보만 하면 당선될 가능성은 비슷하리라는 데서 빚어진 통대열(統代熱)의 결과였다.

　그러나 타성 쪽도 결국은 조금씩 정리되어 갔으니 끗발 나쁜 매부 외에도 사돈간은 딸 둔 쪽이 양보했고 하나는 제풀에 기가 죽어 사퇴했다. 또 몇몇 입후보자는 남은 사람에게서 얼마간의 돈을 받고 사퇴했다는 말도 있었다. 그리하여 대략 문중의 입후보자가 둘만 남게 되었을 때쯤 타성 쪽도 두 사람으로 압축되었다. 선거는 사파전으로 결정이 난 셈이었다.

　그러면 여기서 마지막까지 남은 네 사람을 잠시 살펴보자. 그 무렵 나는 학업 때문에 십수 년래 거의 타향살이에 가까운 생활을 해왔고, 그래서 고향이란 내가 좌절당하고 상처입었을 때, 또는 삶이 권태롭고 피곤할 때, 잠시 돌아와 쉬는 곳 정도에 불과했지만, 그 네 사람은 모두 내게 익숙한 사람들이었다.

　우선 문중의 두 사람은 여러 가지로 대조적인 데가 많았다.

　먼 집안 지손(支孫)으로 내게는 증조항(曾祖行)이 되는 한 사람은 장터에서 정미소를 하고 있었다. 학력은 고졸, 특별히 고향에 뜻을 둔 것은 아니었으나 평생 직장은 가져본 적이 없는 부잣집 둘째로서 정미소는 살림날 때 본가에서 타온 몫이었다. 해방 직후에 세운 낡은 것이긴 해도 부근에는 하나뿐이다보니 수입도 괜찮은 편이고 태반이 그의 고객들인 지방민들에게는 지명도(知名度)도 높은 편이었다. 장터거리에서 흔히 있을 법한 성적(性的) 추문의 대상이 되기도 하고 사람도 좀 막힌 데가 있기는 하지만 인정이 있고 경오가 밝다는 평판을 듣고 있었다. 그러나 그를 지지해 주는 조직은 전혀 없고 일관된 정치적 식견이나 뱃심도 기대할 수 없었다. 그에게 강점이 있다면 그저 언덕 위의 문중 출신이라는 것과 고졸의 학력 정도일까. 그런 그에 비해 다른 히니는 일찍 몰락해서 인근 민촌으로 밀려난 원(源) 종가의 후손으로 항렬은 질항(姪行), 농사를 생업으로 하는 집의 장남이었다. 학력은 중학교를 졸업하는 것으로 그쳤고, 고향에 뜻을 두고는 있어도 〈문중〉이라는 개념보다는 〈향토〉라는 쪽에 기울어져 있었다. 너무 따지고 드는 버릇과 함께 약간 과대망상적인 데가 있지만, 독실한 기독교 신자이고 남에게는 예절 발라 그의 동네 부근에서는 상당한 신망도 얻고 있었다. 거기다가 일찍부터 4H나 새마을운동에 관여해서 그에게 우호적인 약간의 조직도 있고 나름대로 정치적 신념과 투지도 있었다.

사실 이 둘의 경합적 관계는 처음부터 그렇게 경화돼 있던 것은 아니었다. 자기가 약간 달린다는 걸 느낀 새마을 지도자에게는 웬만한 명분과 실리만 있다면 양보할 마음도 있었던 것인데 융통성 없는 정미소 주인이 일을 그르치고 말았다. 설득이라고 한답시고 그를 부른 정미소 주인은 곧이곧대로 그의 약점인 집안과 학력, 지명도, 재력 따위를 들먹이며 사퇴를 종용했던 것이다.

누군들 자기의 아픈 곳을 건드리는 데야 발끈하지 않겠는가. 집안이 몰락했다고 해봤자 같은 형주 이씨고, 학력이라고 해봤자 고등학교와 중학교는 오십보 백보였다. 지명에 눌리는 건 사실이나 대신 그에게는 4H와 새마을 계통의 지지조직이 있었다. 재력도 낡은 정미소로 얼마나 모아 두었는지는 모르지만 그는 논 몇 마지기만 내놓으면 정미소 주인만큼의 자금은 동원할 수 있을 것 같은 계산이었다. 거기서 하등의 이유 없이 무시당했다는 기분이 든 그는 이를 악물고 정미소 주인에게 달려들었다.

그런 사정은 타성 쪽의 입후보자들 사이에서도 비슷했다. 남은 둘 중 하나는 바로 양보받은 〈사돈〉이었고 또 하나는 좀 떨어진 개골짝 마을의 잎담배 조합 총대(總代)였는데, 그 둘도 어지간히 대조가 되었다.

사돈은 옛 농막(農幕)의 후예로 일제때 보통학교를 졸업한 후 면사무소에서 소사(小使)로 들어가 거기서 잔뼈가 굵은 사람이었다. 20살때 해방을 맞아 면서기로 일하게 되면서 그에게도 오랜 가난과 굴욕에서 벗어날 기회가 왔다. 바로 토지개혁의 풍문이었다. 문중이 전전긍긍 헐값으로 토지를 소작인들에게 떠맡기는 동안에도 그는 닥치는 대로 그것들을 사들였다. 어찌된 셈인지 그는 그 토지개혁이란 것이 두려워하는 것만큼 철저하지도 않고, 오래 가지도 않을 것이란 걸 알고 있었다. 과연 모든 것은 그의 예측대로 맞아떨어져 전쟁이 끝난 후 그가 여러 가지 편법으로 분산해 놓았던 토지들을 다시 끌어모았을 때는 미곡만 백여 석이 넘는 지주가 되어 있었다. 그걸 기반삼아 장터로 진출한 그는 장사에도 상당한 수완을 보여——그 무렵에는 농협연쇄점과 맞먹는 규모의 상점을 부근에 셋이나 가지고 있었다.

〈사돈〉이 오랜 세월 자기의 재산을 힘들여 쌓아올린 데 비해 〈총대〉는 그들 타성들 간에는 신흥세력이라고 할 수 있었다. 옛 산지기의 아들인 그는 그로부터 10년 전만 해도 주막거리나 노름방 뒷전에서 개평술이나 마시면서 돌아다니던 건달이었다. 그러다가 30세에 접어들던 해 고향에 개간바람이 불어닥치자 그는 그 생활을 청산하고 건장한 2명의 아우들과 함께 면소재지에서 30리쯤 떨어진 오지(奧地)로 들어갔다. 그리고 몇만 평의 국유림을 개간해 잎담배 농사를 시작했다.

그 후 무려 다섯 해에 걸쳐 그들 형제는 줄곧 면내에서 가장 많은 잎담배 수납자들이었다. 원래 담배는 비옥한 기존 경작지보다는 새로운 경작지에서 더 좋은 색이 나왔는데 그들 형제가 개간한 땅은 그 중에서도 가장 유리한 땅이었다. 거기다가 그들이 있던 곳은 너무도 오지여서 소같이 일하는 그들 삼 형제의 소비는 저절로 최소한으로 억제되있다. 그리하여 꼭 6년 만에 그들 삼 형제가 다시 전에 살던 마을로 내려왔을 때는 모두 한살림 톡톡히 장만하고 있었다. 맏형인 그가 특히 많은 몫을 차지한 것은 두말할 나위가 없었다.

그는 당연히 그 마을의 유지가 됐고 이어 잎담배 조합의 총대직도 맡게 됐다. 그리고 슬슬 장터거리 출입을 다시 시작하게 되었는데, 그런 그의 사교술이나 처세방법은 정적(政敵)인 〈사돈〉조차도 감탄할 만한 것이었다. 일 년도 안돼 그는 술도가 사장이나 정류소 장과는 너나들이를 했고, 면장, 지서장과는 〈형님〉〈아우〉 하면서 지냈다. 여당의 지방조직과도 선이 닿고 있었고 농협에도 손을 뻗쳐 이사 자리를 차지했다.

처음 타성 쪽에서 입후보자 단일화에 손을 댄 것은 사돈 쪽이었다. 별다른 언변이나 정치기술이 없는 사돈의 무기는 그의 든든한 재력이었다. 대부분 즉흥적 입후보자였던 나머지 다섯은 기껏해야 몇십만 원의 공돈으로 사퇴를 해 주었다.

사돈은 총대도 당연히 사퇴해 줄 것으로 믿었다. 제일 먼저 사돈의 돈을 받아들인 것도 그였고, 나머지도 계속 돈으로 잡으라고 암시한 것도 그였기 때문이다. 그러나 돈을 받고도 까닭없이 사퇴를 미루던 나머지 다섯이 등록을 취소하자마자 받은 돈을 냉정히 사돈에게 돌려보냈다.

첫 회전(會戰)에서 돈만 믿던 사돈은 멋지게 한 대 먹은 셈이었다. 결국 그는 많은 돈을 들여 상대의 경쟁자를 모조리 제거해 주었을 뿐만 아니라, 자기를 공격할 수 있는 좋은 선전거리까지 장만해 주었던 것이다. 실제로 그 선거가 끝날 때까지 총대는 몇 번이고 금품으로 자기를 매수하려던 사돈의 비열한 음모를 폭로하고 그 유혹을 깨끗이 거절한 자기의 결백함을 과장하였다.

투표일이 가까워오면서 그들 네 입후보자들의 공방은 점차 치열해졌다. 연일 대소의 전투가 벌어졌다. 그러나 가장 철저하고 흥미있는 것은 문중의 입후보자와 타성의 입후보자 사이에서가 아니라 각 진영 내부에서 벌어지는 전투였다.

「조상도 몰라보는 못된 놈.」

「종가 몰라주는 지손은 크게 잘났고?」

「무식한 것이.」

「고등학교 나왔다고 박사학위 주나?」

「땅이나 열심히 파야 할 놈이.」

「피댓줄이나 갈고 발동기 기름이나 치지 않고.」

이것이 일가간인 정미소 주인과 새마을 지도자가 얼굴만 맞대면 주고받는 독기어린 응수였고,

「새파란 놈이 버르장머리 없이.」

「벼람빡(벽)에 똥칠하도록 살면 대통령되겠네.」

「뒤지기(두더지) 같은 놈이 돈푼이나 모았다고.」

「남의 땅 뺏아 모은 것보다는 낫소.」

「산지기 자식 주제에.」

「농막은 큰 벼슬이던가베.」

이것이 사돈과 총대간의 설전이었다.

대외적인 경쟁도 그 못지않게 치열했다. 사돈은 국민학교와 중학교에 풍금을 한 대씩 기증했고, 어디서 배운 수법인지 다리가 아쉬운 소하천에 금세라도 다리를 놓을 듯 측량을 한다 어쩐다 수선을 떨었다. 정미소 주인은 어려운 살림에도 객지에 자식들을 유학 보낸 몇몇 집에 갑작스런 장학금 봉투를 내밀고, 노인들이 잘 모이

는 정자나 동네의 사랑방에 반들반들한 바둑판과 장기판을 전달했다. 새마을 지도자는 청년회의소 면지부 결성대회와 4H경연대회를 열어 군수영감을 끌어내는 데 성공했으며, 총대는 총대대로 〈총대친목회 및 잎남배경작촉진대회〉를 핑계로 공공연한 술잔치를 벌였다. 그 모든 일들은 그들의 빈약한 사회활동 경력란을 장식할 뿐만 아니라 얼마 남지 않은 합동유세 때의 자기 선전자료로 쓰기 위함이었다.

더욱 재미난 것은 입후보자 부인들의 선거운동이었다.

「아메 되기는 꼭 될 낍니다만 그래도 혹시 모르이 한 표 보태 주소.」

남편의 허세를 그대로 믿고 있는 정미소 안주인이 유권자를 붙들고 하는 말이었다.

「떡 쥔 놈 따라다니다 보면 고물이라도 흘린다꼬, 먼 일을 하디라도 가진 게 있어야제.」

돈을 앞세운 안사돈은 그렇게 말했고,

「지금도 장터에 가서 사는데, 당선되면 아사리 서울가 안 살겠나? 글치만 우야노? 그 사람밖에 누구 할 만한 사람이 있어야제.」

그게 총대 부인의 희생적인 결론이었다. 새마을 지도자 부인이라고 해서 가만히 입다물고 있을 수 있으랴.

「뭣보다도 그런 자리는 남 앞에 서 본 경험이 제일인기라. 그 사람들 중에 10명이나 제대로 모아 놓고 말해 본 이가 있는가 몰라. 아 아부지라꼬 말하는 거는 아이지만, 남 앞에 세우기야 그 사람 덮을 사람은 없을끼라……..」

그러나 하루하루 지남에 따라 처음의 팽팽하던 세력균형은 서서히 깨어지기 시작했다.

먼저 우위가 결정된 것은 문중 쪽의 입후보자들이었다. 새마을

지도자의 결기가 일을 그르쳐 버린 것이었다. 어느 날 마지막 조정을 시도하는 몇몇 족인들 앞에서 자기 주장을 꺾지 않는 새마을 지도자에게 정미소 주인이 먼저 분통을 터뜨렸다.

「다시는 너 같은 놈과 상종을 하면 내가 사람이 아니다. 이 짐승만도 못한 인종지말자야.」

지금이라도 사퇴해 주면 당선은 따 논 당상인데 기어이 아득바득 달려드는 데서 온 격분이었다. 따지고 보면 그런 기분은 새마을 지도자에게도 마찬가지였고, 따라서 가만히 참고만 있어도 일은 그에게 유리하게 전개되었을 터였다. 그런데 새마을 지도자는 한술 더 떴다. 그 자리에서 똑바로 지서로 달려간 그는 한방에 앉았던 족인들을 증인삼아 정미소 주인을 모욕죄로 고소하고 말았다. 어떤 계산에서였는지는 알 길이 없지만 결정적인 실수였다. 오래잖아 그 경박한 행동이 문중뿐만 아니라 타성들의 여론까지도 심하게 악화시켰다는 걸 알아차린 새마을 지도자는 황급히 고소를 취하했지만 대세는 이미 기울어진 후였다.

어떤 우연의 결과인지는 알 수 없어도 그 비슷한 일은 타성의 후보들 사이에서도 일어났다. 역시 어느 날 조합장의 생일잔치에서 맞닥뜨리게 된 그들 둘은 또 예의 그 입씨름을 벌였다. 그러다가 벌써 어디선가 거나하게 취해서 온 사돈이 먼저 일을 냈다.

「승갱이 꼬리 삼 년을 묻어놔도 개꼬리 안 된다더니, 예끼 !」

그러면서 그는 들고 있던 술잔을 총대의 얼굴에다 퍼부어 버렸다.

「이 놈의 영감쟁이, 낫살 처먹었으믄 나(나이)값을 해라.」

총대도 지지 않고 자기 술잔을 사돈에게 끼얹어 버렸다. 하지만 아무리 경로(敬老)사상이 설득력을 잃었다고 하더라도 사돈은 총대보다 무려 20년이나 위였다. 그 사건이 일반에게 알려지자 총대가 불리해진 것은 뻔한 일이었다.

그런데 흥미있는 것은 여기서 드러난 정치적인 인간과 그렇지 못

한 인간의 차이점이다. 새마을 지도자가 자기를 지탄하는 여론에 압도되어 완전히 전의를 상실해 버린 데에 비해 총대는 한층 적극적이고 집요해졌다. 그는 자기의 약점을 오히려 이롭게 활용하는 정치적 기술을 본능적으로 습득하고 있는 것 같았다.

여론이 자기에게 불리하게 돌아가고 있는 것을 느낀 총대는 남몰래 비슷한 처지인 새마을 지도자와 접촉했다. 비록 전의는 상실했지만 그 때문에 정미소 주인에게 더 격렬한 증오를 품고 있던 새마을 지도자는 총대의 달콤한 말과 몇 푼의 돈에 얼마남지 않은 문중의 지지표를 간단히 그에게 넘겨 버렸다. 뿐만 아니라 정미소 주인의 표를 깨는 일이라면 무엇이든 거들어 주겠다는 한심한 약속까지 하고 말았다.

아무도 모르게 정미소 주인의 발밑을 파는 데 성공한 총대는 이어 가장 큰 강적인 사돈을 공략하는 데 전력을 집중했다. 그가 눈독을 들인 것은 사돈의 운동원 쪽이었다. 무슨 인격적인 감화나 조직의 연계가 아니라 단순히 돈만으로 사돈과 묶여져 있는 그들 운동원들은 당연히 유혹에 약했다. 총대는 동원할 수 있는 모든 자금을 그들에게 풀고는 당선 후의 더 많은 보상을 약속하며, 그들로 하여금 도리어 사돈의 표를 깨도록 만들었다. 고향의 일반적인 추측은 총대가 그 선거에 들인 돈이 적어도 1천만 원은 넘으리란 것이었다.

적을 잘 안다는 점에 있어서도 총대는 네 사람의 후보 중 가장 정치적이라고 할 수 있었다. 그는 사돈의 표를 깨는 데만 주력할 뿐 그 표를 자기가 흡수하는 데는 그리 힘을 쓰지 않았는데 그것은 나름대로의 판단이 있었기 때문이었다. 물론 사돈에서 떨어져 나온 표가 정미소 주인에게 갈 염려가 전혀 없는 것은 아니었으나 걱정할 만한 것은 못 되었다. 정미소 주인의 가장 중요한 평판 중의 하나는 〈경오가 밝다〉란 것인데 그 말을 다시 바꾸면 〈냉정하다〉,

〈까다롭게 따진다〉는 뜻도 되어 일반의 호감과는 멀었다. 실제로 우리 나라의 대중 선거가 일쑤 원만한 인품의 팔방미인에게 표를 몰아준다는 것을 생각하면 총대의 판단은 자못 정확한 것이었다. 거기다가 또 그는 새마을 지도자의 눈먼 증오를 이용해서 정미소 주인의 몇 가지 추문을 널리 폭로시키고 있는 중이었다.

　그리하여 대다수의 고향 사람들이 결국은 사돈과 정미소 주인과의 싸움이 될 것이라고 막연히 믿고 있는 사이에 총대는 결정적인 우위를 구축해 나갔다. 여러 번 선거를 치러 본 사람들 중에는 선거의 불가측성과 우연성의 개재를 과장하는 사람들이 많지만, 정확히만 살핀다면 반드시 그런 것만은 아님을 알 수 있을 것이다. 그 쉬운 예가 총대 같은 사람의 좀 저질이지만 치밀하기 짝이 없는 선거전략이었다.

　하지만 이야깃거리로 그 선거를 본다면 역시 하이라이트는 두 번에 걸친 입후보자 합동유세였다.

　첫번째는 면소재지 국민학교 교정에서 있었는데 입후보자들의 너무도 어마어마한 선거공약으로 오래오래 고향 사람들의 얘깃거리가 되었다.

　「저는 비만 오면 범람하는 아랫강변에 제방을 쌓고, 새들(新坪)과 용정을 연결하는 교량을 놓겠습니다.」

　「아스팔트를 면소재지로 끌어들이고 정기 버스 노선을 늘리겠습니다.」

　이 정도만 돼도 자칫 속아줄 만한 애교로 지나칠 수 있었다.

　「다목적댐을 유치하여 향토발전에 이바지하겠습니다.」

　「산림자원 개발을 위해 내륙공업단지를 조성하겠습니다.」

　내(川)도 못 되는 소하천에 다목적댐은 무슨 말이며 공업용수 하나 해결 안 되는 태백산맥 가운데 내륙공업단지는 또한 어떻게 끌어들이겠다는 것인지, 경제기획원의 주무관들이 들으면 웃다가 숨넘어갈 소리들이었다.

그들의 학력 소개도 재미있었다. 이미 대부분의 유권자가 그들의 일이라면 그들이 홀랑 벗고 다니던 시절까지를 소상히 기억하고 있는데도 그들은 학력을 한두 등급씩 높였다. 예를 들어 정미소 주인은 어떤 삼류대학의 야간부 중퇴로 변했고, 그 나머지는 전부 강의록으로 독학해서 고등부까지 마쳤다는 것이다.

지역사회에 봉사한 경력 소개도 꽤나 가관이었다. 사돈이 향토교육의 발전을 위해 진력한 내용은 입후보 등록 후 국민학교와 중학교에 풍금을 기증한 걸 말하는 것이었고, 정미소 주인은 인재 양성을 위해 사재를 털었다는 것은 바로 보름 전 급작스레 떠맡긴 장학금이었다. 면 인구의 절반 이상을 차지하는 잎담배 경작자들을 위해 분골쇄신 싸워왔다는 것도 따지고 보면 총대가 〈경작촉진대회〉인가 뭔가로 벌인 술잔치에 지나지 않았으며, 영남의 북부지방이 알아주는 청년운동의 기수인 동시에 가장 바람직한 농촌의 지도자상을 구현하기 위해 활동해 왔다는 것도 바로 며칠 전에 열렸던 청년회의소 지부 결성대회와 4H 경진대회를 가리키는 말이었다.

그래도 첫번째 합동유세는 참을 만했다. 두 번째는 바로 장마당에서 벌어졌는데, 그야말로 눈 뜨고 못 볼 수라장이었다. 투표일을 이틀 앞둔 입후보자들은 모두가 눈에 띄게 안정을 잃고 있었다. 장기간에 걸친 정신적 소모와 겹친 피로로 눈은 한결같이 충혈되어 있었으며 감정도 조그만 일로 쉽게 폭발했다.

자연 연설도 뒤죽박죽, 터무니없는 자화자찬에 빠져 있다가도 앞뒤없이 혹독한 인신공격으로 전환하기 일쑤였다.

「거, 뒤에 선 나이 자신 어른들, 괜히 장터서 얼찐거리며 공술 바라지 말고 장볼 일 끝나거든 빨리빨리 올라가시요잉, 내 그놈의 술양동이를 조(쥐어) 찿뿔라 카이.」

이것이 돈은 자기만 써야 한다는 미신에 빠져 있는 사돈이 정미

소 주인도 총대도 돈을 뿌리고 있다는 데에 격해서 유권자들에게
내지른 기상천외의 대갈(大喝)이었고,
　「비누동가리나 수건쪼가리 주는 대로 다 받아 쓰소. 막걸리도 주
　면 마시소. 표만 바로 찍으믄 되니께는.」
　이것은 사돈의 격한 말을 넘치는 총대의 응수였다.
　「같은 족인으로 차마 폭로하기는 안 됐으나…….」
하는 허두로 새마을 지도자가 정미소 주인의 축첩(蓄妾)과 엽색행
각을 폭로하는 대목에서는 거기 있던 문중 사람들이 귀를 막을 지
경이었고,
　「에이, 씨도 못 전할 놈.」
하며 정미소 주인이 연단 아래서 새마을 지도자에게 침을 뱉을 때
는 어쩔 수 없이 모두 눈을 감았다.
　총대는 30년 전 토지개혁때에 사돈이 저지른 죄상을 일일이 열
거하자,
　「이 아편 심어 돈번 놈.」
하며 사돈이 연단 아래서 고래고래 소리를 지르는 진풍경도 있었
다. 총대 삼 형제가 그렇게 짧은 기간 내에 한살림씩 장만한 것은
오지에서 잎담배 외에 아편재배도 겸했기 때문이었으리란 일반의
수군거림을 거침없이 드러내 놓고 떠든 것이었다.
　결국 그 시비는 연설이 끝난 후 멱살잡이로까지 발전했다가 좌우
의 제지로 끝났다.
　그 외에도 그 합동유세에 관계된 이야기는 수없이 많다. 하지만
더이상 그들을 욕되게 하는 일은 그만하련다. 그 뒤 단협조합장까
지를 겸하다가 허위보고와 횡령으로 3년을 복역한 후 고향거리에
서 사라져 버린 총대를 제외하면 나머지는 모두 아직도 고향거리에
서 존경과 신뢰를 받고 있는 유지들이므로.
　그러나 한 가지, 그 날의 합동유세에 대한 재미있는 촌평(寸評)

은 옮겨야겠다.

　그 날 무슨 바쁜 일이 있어 유세장에 가지 못했던 한 식자(識者)가 거기서 돌아온 마을 친구에게 경과를 물었다. 그러자 질문받은 그 친구는 혐오에 찬 표정으로 대답했다.

　「통대선거 합동유세가 아니라 똥되놈들 난장판이었어.」

　그 말을 들은 그 식자는 그 자리에서 한문으로 바꾸어 중얼거렸다.

　「흠, 똥(糞) 되놈(胡) 난장(亂場)이라…….」

　어쨌든 날짜는 어김없이 지나가고 마침내 투표일이 왔다. 4명의 입후보자들 중 새마을 지도자를 빼놓고는 모두 안절부절못하며 제정신이 아니었다. 떨어지면 시체도 못 건질 일에 적어도 몇백만 원씩 처넣은데다 한 달이나 심신을 혹사한 걸 생각하니 저절로도 너무 엄청난 일을 저질렀다는 느낌마저 들었다. 비교적 자신을 가지고 있던 총대마저도 그 날만은 유권자라면 똥개에게라도 절을 하고 싶은 심정이었다.

　투표는 계획보다 빠른, 오후 4시경에 완전히 끝났다. 그러나 마지막 한 표를 기다리는 입후보자들의 극성 때문에 개표는 5시를 넘긴 후에야 시작됐다.

　고향 사람 대부분의 예상과는 달리──그러나 사실은 필연적으로──결과는 처음부터 독주하는 총대 뒤를 정미소 주인과 사돈이 허둥지둥 따라가는 꼴이었다. 족인간의 눈꼴 사나운 싸움에 실망한 문중의 표가 많이 기권하거나 타성으로 흘러간데다, 총대가 은밀히 벌인 사돈표 깨기 작전이 제대로 맞아떨어져 준 결과였다. 사돈이나 정미소 주인은 한 번도 총대를 넘어서 보지 못한 채 시간이 갈수록 그들과 총대의 표 차이는 커지기만 했다.

　밤 9시. 이제는 더이상 결과가 뒤집혀질 염려가 없다고 판단한 총대가 끝까지 남아서 개표 상황을 지켜보고 있던 차점자를 찾았을 때 차점자인 정미소 주인은 이미 개표장에 없었다. 그 시각 절망과 분노에 찬 그는 가까운 대폿집에서 막걸리를 사발째 벌컥벌컥 들이켜고 있었다. 자기가 그토록 참담히 패배한 원인을 오직 족인인 새마을 지도자 탓이라고만 생각하고 있는 그는 술이 오르는 대로 그를 찾아 분을 풀 작정이었다.

총대는 확실히 정치적인 사람이었다. 차점자가 보이지 않자 그는 다시 다른 입후보자를 찾았다. 그러나 그들은 정미소 주인보다도 먼저 자리를 뜬 후였다. 새마을 지도자는 자기가 한 짓이 있어 초저녁에 잠깐 얼굴만 비쳤을 뿐이었고, 30분 전에야 자기가 완전히 가망이 없음을 알아차린 사돈은 어제저녁까지도 압도적인 승리를 장담하던 선거운동원 녀석들을 찾아 나섰다. 구렁이알 같은 내 돈, 내 돈 7백20만 원⋯⋯.

그래도 총대는 단념하지 않고 다시 그런 주위를 둘러보았다. 그에게는 아직 실연(實演)하지 못한 각본이 한 대목이 남아 있었다. 그 때 그런 그의 눈에 거의 통곡하다시피 흐느끼는 정미소의 안주인이 보였다. 그는 달려가듯 그 슬픔에 찬 차점자의 부인에게로 다가갔다. 하지만 그는 잠시 당황했다. 원래 그의 각본은 차점자를 다정하게 부둥켜안고 정중히 위로한다는 것이었다. 그는 텔레비전 중계 권투를 열심히 시청해 온 터였고, 거기서 비록 4회전짜리 선수일지라도 승자가 패자에게 어떻게 해야 하는가를 익혀 두었던 것이다. 그러나 이제 상대가 남의 아내인 여자이고 보니 함부로 부둥켜안을 수도 없는 노릇이었다.

그리하여 할 수 없이 말로 때우기로 작정한 당선자가 한동안의 온갖 궁리 끝에 차점자 부인에게 정중한 목소리로 한 말은 이런 것이었다.

「아이구, 눈이 많이 부었네요. 찬물로 찜질이라도 한번 해야겠임더⋯⋯.」

차마 그 고향이 꿈엔들 잊힐리야

초 판 1쇄 발행일 · 1991년 7월 20일
개정판 2쇄 발행일 · 1996년 2월 5 일
지은이 · 이청준 전상국 이문구 김원일 이문열
펴낸이 · 임성규
펴낸곳 · 문이당

등록 · 1988. 11. 5 제 1-832호
주소 · 서울시 성북구 동선동 4가 208-1호
전화 · 928-8741~3 팩스 · 925-5406
ⓒ 1991 문이당

값 · 7,000원
잘못된 책은 바꾸어드립니다

ISBN 89-7456-044-5 03810